幾世の底より

評伝・明石海人

荒波力

白水社

幾世の底より　評伝・明石海人

この作品を海人と彼の家族と彼を支えた総ての人々に捧げます。

目次

装幀＝唐仁原教久
デザイン＝白村玲子（ＨＢスタジオ）

プロローグ　明石海人とは

墓前

私が明石海人の墓前に、再び海人の評伝に取り組むことの報告に行ったのは、昨年（平成二十七年）の三月八日のことであった。早春の、少し暖かい日であった。

ＪＲ沼津駅南口からタクシーに乗り、西間門《にしまかど》共同墓地を告げると、五分ほどで到着した。海岸近くのこの墓地は、かなり広く、訪れるたびに何人かの墓参りする人の姿を見かけるが、この日も二、三人の姿が確認できた。海人が眠る野田家の墓は、この墓地のほぼ真ん中にある江戸時代の彫刻師「舟仙の墓」の隣にある。

両側に大きな石の灯籠が据えられ、その後ろにいくつもの墓石が並んだ野田家の墓からは、ずっしりとした旧家の重さが伝わってくる。中央の大きな墓石の、右側面の左端に〈光阿勝道信士　昭和十四年六月九日／勝太郎　行年三十九才〉と刻まれている。この年齢は数えであるので、今使われている満年齢に直すと、三十七歳になる。

一昨年の春、何年ぶりかで訪れた時、墓石の前に真新しい小さな角材があり、正面に〈歌人明石海人／１９０１・７・５～１９３９・６・９　故野田勝太郎〉とマジックで書かれているのを見た時、私は言いようのない感動を覚えた。もうハンセン病に対する差別偏見は、過去のものになったことを私は改めて思ったのだった。遺族の気持ちのこもったあの時の角材が、じっと私を見つめている。私は沼津駅近くの花屋で買った白と黄色の菊と、ピンクのカーネーションと一本の紫色のカキツバタが交じった花束を供え、目をつむり手を合わせる。

「海人さん、私は再びあなたの生涯を辿る旅に出て、再度あなたの評伝に取り組みます。前著『よみがえる〝万葉歌人〟明石海人』（新潮社）が出てから、十五年の歳月が流れました。前著では、あなたのご家族のことは最小限しか触れることはできませんでしたが、ようやくハンセン病への差別偏見が表面上は減り、家族の絆を全面的に前に出した作品が書けるようになりました。また、その後、私は当時発見できなかったあなたの歌を発見したり、ご遺族からあなたの歌が書かれたノートのコピーもいただきました。他にも私の間違いや、使った資料にも何か所か間違いがありました。それらを加筆訂正しながら、決定版のあなたの評伝を書かなければと思うようになりました。

私は平成十一年の秋に上京し、あなたの遺児の瑞穂さんにお会いしました。その前後に六回お電話をいただきましたが、そのような研究者は、私だけではないかと思うのです。体力の衰えは感じますが、なんとか再びあなたの生涯を辿る旅の余力は残されているような気がします。それが私の役割なのだと思います。私は、私の役割を果たしたいと思うのです。どうぞ、見守って下さい」

海人の墓前でそう告げると、私は学生時代、陸上競技で、これから百メートルを全力疾走する選手に戻ったような活力が、身体のどこかから湧いてくるのを感じていた。

この墓地から百メートルほど南に行くと、コンクリートでできた頑丈な堤防があり、その向こうに群青色をした駿河湾が広がっていた。海岸を、犬を連れて散歩している人の姿も見える。

　この長閑な風景を眺めている時、長島愛生園で上映された朝日トーキーニュースで故郷の風景を見た時の海人の歌の数々が、私の脳裏に甦ってきた。

　　朝日トーキーニュース

ゆくりなく映画に見ればふるさとの海に十年のうつろひはなし　（『白描』）
兄《え》も弟《おと》もひねもす呆《ほ》けし潮あそび日焦童《ひやけわらは》の頃の恋ほしさ
遠泳にめぐり疲れしかの島に光りくだくる白波が見ゆ
我のごとわが子も遊べ飛の魚のかの瀬の鼻を翔くるはあらむ
かの浦の木槿《もくげ》花咲く母が門《と》を夢ならなくに訪はむ日もがな

　これらの歌の一首一首を口遊んでいると、いつしか私は、海人の生きた時代が再び私の中に甦って来るのを感じていた。

明石海人とは

明石海人（明治三十四年～昭和十四年）という歌人を御存知だろうか？　多分、大多数の人が初めて聞く名前だと思う。

昭和十二（一九三七）年春、当時出版界で勢いのあった改造社から『新萬葉集』の企画の発表があった。今（平成二十八年）から七十九年前のことである。

当時は戦時色が濃い時代で、日本的なものが求められてもいた。またこの企画は、閉鎖的な短歌結社という枠を取り払い、純粋に誰の歌が優れているかを競う試みでもあった。

改造社は、自社が発行している「短歌研究」（四月号）に「全日本の歌人に告ぐ・新萬葉集」の折り込み広告を入れたのを手始めとして、全国のあらゆる新聞雑誌に原稿募集の広告を掲載すると同時に、官庁、学校、会社、その他文化的諸団体にも依頼し、さらに歌壇の各結社や短歌研究をしている人たちにも応募を依頼している。応募作品は一人二十首以内、締切は、同年五月三十一日。審査員は、釈迢空、斎藤茂吉、北原白秋、与謝野晶子ら、この時代を代表する十名の歌人たちであった。

やがて締切が近付くと、改造社には四十万首近くの歌が集まった。公平を期すため、審査員に渡される応募原稿はタイプ印刷され、無記名で番号のみであった。

『新萬葉集』第一巻が刊行されたのは、翌昭和十三年一月のことであった。この時、無名の歌人が彗星の如く時代に躍り出た。それが明石海人であった。彼の歌十一首がこの巻に収録されていたのである。ここでは、最初の六首を紹介する。

皇太后陛下癩者御慰めの御歌並びに御手許金御下賜記念の日、遥に大宮御所を拝して

そのかみの悲田施薬のおん后今も坐《ま》すかとをろがみまつる
みめぐみは言はまくかしこ日の本の癩者に生《あ》れてわが悔むなし

父の訃子の訃共に事過ぎて月余の後に至る。帰り葬はむよすがもなくて
送り来し父がかたみの綿衣さながら我に合ふがすべなさ
童わが茅花《つばな》ぬきてし墓どころその草丘に吾子はねむらむ
世の常の父子《おやこ》なりせばこころゆく歎きはあらむかかる際《きは》にも
たまたまに逢ひ見る兄や在りし日の父さながらのものの言ひざま（面会）

これらの歌を読んだ人々は驚いた。彼の歌には、『萬葉集』を貫く雄渾の調べが横溢していたからである。彼は、国立らい療養所・長島愛生園で療養している癩病（現・ハンセン病）の患者であった。当時、不治の伝染病であったこの病者は忌み嫌われ、患者及びその家族は酷い差別偏見にさらされており、彼の経歴は厚いベールで覆われていた。

このころ、病が進んだ彼は、歌や経歴にもあるように失明していて口述筆記での応募であった。またその歌から、彼には社会で別れた妻子がいたことが推察できた。

苛酷な宿命に翻弄された彼は、一時心の拠り所を見失って発狂してしまったり、自殺未遂を繰り返したが、仲間たちの介護で見事に立ち直ってこの日を迎えたのだった。

多くの評者から、彼の歌を絶賛する声が相次いだ。『新萬葉集』第一巻刊行直後に刊行された「短歌研究」（昭和十三年三月号）に、歌人の尾山篤二郎は、海人の十一首を紹介した後、〈大正昭和の萬葉調中の代表的作品と云つてもいゝのである。〉（「建国祭行進　独歩・龍之介・新萬葉集」）と書いていた。

やがて彼の歌は、「現代萬葉調」随一だという世評が高くなった。以後、彼の作品や、彼を取り上げた記事が多くの紙誌を飾るようになった。翌年の二月には、改造社から彼の単独歌集『白描』が刊行され、ベストセラーになっていった。この『白描』にも好評が相次いだ。

先に『新萬葉集』第一巻の海人の作品を絶賛した尾山篤二郎は、〈何んとなればこの「白描」は立派な文学であり、これ以上には如何なる人もさう容易には出で難い境まで到達してゐるからである。其意味では癩文学として我国に於ける貴重なる一文献である。或は我国だけではなく世界病文学として優れた位置を占め得るものかもしれない。〉（「癩文学の魅力　歌集『白描』を読む」「改造」昭和十四年六月号）とさらにボルテージを上げている。

「白描抄」五首（「新女苑」四月号）を読んだ詩人の三好達治は、〈筆者はこれを読んで、詩歌によつて愕かされる限りの最高度の意味で驚愕し感動した。〉（「燈下言（詩歌時評）」「新日本」四月号）と書き、『白描』を読んだ後には、〈先日の愕きを幾倍かする愕きを覚えた。（中略）わが敷島の道は流石に萬葉以来の伝統を負つてゐるだけのことはあつて、このやうな天才歌人の生れ出るのも必ずしも不可思議ではないかもしれない。〉（「歌人明石海人」「文藝春秋」五月号）と書き、この歌人に天才の冠を被せている。

また『白描』を読んだ文芸評論家の河上徹太郎は、〈歌壇のみならず、広く文壇を通じて、近来の絶品であることを疑はなかつた。（中略）之は既に単なる叙述ではない。さりとて悟りとか自覚とかいふ哲学めいたものでもない。生命の真底にある永遠の感傷の声である。〉（「読書のページ—岡本かの子と明石海人」「新女苑」五月号）と絶賛している。

「短歌研究」(六月号)に発表した「『白描』讃」で、〈『白描』は私が近頃読んだ幾つかの歌集の中で「甲」の部に属すると考へる。〉と書いた作家の宇野浩二は、この年の「明日香」(十月号)で再び『白描』に触れ、最後に巻頭文を紹介すると、〈右の一文を写しながら、私は云ふべき言葉を知らない。誰か、今の世で、このやうな高い聖い境地へ、達したであらうか、達してゐるであらうか。／実に有難い境地である、人間としても、芸術家にしても。〉(「一途の道」)と結んでいる。

『白描』の好評はまだまだ続く。文芸評論家の小田切秀雄は、〈かくて「白描」は、私達にとつて、一つの「生命の書」と呼べるべきものである。〉(「現代短歌小論」『萬葉の伝統』昭和十六年　光書房)と書き、作家の坂口安吾は、〈僕はこの激しさに惹かれざるを得ぬ。〉(「青春論」「文学界」昭和十七年十一、十二月号)と書いている。

しかし、『白描』出版の四か月後の六月九日には、彼はそれらの好評の多くを知ることなく三十七年の生涯を閉じている。

六月十三日の「東京朝日新聞」と「大阪朝日新聞」に彼の訃報が掲載された。先に、「東京朝日新聞」から。

明石海人氏〔岡山電話〕

光と希望を失つた業苦の中から生れた宿命の短歌詩人〝白描〟の作者明石海人氏は岡山県立長島愛生園で療養中九日夜十時四十分死去した

なお、記事中の県立は国立の間違いである。次に、「大阪朝日新聞」のものを紹介する。

宿命の歌人逝く

〝白描〟の明石海人氏

光と希望を失つた業病苦の中から限りなき希求を堂々と打ちあけ、その鋭敏さと繊細さに全国の歌壇を瞠若たらしめた宿命の短歌詩人〝白描〟の作者明石海人氏は九日午後十時四十を一期に岡山県国立長島愛生園に一生を終つた―

明石海人氏は東京の人、さる昭和七年秋ごろ兵庫県明石病院から移されて長島愛生園に入院、二年前業病はます〳〵重りつひに眼を奪はれ気管を冒され病床に動けぬまゝ同園医師で短歌詩人内田守人氏に師事して短歌をはじめ手さぐりつゝ病気の中から生れた彼の歌は同病の友人に口述され文字通り死線を越えた短歌であり、改造社版の〝新萬葉集〟に収録されるや一躍全国歌壇に認められ、つづいて本年春単独歌集〝白描〟を改造社から刊行、その異彩ある歌風は日本歌壇を風靡した

なほ二年の労作たる〝白描〟の印税を愛生園歌壇に寄附「明石海人賞」を設定、同病の傑出した歌人に贈ることとなつた（岡山）

『新萬葉集』の審査員の一人、土岐善麿は、彼の訃報を知って、「『白描』の著者を悼む」（「短歌研究」七月号）を発表した。

同年八月には、改造社より『海人遺稿』が出版された。十月には、婦女界社より海人追悼記集『瀬戸の曙』が出た。さらに昭和十六年には、改造社より『明石海人全集』上下巻が刊行された。けれども、そんな栄光も束の間のことであった。戦況は激しさを増し、人々は生きることに精一杯で、文芸も、明石海人の名前も忘れられていった。やがて昭和二十年八月十五日には敗戦を迎える。

しかし、明石海人の歌は不滅であった。戦後、華々しく甦る。彼の歌に大きな光を当てたのは、前衛短歌の旗手として頭角を現していた歌人塚本邦雄（大正十一年〜平成十七年）であった。

塚本の短歌史における存在感はとても大きい。彼が「短歌」（昭和三十九年四月号）に発表した「短歌考幻学」は、多くの若き歌人たちに衝撃を与えた。

これは、次のような書き出しで始まっている。

かつて「幻想」は禁句であった。少くとも、近代短歌においてその制作の目的を、幻を視るためと公言することは、タブーであり、異端であり、例外的であり、反体制的であった。幻想への誘いは即ち悪であり、不可侵侵犯犯人への無言の指弾は避けがたかった。

文中に〈もともと短歌という定型短詩に、幻を見る以外の何の使命があろう。〉とあるように、幻想こそ短歌という趣旨の評論であるが、その中心に海人の歌を据えていたのである。塚本の海人に触れた箇所を紹介する。

シルレア紀の地層は杳きそのかみを海の蠍の我も棲みけむ　　明石海人

『白描』は今もなお療養短歌の最も陰惨な金字塔である。大楓子油が唯一の治療剤の観あった一九三〇年代のレプロロジーを背景として、それは出口無しの暗闇に歌う盲の魚の悲劇の典型であった。（中略）歌集『白描』の存在理由はただ一つ、「翳」と題する第二部の作品群によってのみ証されることを、ぼくはかたくなに信じてやまぬ。そしてこの「翳」が今日までに一度でも正当に評価されたことがあったろうか。第一部を措き、第二部に、条件つきの賞讃を与えた例を、わずかに昭和十四年、この歌集出版直後の文藝春秋、短歌時評欄にみたにすぎぬ。この欄の匿名批評家が、掲出の一首に並べて、

更くる夜のおそれを白く咲きひらき夢には白き《ママ》花甕を巻ききぬ
飛び込めば青き斜面は消え失せてま下にひろがる屋根のなき街
わが指の頂にきて金花虫《たまむし》のけはひはやがて羽根ひらきたり

の諸作を、病者の特異な感覚ゆえに認めていたことを記憶する。この稀なる例すらその後語られたことはない。明石海人論はつねに、主として『水甕』誌上等に発表された、第一部の哀切、沈痛な記録と告白への評価にとどまり、「翳」を黙殺することを常識とした。たまたま第二部に

ふれたことばは、例外無くその奇想と超現実的手法への反撥と苦言と嘲笑にみちていた。（中略）

　この空にいかなる太陽のかがやかばわが眼にひらく花々ならむ
　ふうてんくるだつそびやくらいの染色体わが眼の闇をむげに彩る

瘋癲・佝瘻・脱疽・白癩、この凶々しい悪疾のかずかずを、ひらがなに書き直すことによって、きらびやかな呪文と化そうとした海人の悲願とたくらみはなみなみのものではない。第一部であれほど心やさしく、泪ぐましかった彼が、「翳」のあざやかな幻像のうちに圧し殺し、埋めつつたくわえた、憎悪と怨恨にぼくは愕然とする。蒼空を掻きむしり、山蚕の透明な腹に謀反を思い、おとがいに剃刀の刃をあてつつ邪心とめどなく、獣の赤い眼を自らの怒りもて刎ねかえし、新緑の夜はひとりこよなく美しい血をしたたらす、これらのゆがんだカレイドスコープを覗くような、悪魔的な美学が、膿みくずれた肉体の中に醗酵したことはまことに自然である。美とはつねにかかる陰惨を犠として生れるのだ。（中略）『白描』は表裏おき方を誤った、絢爛たる腐蝕亜鉛版画の傑作であった。（後略）

『白描』は、第一部「白描」と第二部「翳」に分かれていた。塚本が注目したのは、戦前は影が薄かった第二部の「翳」であった。海人が前川佐美雄の主宰する「日本歌人」に発表したポエジー短歌であった。

ちなみに塚本が見たという「文藝春秋」の海人の『白描』の第二部に触れた評は、同誌（昭和十四年十月号）の「短歌」欄で、筆者は、匿名ではなく坪野哲久である。

また塚本は、「読売新聞」の「読売歌壇」欄に平成二年七月三日から同年八月二十八日まで、九回にわたって「怖るべき歌」を連載しているが、この第一回目に「蠍のわれ」と題し、明石海人を取り上げている。

まのあたり山蚕《やまご》の腹を透かしつつあるひは古き謀叛《むほん》をおもふ　明石海人『白描』

海人は昭和十四年六月、長島愛生園で永眠した。『白描』は同年二月の刊、三十七歳の生涯の、二十八歳以後の十年は、悲痛な闘病生活であった。明を失い、声を失い、じりじりと死に追いこまれる怖ろしさは、第一部に迫真的に歌われた。十三年刊の『新万葉集』に採られたのも、すべてここからである。しかし、海人の真骨頂はまぎれもなく、第二部「翳」の斬新な象徴技法にあった。あったが戦前、これはほとんど顧みられなかった。提出の一首は疑いもなく『赤光』の傑作、「ゴオガンの自画像みればみちのくに山蚕《やまご》殺ししその日おもほゆ」の影響下にある。だが世界は一変する。

茂吉には緑の流血があり、海人には無気味な鈍痛がよどむ。この絢爛《けんらん》たる地獄を作者は死と引き換えにわがものとしたのだ。（以下略）

ちなみに塚本が取り上げた残る八人は、春日井健、葛原妙子、滝沢亘、森林太郎、与謝野寛、藤原良経、藤原定家、源実朝である。

　そして決定版とも言えるものが、『残花遺珠―知られざる名作―』（邑書林　平成七年）に収録した十二ページにわたる「明石海人」である。

〈手探りで邂逅した「日本歌人」の、今日なほ、特殊なニュアンスで「モダニズム」と呼ばれる手法の洗礼を受けつつ、彼は決して佐美雄の亜流になり終つてはゐない。「翳」には、むしろ『大和』『魚歌』を超えるものも、決して少くはない。〉〈狂乱の実際を、かくも的確に詩歌として昇華定着できたら、それは海人の天才を証して剰りある。私はこの人の詩才に脱帽する。〉

　そして『白描』の第一部の最後近くに自分の死後を詠んだ「帰雁」八首に、春、秋、冬の情景を詠ったものはあるが、夏がないので、次の一首を贈っている。

　　藝文のしづかに狂ふ　肉の香の熟瓜《ほぞち》兩斷して露の夏　　邦雄

　私は、たくさんの海人論を目にしたが、海人の『白描』の第二部を一番高く評価したのは、塚本邦雄であると思われる。

　歌人の佐佐木幸綱（昭和十三年生）は、後の座談会で、「（前略）ぼくは塚本邦雄さんの『短歌考幻学』で明石海人のことを知ったもんだから、その影響で後半の『翳』というたいへんシンボリックな作品からばかり選んでいます。明石海人の作品でショッキングだったのはぼくはこちらの方です。ぼくらの世代は『短歌考幻学』にたいへん大きな波紋を投げかけられたものですから。（後略）」

（「〈特別座談会〉明石海人と渡辺直己」「短歌」平成六年三月号）と発言している。

この特別座談会は、「『昭和』短歌を読みなおす」の十回目で、佐佐木幸綱他四名の歌人たちが気に入った五首を選んでいるが、ここでは佐佐木が選んだ五首を紹介する。

いつしかも脱失《ぬけう》せてける生爪に嘗《な》むればやさし指の円みは
星の座を指にかざせばそこここに散らばれる譜のみな鳴り交す
われの眼のつひに見るなき世はありて昼のもなかを白萩の散る
いづくにか日の照れるらし暗がりの枕にかよふ管絃のこゑ
わが指の頂にきて金花虫《たまむし》のけはひはやがて羽根ひらきたり

佐佐木が選んだものは、華麗さが際立ったものばかりである。どの歌にも詩情が溢れ、官能的な華麗さが伝わって来るものばかりである。

なお、佐佐木は、第二部「翳」からばかり選んでいると発言しているが、一首目の〈いつしかも……〉は、一部「白描」のものである。

ちなみに佐佐木幸綱は、『新萬葉集』の審査員の一人であった佐佐木信綱の孫にあたる。

塚本が、「短歌考幻学」を発表したころから、『白描』の第一部と第二部の垣根は次第になくなっている。

後、『昭和萬葉集』巻四（講談社　昭和五十四年）に海人の歌二十首が収録されたが、そのうちの最後の五首は第二部「翳」のものである。ちなみに、『昭和萬葉集』別巻に収録されている「昭和歌人小評伝」の明石海人を紹介する小評伝「地獄のサンボリズム」を書いたのも、塚本邦雄である。〈巷間とみに盛名を馳せたのは、発病から失明、気管切開に到る悲痛な闘病記録の、迫真的な力によるものだろう。改造社昭和十三年刊『新萬葉集』に十一首収録されたのもその中のものだが、生来の鋭い言語感覚は、青春時代に享受した諸美術・音楽等を糧《かて》として自然に磨かれ、萬葉集に没入した一時期に格調を発見したものと覚《おぼ》しい。正視に堪えぬ逆境にもかかわらず、歌は昇華され、人々の胸を搏《う》ち、魂を洗い、永遠に記憶される。〉

また海人の言葉や歌は、時を越えて多くの表現者の心を捉えている。

平成二十五年に八十歳で亡くなった映画監督の大島渚は、サインを頼まれると海人の『白描』の巻頭文の言葉、〈深海に生きる魚族のやうに、自らが燃えなければ何処にも光はない〉を書き続けたことは、広く知られている。

ちなみに、彼が眠る鎌倉建長寺・回春院の大島家の墓地の、墓石の前のメモリアルストーンにも、先の文章が刻まれている。

また、詩人の大岡信が、「朝日新聞」に長く連載した「折々の歌」に海人の歌五首を取り上げたことも、静かな波紋を広げた。

命はも淋しかりけり現《うつ》しくは見がてぬ妻と夢にあらそふ（昭和五十四年五月二十六日）
シルレア紀《き》の地層は杳《とほ》きそのかみを海の蠍《さそり》の我も棲《す》みけむ（昭和五十八年四月十日）

さくら花かつ散る今日の夕ぐれを幾世《いくよ》の底より鐘の鳴りくる（平成四年四月三日）
鉄橋へかかる車室のとどろきに憚《はば》からず呼ぶ妻子がその名は（平成六年十一月十九日）
陸橋を揺《ゆ》り過ぐる夜《よる》の汽車幾つ死《し》したくもなく我の佇《たたず》む（平成九年四月十九日）

画家の安野光雅は、〈長く続いた「折々のうた」のなかでも、ハンセン病患者の歌が2首あり、それを読んだときの衝撃を忘れない。〉と書き、海人の〈シルレア紀の……〉を紹介していた。ちなみにもう一首は、津田治子の歌である（「逢えてよかった15」「朝日新聞」平成二十四年十月五日）。

文芸評論家の大河内昭爾は、十七ページにわたる卓越した評論「極限状況の文学―明石海人論―」（『文学、内と外の思想―文学論ノート―』おうふう　平成七年）を発表していた。

大河内はこの中で、〈彼は真実三十一文字の世界を心として生きた純粋の歌人であったと思う。短歌の詩心に徹した生粋の文学者であったというべきであろう。〉と書いている。

詩人で批評家の吉本隆明は、「短歌研究」（平成七年四月号～平成九年十一月号）に連載し、平成十二年に講談社から刊行された「写生の物語」の十四と十五回（平成八年七、八月号）に「明石海人の場合」を書き、冒頭で六首を紹介した後、〈もう何十年まえに読んでから一度も忘れたことなく、時に応じて諳んじてきた歌もある。〉と触れている。

そして最後に海人の詩「真昼」、「断層」、「凍雨」の一部を紹介し、〈たったこれだけを引用しても、じぶんについてもじぶんの死についても、よく自己相対化ができていて、ひとかどの詩人としての風格を具えていたといってもいいとおもう。〉と結んでいる。

歌人の島田修二は、『昭和の短歌を読む』（岩波書店　平成十年）で、次の歌を紹介していた。

天刑とこれをこそ呼べ身ひとつにあまる疫《えやみ》を吾が子に虞る

詩人の正津勉は、『刹那の恋、永遠の愛』（河出書房新社　平成十五年）で、次の歌を取り上げていた。

命はも淋しかりけり現しくは見がてぬ妻と夢にあらそふ

歌人の永田和宏は、『近代秀歌』（岩波書店　平成二十五年）で、次の二首を紹介している。

われの眼のつひに見るなき世はありて昼のもなかを白萩の散る
いづくにか日の照れるらし暗がりの枕にかよふ管絃のこゑ

同じくこの年の岡井隆、馬場あき子、永田和宏、穂村弘選『新・百人一首　近現代短歌ベスト100』（平成二十五年　文藝春秋）にも、次の一首が選ばれている。

この空にいかなる太陽のかがやかばわが眼にひらく花々ならむ

また、〈さらに読みたい――秀歌二首〉として、次の二首も掲載されている。

妻は母に母は父に言ふわが病褄へだててその声を聞く

つばくらめ一羽のこりて昼深し畳におつる糞《まり》のけはひも

その他、海人の歌は、現代でも多くの紙誌を飾っている。彼の歌には、時代を越える普遍的なものがあるようだ。おそらく彼の歌は、これからも長い命を保ち続けるに違いない。

そんな彼の全貌が明かされるには、その死からなお半世紀を越える長い歳月が必要であった。

第一章　宣告

生まれ育った家

明石海人こと野田勝太郎は、明治三十四（一九〇一）年七月五日に父野田浅次郎（元治元年十一月十日生）と母せい（明治三年五月九日生）の三男として静岡県駿東郡片浜村西間門九六番地に生まれた。兄弟は十歳年の離れた長兄敬太郎、次兄義雄、妹政子、それに年少のころに他界した弟がいた。

父親の浅次郎は、渡辺藤八とみつの四男として片浜村松長で生まれたが、野田西尾都とよしの養子となり野田家を継いだ。大正二、三年ごろまで農業の傍ら保線工事に従事していたという。身体が大きく厳格なところもあったが、浪花節が好きで庶民的な人でもあった。後、海人の遺児の瑞穂の話によれば、株をやっていて頭脳明晰な人でもあったようだ。

母せいは、同村の古根村彦八とのぶの長女として生まれ、明治二十三年六月三十日に浅次郎に嫁いでいる。教育熱心で、ラジオで世界情勢や株式市況を聞くような一面があった。瑞穂によれば、彼女が株に興味を持ったのは、夫の浅次郎の影響ではなかったかという。

沼津市の地図を広げると、この市を横断するように東西にJR東海道本線が延びている。西隣の富士市の東田子の浦駅から沼津市に入って原駅、片浜駅、沼津駅と続くが、沼津駅への途中まで海岸沿いを走っている。

　これと平行するように、さらに海岸沿いを旧東海道の東柏原沼津線と富士清水線（千本街道）が延びているが、この二本の道路が、ＪＲ東海道本線のさらに北を東西に走る沼津バイパス（国道一号線）付近から縦に流れる新中川の手前で交差している。ここに西間門の信号があるが、西間門は縦に細長い地区で、この辺り一帯から、北に数百メートル先のＪＲ東海道本線を越えて、さらに先の片浜北公園の辺りまで続いている。

　彼は、後に中学に入ったころの思い出として、〈簾越しの庭先には、木蓮やゆすら梅などが青葉をひろげ、竹を編んだ垣根の向ふには、昔ながらの東海道が東西に延びてゐた。まだバスなどはなく幌馬車が喇叭を鳴らしながら駛《はし》つたり、荷馬車や荷車が時たま通るくらいなもので、やや広い道の両側には、敷いた砂利がいつまでも埋れずにのこされ、ところどころに草が生えてゐた。冬になると街道添ひの農家では、道の真中だけ残し一面に莚を敷きつらねて、籾を干すのであつた。私の家の垣根の外へも、近所のお内儀さんが、毎朝のやうに断りを言つては莚をひろげた。〉（「粉河寺」「愛生」昭和十二年九月号）と書いている。

　私が思い立ってこの地区を訪れたのは、平成二十六（二〇一四）年の暮れのことであった。手がかりは、『海人全集』別巻の巻末に掲載されている岡野久代年譜の〈現・沼津市西間門二―三〇七番地〉であった。西間門二丁目は、先出の西間門の信号の近くである。ゼンリン地図では、この番地を確認できなかったが、おそらく彼が書いているように旧東海道沿いだろう。現地で古老たちに聞けばすぐに分かるはずだ。そんな思いを抱いて出かけて行って十数名の古老たちに尋ねたが、全く反応はなかった。ある古老は、西間門にこの住所はないと言われた。ちなみに、明石海人の名前を知っている人は誰もいなかった。

そんなわけで、数日後、沼津市役所を訪ねて受付で用件を話すと、二階の財務部資産税務課に案内された。ここでも、応じてくれた若い職員たちは明石海人を知らなかった。当時の場所の特定には少し時間がかかるというので帰宅したが、数日後届いた文書には、〈旧：駿東郡片浜村西間門九六／この地番は、法務局沼津支局に所管されている旧土地台帳及び紙図（古い地図）に西間門九六―一として記載があり、この形状から現在の沼津市西間門九六―一と同じものと思われます。〉〈現：西間門二―三〇七／現行の地番では、西間門二―三〇七及び西間門二丁目三〇七ともに判明しませんでした。／西間門二丁目は、復興土地区画整理事業間門工区（昭和三〇年四月八日都市計画決定、昭和五三年四月二八日換地処分）に伴う地番整理が行われた地区のため、地番整理前の従前地番と地番整理後の従後地番の両方を確認しましたが、どちらにも西間門九六または三〇七という地番は存在しませんでした。〉とあっ

母せいとの写真（前列右せい、後列海人。明石海人顕彰会提供）

た。

また、法務局沼津支局にある旧土地台帳は閲覧及び写しの発行が無料ででき、紙図についてはコンピューター化されているので閲覧はできず、写しの発行が有料でできるとあったので、後日ここに赴いて地図を目にした時、私は愕然とした。〈西間門九六―一〉は、JR東海道本線の北に位置していたからである。私が先に見当をつけた旧東海道から数百メートルも離れていた。ちなみに当時の西間門九六―一は、その後いくつにも分筆されているので、現・九六―一〜六番地となる。

当時、ハンセン病者及びその家族は酷い差別偏見に晒されていた。そんなわけで、ハンセン病者は偽名を使い、身元に繋がる文章は書き残すことはできなかったが、彼の場合も例外ではなかったことを私は改めて思った。

この場所は、先に紹介した西間門の信号の少し西の道路を北に向かって五分ほど歩くとJR東海道本線の第二間門踏切があるが、ここを渡って七、八十メートル先を左折してさらに七、八十メートル行くと左手に青果物卸の成田商店（九五―二）がある。ここの西隣で、成田商店の駐車場になっていた。JR東海道本線のすぐ脇であった。この地に立った時、私は、父浅次郎が農業の傍ら保線の仕事に従事していたことを思い出していた。

この地で、野田勝太郎は生まれ育ったのだ。赤ん坊の勝太郎を抱く若き母せいと、若き父浅次郎の姿が私の脳裏に浮かんできた。傍には、年少の二人の兄がいたはずである。

このころの歴史に目を移すと、日露戦争が始まる三年前である。前年（明治三十三年）の四月には、東京株式市場が大暴落し、暮れには熊本第九銀行が支払いを停止している。金融恐慌は、各地に波及している。また勝太郎が生まれた年の暮れには、田中正造が足尾鉱毒問題で天皇に直訴している。彼は、こんな時代に生まれ育っている。

誰かに呼ばれたような気がして振り返ると、雪を冠って神々しい富士山が私を見下ろしていた。

おもひで

ふるさとの春はひねもす
れんげ田にぬるむ鳥ごゑ

ふるさとのかすむれんげ田
末とほく富士の根となる

ふるさとの山の南面《みなも》は
新茶つむ乙女らの唄

ふるさとの乙女のどちは
若き日のわれによかりき

ふるさとの春のおもひに
わが心しきりになごむ

(『明石海人全集』下巻)

学生時代

明治四十(一九〇七)年六月一日、ほどなく六歳の勝太郎は、片浜村立片浜尋常小学校(現・沼津市立片浜小学校)に通い始めている。

この学校の現在の住所は、沼津市大諏訪四一番地である。前出の西間門の信号から家々がびっしりと軒を連ねている東柏原沼津線を二キロほど西に向かって歩いた左側(海側)で、薄いクリーム色の鉄筋コンクリート三階建ての校舎である。勝太郎が通った片浜尋常小学校も、この場所にあった。野田家から歩いて二、三十分の距離である。

校舎の後ろの運動場の先を富士清水線が走り、その後ろは松林が百メートルほど続き、その先の頑丈な堤防の向こうには群青色の駿河湾が広がっている。

後、このころを詠んだ歌がある。

われも行きしかの学校の石の門傘さして子の今日をゆくらむ
書方の墨のかわきもにぶかりき窓の若葉に雨の降る日は
天井に濡れ雑巾を投げ上げて叱られたるも雨の日なりき

あたらしき傘の嬉しく待ちわびし雨の降る日をきほひゆきてし

（「夏の日」「愛生」昭和十三年二月号）

ちなみに一首目は、自分が通った学校にわが子が通う様を想像したものであるが、これは彼の脚色である。身辺を悟られないための配慮であったと思われる。次第に明らかになってくるが、二人が同じ学校に通うことはなかった。

また、「歌日記」（「改造」昭和十三年十月号）でも少年時代に触れた箇所があった。〈嘗ては人一倍視力が強く、遠くの方のこまかい物迄他の人よりずつとよく見え、空気銃の照準なども確で、腕白時代には、雀撃ちでは私の右に出る者はなかつた〉。また、「ある日ある夜」（「短歌研究」昭和十四年四月号）には、〈子供の頃、隣のネーブルをまんまと挟み取った時のやうな気持で〉という箇所もある。なかなかの腕白坊主であったようだ。

少年の日の両親に触れた「父母」という詩も書いている。

父は大きく
母は優しく

蜻蛉釣りに時を忘れ
夕げに遅れた時

（蜻蛉を食べてゐよ）と、父

くりやの隅に

膳を置く母（以下略）

（「叙情詩篇『天刑』未定稿より」「愛生」昭和十二年五月号）

大きな父親は、なかなか厳しく、母親は優しかったようだ。

成績は、最初のころはあまり振るわないが、学年を追うごとにめざましく向上している。最終学年である六学年の成績をみると、「修身」「国語」「算術」「日本歴史」「体操」「手工」は抜群で、「地理」「理科」「図画」「唱歌」もなかなかの成績である。「操行」も全く問題がない。

欠席は、「事故欠席」が毎学年数日ずつあるが、「病気欠席」は、六年間を通じて数えるほどしかない。第六学年次の身体状況は、身長、体重、胸囲とも中位である。

何も問題ない尋常小学校時代であったが、後で振り返って悲しい思い出も甦る。それは、ハンセン病の感染が、このころではないかと彼が思っていることだ。『白描』の「彼」に次の歌がある。

今にしておもへば彼ぞ癩なりし童のわれと机並《な》めしが

彼《か》の指に癒えては破《や》れし傷一つ今にして且つ眼にはうかみ来《く》

わが病あるひは彼に受けたらむ童《わらはべ》の日のしかも親しさ

けれども、彼がこのことを知るのは、ずっと後のことである。

大正二（一九一三）年三月二十五日には、片浜尋常小学校を卒業。翌四月、沼津町立沼津商業学校（現・静岡県立沼津商業高等学校）予科に入学している。

現在、沼津商業高校は駿東郡清水町徳倉にあるが、当時は、沼津町山神道（現・八幡町の第一小学校敷地西側）にあった。この学校は、富士清水線のすぐ南側になり、野田家から歩いて十五分から二十分ほどの距離である。

先に紹介した「夏の日」に、このころを詠んだ歌もある。

入学試験合格の日の空の晴れこのごろにして猶し思ほゆ
制服の香もあたらしく教科書の英語読本もめづらかなりし

希望に胸膨らませる勝太郎が見えてくるようだ。

翌大正三年三月二十五日、予科第一学年修了。翌四月、予科二学年開始。父が富士製紙に転職して会社の社宅に入ったため、祖父母の住む母方の叔父古根村石蔵宅に、次兄の義雄と寄宿して通学している。

古根村家は、西間門の信号の百メートルほど東に新中川が流れているが、東柏原沼津線に架かる間門橋から百メートルほど下流の右岸にあったので、通学にはグンと便利になったはずである。

翌大正四年三月二十四日、予科二学年を修了。翌四月、沼津商業学校の本科第一学年になる。そして三年後の大正七年三月二十日、十六歳の勝太郎は、本科第三学年を修了し、同校を卒業している。

成績は、予科一学年の時は学年試験が百十九名中、席次が三十三番。予科二学年では、九十八名中、二十九番。本科一学年の学年試験は、席次二十二番。本科二学年では席次十八番。本科三学年では十一番と学年ごとに成績が伸びている。両親の期待も大きかったことであろう。

予科のころは、珠算ほかは平均して良い成績で、特に理科の成績が良かったようだ。予科二年の時の、「快活さを欠くが努力家である」という担任の評価が興味深い。

また同級生の一人平出利郎は、のち「わしらといっしょの時、そんなに目立った男じゃなかったです。……野田さんは、学問が図ぬけるとか、文章にひいでたことをきくでもなし、これといった材料がない」（「紫旆」第四十号）と答えている。

彼自身、後、「病中日記」（昭和九年八月八日）に、〈先頃血液型を調べたが自分のはO型とのこと。非社交的で沈鬱なところや丶条件に合ってゐる。〉と記している。

またこの「病中日記」（昭和九年六月四日）に、沼商時代に触れたものが一箇所あった。〈大野さん家からの小包を持って来てくれる。母の心尽くし、種々と身にしみて有りがたい。遠藤卯太郎君がたづねて来たとて名刺を同封してある。古い友人でもう忘れて居たが、沼商時代といふので記憶を辿つたら、根方から通つて居た温厚朴訥な同君の面影が漸く浮び上つて来た。住友生命の支店につとめて居るらしい。保険の勧誘に来たなと思ふとをかしくなる。しかし、丈夫で居たらと感慨多少。〉

さて、沼商を卒業した勝太郎は、同年四月、静岡師範学校本科第二部（現・静岡大学教育学部）に入学している。明治四十二年に男子の第二部ができ、全寮制であったので、勝太郎も寮生活をしたと思われる。当時の校舎は、静岡市追手町のお堀の近くにあり、寄宿舎は校舎の後にあった。

そして、二年後の大正九年三月二十五日、十八歳の勝太郎は同校を卒業し、小学校本科正教員免許状を下付されている。

ただ、当時の修業年限は一年のはずであるが、勝太郎は卒業までに二年かかっている。何か事情があったと思われるが、詳細は不明である。

勝太郎の書いたもので、この静岡師範時代に触れたものはない。しかし、「日本詩壇」（昭和十一年一月）に「歴史物語」を発表する際公表した略歴に、〈明治三十四年静岡市に生る〉とあることや『新萬葉集』の応募の際の略歴にも、〈静岡に生れ〉とあることから、やはり愛着のある土地であったようだ。

静岡県立中央図書館に大正十四年十月に刊行された「創立五十周年記念　同窓会会員名簿　静岡師範学校同窓会」が所蔵されているが、同誌の〈第六十四回　大正九年三月卒業（二部）〉の中に、〈野田勝太郎　富士須津　訓　駿東〉とあった。

教職時代

勝太郎の教職時代は、大正九（一九二〇）年三月三十一日、静岡県駿東郡原尋常高等小学校（現・沼津市立原小学校）に訓導として勤務したことに始まる。

沼商時代の海人
（明石海人顕彰会提供）

この年の夏、彼は天津にいる兄を訪ねたことを「酷暑」（『明石海人全集』下巻）に書き残している。滞留数十日。兄というのは、長兄の敬太郎のことで、沼津商業学校を卒業して王子製紙に就職した彼は、このころ天津に赴任していた。

この旅についての回想歌は、後述するが、ノート「稿／その一／青明」の長島愛生園に移ってからの箇所にたくさん書かれていた。ここでは三首を紹介する。

中国の海ぞいの村に白壁の並み立ち光る夏の船旅
長城や夏の夕に来てみれば三千年の雨風のあと
これやかの西太后の住みなせる軒ひくき殿今はあれたり

急に思い立っての異国への船旅。神戸駅の待合室では南京虫に食われて散々な目にあったが、強く印象に残る旅だったようである。

翌大正十年九月六日、富士郡伝法尋常小学校（現・富山市立伝法小学校）に転勤。二十日、富士郡村立伝法農業補習学校助教諭を兼任。農業補習学校は、小学校を教場として小学校教員が指導にあたった夜学である。

大正十二年六月三十日、富士郡須津尋常高等小学校（現・富士市立須津小学校）に転勤。このころ、富士郡加島村本市場三〇〇番地に住む。

この学校で、彼は後に妻となる古郡浅子と出会っている。彼女は、富士郡須津村中里一二三番地に明治三十五（一九〇二）年三月二十五日に生まれている。勝太郎よりも一つ年下である。富士高女を卒業し、勝太郎が勤める前年の春から同校に勤務していた。

このころの職員一同の写真が『海人全集』上巻に掲載されているが、前列右端の勝太郎は、身体も大きく、髪をオールバックにして初々しい印象である。中列左端の浅子は、小柄で、美人と言うよりも可愛らしい女性である。

また、この学校で同僚となった先輩の清水慎一（大正六年静岡師範学校第二部卒業、「水甕」同人、雅号・清水塊音）から、短歌指導を受けている。清水は、「林煙」を発行。清水によれば、勝太郎もこれに投稿しているという。

このころの勝太郎の作品は発見されていないが、少なくともこのころには彼が短歌に取り組み始めていることが推察できる。

勝太郎の先輩の清水が同人であった「水甕」は、大正三年四月に尾上柴舟によって創刊された歌誌である。ひょっとして彼もここに投稿していなかったか。「水甕」のバックナンバーは、日本近代文学館が所蔵していた。そんなわけでここに一日籠って調べたが、清水塊音の作品はいくつかあったが、彼らしき名前を見つけることはできなかった。

さて、古郡浅子の話に戻ろう。やがて二人は恋に落ち、浅子は翌大正十三年の六月二十七日に須津尋常高等小学校を退職し、二人は七月ごろ結婚している。

ただ、この結婚は、周囲の全ての人に祝福されたわけではなかった。野田家の側に反対する人がいたようだ。

彼は後、〈嘗て○○の○○○さんが反対した時別れたなら、こんな苦しい思ひをしなくてもすんだがなどとも思ふ。然しそれから後の生活の記憶は、今のやるせない離愁を償つて余りあるを思へば、少くとも私にとつては決して無意義ではない。たゞその時のお前の言葉の「私にはほんとの親の愛が分らなかつたから、瑞穂だけは二親揃つて育てゝやりたい」と言つた希望を、今日こゝになげうたなければならない事がたまらなく残念だ。〉（「妻と呼び得る最後の日に」第一信）と書いている。

両親が揃っていない家庭に育った浅子は、愛情が薄いという危惧があったのか、浅子は野田家の戸籍には入っていない。

しかし、若い情熱は、障害があればあるほど燃え上がるものである。翌大正十四年二月四日には、長女瑞穂が生まれている。

勝太郎は、同年八月には、富士郡第一富士根尋常高等小学校（現・富士宮市立富士根南小学校）に転勤している。そしてこのころ、富士郡須津村中里一〇五九番地で新婚生活を送っている。

発病

私が、勝太郎たちが新婚生活を送った富士市中里に向かったのは、野田家の墓参りに行った二週間後の三月二十二日のことであった。この日も暖かい穏やかな日であった。

ＪＲの吉原駅は、沼津駅の西に四つ目の駅である。時間にして十数分。この駅に岳南電車岳南線の吉原駅が隣接しているが、岳南鉄道は、昭和二十三（一九四八）年に設立されたもので、富士の貴重なローカル線として活躍している。終点の岳南江尾まで九・二キロで、時間にして約二十分である。

この岳南電車に乗り換え、十五分で須津駅に到着する。この駅のプラットホームに降り立つと、背後に幾重にも列なった山脈が屛風のように広がり、その前方の裾野に中里の集落が広がっていた。

プラットホームを下り、山側に向かって延びている一本道を百メートルほど歩くと、十字路がある。右手に「ヘアールームいわたき」があり、左手前方には神社の鳥居が見える。

また、前方右手には、鋭利な刃物で引っ掻いたような文字が刻まれた焦げ茶色の巨石が置かれている。引っ掻いたような文字は読めないが、下に小さく東光寺とある。この二百メートルほど先に東光寺があるので、この寺を示す碑なのだろう。

ここを右に曲がり、百メートルほど行くと、左に曲がる道がある。ここを左折して二、三十メートルほど行った右側が、かつて勝太郎が住んだ家があった場所、富士郡須津村中里一〇五九番地（現・富士市中里一〇五九―一～四番地）である。現在は、四軒の家が立ち並んでいる。この地に立った時、左手に雪を冠った神々しい富士山が見えた。

ここを二、三十メートル戻り、左折してさらに百メートルほど行き右折して五十メートルほど行くと、右手に直径二、三十メートルの半円形をした須津湖が現れた。現在は、周囲をガードレールで覆われ、防火用水として利用されているようだ。湖を覗くと、大きな黒い鯉の群れが悠然と泳いでいた。
勝太郎たちは、よくこの湖のほとりで遊んだようで、この地を回想したものが多い。

湖のほとりに住みて白鮠《はえ》の跳《はし》る夕べを汝は唄ひき

（『楓蔭集』）

また、詩「凍雨」（「日本詩壇」昭和十二年五月号）にも次の一節がある。

妻が来てゐたら、若し妻が来てゐたら、昔、白雲の影むらさきだつ湖《うみ》のほとりに住み、銀黒長身の狗を愛して白鮠の跳《はし》る夕べを逍遥ひ、枇杷の実の明るい窓に唄ひなどした事を思ひ出しながら、短いあの頃のために涙を流してくれよう。

後に浅子に書いた手紙にも、〈共に暮した日も僅か三年に満たない。然し○○の静かな生活の数々の記憶は今も夢となつて私を慰めてくれる。トマトを作つたり、柿をむいて干したり、馬に乗りまはしたり、他の人には下らないと思はれる事が、私達にとつては限りない楽しい記憶なのだ。〉（「妻と呼び得る最後の日に」第一信）とあるが、この○○も中里であろう。
「病中日記」（昭和九年七月一日）にも、〈日曜で朝からボールを打つ音がする、よくテニスをした中里の頃を思ひ出す、あの頃は幸福だつたな。〉とある。

師範学校に通い、教師の免状は手に入れた。好きな人と出会い、結婚して子どももできた。一人の社会人として勝太郎の未来は燦然と輝いていたはずである。

しかし、彼が天国から地獄に突き落とされる出来事が待ち構えていた。このころのことは、のち勝太郎の友人となる松村好之が書いた『慟哭の歌人』が教えてくれる。

ある夜、風呂上がりの勝太郎の右肘に二センチほどの赤い斑点があるのを見つけたのは、妻の浅子だった。

「あなた、これなに?」

勝太郎が腕をひねってみると、薄桃色の、まるで紅でも差したように美しい斑点が目に入った。

「なーに、たむしかなまずだろう」

と、勝太郎が言うと、お下げ髪で睫毛の長い浅子は、その部分にヨーチンを塗った。二人はそれっきり忘れていたが、しばらくして今度は足の太股にも三センチ大の斑点ができた。

これはおかしい、と思った勝太郎は、近くの医者に診てもらった。

「簡単に治る皮膚病です」

と診断が下され、塗布薬をくれた。しかし、毎日二、三度それを塗っても一向に消える気配はなかった。知らぬ間に今度は左の足首にも一つできた。

やがて勝太郎は、東京の治療院に通い始めている。このことは、大正十五(一九二六)年一月十七日から四月九日まで公表された「自宅療養日記」から知ることができる。(私は前著『よみがえる〞万葉歌人〟明石海人』では昭和二年としたが、のち原本が遺族の家で発見された。)

一月十七日　東京行

今朝は改札が起きてゐた。

神田で降りて文房堂で水彩筆を求め、須田町で鏡屋へよって来る。×氏のところへ行く。今日は日曜なので大にこんで居る。

訴訟事件が面倒になつたさうで皆当惑してゐる。結局患者一同連名の請願書を出す事にして署名する。うまく行けばよいがと皆心配してゐる。×氏も、やるところまでやる、と力むで居る。今日も代診でがっかりする。大分よい方に向ってゐるとの事である。帰りに溜池からオートバイの握りを求めて来る、馬鹿々々しい暴利を貪られる。

東京駅の円太郎で漸く間に合つて二時のへ乗る。今日は割合に痛まない。帰って入浴してせい〳〵する。

この日の日記を読むと、東京の治療院へはこの日が初めてではないようだ。次の〈一月二十三日東京行／例の通り二時の汽車で出かける、とてもすいてゐて淋しい位。〉を読むと、かなりハイペースで東京の治療院に通っていることが分かる。

一月三十日にも東京に行っている。〈午前二時十分過ぎ母に起される。ねむい。〉とあることから、東京に行く日は、両親が住む富士郡加島村（現・富士市本市場）の富士製紙の社宅に泊まっていることが分かる。

二月六日には、中里の家から両親の住む富士製紙の社宅に引っ越している。

ＪＲ吉原駅から下り電車に乗ると五分で富士駅に着く。その直前、進行方向右手に大きな白と赤のツートンカラーの二本の煙突が白い煙を吐き出しているのが見えた。やがて大きな王子マテリアの富士工場が姿を現すが、かつての富士製紙はこの前身で、社宅は、この裏側にあった。

富士駅の北口を出て、富士本町通りから県道鷹岡富士停車場線を数百メートル行くと、左手に静岡中央銀行富士支店があるが、ここの信号を右折する。まっすぐ百メートルほど行くと左手に市立富士第一小学校があり、さらにその先に王子マテリア本市場社宅AとBの二棟の団地が並んでいるが、この場所にかつての富士製紙の社宅はあった。このことを教えてくれたのは、前著の取材時にお世話になった富士市役所の鳥居さんが紹介して下さった、当時、新富士製紙の社史を編纂されていた川村馨さんであった。

須津村中里での家族写真
（海人と長女瑞穂を抱く浅子）

私は十八年ぶりにこの場所を訪れたが、あの時と同じゆったりとした時間が流れていた。

勝太郎がこの地に引っ越したのは、やはり治療を最優先とした生活に切り替えたためであろう。しかし、思ったほどの効果は現われなかった。

そんな日々、彼はある決断をする。

宣告

平成二十七（二〇一五）年の四月三日。上京した私は、山手線の上野駅で下車し、不忍口に降り立った。

ここを右折してガードを潜って信号を渡ると、右手の建物の後は上野公園である。ゆるやかなカーブをさらに進むと、上野公園に行く階段があり、続いて京成上野駅への入口があり、交番がある。さらに進むと右手が上野公園の入口であるが、この前の信号を渡り右折すると、前方に不忍池が見えてくる。

不忍池の周囲に植えられている桜は満開である。ここを左折し、下町風俗資料館を左に見て、池の畔をぐるっと廻ると、野外ステージがあるが、さらに進むと、池の中の弁天堂や大黒天堂に行く道の入口がある。ここの左手に不忍池西の信号があるが、これを渡ると、無縁坂にさしかかる。左手に、都立旧岩崎邸庭園の煉瓦ブロック塀があり、さらに進むと右手に講安寺がある。さらに二百メートルほど進むと、右手に東京大学鉄門がある。目の前に聳える巨大な建物が、東京大学医学部附属病院である。

ここを左折して百メートルほど進み、右折すると、東京大学医学部附属病院の正面になる。大きな病院である。タクシーが数珠つなぎに列なっている。道路一つ隔てた前方に、東大の校舎が並んでいる。この近辺にも桜が溢れている。

この時期に私がこの地を訪れたのは、桜が満開のころがふさわしいと思ったためである。二、三日前から、東京の桜が満開になったことをテレビニュースは伝えていた。しかし、この日はあいにくの曇天で、風の強い日であった。強風が吹くたびに、桜吹雪が舞い上がっていた。

勝太郎が下した決断とは、この病院で自分の病気を正式に診断してもらうことであった。既に、東京の治療院に通っている。うすうす自分の病気については気づいていたと思うが、やはり自分も周囲の人たちをも納得させるためには、一度は通らなければならない道であったのだろう。

私が前著の取材で初めてこの地を訪れたのは、平成九年四月五日のことであった。その少し前に病院に電話で問い合わせると、建物は平成に入ってから建て替えたが、場所は大正十五年当時と同じだと教えて下さった。あの時の建物が、私を見下ろしている。

私の目に、不安ではちきれそうな思いを抱えてこの病院の門をくぐる野田勝太郎の姿が見える。勝太郎がこの地を訪れたのは、大正十五年の、今日のように桜が満開のころであったと思われる。

この日の勝太郎の胸の内は、『白描』の巻頭の歌たちが雄弁に語ってくれる。

診断の日

病名を癩と聞きつつ暫しは己が上とも覚えず
医師の眼の穏《おだ》しきを趁《お》ふ窓の空消え光りつつ花の散り交ふ
そむけたる医師の眼をにくみつつうべなひ難きこころ昂ぶる
言《こと》もなく昇汞水に手を洗ふ医師のけはひに眼をあげがたし
看護婦のなぐさめ言も聞きあへぬ忿《いかり》にも似るこの侘しさを
診断をうべなひがたくまかりつつ扉に白き把子《ノッヴ》をば忌む

踏む階《きだ》のいたき磨耗《へり》にも思ほゆる子等は睡気にむづかる頃か
雲母《きらら》ひかる大学病院の門を出でて癩《かたゐ》の我の何処《いづく》に行けとか
診断を今はうたがはず春まひる癩《かたゐ》に堕《お》ちし身の影をぞ踏む

やはりハンセン病に間違いがなかった。東大の附属病院を出ても、彼はすぐに帰る気持ちにはなれなかった。昂ぶった自分の気持ちを冷まさなければならないのである。勝太郎は、夢遊病者のように不忍池の畔を歩き、上野公園へと進んだ。私が訪れた日も、花見客でごった返していたが、おそらく彼が訪れた日も、同じように花見客で溢れていたはずである。

公園に入ると、左右に道が分かれているが、右側の階段を上ると、右手に西郷隆盛が犬を連れた見上げるほどの銅像が建っていた。勝太郎も見たはずである。その先の清水観音堂の濃いピンク色の枝垂れ桜には、多くの人たちがカメラを向けていた。そこを過ぎると、あちこちに車座になった花見客たちで溢れていた。どの顔も、笑みが漏れている。そんな中を歩くと、勝太郎は、自分の沈んだ気持ちが余計惨めに感じられたに違いない。

行楽の人に群れて上野の山に来つれどまた行くべき方もなく、人なき処をもとめて博物館の広庭をさまよふ

在るまじき命を愛《を》しくうちまもる噴水《ふきあげ》の水は照り崩れつつ
七宝の太花がめのあをき肌夕かげりくるしづけさを冷ゆ

人間の類を逐はれて今日を見る狙仙《そせん》が猿のむげなる清さ
天窓のあかりは高くひそまれる陳列室にひとりゐがたし
おろそかに見つつ過ぐれどマンモスの化石の牙は彎《まが》りたくまし

日暮れて博物館の門を後に、さる夜の夢などを辿る如く一足毎に重る心は踏みゆく石塊の一つ一つにもよるべなき愛着を覚えつつ

あるときは世ののぞみをも思ひてし府立美術館の石壁は黄に
身一つのあらましごとぞ消《け》なば消《け》ね消ぬべくもあらぬ妻子《めこ》が縁《えにし》は
銅像の西郷公は紙つぶてあまた著けたり素足の甲にも

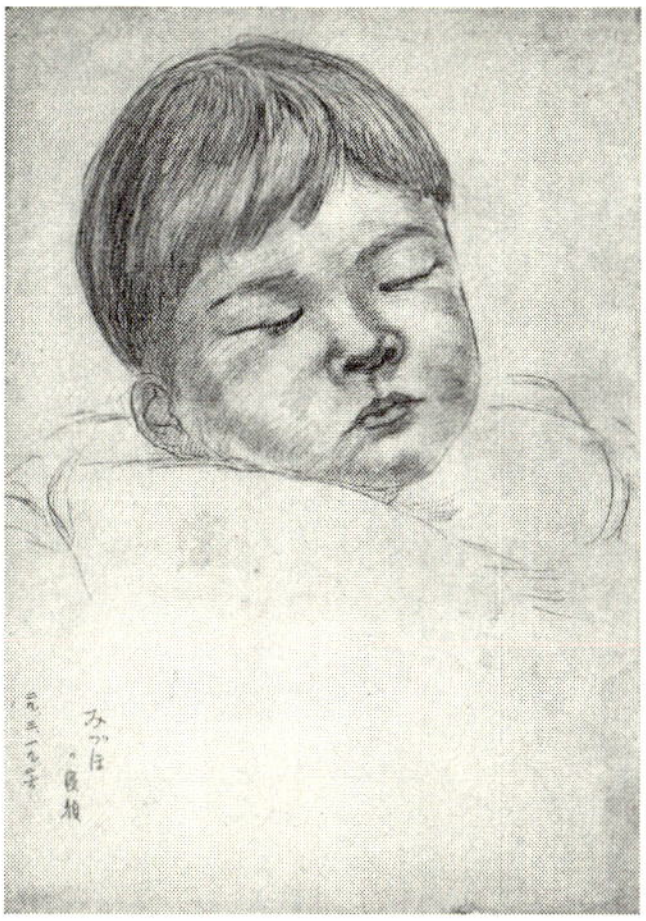
海人のスケッチ・長女瑞穂

海人のスケッチ・妻浅子
（明石海人顕彰会提供）

霧《き》らひつつ入る日の涯はありわかぬ家並《やなみ》を罩めて灯《あか》りそめたり
陸橋を揺り過ぐる夜《よる》の汽車幾つ死したくもなく我の佇む

洗面所の鏡にうつる影は昨日に異ならねど、病み頽るる日のさまを思へば、我身ながら已にこの世のものとも覚えず。やがて灯かげ暗き車室の一隅に外套の襟を立てて

今日一日《ひとひ》の靴のよごれをうちまもる三等室に身は疲れたり
子等を妻を木槿《もくげ》年古《ふ》る母が門《と》を一目を欲りつつ帰り来にけり

待てる家妻に言ふべかるあまたはあれど一言にわが癩を告ぐ
妻は母に母は父に言ふわが病襖へだててその声を聞く
うから皆我を嘆かふ室を出で子等の笑《え》まひにたぐひてあそぶ
ありし日は我こそ人をうとみしかその天刑を今ぞ身に疾む

勝太郎は、四月三十日付で、勤務先の退職を命ぜられている。この年の年末には、次女和子が生まれている。彼は、二人の子どもの父親として途方にくれたはずである。天国から、地獄に突き落とされてしまったのだった。

ここで、この病気の歴史を振り返ってみたい。わが国におけるハンセン病の歴史は古く、すでに奈良時代にできた『日本書記』に顔を出している。

なぜこの病気は、業病、天刑病と言われて忌み嫌われてきたのだろうか。仏教の因果応報思想が結びついたものだと指摘する人は多かった。具体的に『法華経』の名を挙げる人もいた。

『法華経』は、岩波文庫（上・中・下）に収録されていた。上から順次読んで行くと、確かに三か所存在した。「上」の「譬喩品第三」の終わり近くに二か所、「下」の「普賢菩薩勧発品第二十八」の終わり近くに一か所である。ここでは、一番生々しい表現がある最後の一か所を引用する。

若し人ありて、これを軽《かろ》しめ毀《そし》りて『汝は狂人なるのみ、空しくこの行を作して終に獲《う》る所なからん』と言わば、かくの如き罪の報は、当に世世に眼《まなこ》なかるべし。若しこれを供養し讃歎する者あらば、当に今世において、現《まのあたり》の果報を得べし。若し復《また》、この経を受持する者を見て、その過悪《あやまち》を出さば、若しくは実にもあれ、若しくは不実にもあれ、この人は現世に白癩《びゃくらい》の病を得ん。若しこれを軽笑せば、当に世世に牙、歯は疎《す》き欠《か》げ、醜《みにく》き脣《くちびる》、平《ひら》める鼻ありて、手脚は繚《もつ》れ戻《まが》り、眼目《まなこ》は角睞《すが》み、身体は臭《くさ》く穢《きたな》く、悪しき瘡《できもの》の膿血《うみち》あり、水腹《すいふく》・短気《たんけ》、諸の悪しき重病あるべし。

（「下」三百三十四ページ）

ここで言っているのは、この経典を極める僧たちは、現世及び来世で果報があるが、最高の経典を護持する僧たちを誹謗中傷すれば、恐ろしい病気になるよ、ということである。この病気が医学の力で克服された今読むと、何だか子ども騙しみたいである。仏教は、この病気を前世の罪に転嫁することによって、病者にある種の救いを与えたことは間違いがない。しかし、同時に差別の対象と見ていたことも否定できない。このような『法華経』の教えが人々に浸透していったものと思われる。

海人に強い興味を持った短大教授の太田静一（明治四十三年生）は、〈また私は幼少時を大阪ですごしたが母に連れられて四天王寺詣りをすることがあったが、そこはライ浮浪者の溜りとなっていた。亀が沢山浮戈している池の側に、手は曲り足はそげた、眼もあてられぬような異形のライ人が地にひれ伏し叩頭していた。犬のひく手製リヤカーに乗って物乞いする連中もいた。数十人は居たと思う。遠巻きにしてこわごわ眺める者も居れば、銭を投げて足早やにたち去る者もいた。〉（「明石海人再説」「文芸山口」第九十三号）と書いている。

また、熊本市の本妙寺の患者部落のことは、たくさんの文献が触れていた。彼らが神社仏閣に集まるようになったのは、前世の報いを浄化してもらうためであった。

またこの病気は、家族内で発生することが多いので、血統病、遺伝病とも見られていた。

そんなふうに見られていたこの病気が、伝染病だと立証されたのは、明治六（一八七三）年、ノルウェーの癩医学者ハンセンによってであるが、専門家たちが改めて伝染病だと認識したのは、明治三十年に第一回国際らい会議がベルリンで開催されてからであろう。この会議は、ドイツ東部のメーメル地方（現・リトアニア）に二十数名の患者が発生し、その対策について各国に呼びかけて開催されたもので、日本からは土肥慶蔵、北里柴三郎の両博士が出席している。この会議の要請で、至急各都道府県の患者数が照会された。大阪を初めとする一府八県の数字が欠落しているが、この時、一万九千八百九十八人の数字が挙げられている（明治三十三年に再び一斉調査が実施されているが、この時は三万三百五十九人であった。ただこの時は医者ではなく警察官の調査であったため、実際にはこの二倍はいたのではないかと推察されている）。この本会議において、ハンセン病が伝染性疾患であることが確認され、その隔離が予防対策として提唱されている。（以上『光田健輔と日本のらい予防事業』参照）

この時の会議のニュースを注意深く見つめている一人の青年がいた。光田健輔である。

明治九年に山口県佐波郡中ノ関（現・防府市）に生まれた光田健輔が癩菌と出会ったのは、医術開業試験合格後、東京帝国大学医科大学の選科へ通い始めたころであった。ある日、東京市養育院から送られてきた解剖用の死体は、肉が崩れていて、異様な臭気を放っていた。癩患者の遺体であった。みな逃げ腰で、解剖に立ち会う人がいない。そんな中、光田青年が進んで立ち会ったのだった。この時、股の淋巴腺の一片を分けてもらって顕微鏡で眺めた時、癩菌といっしょに結核菌がたくさんいることを発見した。このことに興味が湧いて、教授にいろいろ質問したが、明快な回答は得られなかった。

光田健輔が、先の、第一回国際らい会議の開催を知ったのは、ドイツの医学雑誌であった。世界的な細菌学者や皮膚科の権威が集まったこの会議で、癩菌の所在についての論争が行われ、それらが雑誌に掲載されていた。光田は、さっそくどの人の説が正しいのか教授に聞いてみたが、確かなことは分からなかった。

その後、縁あって行き倒れ患者を収容する東京市養育院に勤務するようになった光田は、その中に病者が混じっていることに驚愕する。この事実を院長の渋沢栄一に話し、十二坪の伝染病室「回春病室」を誕生させる。これがわが国初の隔離病室であった。

やがて、この病気が伝染するという認識が次第に行き渡り、明治四十年三月、「癩予防ニ関スル件」が帝国議会で可決される。この時、患者たちを隔離救護するための公立の療養所が全国五か所に開設されることが決まり、明治四十二年に開所されている。東京の全生病院、青森の北部保養院、大阪の外島保養院、香川の大島療養所、熊本の九州療養所の五か所である。

しかし、このころの療養所には、「救護費弁償制度」があり、本人か扶養義務者が療養費の一部を払わなければならなかった。身元が知れると、しかるべき機関が消毒に行くので、周囲に癩患者が出た家だということが分かってしまう。そんなわけで、躊躇する人は多かった。

さて、勝太郎の話に戻ろう。そんな不安な日々の中で、彼は一つの決断を下す。それは、私立の明石叢生病院への入院であった。少しでも早く、自分の病気を治してしまわなくてはならないのである。

彼は、この病院に旅立つ前日のことを、「歌日記」に次のように書いている。

瀬戸の内海に望むある癩病院に、明日は旅立たうといふ日の午後、私達は子供二人と町はづれの野道を歩いた。苗を植ゑるばかりに鋤返へされた水田の面を掠めて、燕の群が飛交ひ、処々の梨畑には、桜桃《さくらんぼ》程になつた青い果が鈴なりになつてゐた。いつか大きな鮒を釣り上げた溜池の畔《ほとり》には、白い乳牛が草を食んでゐた。

子供等の小さい方は乳母車の中で機嫌のよい笑ひ声をたててをり、大きい方は、畦道を駈け廻つて蛙を追ひかけたり、小溝を飛越えて梨の実を拾ひ集めたり、遠くから呼びたてたりしてゐた。すべてが平和に移つて行く初夏のかんばしい昼過ぎの大気の中を、言葉少なに歩きながら私達は、遠い稲妻となつて閃く宿命の敵意を感じてゐた。

一わたり歩き廻つてから、灯のともり初《そ》める頃、町に一軒しかない支那蕎麦屋で、父の家に同居してから絶えて久しい水入らずの食事をした。小さい方は乳母車の中で無心な寝顔を仰向け、大きい方も、赤く染られた肉の切れや、グリンピースなどをついて燥やいでゐたが、やがて私の膝の上で小さい寝息を立て始めた。ポケットには青い梨の実が一ぱい詰つてゐる。思はず微笑を見交しながら、私達は、二人の子供の寝顔の上にも、影のやうに忍び寄つてゐる明日の別れを犇々と感じた。

「あなたが達者で、こんなにしてゐられるんだつたら……」

呟くやうに云ふ妻の眼には、抑へきれない涙が光つてゐた。

彼等は、富士駅近くの中華蕎麦屋・来々軒で最後の家族団欒を終えた。

翌、六日の家族との別れは、「出郷」（「婦女界」昭和十四年八月号）に書き残している。なお、子どもたちの名前や地名をローマ字の頭文字や××としてあるが、戻している。

返す。

「では気をつけてお出で」

私が明石癩院へ向ふ日であつた。縁先まで送り出して来た母は、幾度も云つた言葉をまた繰り返す。

「本当に早く帰れるとよいがね」

靴の紐を結びながら、私は元気に答へた。

「なあに大丈夫ですよ。きつと癒つて帰ります」さうは云つたものゝ、これが最後の別れではあるまいかと、云ふ恐れを消すことは出来なかつた。

泉水の金魚が浮いたり沈んだりしてゐる。長いこと水を替へなかつたがなどゝ思ひながら、また繰り返す母の言葉に、私も何時か涙を落してゐた。

「早くしないと遅くなる」とさつきから手作りの菊の鉢の前を、行つたり来たりしてゐた父が怒つたやうに云ふ。

「では行つて参ります」さう云つて母の顔を見ずに歩き出した。

「お父さん行つて参ります」父は黙つて肯いた。ふと見ると父の太い指は丹精して作つた菊の蕾をむしり取つてはもみほぐしてゐる。この無心の動作。父と子にまつはるどうにもならない宿命の相がそこにあつた。私は逃れるやうに裏木戸を出た。

木戸口には目に涙を一ぱい溜て妻が待つてゐた。私は思はずその手を執つて並んで歩き出した。背に負はれた和子は、昼寝起の不機嫌な顔を伏せて居た。表通りへ出る橋の上にはさつきから、五つになる瑞穂が頻りにはしやいでゐたが、私達の姿を見ると声をあげて飛びついて来た。父と母とに手を執られて、ぶら下つたり、跳ね上つたりしながら喜ぶ瑞穂。妻と私は黙つて顔を見合はせた。

町は人通りもまばらであつた。角の床屋では、親父が鏡の中から会釈した。本屋の小僧はどちらへと聞いた。二十余年の間私を育くんで呉れたこの町。あの角を曲れば学校がある。この裏通りには焼芋屋がある。あそこでは自転車で転んだ。こゝでは喧嘩をした。数しれない思ひ出が、それからそれへと果しもない渦を巻く。

駅へ着いたら見知越の赤帽が、急がしさうにあたりを掃いてゐた。

『明石行き』と云ふ切符に鋏を入れる、ニべもない音であつた。瑞穂は独りではしやぎまはる。妻は涙ぐんだ瞳をあげて笑つたり制したりしてゐる。列車に乗り込むと急に離愁が身に沁みる。今まで三日と別れて暮した事のない瑞穂は、今日の別れを何であるか知る筈もない。母に教へられた通り「お父ちやんさようなら」を繰り返しながら頻りに帽子を振つてゐる。妻は今は人目も憚らず泣きぬれてゐる。窓から半身を乗り出して、妻の背の和子をあやさうと作る笑ひの歪むのをどうすることも出来なかつた。

遠ざかる妻子の姿。啄木か誰かの歌がふと浮んだが、そんな事を思ふゆとりもなく、私の心はくた〳〵に打ちのめされてゐた。遠ざかる故郷、鉄輪の響はひつきりなしに命をすりへらしていつた。窓にそびえる富士の嶺は何時か暈《ひ》を冠つてゐた。

「雨になるかな」何んの係りもなくそんなことをつぶやきながら、私はそこにも不吉な運命を読んだ。泣き腫れた母の眼、苔をむしる父の指、二人の子を抱く妻の姿、爾後十余年、運命は最悪にめぐつた。凡ての凶兆は悉く適中した。

かうした場面が、今もなほ日本中のどこかで毎日のやうに繰り返されてゐるのである。

（昭和十二年秋）

文中に、〈二十余年の間私を育くんで呉れたこの町。〉とあるが、身辺を悟られないための彼の脚色である。

昭和二年六月六日の朝、勝太郎は富士駅で妻子に別れを告げて明石に向かった。この時の勝太郎の胸中は、不安よりも希望の方が勝っていたはずである。

第二章　明石叢生病院

明石叢生病院

私が、勝太郎の足跡を追って神戸市に向かったのは、平成二十七（二〇一五）年六月六日のことである。勝太郎がこの地を訪れたのも、八十八年前のこの日であった。

勝太郎が向かった明石叢生病院があったのは、兵庫県明石郡玉津村字高津橋（現・神戸市西区玉津町高津橋）である。

その日私は、昼近くにＪＲ明石駅に降り立った。南口を出てタクシーに乗る。すると、ぐるっと回って北口に出た。眼の前は、明石公園のお堀である。この信号を左に曲がって百メートルほど走ると、鷹匠町の信号があり、ここを右折する。この道が小部明石線である。この道をまっすぐ四キロほど行くと、左手に神姫バスの高津橋の停留所がある。ここで下車する。時間にして十数分である。平成九年の暮れに訪れた時には、この少し先の右手に「ウェルマート」というスーパーがあったが、「スギドラッグ」に替わっていた。ここの正面左手の駐車場に立つと、前方に竹や雑木に覆われた小高い丘が見えた。あの時と一緒だ。あの中に、かつての明石叢生病院はあったのだ。

そんなことを思いながら、小部明石線をさらに進む。しばらく歩くと、丘に登る最初の道がある。

前回も、先にこの道を登ったのだ。急な坂の道をしばらく上ると、突き当たりに神社があった。松村好之が散歩に来たと書いていた神社だ。

私は、前回訪れた時と少しも変わっていないことに安堵し、坂を下り、叢生病院跡へと続く次の坂道を探し始めた。

前回訪れた時には、もう少し先のクリーニング店の主人が、パン工場の横の坂を五十メートルほど上ると、左手に阪神淡路大震災の仮設住宅があり、そこだと教えてくれた。仮設住宅のあった場所には、以前土木事務所があり、さらにその前にはハンセン病の病院があったという。

しかし、今回、この辺り一帯が大きく変貌していた。パン工場も、右に上る道も姿を消していた。大規模な造成工事の真っ最中で、どこが道だったのかさっぱり分からない。丘の上部には、雨後の筍のように、真新しい建物が林立している。

近くの老人に聞いたが、かつて阪神淡路大震災の仮設住宅があったことも、その場所に土木事務所があったことも、ましてやその前に私立の明石叢生病院があったことも覚えてはいなかった。ある新築の住宅の前に二十代後半と思われるご夫妻がいたので聞いたが、全く分からなかった。こんなふうにして土地の記憶が消えていくのだな、と思った。

ただ、私の中には、十八年前の記憶がそのまま残っている。パン工場の横の坂道を五十メートルほど上ると、左手にコンクリートの門柱が見え、その後ろに仮設住宅がびっしりと立ち並んでいた。かつてあの場所に、明石叢生病院はあったのだ。

私の脳裏に、「主婦之友」（大正十五年三月号）で見た、三角屋根のどっしりとした事務所の後ろに、窓が七つ列なる長屋のような明石叢生病院が浮かび上がる。

この病院にのちに入院した山口義郎は、〈この病院は、僅か八百坪位の土地の周囲に、高さ二間余りの黒板塀を張りめぐらして、その中に四棟の建物が並んで居り、そこに三十人に足らぬ病者がゐて、病院内にはラヂオが一つ、碁盤と将棋盤があるきりであつた。〉(「病友明石海人を看護りて」「婦女界」昭和十四年九月号)と書いている。

勝太郎がこの病院を知ったのは、明石叢生病院の前身の明石第二楽生病院の五ページにわたる紹介記事「癩病が治つて歓喜する人々の実話」が「主婦之友」(大正十五年三月号)に掲載されたが、この記事を見てのことだと思われる。この記事は、次のように始まっている。

癩病の生む数々の悲劇
不治とされ、天刑病として、世間から極度に忌み恐れられてゐる癩病が、簡単に救はれる途がついたとしたら、世の中の癩病患者はもとより、すべての人々が、どんなに幸福になれるでせう。殊に世界の中でも、この病気の人が多いといはれる日本などでは、最も喜ぶべき福音でありませう。一人の患者の発生は、その周囲の脅威であります。殊に遺伝よりは伝染であるといはれてゐる今日の学説に於いては、周囲にさうした人があれば、恐ろしい結果を生むかもしれません。それがためには、幾多の悲劇が、いとも深刻に随所で展開されてをります。(中略)
ところが、最近癩病患者の福音ともいふべき一つの事実が評判されました。それは福岡市楽生病院長の竹内勅氏が創製された、一つの薬であります。それが科学的にどういふものを含んでゐるるのか、秘密にされてをりますので、多くを知ることができませんが、竹内氏の家は元鹿児島藩の御殿医で、昔から家に伝はる癩病薬があり、それを種々研究の結果、一種の注射液を造られたのださうであります。

驚くべきその薬の効果

氏の説明によれば『この薬品を臨床上に用ひて既に十年、全治の喜びを得た者が本院分院を通じて九百名の多きを算し、最近二ケ年の成績は施療患者の八割以上を治療してゐる。（以下略）』

この記事には、治癒した患者たちの治療前と治療後の顔写真や、大阪医科大学皮膚科医長医学博士・櫻根孝之進の「癩病の初期には効果がある」の見出しの談話も掲載されている。溺れる者は藁をも摑む、という諺があるが、絶望の淵に追い込まれた者にとって、一筋の光明に見えたことは間違いがないであろう。

この記事に、〈主事の福島玉吉氏は、もと神戸の鈴木商店に勤めてゐた方ですが、あまりに悲惨なこの病者を気の毒に思ひ、私財を投じて分院の経営を引き受け、村民の強烈な反対と闘ひながら、苦しい経営を続けてをられます。〉とあるように、明石第二楽生病院の経営は、竹内から薬剤使用権を買い取った福島玉吉他三名であった。

この病院は、大正十（一九二一）年に総合病院としてこの地に建てられたが、不振のため閉鎖されていたものを大正十三年に彼らが買い取って始めたものであった。彼等の経営意図は、最初から営利を目的としていた。うまくいけば、巨万の富が手に入るのである。先の「主婦之友」の記事が出てから一挙に患者は増え、一時は七十名から百名になるという盛況を見たが、薬の効き目が悪く、患者は次第に減り始めていた。

そんなわけでこの病院経営も、社会事業の考えに転換せざるを得なかった。そこで法人化にして広く後援を求める計画を立てたが、「儲ける間は個人で経営し困ったから法人にとは、あまりに勝手すぎる」と当局の印象も悪く、社会事業家として知られていた賀川豊彦の斡旋もあったが、遂に認可を受けることにならず終わってしまった。（「大野悦子」『福祉の灯　兵庫県社会事業先覚者伝』）

私は、前著ではこの病院を明石第二楽生病院としたが、この病院の名は、勝太郎が入院したころは、明石叢生病院に替わっていた。このことは、『近現代日本ハンセン病問題資料集成　補巻6』（不二出版　平成十七年）に掲載された「社団法人明石叢生病院／設立許可申請書」（昭和二年五月五日付）で知ることができた。おそらく、この申請書は先の記述のように却下されたと思うが、明石第二楽生病院の名が、このころ、明石叢生病院に替わったのは間違いがない。というのは、『兵庫県統計書　昭和二年第七編下巻　衛生』には、「叢生病院」とあり、また、『兵庫県統計書　昭和四年上巻　土地・気象（以下略）』にも、「叢生病院」とあるからだ。

さて、野田勝太郎がこの地にやってきたのは、昭和二（一九二七）年の六月六日の夕暮れのことである。これは、後日公表された「明石病院時代の手記」から分かる。なお、子どもたちの名前が伏せられているが戻している。

昭和二年

明石へ着いた時の記

明石へ着く。自動車を乗り損じて道に迷ふ。

黄昏の中を歩き乍ら思ふ。

瑞穂よ和子よ、可哀いゝ子たちよ。お前たちの父は悲しい病の為にお前たち親しい者を故郷に残して只一人、見知らぬ里の夕ぐれを彷ひ歩いてゐるのだ。夕暮と云へば只さへ物悲しいものを異郷の道に踏み迷つて、かすかに光る灯をめあてに歩いてゐるのだ。

今お前たちは何をしてゐるか？　父は今お前たちの事を思つて疲れた足を引きずり乍ら泣いてゐるのだ。白い埃の道に涙はとゞめもなく落ちる。今お前達は何も知らない。しかし成長して後、自分と同じ悲しい運命になつたら、どんなだらうと思つて、父は泣いてゐるのだ。お前たちの可愛いゝ顔を思ひ出して泣いてゐるのだ。お前たち故郷に残したもの凡てに限りない愛着を覚えて泣いてゐるのだ。

お前たちの母も祖母も今頃は泣いてゐやう。哀れな夫、哀れな子の為に熱い涙を流してゐるだらう。それなればこそ、私もこんなに悲しいのだらう。

不覚の涙がとめられぬのだらう。

あゝ、この哀別離苦。この断ち難い愛着。又しても私は泣いてしまつた。遠い幾山河を隔てた東の方を望みながら、暗い前途を思ひ懐しい過去をしのび熱い涙がとめられぬ。（六月六日）

妻よ

暁暗のプラットホームに立つて、たつた一つの支柱として頼つてゐた自分と、今かうして悲しい別れをしなければならないお前の心の中はどんなだらう。今迄、物の五日と離れて暮した事はないのに、この先一年も或はそれ以上も会へない事は、どんなにつらい事だらう。ましてこれがこの世に於ける最後の別れであるかも知れないのだ。

妻よお前が泣くのも無理はない。

子供二人を抱へて、他人の間に居候して暮らさねばならぬとは、そして再び帰るかどうかわからぬ夫を、この先一年以上も待たねばならぬとは、あゝ何と云ふ運命のつれない手よ。

列車が動き出して、お前との間が隔つて行くときの世にも淋しげなお前の姿、それも次第に涙にかすんだ眼に、見えわかずになつてしまつた。

今は只、お前たちと夢に会ひ見るばかりだ。妻よ。お前も淋しいだらう。

私も亦淋しい。（六月八日）

この手記を読んでいると、勝太郎が、一年前後で帰れると思っていたことが分かる。やはりこの病院の薬に期待していたのである。

大野悦子と松村好之

勝太郎は、この明石叢生病院で、後の彼の生涯に大きく関わる二人の人物と出会っている。一人は、この病院の事務員の大野悦子である。

大野悦子（旧姓池田、戸籍名ゑつ）は、明治二十三（一八九〇）年六月二十日に神奈川県小田原で、小田原基督教会の牧師・池田清道と妻さとの三人姉妹の長女として生まれた。勝太郎よりも十一歳年上である。その後、父親の転勤と共に仙台に移住し、同市の尚絅《しょうけい》女学校を明治四十一年三月に卒業した。そして福岡県大牟田市立第三尋常小学校で九年間の代用教員生活を送る。その傍ら、紡績工場の二千人近い女工たちに英語や音楽を教えていた。この時代、両親が他界し、姉妹だけが残された。

彼女は虚弱体質のために婚期が遅れていたが、縁あって大正六（一九一七）年、「九州日報」記者の大野直躬と結婚する。しかし間もなく脳脊髄炎を患ってしまう。次第に快復してきたが、夫が東京に転勤となり、東京に移住する。

けれども、幸福な日々は長くは続かなかった。以前から病弱な夫の結核症状が次第に進行し、北里研究所附属病院へと入院するが、六か月後の大正十二年十一月二十六日に腎臓結核のために死んでしまうのである。

彼は渋沢栄一に親炙し、渋沢の東京養育院の救癩事業に敬意を表していたため、亡くなる少し前、「もし貴方の気が向くなら自分の死後は不幸な癩者のために尽くしてほしい」という遺言を悦子に残していた。

彼女は、この夫の遺言を守り、翌年の一月三十一日に開院して間もなかった明石第二楽生病院に無報酬で献身し始めている。

彼女とこの病院との縁は、妹のふさによる。心臓が悪かったふさの主治医の竹内勅がらい根治薬を発見して福岡の楽生病院で治療を開始し、明石にその分院を設けようとして信頼できる会計係を探していた。ふさは悦子に竹内を紹介し、悦子も了承した。

もう一人の松村好之は、同病の患者である。松村は、明治四十四年に香川県大川郡引田町（現・東かがわ市引田）に生まれている。勝太郎よりも十歳年下である。

松村に奇妙な症状が現れたのは、大正十五年の十二月、兵庫実業学校二年生の時であった。このころ、松村は、子どもの少ない神戸の叔父の家の世話になっていた。

まず初めに、手や顔に小さな斑紋ができ、やがてピンポン玉大の水泡ができるようになった。心配した叔父は、ある日、日赤の神戸支社に松村を連れて行く。

医師から説明を聞いてきた叔父は、真っ青な顔をしていた。観念した叔父が松村に告げた病名は、ハンセン病であった。

叔父があちこちから貰ってくるお札も、新聞広告で取り寄せた薬も、少しも効力はなかった。松村は、薬の副作用で、次第に人前に出ることができない顔になってしまった。何度も自殺を試みたが、未遂に終わってしまった。

やがて実家に帰郷する。しかし、ここも安住の地ではなかった。親族会議の結果、すぐに家を出た方がいいという結論に達した。

翌朝から、父と息子の漂泊の旅が始まった。あちこちの病院や温泉宿の門を叩いたが、すべて断られてしまった。

万策尽きた二人は、公立の大島療養所の門を叩くが、超満員で断られてしまった。せめて半年、長ければ一年くらい待ってほしいという返事であった。

やがて、そんな二人が流れ着いたのが、私立のらい病院・明石第二楽生病院であった。

しかし、松村を躊躇させるものがあった。入院費が法外に高いのである。月百三十円で、他に日用品費が十円から十五円必要だという。当時、一般企業の課長クラスで月給百円。大卒の、例えば第一銀行の初任給が七十円であった。だが松村の父は、

「病気が治るものならどれだけ金はいってもかまわない」

と言って息子を入院させた。それが、勝太郎が入院する三か月前のことであった。

その松村が、勝太郎のことを次のように書いている。

見上げるほどの背丈、きりっと引き締まった美青年の海人は、どこから見ても病人らしくなかった。病友たちは、「明石さんはほんとうに病気なのだろうか。医者の誤診ではないのかなぁ」と噂し合った。入院した海人は悲しみを打ち消すように、机の上に唯物論や哲学の本をいつも三十冊ほど積み上げて、治療や食事の時以外はほとんど一日読書にふけっていた。それだけに実に博学であったが、彼は一度もそれを鼻にかけたり自慢することがなかった。謙遜で、また温厚な人柄であった。病友たちは誰もが彼を畏敬し「物識り博士」とか「生き字引」などと呼んでいた。

(『慟哭の歌人』)

勝太郎の「明石病院時代の手記」の明石叢生病院の記述の日付の入っているものは、六月二十六

日で終わっている。彼はこの後、紀州打田の佐野病院に転院しているが、恐らくこの直後のことであったと思われる。

紀州打田　佐野病院

私が、野田勝太郎の後を追って紀州打田に向かったのは、平成二十七（二〇一五）年九月二十日のことであった。

勝太郎が、佐野病院に転院したのは、松村好之の『慟哭の歌人』によると、佐野病院を経営する佐野正則《ママ》博士の「癩の血液検査及び新薬治療」の広告を見てのことだという。

新大阪駅から和歌山駅まで特急くろしおで一時間。和歌山駅から王寺駅までＪＲ和歌山線が延びているが、打田駅は、和歌山駅から八番目の駅である。時間にして約三十分。窓から外を見ると、線路を挟んで遠くに山脈が連なっている。白壁の家々が、どっしりとした落ち着きを感じさせてくれる。稲穂がたわわに実った田圃の畦道や、刈取りが終わった田圃には、野火のように燃える彼岸花が咲き誇っている。

昼近く打田駅で下車すると、私は、陸橋を渡って反対側の南口に移動した。この地に立った時、家々の遥か彼方に藍色の山脈が連なっているのが大きく見えた。彼も、この風景を眺めたはずである。新しい薬を求めてやってきた彼の目に、この風景は燦然と輝いて見えたはずである。

私は、リュックから紀の川市打田にお住まいの桂原貞雄氏が送って下さった地図を取り出した。打田駅の南口を背にして立つと、左手に線路に平行した細い道が続いている。ここを五十メートルほど進むと、右に曲がる道がある。ここを右折して二百メートルほど進むと、左手にベージュ色の大きな公立那賀病院が姿を現した。その先に小さな交番があるが、その先に初めての信号があり、国道二十四号線と交差している。ここを渡って左折し、さらに数百メートル歩き、三つ目の信号を右折する。前回歩いた時には、この角に大きなガソリンスタンドがあったが、姿を消していた。

二百メートルほど進むと、左手にこんもりとした森が見えてくる。ここに東田中神社と社務所がある。かつてこの付近に大和街道の一里塚（『歴史の道調査報告書Ⅱ』）があったという。ここを右折して十メートル先を左折し、さらに十メートル先を右折して五十メートルほど進むと、右手三十メートルほど先の木々に囲まれた佐野歯科医院が姿を現した。時代劇に出てくるような、白壁の塀に囲まれた建物である。かつて、勝太郎が通った佐野病院はここにあった。現在は、親戚の方が佐野歯科医院を開業している。今まで歩いてきた細い道が大和街道である。前回歩いた時には、この付近にはもっと畑があったはずであるが、今は家々がびっしりと立ち並んでいる。

かつてこの病院を経営していた佐野家は、代々紀州藩の御殿医の家柄であった。佐野家の第十四代佐野澤之助（明治二年生）が、診療棟、病棟、主屋等を建築し、病院組織とした。診療棟は、洋館であった。

松田茂樹「明治の洋風建築　佐野病院」（「打田町公民新報」昭和五十七年二月十五日）に診療棟（明治三十三年以前の建築）の写真と佐野病院平面図（明治三十五年七月、私立佐野病院が新しい病院法規に準拠して、認可を受けた時のもの）が載っているが、とにかくハイカラで大きな病院である。〈病院の敷地は約千二百坪、別に六百坪の付属地があり、建物は診療棟・病棟を合せて百八十坪に及び、別に請願巡査駐在所と院外病棟一棟があった。〉とある。

また、『田中村郷土誌』（田中尋常高等小学校　昭和十四年）でも触れているが、佐野家は、代々花柳病の治療が家伝であったという。また佐野澤之助について、〈尚人の世話を好み、貧困なる人々に対しては特に薬代の請求をしなかつた。それが為今日に至るも人々から敬慕されてゐる。（中略）長男秀夫氏逝き、次男正規氏は大阪医科大学卒業後医学博士の学位を得、目下父業を継ぎ患者と病魔に接し奮闘しつゝある。〉とあった。

勝太郎がお世話になった佐野正規博士は、人情深い佐野澤之助の次男であった。やはりこの人もそうであったに違いない。勝太郎は、この病院に隔日に通っていた。

また彼が住んでいた家は、この病院の近くであった。佐野病院への道を通り過ぎ、五十メートルほど進み左折する。ゆるやかなカーブを進んでいくとやがて県道十四号線（和歌山打田線）の信号に出る。ここを渡り、さらに百メートルほど進んだ右側に、巨木が二本あり、その下に幾つかの墓と小さな御堂があるが、その手前を右に入った左手に、かつて勝太郎が住んだ桂原家の貸家はあった。十八年前に訪れた時には、現存していたが、その後老朽化が進み取り壊され、現在は駐車場になっていた。その前の田圃は、以前と変わりがなかった。

十八年前、この家の前に立った時には感激した。長屋のような家で、その家の少し歪んでいる瓦の波が、歳月を感じさせた。瓦は所々白く変色し、廂のトタンは、すっかり赤茶けていた。家の前に井戸の跡があったが、当時はすでに使われていなかったようで、蓋が被せられていた。その横に、石の洗い場が置かれていた。その時、私の目に、この家から洗濯物を持って出てくる勝太郎の姿がくっきりと見えた。井戸を使い、洗い場で洗濯をしている。日が暮れて、粉河の町から買い出してきた食材で料理を作っている勝太郎の姿が見えた。沼津から、こんな離れた場所で、たった一人で生活していたのか。私は、何だか胸が痛くなった。

古びた家の後ろには新しい住宅が並び、その遥か彼方には、なだらかな藍色の山脈がずっと続いていた。家の前は田圃で、その先は蜜柑畑が続いていた。ずっと先に家が立ち並んでいたが、彼が住んだ昭和の初めごろは、田圃ばかりだったのだろう。その先に大和街道があり、巡礼の人たちの姿が見えたはずである。

前回、初めてこの場所を訪れた時、場所を確認するため、近くを歩いていた八十前後の古老に声をかけると、古老は、子どものころ、この近くでハンセン患者が何人か自殺した話を聞いたことがあると教えてくれた。治療の甲斐なく、異郷の地で朽ち果てた人たちがいたようだ。

私がその家を知ることができたのは、栗原輝雄著『生くる日の限り』からである。この地を訪れた栗原氏は、元打田町町長で当時打田町文化財保護委員長をされていた桂原謙一氏の案内で、かつて海人が住んでいたと思われるこの家を訪れていた。

私もその家を見たい。そう思った私は、思い切って桂原謙一氏宛に問い合わせの手紙を出した。すると、すぐにお孫さんの貞雄氏より返事が届いた。それによると、謙一氏は、平成元年五月に九十歳で他界されたという。明石海人が自分の家の貸家に住んでいたことは、祖父から聞いたことがあるが、書いたもの等がないので、はっきりとしたことは言えないのだという。

そこで私は、『生くる日の限り』の中に記述のある、〈海人は佐野病院から西に少し行ったところに住んでいた〉〈大和街道とよばれる旧街道沿いにあって、今も当時のままの姿で残っている一軒の農家が海人の旧居ではなかったかと言う。〉の箇所のコピーと、近くお邪魔させていただきたいが、あちこち回りながら行くので時間がはっきりしない。できたら、簡単な地図を送っていただけないかという手紙を再び出すと、手書きの地図が送られてきたのだった。当時の地図は無くしてしまったので、今回またお願いすると、今度は市販の地図を送って下さったのだった。紀州の人たちは、心優しい人たちばかりである。

勝太郎は、のち「粉河寺」にこのころの生活を綴っている。

遠く高野山を望む紀の川のほとりにある古い町に、曾て私は疾を養つてゐた。西国三番の札所へ詣る道の両側に、古風な白壁の屋並をつらねてゐるその町はいつも蜜柑の香に染みてゐた。見わたす紫雲英田《れんげた》が囀りの音にけむる頃ともなれば、日毎白衣に鐸《たく》を振る巡礼の唄が賑ひ、やがてこの辺には珍らしいアカシヤの並木に白い房花が匂ひはじめる頃には、夜の間に獲つた紀の川の鮎が朝毎に笹の葉に載せて鬻《ひさ》いで歩かれた「こないにしてゐたら気楽でよからうのし」町外れに自炊してゐる私の処へも、ときに訪れる近在のお女将さんらしい鮎売の一人が、肩の籠を下しながらそんなことを言つて世智辛い世相を喞つたがその尻上りの音調が妙に私の郷愁を唆《そゝ》つた。

(中略)

私の生活は至つて孤独であつた。隔日に医者へ行くほかには、一日中口をきかないやうなことも珍らしくなかつた。私は次第に人の言葉に渇いてゆき、路上や店先や停車場などで、男や女や老人や子供達の会話に耳を傾けたが、早口な関西弁でどこか馴染みがたく、どうかすると私を一層惨めな孤独に陥れた。さう云ふ会話の中から時として故郷のアクセントが一節の銀髪のやうに流れて来るとき、それが停車場などだつたりすると私の感傷は猶更ときめいて、その人の後姿をいつまでもぼんやり見送つてゐることもあつた。

その年の十月、妻の浅子が次女の和子を連れて二、三日逗留した。勝太郎にとって、思いがけない嬉しい日々であったろう。彼は、「歌日記」に次のように綴っている。

妻に連れられて来て、ここの家でも二三日一緒に暮したことがある。青切りの蜜柑が出る頃で、畳の上にそれを転がしてはよろこんでゐた。すつかり私を見忘れてしまつて少しも馴染まず、片時も妻の傍を離れやうとしない子供の、静脈の透いた額のあたりを見ながら、私は何か暗い恐れを感じたことがあつた。二三日して帰りを駅迄見送つて行つた。暮れ方の汽車は混み合つてゐて、窓の外に立つた私に、車室の灯の下からほほ笑みかけた妻が、脊中の子を振りむけるやうにしながら、「お父ちやんにはいちやいをなさい。」と云つたとき、子供は眠たさうにむづかつてゐた。慌しい別れであつた。汽車が動き始め、後尾の赤い灯が陸橋の影に消えて行つたあとには、白いレールだけが冷く光つてゐた。

勝太郎が妻子を見送ったのは、十月三十一日の晩、大阪駅でのことであった。

次女和子の死

勝太郎は、次女和子に会った時、暗い恐れを感じたことを書いていたが、その恐れが適中するのは、翌年の春のことである。

彼は、このことを「歌日記」の冒頭に書いている。

すでにして葬《はふり》のことも済みぬかと父なる我にかかはりもなく

子供の死んだ報せを受けたのは紀州粉河《こかは》の近くの打田といふ処で田圃のまん中にある家を借りて自炊しながら、S病院へ通つてゐたときの事で、別れて来てから二年余り経つてゐた。（中略）子供が腸炎で死に、もう葬式も済ませた。あなたには帰へつて貰はない方がよいと云ふ父や母の考へで、わざと今迄報せなかつたといふ意味の妻の手紙を読んでゐるとき、家を取りかこむ一面の紫雲英畑には、ひつきりなしに囀る雲雀の声が続いてゐた。折から農閑期で、西国三十三番の札所詣りの老若男女が、白い手甲に檜笠といふ昔ながらの扮装《いでたち》で鈴を振りながら、巡礼唄ものびやかに幾組も家の前を通り過ぎて行つた。

子供の病気のことは何にも報せて来てなかつたので、急に死んだと云はれても、どうしても本当のやうな気がしなかつた。にも拘らず、私は何となく腹立たしかつた。父たる自分の知らない中に死んでしまひ、葬式までが済んでゐる。こんな事があつてよいのだらうか。然も、事はすでに行はれてしまつてゐる。何たる事であらう。父や母の気持はよく分りながら、ぢりぢりと湧いて来る忿《いかり》をどうしようもなかつた。父も、母も、妻も、自分自身さへもが憎らしかつた。やがて、再び妻の手紙を取り上げて、何度も読み返したが、読んでゐる中に、長い看病とそれに続いての悲しみに打ちひしがれた妻の姿がまざまざと感じられ、はてしのない追憶に、いつか冷たい涙を流してゐた。

次女和子は、腸炎で四月九日に亡くなっていた。享年一歳。

このたび、遺族から、このころ彼が綴った歌稿ノートのコピーをいただいた。遺族が所持している遺品の中で、歌が書かれたものはこれのみだという。

このノートは、縦十七センチ、横十三センチの小型版で、見開きでA４のコピー用紙にスッポリと入ってしまう大きさである。すでに公表されている「明石病院時代の手記」及び「明石病院時代の日記」も、このノートに記されていたようだ。私がいただいたものは、見開きで表紙と裏表紙が一枚になっていて、これを入れて十二枚である。

表紙には〈感想及紀州の頃のものも／忘れ得ぬ俤を偲びて／日記〉とあり、裏表紙には、〈明石の頃のもの。〉の記述がある。

内容は、最後の一ページを残して総て歌稿である。歌稿は二百余首の総てが和子の死の悲しみが歌われたものである。途中には、〈四月十四日―発信〉、〈五月十五日〉の日付があるので、このころ集中的に書かれたと思われる。

これらは、彼が作ったわが子の紙碑なのだと思う。わが子を弔うために自分ができることは何だろうか。そう自問した時、教員時代に打ち込んだ短歌が甦って来たのであろう。

この歌稿を眺めると、歌の上にレ点のついたものがある。恐らく、自信のあったものではなかろうか。ここでは、それらを紹介する。

吾子逝くとしらせを見てまこと逝きしかまことならばいかにせむされどそはまことなるらし
うらゝかに輝き渡る春の日に吾子よ和子よなどで逝きしぞ
かの笑顔とはに会ひ見む術なきか歎き求めどその術なきか
面影は猶もさだかに浮ぶなり生き別れこそ悲しかりけり
「とはにさめぬ眠りを吾子はねむる」てふ妻の便りの悲しかりけり
あゝかの日汽車の窓辺に別れしがこの世のはての別れなりしか
あゝかの日かりそめに思ひし別れこそ汝とのとはの別れなりしか
いとし子よなで父をすて母をすて姉をも捨てゝみまかりゆきし
悲しめど悲しめど今は甲斐もなし幸なきえにし我子のえにし
夢なれかし吾子逝きしてふは夢なれかし春の晨の夢にてあれかし
泣きつゝも夕げの支度にかゝるなり腹へらねどもせんすべなさに

直に帰らんとして

吾子逝くときゝて帰れど今は早抱きて泣かむなきがらもなし

声に出して汝が名を呼べば汝はなほ生けるがごとし我胸にしも
故里に帰らば今も汝にまた会はるゝごとき心地するなり
似たる子を巷に見れば悲しかり故郷に逝きし吾子よ
似し姿見れば悲しも故里に父をも待たで逝きにし吾子に
面影はたづね求めむすべなきかあゝ会ひ見なむその術なきか
灯を慕ふ虫にも心ひかるなり吾子の逝きにし春の夕は
いつの日か汝とむらひに帰らなん故里遠く病めるこの身は
今宵はも鉦ならしつゝ汝が母は又新らしき嘆きに泣かん
春の日を思ひ暮しつ今日もまた故里遠く吾子逝ける身は
いとし子よその面影よ今は早亡き思ひ出のその数々よ
春の宵隣りにひゞくビクターのその音は哀しかの子守唄
春の夜を流れて消ゆるメロデーは妻のうたひしかの子守唄

（四月十四日―発信）

歌稿は以後も続くが、レ点のついたものはない。私はこれらを筆記しながら、あまりの達者さに驚いてしまった。これらの歌を書くことで、わが子の死を乗り越えようとする彼の姿も見えてくる。彼にとって歌は、かけがえのないものであったことを改めて感じたに違いない。
私は、このノートの〈四月十四日―発信〉〈五月十五日〉の記述が気になって仕方がなかった。

そう言えば、「水甕」には、〈二十日までに到着〉とあった。そんなわけで、このころの「水甕」も調べたが、彼らしき名前も作品も掲載されてはいなかった。

さて、海人自身、『白描』の巻末の「作者の言葉」で、〈私が歌を習ひはじめたのは昭和九年頃〉と書いていた。恐らく経歴を詮索されないためであったろう。また病友の松村好之も〈明石海人が作歌を始めたのは昭和九年六、七月頃〉(『慟哭の歌人』)と書いているので、これらに追従する記述をたくさん見かけたが、これらは間違いである。

ご遺族のもとで何十年と眠っていた一冊のノートは、時を越えてさまざまなことを雄弁に語りかけてくれる。

粉河寺

和歌山線の打田駅の二つ先が粉河駅である。時間にして五分。勝太郎は、この粉河の町に買い出しによく訪れている。

花散るや五層の塔の朱の寂《さび》今日の一日を暮れなづみつつ

白壁づくりの家並が低い軒をつらねてゐる粉河の町は、何時も蜜柑の匂ひに染みてゐた。アカシヤの木立が白い花房を匂はせてゐる駅の前から、一本の道が真直ぐに、西国三番の札所粉河寺の仁王門へ続いてゐる。その道の両側にこびり付いてゐるのが粉河の町である。

打田には物を売る店が無かつたので、いつも買出に出掛けて行つた。目つかちの肉屋のおかみさん、リンコルンのやうな髯面の果物屋の亭主、翼のやうに耳朶《たぶ》のひらいた本屋の主人公などと、いつか知合になつてゐた。（「歌日記」）

私は、平成二十七（二〇一五）年の九月二十日に打田を取材した際、十八年ぶりにこの地を訪れたが、駅前に立つと、勝太郎の描写が、今も生きていることを改めて感じた。

粉河駅から、北に真っ直ぐに延びた道の先に粉河寺があるが、両側にさまざまな店がびっしりと軒を連ねている。

彼が書いている〈翼のやうに耳朶のひらいた本屋の主人公〉というのは、駅から三百メートルほど先の左側に「きぬや書店」があるが、当時この店を経営していた山田鷹之助。教えて下さったのは、前回取材に応じて下さった彼から店を引き継いだ子息の山田博章（当時八十二歳）。この店は明治二十八（一八九五）年から書店となったが、それまでは絹問屋であったという。当時粉河には、書店は、「きぬや書店」一軒しかなかった。鷹之助は、昭和五十一年に八十八歳で他界されたという。彼は、書店を経営しながら旧粉河町参事としても活躍され、黄綬褒章を受章されたという。人情味のある方で、社交的でもあった。お話をうかがうと、打田の佐野病院は、当時ハンセン病に効果のある病院だということが、全国に知られていたという。ということは、鷹之助たちは、勝太郎がハンセン病であったことを知っていた可能性が高いのである。にもかかわらず、温かく対応してくれたのである。何だか、鷹之助の人柄が偲ばれて温かい気持ちになってくる。博章は明石海人については、後、父から聞かされて知っており、彼自身、旧制粉河中学一年のころ、家に帰ると父親と海人が火鉢を囲んで話し込んでいるのを記憶しているという。ちなみに、国道沿いにある「ブックインきぬや書店」は、鷹之助の孫にあたる尚司が経営しているという。

〈リンコルンのやうな髯面の果物屋の亭主〉というのは、ここより南（粉河駅側）に五十メートルほど戻った反対側にある「Ｋｓマートちからや」の先々代の力谷竹次郎。当時は、「力竹果物店」。〈肉屋のおかみさん〉というのは、その隣に「天嘉肉店」があったが、ここを経営していた天野福松の奥さんのタキのことではないかという。タキは、世話好きな人であったという。以上は、前回の取材時の話である。

その後、私の本が出ると博章は大変に喜んで下さり、私のサインがほしいと何枚も色紙が送られてきて、そのたびに私は海人の『白描』の巻頭文の言葉〈深海に生きる魚族のやうに、自らが燃えなければ何処にも光はない〉を書いてお送りした。すると、たくさんの和歌山の特産品を送って下さった。

今回、再び訪れたのでぜひ御挨拶しなければと思っていたが、「きぬや書店」はシャッターを降ろして休みであった。この日は日曜日で、商店は休みという申し合わせができているのだろう、前出の「Ｋｓマートちからや」も休みだったし、ほとんどの店が閉まっていた。

昭和三（一九二八）年の夏、妻の浅子が長女瑞穂を連れて打田で一夏を過ごしているが、三人でよく粉河寺を訪れている。

粉河寺は、粉河観音宗を奉じる西国三十三所第三番の札所で、草創は宝亀元（七七〇）年と言われている古い寺である。

粉河駅から九百メートル先の粉河寺の手前を上淡路街道が東西に走り、その先の朱色の大門橋を渡ると土産物屋が続き、その向こうに見上げるほど大きな大門がある。先に勝太郎が〈仁王門〉と書いていた門である。

この門をくぐると、石畳の参道が真っ直ぐに延び、右手には茶店がある。茶店は、参拝客でごった返している。左手は駐車場になっていて、その先に不動堂が続く。

不動堂の少し先から参道が右手にほぼ直角に曲がっている。その百メートルほど先には、中門が見える。直角に曲がった参道を歩くと、右手に粉河が流れている。左手には、御池坊（本坊）、童男堂、出現池と続いている。その先にも、さまざまな建物や石碑が続いている。

階段を上って中門をくぐると、右手に茶店があり、ここも参拝客でいっぱいであった。この左手に、大きな本堂がある。その前の階段の両脇には、蘇鉄や巨岩でできた庭園がある。本堂の周りにもさまざまな建物があり、歴史を感じさせてくれる広い寺である。


一夏妻が子供を伴れて訪れて来た。緋鯉や亀のゐるその寺の池の畔で、私達はよく時を過した。どうしてこんな所に来てゐるのかそんなことには何の屈托もなく、円い麩《ふ》をちぎつては投げながら独りで興じてゐる子供の背に、私達は悲しい微笑を交した。日々は毒茸のやうに杳《くら》く美くしく追憶の中へ潰えていつた。或る日、私達は寺の裏山にある見晴台へ登つた。既に青い実になつてゐる蜜柑畑の下には白壁の屋並が広がり、紀州富士と呼ばれる龍門の裾を環つてゆく夕靄の中に紀の川が一筋白く光つてゐる。何時癒えるともないこの身の疾。瞬きはじめる星の光に、私は幼い日の譚の中のさまざまな奇蹟などを思つてゐた。妻はしきりに衣食の企てを語つた。(「粉河寺」)

勝太郎が書いている〈緋鯉や亀のゐるその寺の池〉というのは、朱色の童男堂の隣にある出現池のことだと思われる。私の目に、この池の畔で家族の団欒を楽しむ勝太郎たちの姿が見えてきた。また〈見晴台〉とは、秋葉公園のことである。先の中門の少し手前に、右に行く道がある。二、三十メートル行くと突き当たるが、ここを左に行く。やがてくねくねとした急な坂道になるが、この坂を百メートルほど登った頂上の平地にあるのが、この公園である。おそらく瑞穂は自分では登れなかったろう。「お父ちゃんおんぶ」と言って勝太郎に背負われて登ったはずである。

この場所は、藤堂高虎が築城した猿岡城の跡である。登りきった正面に「猿岡城址」と彫られた大きな石碑が置かれていた。左手にはブランコや鉄棒があり、右手の先には子どもが登る展望台があった。この先に立つと、木立の間から勝太郎が書いている風景がくっきりと見えた。家々の屋根が整然と並び、その遥か向こうを白く光って紀の川が流れていた。ああ、彼もこの風景を見たのだな、と思うと感慨深かった。

この時、妻が語った〈衣食の企て〉とは、上京して美容師の資格を取り、美容院を開くことであったと思われる。勝太郎は、逞しく自分たちの未来を開拓しようとする妻を眩しく見つめながらも、自分から離れて行く妻に、一抹の寂しさも感じていたはずである。

大和境の山々に葡萄の紫が玉を綴る頃、妻と子は故郷の町へ帰つて往つた。(中略)

「なに、ぢき快くなりませう」医師の言葉に暗い望みをかけて日ごと黄色い油剤を射つてゐたが、アカシヤの花が散り、紀の川の鮎が孕み、またアカシヤの花が散り、やがて高野の奥峰に雪が光る頃になつても何の験もなかつた。三度アカシヤの花が咲き、巡礼の鐸《たく》の音が賑ひ始める頃、私は新しい薬を覓めて、瀬戸の内海に臨む療院へ還つて行つた。(「粉河寺」)

勝太郎は、〈新しい薬を覓《もと》めて〉と書いているが、もう明石叢生病院しか行く所がなかった、というのが真相だろう。

希望を持ってこの地にやってきたのに、待っていたのはより深い絶望だけであった。このころ、そんな彼を、さらに追い詰める出来事が持ち上がっていた。

妻と呼び得る最後の日に

のち、勝太郎の仕事に大きな関わりを持つことになる山口義郎が勝太郎を初めて見たのは、昭和四(一九二九)年の夏のことであった。

大阪の大学病院でハンセン病の宣告を受けた山口は、その時まだ学業半ばであった。自分を襲った過酷な運命の前で泣き崩れ、明石叢生病院入院後、三、四日間こんこんと眠り続けた。

ある日、目が醒めた山口は、おそるおそる窓を開けて見た。すると、内庭を隔てた向こうの部屋で一人の青年がにっこりと笑っている。それが勝太郎であった。長髪長身の美青年で、人懐っこい笑顔が印象的であった。

日が経つにつれて、次第に山口の心も癒されていった。話を聞くと、三年も四年もここでの暮らしを続けている人がいるという。慣れていくにつれて、なぜこんなに希望のない日々が送れるのだろう、と山口は思った。自分は一年の休学届けを出してきた。一年くらい経ったら帰るのだ。そんなことを周りの人に話すと、慰めてくれる者、冷笑をもらす者、いろいろだった。

いつしか山口は勝太郎とも話すようになっていたが、

「癩病が癒るなら、枯れた草にも花が咲く」

静岡での別離
（海人、長女瑞穂、浅子。遺族提供）

と言って、いつも山口はてひどくやっつけられていた。そこには、ハンセン病からの快復をすっかり諦め切った勝太郎がいた。このころ、勝太郎の気持ちは荒みきっているようであるが、それには訳があった。

山口が勝太郎の部屋に遊びに行くと、彼はそれまでの身の上を淡々と話したという。この時、再び明石叢生病院に戻る前に一度帰郷したことも話している。けれども、それ以上は話していないようである。家に帰ったのは、浅子との離婚の話し合いのためであった。

山口に話さなかったのは、まだその悲しみが生々しく、心の整理ができていなかったせいであろう。

紀州打田の佐野病院を退院した勝太郎は、再び明石叢生病院に入院するが、そのころ浅子に二通の手紙を書いている。それらは、彼の死後、「婦女界」（昭和十四年十月号）に「妻と呼び得る最後の日に」として掲載された。

第一信は帰郷前であり、第二信は帰郷後のものである。なお、名前や地名等が伏字になっているが、分かるものは戻している。

第一信

御手紙の趣、委細拝誦。

この問題については、私も以前から考へてゐた。そしてそれがお前の幸福になる事なら、どんなことでも忍ばうと思つてゐる。それ故今お前の手紙を見ても、私として取るべき態度は動揺すべきではないのだが、矢張現実の問題として現はれた時の私の心の混乱は、お察しがつく事と思ふ。今漸く筆をとるだけの落着を取り返したが、書く事が支離滅裂かも知れない故、その積りで読んで欲しい。

結論から言へば「お前はお前自身の自由意志で最善と信ずる道を選ぶべきだ」。私の事は顧慮するに及ばない。只どこまでも慎重に考へて果してお前の進む道がお前に幸福を齎すものかどうかよく見定める必要がある。お前の親戚の人々は勿論お前の幸福を考へてゐてくれるだらうが、それ以上に家名とか家系とか言ふものを考へては居ないか？　即ち家名や家系の為にお前自身が犠牲となる様な事はないか、よく見定めねばならない。

人間の幸福がたゞ物質のみにあるなら、肉体の傷ついた私と暮す事は不幸だらう。然し幸不幸は主観的のものである以上、精神的のものがより以上に重要になるだらう。こんな事を言ったとて、私はお前のみに選択の責任を負はす訳ではない。然し将来の幸不幸など言ふものは人間の予側を許さぬものだから、矢張比較的物質生活の安易な方に向ふのが幸福に近づく道だらう。然しとにかくこの点についてのお前の手紙は余り明確でない。

お前の親類が私と別れた後のお前をどんな手段で幸福にしてくれるか、具体的に示して貰ひ度い。私は万々が一お前が私の病気に感染してでも居たら、その場合の処置まで考へてゐた。お前の親戚に果してそこまでの用意があるか、よく念を押しておくべきだ。そして凡ての点に於いて、お前の幸福が保護されたなら私は潔くお前の申出を承諾する。

故にもう一度よく親類の方々とも相談して、右の点を明確にしておくがよい。そしてその点で私に首肯できる具体的の条件を示して貰ひ度い。

之は決して利己的な感情で言ふのではない。只お前の幸福のみの為に言ふのだから、その点誤解のない様にして欲しい。今回の事がお前の希望によつて生じたなら、私はこんな事は言はない。私はたゞ黙つてお前の申出を承認する外はない。然しこの問題はむしろお前の親類の方々の発意によるらしいから、私としてもお前の将来を果してお前の親類の方々が保障して呉れるかどうか明かにしなくては、軽々においそれと承諾する訳にはゆかない。それ故その点をもう一度明かにして欲しい。それが明かになれば決して異議はない。

今迄お前は自己の幸福を全く犠牲にして私の為に尽して来てくれた。そのお前の純情に、私はいつも涙の感謝を捧げて来た。そのお前の純愛に酬いる為なら、私は私自身を犠牲にしても少しも悔ゆる処はない。私は喜んでそれを受ける。

再び言ふ「私の事は顧慮する必要はない。お前はお前自身の最善と信ずる道を選びなさい」と。私の理性は以上の結論を私に与へた。そして私の理性はいつかは私をこの恐しい感情の破綻から救つてくれるであらうと思ふ。然し私の今の感情は全く嵐の様に混乱してゐる。結局私達は別れなければならなくなるだらうとの予感がしきりにする。

眠られぬ夜半、過去の懐しい追憶の数々が如何に不覚の涙に私を誘つたか、儚い夢に相見て覚めての後に百里の外なる面影をしのんで、幾度冷い運命を歎いたかお前だけは察してくれるだらう。

思へば六年の昔、私達が初めて相見てからほんとうに恵まれた日の如何に短かゝつた事だらう。共に暮した日も僅か三年に満たない。然し中里の静かな生活の数々の記憶は、今も夢となつて私を慰めてくれる。トマトを作つたり、柿をむいて干したり、馬に乗りまはしたり、他の人には下らないと思はれる事が、私達にとつては限りない楽しい記憶なのだ。そしてそれも今は再び繰り返すよすがもなくなつてしまつた。

冷たい宿命は限りない愛着に咽ぶ二つの魂を、今や永遠に裂き離さうとしてゐる。この果敢ない運命を六年の昔にどうして考へる事ができただらう。古くさい文句だが生れる時は別でも、死ぬ時は同じにと望み、共白髪の将来を語り合つたのも今は空しい夢となつてしまつたのか？

思へば思ふほど私の感情は劇しく痛む。然しその間に私に示して呉れたお前の純情的な愛を、私は永久に忘れることはできない。金婚銀婚の式に三十の春秋を共に暮したのを誇る人よりも、私には僅か六年の間のお前の愛の方が誇り得るものに思はれる。気まぐれな病魔と人の世の冷い掟が、いかに肉体をば引離しても、相寄る二つの魂は結んでとける事はあるまい。私はそれをたゞ一つの慰めとして将来を生きて行かう。

思へば三年前私の肉体の傷ついた事を医者が宣告した時、私の現世の幸福の一切は溶け去つてしまつたのだ。

物質的にも心的にも伸びる自信と可なりの野心との一切を奪ひ去つたその病魔は、今、私にとつて最後の光明たるお前の愛を私から剝ぎ取つて行かうとしてゐるのだ。然しそれがお前の幸福になるなら、私は甘んじてそれを忍ばう。今迄お前が私に愛を失はずに居た事でさへ、私には分外の幸福だつたのだ。

私はもう悲しむまい、たゆたひ勝の感情を励ましてお前の前途を祝福しよう。思へば孤独と寂寥とが人生の本然の姿なのだらう。そして私は今再びそこへ帰つて行く外はないのだらう。私の二年余の独居生活はいくらか私を強くしてくれた様だ。私はどんな淋しさにも堪へて、霊魂がこの肉体を見捨てる時迄生きて行かう。

そして万々一将来お前が再び私の胸に帰つて来たくなつたら、望ましい事ではないが、不幸にして冷い人の心がお前に私如き者の胸をさへ恋しく思はせる様な事があつたら、或はお前が絶望の極、死を求める様な事があつたら、どうか私の処へ帰つて来てくれ。私はいつでも双手を開いてお前を迎へよう。どうか私の生きてゐる限り絶望しないでくれ。然し今は私の事などは思はずに、自分の進むべき道に進んでくれ。この後お前は順調の時には私の事など忘れてゐるがよい。たゞ凡ての人に見捨てられた時だけ、私を思ひ出して私の処へ帰つて来てくれ。

私は遠い異郷の空から、薄幸なお前に之以上の不幸が見舞はない様に祈つておかう。

瑞穂の事は気がかりになるが、母へよく頼んでおかう。そして又瑞穂を引きとる事がお前と瑞穂の幸福になる事なら、私は喜んでさうある様に努力しよう。

私は言ふべき事を大抵言つたやうに思ふ。これ以上書けば女々しい愚痴のみが千万言を縷らねても尽きないだらう。ではこれでやめよう。

妻よ！（かう呼ぶのも之が最後かも知れないね）どうか勇敢に自己の道を切り拓いて行つてくれ。私ももつともつと内省して、生命の限り自己の深化を忘れない様にしよう。そして追憶のみを唯一つの慰めとして生きてゆかう。だが最後に一つのお願ひがある。私はこのままで別れたくない。

今一度自分の妻と呼び得るお前に会ひ度い。妻としてのお前に最後の別れを告げ度い。そしてもう一度親子三人で揃つて見たい。

瑞穂にも、瑞穂にも、もう一度父と母の三人揃つた姿を見せてやり度い。恐らく永遠に来ないであらう両親の揃つた姿を頑是ない心にも刻みつけて、成人しての後のせめての思ひ出のよすがとしてやり度い。

瑞穂よ、この父と母の俤を幼けない心にもよく覚えておいて、父のない、母のない子としての唯一つの慰めとせよ、と左右から抱き上げてやり度い。猶欲を言へば和子の墓にも、親子三人揃つて最後の墓参をしたいけれど、之は許されない事だらう。そんな事を思ひ出すと又別れ度くもなくなつてしまふ。

長くとは言はぬたつた一日でもたつた一日でもよい、もう一度会ひ度い。会つて親子夫婦としての最後の別れを惜しみ度い。お前の親類の方が如何に厳格であつても、この私のたゞ一つの願ひをかなへてくれない筈はあるまい。

このまゝ生き別れをせよと言ふのは、余りにも無情な仕打ではなからうか。私は三年の昔、和子とお前を大阪駅に送つて行つた時、之が我が子との生き別れとならうとは夢にも思はなかつたが、それが父と子の永久の別れで死骸にも会へなかつた悲しい気持ちを今以って忘れる事ができない。明日をも計られぬ現身を持つはかない生命であるとその時つく〴〵と感じた。

そしてわが妻と呼び得るお前に今日の機を逸しては永遠に相見る機会はないと思へば、どうしてもお前にもう一度会ひ度い。

富士町へ寄つて瑞穂を連れて会ひに来てくれ。妻を持ち子を持つ程の人であつたなら、この切ない心を察しられぬ筈はあるまい。

その代り一目会ひさへすれば私は満足する。そしてその時の別れがどんなに悲痛なものであらうと、私は必ず耐へて行く。既に私は骨をけづる悲哀と戦ひ乍らこれを書いた。私の将来から永久に光明と慰安とを奪ひ、私を無限の寂寞の曠野に陥るこの手紙を今書き終へたのだ。私はその日の悲しい別れにもきつと堪へられる。

時にはいつそ、気でも狂ふのではないか？　正気を失ひでもしたら、この苦悩をも忘れられるだらうとまで思ふ事もあるが、しかし私の理性は私をして魂の破滅から救つてくれるだらうと固く信じてゐる。私は絶望の極自殺したりする程弱くはない。お前と瑞穂とがこの世に在る限り、私はたとへどんな苦悩にさいなまれても、必ず自ら死を求める様な事はしない。

嘗て〇〇の〇〇〇さんが反対した時別れたなら、こんな苦しい思ひをしなくてもすんだがなどとも思ふ。然しそれから後の生活の記憶は、今のやるせない離愁を償つて余りあるを思へば、少くとも私にとつては決して無意義ではない。たゞその時のお前の言葉の「私にはほんとの親の愛が分らなかつたから、瑞穂だけは二親揃つて育てゝやりたい」と言つた希望を、今日こゝになげうたなければならない事がたまらなく残念だ。それも弱い人間の力にいかんともしがたいものなら、矢張りあきらめる外あるまい。

思へば人生は一場の夢、人は与へられた宿命のまゝに操られて行く外ないだらう。

最後にたとへ自ら招いたのではないとは言ひ乍ら私の病がこの破局をもたらし、お前や瑞穂まで不幸にした事を私は心からお前たちにすまなく思つてゐる。

私はもうとつくに筆を擱かなければならないのに、まだ書き度い事が山の様にある。然しいつまで書いたとて、果しのない悲しい繰り事ばかりだ。私は私の弱い感情を叱つて筆をおく。

猶ほ一つ書き加へる。この手紙を見て或は私がお前の親類の方々に悪感情を持つてゐる様にとれるかも知れないが、私は誰をも怨みはしない。親類の方もお前の為を思へばこそさう言つてくれるのだらうから。

私はたゞ私の運命の悲しさを歎くばかりだ。

では近いうちに久方ぶりの、然し之が夫婦としての最後の悲しい面会ができる事を信じて擱筆する。

文中の〈富士町〉は、伏字になっているのを私が入れたものである。先に富士製紙の社宅があったのは、〈富士郡加島村〉と紹介したが、その後、この地は昭和四年八月一日から昭和二十九年三月三十一日まで〈富士郡富士町〉であったからである。

この手紙を書き写しながら、私は何度も切なくなってきて仕方がなかった。今まで、心の拠り所としてきたものが崩れてしまうのである。勝太郎は手紙を書きながら、必死に修復の道を探っているが、もはやその道は見つからない。せめて一目だけでも会って別れたい。彼の悲痛な叫び声が聞こえてくるようだ。

それと同時に、この手紙から勝太郎の周辺がぼんやりと浮かんでくる。先に触れたが、二人の結婚に反対する者があったようだ。それは、どうも勝太郎の親戚のようだ。その理由は、浅子が両親の揃っていない家庭で育って、愛情が薄いという危惧があったからだろう。二人の結婚は、立場としては浅子の側が弱かったはずだ。二人のために、浅子の親戚が何度も頭を下げてまとめた経緯は想像に難くない。けれども、今度は勝太郎がハンセン病に冒されてしまった。親戚の立場が逆転してしまったのである。浅子の親戚が強気に出るのは当然のことなのである。

このころの資料を読むと、夫がハンセン病に冒された場合、妻は離婚するか夫について行くか道は二つに一つであったようだ。浅子はまだ若い。夫と別れて新しい出発を願うのは、親戚の者として当然の務めであったろう。そんなことを思いながら読んでいると、親戚の人との板挟みになっている浅子の立場が鮮やかに浮かび上がってくるのである。

一目会って、別れたい。瑞穂を連れて会いに来てくれ。こう書いた勝太郎であったが、矢も楯もたまらなくなったのであろう。ほどなく帰郷し、四、五日を過ごしている。この時の様子を第二信から知ることができる。この手紙は、明石叢生病院に戻った勝太郎が、浅子に出したものである。

第二信

無事着いた。汽車は割合にすいてゐて楽だつた。さて一人になつて見ると、たゞ夢の様だ。思へば凡ては儚い夢だ。始めて私達が行末を誓つた日、僅か数年の後に、こんな痛ましい破局が訪れやうとどうして思ひ得たらうか。

その数年の間に私の運命は根本から覆つてしまつたが、お前も随分苦労した。しかしその間少しも渝らぬ愛を持ち続けてくれたお前に、私はたゞ涙と共に感謝を捧げるのみだ。その間のお前の心尽しの一つ〳〵は、生きる日の限り懐しい思ひ出となつて私の淋しい心を慰さめ、かへらぬ追憶の涙に咽ばしめるだらう。

別れて三日とならぬのに、思ひはいつもお前の上にかへつて、やるせない思ひ、思慕の情に夢にのみしか見る事を許されぬ俤をしのび、つひ不覚の涙にくれたのも早幾度、この世に妻と呼ぶ事を許されぬかと思へば、懐しさはいやまして、空しい幻を抱きしめて恋ひしい名を呼べば、狂ほしいまでの愛着が嵐の様に胸に渦まく。かくまで愛するものを奪ひ去るとは、何と言ふつれない運命だらう。何と言ふ冷い人の世の掟だらう。この情熱を、この激しい思慕を、いかにせよと言ふのか？　この愛恋の火が私の胸から消え去る日があると言ふのか、かくてなほ私に生きよと言ふのか、神を信ずる者ならば神に祈らう、仏を拝む者ならば仏に縋らう。然し私には信ずべき縋るべき何物もない。私の信ずるは唯自我、私の頼るはただ我が理性あるのみ。私の理智があの感情の嵐に堪え得られなかつたら潔く砕けて散らう。それまでは生きよう。生きてこの魂の底をえぐる苦悩に堪えて行かう。まして幼いひとり子の将来を思ひ、更にまだ運命の岐路に立つてゐるお前の前途を思へば、死しても瞑する事はできない。私には死の安息さへ許されてゐないのだ。

私は余りセンチメンタルになりすぎた。こんな事を書いて徒にお前を悲しませるのは私の本意でない。私はたとへそれがどんなに苦しい事だらうと、お前達の幸福の為なら甘んじて受け得る。お前は新しい運命を勇敢に開拓して行つてくれ。今迄余りにも不幸であつた償ひとして明るい幸運を戦ひとつてくれ。私には愛するお前が幸多く楽しくあるのが最大のよろこびだ。

お前が明るい陽の下に朗らかに笑つてゐる時、私の心ものどかであらう。お前が暗い心になつてゐる時、私の心も疼くだらう。

妻よ！　どこまでも幸に恵まれてくれ。私はこの世のたゞ一つののぞみとして、日夕それを念じて居よう。

たゞ瑞穂の事を思ふとき、私の胸は激しく痛む。あの日はこの世で晴れて母と呼び得る最後の日とも知らず、哀れなあの児はいかに無心に興じてゐた事か。物心ついて後、その日の事を思ひ起したなら果してどんな心地がするであらう。

思へば何もかも痛ましからぬものはない。薄倖は悲運を呼び、思ひ出の過去はとこしへに繰り返すよすがもない。然し凡てが宿世のさだめとならば、甘んじて受けよう。たゞ不幸のまきぞへとなつたお前や瑞穂に、私は語るべき慰めの言葉がない。唯我が身にかへてもとお前たちの幸を念ずるのみだ。

今二十九年の過去を顧るときやはり一番嬉しいのはお前の愛だ。母の愛は有難い。けれど一番うれしいものはやはりお前の純な愛だ。どんな美貌よりも才気よりも男の胸を打つものは女性の純な愛だ。それは女の他の属性の一切の上に君臨する。少くとも私は固くさう信じてゐる。そして又ブルジョア文化の泡沫たるモダニズムにあてられた連中でなければ、皆さうであらうと思ふ。然もそれはこの世にさうざらに転つてゐる石ころではない。たゞ少数の純な心を持つた女性にしか許されぬ至宝だ。それを探しあてた或は恵まれた事を私は誇りとする。この点に於て私は他の誰にも増して幸福だと信じてゐる。たとへ私の肉体は傷いても、私の心はお前の純愛によつていつまでも明るく暖く生かされてゐる。今晴れて妻と呼ぶ事を許されなくなつても、お前は私の胸に永遠に生きてゐる。たとへ私の肉体は亡びる日はあつても、私の魂の底深く刻みつけられたお前の姿はいつまでも消え去る事はない。霊魂不滅説と笑ふ勿れ。感情は時に理屈を超越する。

たとへ現世での縁ははかなくとも、相寄る二つの魂はいつかは必ずめぐり合はずには居ないだらう。

いつまで書いても果しはない。

では何よりも健康に気をつけて、どんな場合にも絶望する事なく新しい運命を拓いて行つてくれ。たゞ人生の行路は平坦ではない。人の心は余りにも嶮しい現世の世相だ。計画が予想通り行けば、問題はない。若し不幸にして一切の努力が画餅に帰して凡ての人に顧みられなくなつた時は、どうか私の事を思ひ出してくれ。そしてもう一度私の胸に帰つてきてくれ。

私の事は心配はいらぬ。五十年も百年も過ぎてしまへばはかない夢だ。幸も不幸も邯鄲旅泊の一場の夢と歎じ来たれば、得るに喜び失ふに歎く事もないが、そこが凡人の悲しさだ。然し泣いても叫んでも弱い人の力でどうにもならない運命なら甘んじて受けよう。たゞこの胸の激しい愛着の炎は、いつの日にか消え去らうとも思はれぬが、一切の煩悩を焼き尽す聖火として、或は追憶の過去を照らす灯として生くる日の限り燃やし続けてゆかう。

あまり感情的な事ばっかり書き続けてしまつたが、どうか暗い過去には心を痛めずに、元気よく新生の首途を踏み出してくれ。私も遠い異郷の空から、お前の前途を祝福してゐよう。

瑞穂に会ひ度い時は、いつでも会ひに行くがよい。たとへ晴れて母子と呼べなくとも、たゞ一人の骨肉のいとし児なら、お前の親戚の方にとていけないとは言へないだらう。又、別れたとは言つても、最も心にかゝるのはお前の身の上だ。時々の便りによつて状況を知らせてくれ、お願ひする。

之が妻と呼び得る最後の時と思へば、いつまでも名残はつきない。然しいつまで書いても限りはない。見返り勝の感傷を励まして筆を擱かう。

長い事苦労をさせたね。そしてその間ほんとによく尽してくれたね。ありがたう。お前の心尽

し は生涯忘れはしない。では元気で暮しなさい。

親戚の方々にもよろしく伝へて下さい。

之が晴れて妻と呼び得る最後だね、ではこれで擱筆する。妻よ、さよなら。

生命の限りの愛恋と骨を噛む悲哀とをこの七つの文字にこめて、私はもう一度くり返へさう。

妻よ、さよなら。


この二通の手紙からは、妻の親戚から離婚問題が持ち出され、その話し合いのために彼が一度帰郷したことが分かる。当時の患者が一度は通らなければならない道であった。勝太郎と浅子は離婚し、瑞穂は野田家が引き取るということで話がついた。

彼らは、家族水入らずの最後の夜を静岡市で過ごしている。家族三人で七間町のあたりをぶらつき、紺屋町の杉本写真館で家族三人の写真を撮り旅館に泊まった。そして、翌朝静岡駅で別れを告げた。

浅子と離婚した勝太郎の心は、激しく揺れていた。そしてその寂しさから一つの事件を起こしてしまう。

加古川

明石叢生病院から勝太郎の姿が消えたのは、翌昭和五（一九三〇）年の五月ごろのことであった。

山口義郎は、「婦女界」（昭和十四年九月号）に発表した「病友明石海人を看護りて」のなかで、こんなふうに触れている。

病院畑のトマトの花の盛りの昼頃であつた。君はトランク一つを下げて、病友の誰にも行方を告げずに、飄々と病院を出て行つた。全入院者二十八名の中から、病院内での物識が、一人去つたので、急に淋しくなつた。そして次第に君のことも忘れかけた或日、明石君が病院から少し離れた、県下の××で、映画館の看板など書いて、自活の料の足しにしながら、自炊生活をしてゐるといふ噂が立つた。世間へ出られぬ身を、不甲斐がり乍ら、皆明石君を羨望しては語りあつた。

心やさしい山口は、勝太郎の傍に女性がいたことについて触れてはいないが、この時勝太郎が退院したのは、一人の女性と暮らすためであった。手に手を取り合って明石叢生病院を出て行ったのである。

このころの詳細を教えてくれるのは、松村好之の『慟哭の歌人』である。前年の秋の暴風雨の夜、勝太郎は入院中の患者、人妻の泉陽子（仮名）と肉体関係を持ってしまうのである。松村好之は、〈派手な衣装に厚化粧こそしていたが、中肉中背のなかなかの美人であった。〉と書いている。年も二十四歳で、別れた浅子と近いようだ。

彼は、のち小説「高圧線」で、二人の関係を書いている。それによると、女性の方が積極的で自分は受身のような印象を与えるが、決してそんなことはない。前出の太田静一は、山口女子短大時代の教え子の国文科生・元田りえが、当時明石叢生病院に入院していた北田（旧姓林）由貴子を愛生園に訪ねた際、彼女から聞いた〈廊下を歩いていた洋子《ママ》を呼び止めた海人がいとも軽々彼女を抱きあげバタバタするのもかまわずにそのまま自室に連れこんだのを一度目撃した〉（「明石海人再説」）という話を書き残している。

ちなみに北田由貴子は、明治四十二（一九〇九）年に香川県の港町に四人兄弟の末子として生まれた。勝太郎よりも八歳年下である。彼女は昭和元年に発病し、明石叢生病院に入院していた。やがて二人の関係は、病院内でも噂になり、病院にはいられなくなってしまったようだ。

山口は、勝太郎が移り住んだ土地を××とぼかしているが、加古川だと教えてくれるのは、『慟哭の歌人』である。加古川に愛の巣を構え、泉陽子と同棲を始めたのだ。絵が上手な彼は、映画の看板描きの仕事を始めたようだ。

当時、彼が関わった映画館の特定はできないだろうか。『加古川地域商工名鑑　昭和29年版』（加古川商工会議所　昭和二十九年）によると、昭和二十九年当時、加古川には、「新興座」（加古川市加古川町篠原町）と「旭クラブ」（加古川市加古川町本町二）と「加古川映画劇場」（加古川市加古川町西本町二）の三館があったことが分かる。

そのうち、「新興座」については、〈昭和7年、末広劇場という劇場を映画館に改装して「新興座」と改称した。〉（『加古川・高砂の昭和』樹林舎　平成二十五年）とあった。そんなわけで、この映画館ではない。次に「旭クラブ」については、『加古川・高砂の昭和』に〈昭和3年元旦に開業〉とあった。『写真集　明治大正昭和　加古川』（図書刊行会　昭和五十五年）では、「旭倶楽部」は〈加古川町三六六番地にあり、木村の岡田栄吉氏らが昭和二年四月四日許可を得て建設し、三年一月一日活動写真館として開業し栄えた。〉とある。開業当時は、「旭倶楽部」と言っていたようだ。また最後の「加古川映画劇場」については、『加古川・高砂の昭和』に、当初芝居小屋としてスタートしたが、戦後映画館に改装したという記述があった。

他のいくつかの資料も見たが、この三館よりも古い映画館は見当たらなかった。そんなわけで、勝太郎が看板描きに関わった可能性が高い映画館は、「旭倶楽部」であることが分かった。『加古川・高砂今昔写真帖』（郷土出版社　平成十八年）に今昔の写真が出ていて、昭和初期の写真が掲載されているが、なだらかな三角屋根の二階建ての堂々とした建物である（ただ、こちらには、〈大正3年、本町に開館した映画館。〉とある。おそらく誤植の可能性が高いと思われる）。平成十八年の写真も載っているが、跡地は本町公園となっている。

私が、この場所に赴いたのは、平成二十七（二〇一五）年の六月六日に明石叢生病院の跡地を訪れた後であった。

明石駅から加古川駅まで、山陽本線（JR神戸線）で二十分である。加古川駅南口を出る。五十メートルほど先の線路と平行に並んでいる道を右折する。百五十メートルほど進むと、道幅の広い加古川小野線と交差する。ここを左に曲がり、さらに百五十メートルほど進むと、小門口南の信号がある。道路を挟んで、両方にアーケードのある「加古川一番街じけまち」の商店街が続いている。ここの信号を右折し、商店街を歩く。かなりの店が閉まっている。二百メートルほどでアーケードが切れる。さらに百メートルほど歩くと、左手に家並みが途切れた箇所があり、その先に公園らしきものが見えた。入口に埋められた四枚の大きな正方形の石板に、本、町、公、園と一字ずつ彫られてあった。ここだ！

ここを左折して三十メートルほど進むと、ブランコやすべり台や鉄棒などが設置されたかなり大きな公園が姿を現した。

私は、公園のベンチに腰掛け、そのころの勝太郎に思いを馳せた。かつてここに旭倶楽部という映画館があり、勝太郎はここで看板描きの仕事をしていた。その日は、ほとんどの店がシャッターを閉めていたが、当時は活気に溢れた町であったろう。

彼は、社会の一員として働けることが、うれしくてたまらなかったことであろう。好きな絵に夢中になっている時だけ、総てを忘れることができたのではなかろうか。

いくばくかの給金を手に家路を急ぐ時、彼は生甲斐を感じていたはずである。仕事を終えて家に帰れば、浅子に似た泉陽子が食事の支度をして待っている。溺れる者は藁をも掴む、という諺があるが、このころの勝太郎にとって泉は、藁のような存在であったのだろう。縋っていないと溺れてしまう。溺れないために、勝太郎は必死に泉に縋りついていた。このころの勝太郎の生活は、水面に浮かぶ浮草のようなものであったろう。

けれども二人は、この生活がいつまでも続くとは思っていなかったはずである。病状が進めば、ハンセン病者であることが世間に知られてしまう。世間から追い詰められた二人の行き着く先は、心中ではなかったろうか。

しかし、そんな境遇から彼を救ってくれる人物が現れた。離婚して自分のもとを去ったと思っていた浅子であった。浅子が不意に二人の住処を訪ねてきたのである。泉は、彼を愛する浅子の気持ちを察知したのだろう。以後、勝太郎の前から姿を消した。

無くなってしまったと思っていた夫婦の絆を、浅子はしっかりと握っていた。勝太郎は、嬉しかったに違いない。その絆が、勝太郎の目に燦然と輝いて見えたはずである。けれどもこの時、彼は、浅子を裏切ってしまった自分の姿にも気づいたはずである。その時、自責の念が湧いてきて、彼は苦しみに襲われる。

このたび、ご遺族からいただいた前述のノートの最後のページに、このころの苦しみを窺うことのできる文章があった（裏表紙に、〈明石の頃のもの。〉の記述があるので、明石叢生病院に戻ってからの記述だと思われる）。

昭和六年七月十五日
和子の死を悼みてより既に三年を経た
妻と加古川に否明石駅頭に別れて既に十五日
過去は茫々として夢のやうだ
だが　儚い人の世の夢よ、今更に紀の川べりの灯を見て涙と共に吾子を悼むだ頃が恋ひしい
あゝ　かへらぬ過去
今日は七月十五日、家の方では盆だらう
和子の精霊も茄子の馬に跨つて来る事だらう

あの間門の松林の中に淋しく眠ってゐる吾子。
私のこの罪にけがれた肉体も　お前の傍に行けば浄められよう　和子よ　私も早くお前の傍へ行き度い
この汚れた肉体を捨てゝ　お前と共に　お前の母の　お前の姉の来るのを待たう
そこでは　現し世の罪も汚れも浄められて　愛する者は永遠に離れ去る事はあるまい
果して自らはいつ　わずらひ多きこの世を　罪の記憶に悩むこの世を　すてる事ができるだらう
だがいとし子よ　淋しくとも今しばしの間だ　お前と共に
茄子の馬に跨ってこの世を訪れる日もやがて来らう
私のこの世のつとめの終った時、私の霊が肉体の軛を解かれた時　私はお前の傍に居るだらう
そしてお前と（以下不明）

〈妻と加古川に否明石駅頭に別れて既に十五日〉から、浅子が訪ねたのは、昭和六年六月三十日であったこと、泉との同棲は、一年に亘っていたことが分かる。

この文中の、〈私のこの罪にけがれた肉体〉や〈罪の記憶〉等に、浅子の気持ちを踏みにじった後悔が窺われる。しかし、この文章には不思議な安心感も漂っている。

けれども、この加古川での生活で、彼の風貌は大きく変わってしまったようだ。松村好之は、次のように書いている。

あのふさふさとした頭髪や、秀麗だった眉毛はどこへ行ってしまったのであろう。どんよりとうるんだ目、だんごをつくねたようになってしまった鼻、指は脱肉して湾曲しはじめ、身体は肥満したのか、それとも浮腫んでいるのか百キロ位になっていた。彼の何処を捜しても、かつての海人の面影を見出すことは出来なかった。（『慟哭の歌人』）

松村は、紀州の佐野病院退院後の彼の風貌として書いているが、記憶違いで、このころのものであろう。勝太郎は、佐野病院を退院後に一度離婚問題を話し合うために郷里に戻っていることは既に触れた。この時の親子三人で撮った写真が残されているが、常人と変わりはないのである。

勝太郎は、もう社会で暮らすことは到底不可能になっていたと思われる。

これ以降の彼の気持ちは、昭和六年七月二十二日から始まる彼の「明石病院時代の日記」から知ることができる。

浅子からなかなか手紙が来なくてヤキモキしていたが、八月五日にようやく届く。

然し夢を見たから今日は手紙がくるかなと思つたら果して来た。注射の時大野さんが角封筒を持つてゐるから浅子からのだなと胸をわく〳〵させてゐたらやはりそうだつた。嬉しかつた。だつてあんなに待ちに待つてゐたのだから。

彼は、子どものように喜んでいる。ようやく仲直りができた二人であったが、彼をさらに追い詰める出来事が持ち上がっていた。

明石叢生病院閉鎖

浅子と仲直りができた勝太郎を待ち構えていた、さらに彼を追い詰める出来事とは、このころ、明石叢生病院が閉鎖の危機を迎えていたことである。

この病院は一時は流行ったが、治療費が高く、また薬の効き目が薄く、患者が激減して経営が成り立たなくなり、医者や看護婦たちが次々に去り、事務員をしていた大野悦子が一人で切り盛りをしていた。

賀川豊彦が、大野悦子をモデルにした「東雲は瞬く」を「主婦之友」（昭和五年八月〜昭和六年七月）に連載して原稿料で支援していたが、焼け石に水であった。

彼らの行く先は、昭和五（一九三〇）年十一月に誕生し、翌昭和六年三月から患者を受け入れ始めた岡山県の瀬戸内海に浮かぶ長島にある国立らい療養所長島愛生園しかなかった。園長の光田健輔が、全生病院から引き連れて来た八十数名の患者でスタートした療養所で、ここでは不評であった「救護費弁償制度」は廃止され、偽名での入院が許されていた。つまり、国で全部面倒を見てくれる療養所が誕生したのだった。当初の対象者は、公立五か所の療養所と同じく、市中を徘徊する浮浪患者の収容にあった。

この愛生園から医官や事務員たちが明石叢生病院に頻繁に訪れるようになったのは、昭和六年の秋から七年の春のことであった。賀川豊彦に依頼されたと、のち光田健輔は書いている。

しかし、明石叢生病院の患者たちの気持ちは複雑であった。長島愛生園に対するいい噂はなかったからである。「愛生園は患者の刑務所として建てたらしいぞ」と言う者もいた。

またこのころ、明石叢生病院を牧師が訪れるようになり、多くの患者がキリスト教に入信して心穏やかな日々を過ごすことができたが、勝太郎は、牧師の説教を聞いてもキリスト教の神を信ずることができず、より孤独感を深めていった。

そんなある日、大野悦子が長島愛生園を訪れるが、帰っても何も話はなかった。患者たちの心配はさらに高まっていった。

そんな中、病友の松村好之たち三名が、長島愛生園に行くことを決意する。自分たちが先に行って状況を報告すれば、他の人たちも来やすくなると思ったのだった。

このころ、ハンセン病者及びその家族は悲惨な運命に抱かれていたが、松村の場合も例外ではなかった。松村のもとに兄から書留封書が届いたのは、昭和五年五月十日のことであった。封を切ると、手紙と三百円の為替が出てきたのだった。兄の手紙には、四か月前、父親が大吐血をして二日後に他界し、家財を整理した結果、ようやく三百円が残った。自分はフィリッピンに渡航して働き、お金を送るつもりだから、それまで入院費の支払いは待ってもらうようにと書かれてあった。松村の父は製糖業を営んでいたが、台湾製の安いものに押され、閉鎖せざるを得なくなり、入院費を得るために、山や田畑を売り払い、その心労のために倒れてしまったのだった。一人の弟と五人の妹たちは、小学校を出ただけで次々と就職していた。当時、患者を診察した医師は、市町村の役場に届け出る義務があった。そのため、彼の病気の噂は町中に広がり、家族は白い目で見られてもいた。松村たちの出発は、昭和七年六月三十日に決まった。その前日の六月二十九日の夕食後、松村の部屋に突然勝太郎が現れた。その顔は不安で歪んでいた。

「松村君はいい信仰を持っているから幸せだ。僕は神を信じられないから宗教病院に行く気もしないし、家へも帰れず、だからと言って島流しになるのもいやだから困ってしまう」

と今にも泣き出しそうに言うのであった。松村は、

「野田さん、私も不安でたまらんのです。けれども、もう私たちの行くところは愛生園よりほかにないんです。向こうへ行ったらいろいろなことをよく調べて知らせますから、もしよかったらあなたも来なさいよ」

そう言って、二人は別れた。

さて、この年の八月から十月二十三日まで勝太郎の六十余首の歌が書かれたノート「稿／その一／青明」が、海人文庫に残されていた。このノートは、後に海人の主治医となる医官内田守人が所蔵していて、彼の死後、遺品を整理した遺族から送られてきたものである。

ただ、私は内田が海人について書いたものはほぼ目を通したが、このノートに触れたものは見当たらなかった。海人が短歌を始めたのは、長島愛生園に移ってからというイメージを守りたかったのであろう。

かの夕その母をのみしたひゐて亡き子は我になじまざりけり

楽の音もしばし忘れぬ守唄をラヂオにきけば亡き子思ひて
今宵きくしらべは悲し故里の妻のうたへるかの子守唄
亡き子守り妻のうたひし守唄を旅に病みつゝ今日ひとりきく
病室にひとり籠りて涙しぬ歌作りつゝ亡き子思ひて

このころの歌も、悲しいものばかりである。やがて閉ざされていく彼の心を暗示しているかのようでもある。

このころ、勝太郎は、やがて目が悪くなった時のために、歌集を大きく書写している。同病院に入院していた前出の北田由貴子が次のように証言している。

明石の病院におります時に、愛生園に移るということが決まりましたさい、皆ものすごく悩みました。

愛生園についてこんなうわさがあったんです。患者はベッドの上に寝かされたままで放ったらかしにされ、重症になって体はただれ、しずくがベッドの下から落ち放題だ。

そういううわさがどこからか入ったものですから、皆が心配してものすごく悩んだんです。その一人として、特に海人が悩んだわけです。

海人は悩む前から、らい者は目をやられるからいずれは視力を失う。だから、目の見えるうちにということで、啄木とか茂吉とか白秋とか、明治・大正のほとんどの名歌人の歌集を、抜すいして墨で大きく書き写していました。愛生園へ来る直前の話です。その当時から歌に関心はあったんです。表紙をつけて立派な本にしていました。その厚さは相当なものでした。いずれ視力が弱ってからでも勉強できるようにということだったんですね。今、それがどこに行ってしまったのかと、時々考えるのですが。(『生くる日の限り』)

この彼女の証言から、このころの勝太郎にとって、短歌が心の拠り所になっていることが推察できる。やがてこの病院の患者たちは長島愛生園に移っていくが、その直後、この建物は何者かによって焼き討ちにあっている。この時、勝太郎が書写したノートも、彼の『マルクス全集』等の蔵書と共に灰になってしまったはずである。

第三章　長島愛生園

狂人

長島は、岡山県瀬戸内市邑久《おく》町の虫明《むしあげ》港の沖に浮かぶ、周囲十六キロ、東西六・五キロ、総面積三・五一平方キロの、虫の食った瓢箪の形をした小島である。

この島には現在、国立療養所が二つある。一つは、島の中央部にある長島愛生園であり、もう一つは、西の端にある邑久光明園である。邑久光明園は、昭和九（一九三四）年九月の室戸台風によって壊滅した大阪の外島保養院が再建されたもので、昭和十三年に完成し、昭和十六年に国立に昇格している。

現在この島へは、昭和六十三年に邑久町の東端、瀬溝瀬戸《せみぞのせと》に架かった邑久長島大橋を渡って、車で行き来することができる。

さて、松村たちが長島愛生園に去って五か月後の十一月二十四日。長島の患者用の桟橋で、今日から三回にわたってやってくる仲間たちを待つ三つの人影があった。そう、松村好之、荒井豊吉、鈴木末盛たち先発隊三名であった。

たった五か月しか経っていないのに、もう何年も会っていないような気がする。明石叢生病院での生活が、もう何年も昔のことのように思える。……松村は、いつしか遥か五か月前に思いを馳せていた。

岡山駅に降り立った三人を待っていたのは、真っ黒に塗られた愛生園の専用自動車であった。三人を乗せると、車はガタガタ道の四十キロを一気に走り抜けた。

虫明港に着き、促されて外に出ると、東に向かって延びている緑の島が目に入った。それが長島だった。やがて三人は、やってきたポンポン船に乗せられた。二十分ほどして桟橋に近づくと、十数人の人影が見えた。全員、頭には白い帽子、大きなマスク、予防服に長靴を履いている。後で、光田健輔園長、林文雄医務課長、看護婦や事務員だと分かるのであるが、出迎えの人がいるなどと思ってもいなかったので、ただびっくりするやら恐縮するやらであった。

島に上陸すると、すぐに入浴させられた。松村は、前夜、左足で釘を踏んでしまったことを思い出し、拭くだけにしてほしいとお願いしたが、その願いは聞き入れられなかった。風呂に入っている間に、衣類や持ち物総てが高熱の蒸気釜で消毒されていた。所持金も、総て消毒されて、通帳に記載され、園内通用票で月三円以内しか渡されないシステムになっていた。これは、逃亡を防ぐためと、共産制度に近い生活を行わせるためだと、周りの人たちから聞かされた。

その後、一週間は収容所に入れられた。病状に応じて、落ち着き先が決まるまではここで過ごす規則であるという。食事は、古い米と麦が混ざって、黒ずんでいた。これから毎日こんな食事かと思うと、松村の心は暗澹としてくるのだった。

翌日の午後、収容所のベッドに腰を降ろして下の海を見ていると、松村はポンと肩を叩かれた。

「松村君、バイオリンを聞かせてくれないか」

馬鹿に馴れなれしい言葉に松村が振り返ると、坊主頭に日焼けした顔、洗いざらしの半袖にズック靴を履いている見知らぬ男が立っていた。理智的な顔立ちで、眼鏡の奥の瞳がやさしく笑っている。どこか気品が漂っている。

　男は、島へ来た感想を問い、後に残っている病友たちの動静を尋ねたが、松村は曖昧な返事をしてしまった。後で、周囲の人たちから、あれが林医務課長だと知らされた松村は、もったいなさに冷汗が出る思いがしたのだった。というのは、明石叢生病院にいるころ、ラジオ番組の「婦人の時間」に出演した林の、救癩の熱い思いが伝わってくる話を聞いて感激したことがあったからである。

　林は、明治三十三（一九〇〇）年十一月二十六日、北海道札幌市に、父林竹治郎、母こうの三男四女の次男として生まれた。海人よりも一つ年上である。父竹治郎は、教師であり画家でもあったが、熱心なキリスト者であった。その為、彼も熱心なキリスト者に育っている。

　大正七（一九一八）年に札幌第一中学校を卒業。翌年、北海道大学予科に入学。そして同十一年四月には、同大学医学部第一期生として入学している。医者になろうとしたのは、自分自

長島愛生園の患者たちの住宅
（『海人全集』より）

身が病弱で病人の悲しみや苦しみが共感できたこと、また、たった一人の兄佳男が北海道大学予科在学中の同七年に流行性感冒で突然死したこと、それから父竹治郎が、比較的安定した職業なので勧めたようである。

ハンセン病との出会いは、一学期も終りに近づいたころ、出入りし始めた病理学教室に藤井保講師がいて、彼は東京にいたころ、東村山の全生病院に出入りし、ハンセン病の研究に手をつけていた。この藤井から、全生病院のことや光田健輔のハンセン病研究の偉大さを知ることになった。

卒業も間近になったころ、林が出入りした病理学教室の今教授の紹介状を添えて、光田健輔宛てに就職を希望する手紙を書いた。すると光田から、一年外科の臨床を勉強してくるようにと返事がきた。そのため、西川教授の外科教室の助手になった。息子の進路志望を知った父親の竹治郎は、猛烈に反対した。しかし、林の気持ちが覆ることはなかった。

やがて昭和二（一九二七）年六月、全生病院の医員となる。そして四年後の同六年三月に全生病院からの開拓患者と共に医務課長として長島愛生園にやってきたのだった。林は、既に園長・光田健輔の片腕的な存在に成長していた。彼はまた文化的な面にも造詣が深く、患者たちと共に生きることに喜びを感じていた。

林は時々やってきては、何かと面倒を見てくれた。一週間が過ぎると、松村は十二畳半に八名が定員の鵯《ひよどり》舎に入ることになった。一棟が四部屋に区切られていて、真ん中にサンルームと玄関がついている。一棟に三十名ほどがいると賑やかであった。もの珍しそうに、新入りの自分たちに話しかけてくる人が多かった。話してみると、かつて強盗をしたり、窃盗を働いていた者、果ては乞食をしていた者などさまざまであったが、皆一様に明るく、島での生活に満足しているように思われた。

ここでの住人は、それぞれが自分に合った仕事についていた。その仕事によって、賃金が微妙に違っていた。やがて病気が重くなると不自由者寮に入り、軽症者に面倒を見てもらうシステムが整っていた。また、園内には「慰安会」という組織があり、職員、患者代表から選ばれた役員が園の運営にあたっていた。……まるで島の住人が一つの家族のようであった。

初めは戸惑うことの連続であったが、松村はここでの生活に次第に慣れ始めていた。園内には、演劇、野球、短歌、俳句等のサークルがあり、松村は短歌会の集まりに顔を出すようになっていた。短歌会では、医官の林文雄が中心的な存在で、親切に指導してくれる月一回のこの会が待ち遠しくてたまらなかった。また園内には、図書館主任が責任を持ち、各文芸団体を総括した「風雅会」があり、春秋二回、懸賞募集をしていた。少し前の募集で、松村の歌は短歌の部で天位に入選した。審査員は林文雄であった。天位入選とは、飛び上がるほど嬉しい出来事であった。これらのことを、ぜひ勝太郎に報告しなければ、と松村は意気込んでいた。

やがて波間から園船「ちどり」が姿を現した。時計を見ると四時二十分だ。近づくにつれてエンジンの音が、だんだん軽くなってくるようだ。

病友たちは思ったよりも落ち着き、暗い翳がないことに松村はほっとした。大野悦子も元気だ。その時、松村の視界に異様なものが飛び込んできた。四人の看護手に担がれた担架の上に、大柄な人物が横たわっている。どこかで見た顔だ。野田勝太郎だ！　松村の背中を悪寒が走った。顔からは精気が消え失せ、目は濁ったビー玉みたいにトロンとしている。死人のようだ。

「どうしたのだ」

松村が近くの病友に聞くと、

「発狂してしまったんだ」

という。詳しく聞くと、十数日前から毎晩のように遅くまで野道をさ迷い歩いたり、不眠の夜が続いて、時にはあらぬことを口走っていたという。それが四、五日前から発狂して口を開こうともせず、食欲も全くないという話だった。

その時、松村の脳裏に、元気だったころの勝太郎の姿が浮かんでは消えていった。一緒に碁を打ち、将棋を指したこともあった。西瓜をご馳走になったり、湯茶を飲まずにビスケットの早食い競争をして周りの人たちを笑わせたこともあった。

そのころ、愛生園では精神異常者は、監房と隣り合わせになっている「謹慎室」に閉じ込められていた。勝太郎もここに入ることになるだろう。精神異常者への扱いは苛酷だった。三度の食事は付添の者によって運ばれるが、あとは二日に一度看護手が入って様子を見る他、入浴は一週間に一度きりで、後は捨て置かれるという噂だった。

見上げるようなコンクリートの高い塀。地獄の門を思わせる頑丈な扉を開けて中に入ると、十センチほどの角材で作った格子扉の中には、水道も電灯もなかった。高い天井の横に鉄格子をはめた小窓が一つと、食料を差し入れる細長い小窓、それに便所がついているだけであった。薄暗い室内は臭気がプンプンとしている。犯罪者は刑期を終えると出てこられるが、精神異常者は全治するか、衰弱して動けなくならなければ出てこられないのだった。

その時、松村の全身に突き上げてくる熱いものがあった。勝太郎を「謹慎室」に入れてはいけない。さっそく松村は親友の高見孝平と相談して分館に行った。自分たちに勝太郎の面倒を見させてほしいというお願いであった。すると光田園長や林医務課長、井上分館長らが協議の結果、初めてのケースであるが奉仕で特別看護につくという熱意を認め、夫婦舎として新築されたばかりの「難波寮」の三、四号室の使用を認めてくれたのだった。

寮は一部屋が三畳であった。勝太郎が三号室で、松村と高見が四号室で生活することになった。松村が勝太郎の面倒を見るということは、楽しみにしていた短歌会への出席を断念しなければならないことでもあった。

「野田さん、よくなるのですよ」

二人が声をかけても、勝太郎からは何の反応もなかった。

ちなみに高見孝平は、明治四十五年に愛知県に生まれた。勝太郎よりも十一歳年下で、花が大好きな若者であった。後、彼も壱岐耕の筆名で短歌を発表するようになり、歌が生甲斐になっていった。

松村と高見の献身的な看護成果が現れてか、しばらくすると勝太郎の食欲は少しずつ出始めた。そして十日もすると今度は人一倍旺盛になった。それを見て、二人は自分のことのように喜んだ。

初めはお互い遠慮しながら食べていたが、いつしか勝太郎は一人半から二人前も食べるようになっていた。松村と高見は、十銭、二十銭とお菓子や果物を買って空腹を補っていた。けれども勝太郎の食欲はとどまる所を知らず、飯盒を運んでくるのを待ち切れず、ひったくるようにして三人前をペロリと平らげるようになった。二人は青山看護長にその旨を話し、勝太郎にはそのまま与え、二人は別に用意してもらうことにした。

そんな様子を見てほっとした二人だったが、二週間ほど経ったころから今度は食欲が無くなり始めた。そのうち、水さえも飲まなくなってしまった。

医局の先生にお願いして注射を射ってもらおうと思ったが、どこにそんな力があるのかと思うくらいの力を出して、注射も薬も拒み続けた。

勝太郎は、注射や薬のみならず、風呂に行くことも拒否し続けた。仕方がないので看護手の応援を得て近くの浴場につれて行き、全身に石鹼を塗り、頭から湯を浴びせかけることも度々だった。

ある日、明石叢生病院から共にやってきた佐神民子と西岡佳子が久しぶりに遊びにきた。勝太郎は三号室で横になっていたので、四人は四号室で談笑した。

一時間ほどして二人がいとまごいをして廊下に出た時、先ほど売店から買物をしてきた風呂敷包みがないことに気づいた。おかしい。松村がそれとなく勝太郎の部屋を覗くと、バナナの皮と空になった菓子の袋を前にして無表情な顔で勝太郎が寝そべっているのだった。四人は、あっけにとられてその姿を見つめていた。

そのころ、勝太郎は夜になると素っ裸になって部屋を飛び出すようになっていた。

昭和七年の大晦日の夜半、廊下のガラス戸がガラッと開いたのに気づいたのは、松村だった。松村は、すぐに高見を起こした。二人が寝巻のまま表に出ると、月はもう山の端に傾いて今にも沈もうとしている。寮舎は寝静まって物音一つしない。そんな薄明りの中を、大男の勝太郎がまるで宙に浮いたように走り続けている。どうやら山の中腹を開いて建てた兵庫寮の方向に向かっているようだ。二人が追いかけると、やがて勝太郎の姿が消えた。二人が、勝太郎の消えた場所に行くと合点がいった。勝太郎が人糞の中でもがいていた。腰から下が人糞でドロドロだ。そのころ、肥溜まで遠い場合は、人糞を窪地に流していた。その窪地に落ち、足をとられてしまったのだった。

二人はいやがる勝太郎を浴場の傍まで連れてくると、頭からホースで水をかけ、石鹸で洗った。松村と高見はブルブル震えているのに、勝太郎は平然としていた。

やがて夜が明けた。昭和八年の元旦を、松村と高見の二人は暗澹とした思いで迎えた。

そんなことがあってから二人は、入室者のない一、二号室は釘付けにし、自分たちの三、四号室は鍵をかけてもらうことにした。

このころ、勝太郎はどんな気持ちでいたのだろうか。後日、松村が勝太郎に聞くと、

「あの頃は毎晩のように何百とも知れぬほどの蛇が全身にはい上がって来たり、警官が追いかけて来る錯覚に襲われていた」

と語っている。他人には滑稽としか見えない勝太郎であったが、自分に襲いかかる恐怖から逃げようとして必死だったのである。

自殺未遂（『慟哭の歌人』より）

暑さ寒さに弱い患者たちは、彼岸がくるのを待ちかねる。三月も中旬を過ぎてようやく寒さから解放された。

そんなある日、浅子が面会に来た。浅子は松村たちにお礼を言い、その後変わり果てた勝太郎に話しかけたが、勝太郎はあらぬ方向を向いたまま、一言の返事もしなければ顔色一つ変えなかった。

そんな勝太郎を前にした浅子は、落胆の色を隠せなかった。

「私が訪ねて来たことが、少しぐらいは判るかと思っていましたのに」

その目には涙が滲んでいた。

その夜、大野悦子の部屋で一泊した浅子は、翌朝もう一度訪ねてきたが、勝太郎の様子は少しも変わらなかった。はるばる東京から訪ねてきた浅子は、悦子や松村たちに勝太郎の世話を頼み、何度も振り返りながら帰って行った。

四月になったある朝。

その日も高見は朝風呂に行ったので、松村は勝太郎から目を離せず、部屋に残った。昼間はめったに勝太郎が外出することはなかったので、松村は安心していた。すると、不意にゴム靴を履いて外に出た。あれっ。何処に行くのだろう。松村はかけてあったオーバーを外して後を追った。高見はもう風呂から出る時刻だ。風呂場の前を通る時中を覗いたが、高見の姿は見当たらなかった。

勝太郎は大股でドシドシと下に降り、グラウンドを通り抜け、プールの方に向かって歩いている。

松村は高見が心配すると困るので一応伝えておこうと時々風呂場を見るが、高見はまだ出てこなかった。

勝太郎はプールを半周すると、鶏舎の横を通って新良田農区への小さな峠道を上り始めた。あまり遠出をしたことのない勝太郎だったので、もう引き返すだろうと思っていたが、北に折れ、また峠道にさしかかった。その峠を登りつめて降りれば相愛の谷農区がある。そこまで行っても引き返しそうもなければ、農区の病友たちの手をかりて連れ帰ろう。松村はそんなふうに考えた。

と、その時、勝太郎は松村が思ってもいない行動に出た。峠までくると、東の山道に走り込んだのである。目つきが鋭い。何か思いつめているようだ。顔色も蒼白だ。松村は焦り、不安が募った。ダメだ。そっちにいっちゃあダメだ。松村は勝太郎のバンドに手をかけて止めようとしたが弾き返された。二、三十メートルは細い山道をするすると小走りに走っていたが、そのうち何を思ったのか、その山道からそれて、転げこむように山の中に、まるで手負いの熊か猪のように物凄い勢いで分け入った。

老松がそびえ、雑木や茨が縦横にからみ合っている中を、勝太郎は右に左にかき分けて進む。もう松村の上着もズボンもズタズタに引き裂かれ、血だらけだ。喉が渇いてヒリヒリする。軽い貧血がきたようだ。目がくらみ、気が遠くなりそうだ。その場に立ちすくんでしまいたい衝動に駆られたが、松村は、痛む左足を引き摺るようにしながら、勝太郎を見失うまいと必死についていった。

勝太郎もフラフラしている。いつの間にか山を転げるように下っていく。そのうち、二、三メートルくらい滑った。その先に谷の水溜りがある。勝太郎は、その水溜りに顔を突っ込んだ。何秒か経ってもそのままだ。勝太郎はぐったりと動かなくなった。

ま、待ってくれ。松村は、はやる心を抑えて勝太郎の傍に駆け付けた。どうしよう。彼が死ねば、自分も生きていけない。松村は渾身の力で勝太郎のバンドに手をかけひっぱった。少し動いた。もう少しだ。松村は勝太郎を松の根元まで引っ張ってきた。そして、二人の手足の包帯とバンドを外すと、それらを結んで勝太郎を松の根元にゆわえた。

松村は、朦朧とした意識の中で、谷のせせらぎに沿って下った。せせらぎを下っていけば、海岸近くに出るはずだ。松村は急いだ。

新良田農区の人々が、裸で走ってくる松村を見つけたのはそれからほどなくのことであった。訳を聞いた農区の人たちは、松村を担架に乗せて、勝太郎のいる場所まで走り続けてくれた。やがて、勝太郎は救助され一命をとりとめた。

愛の奇跡

しかし、勝太郎は、松村たちの根気強い看護で次第に立ち直る。そんな日々のことを、明石叢生病院から一緒に愛生園にやってきた北田由貴子が、次のように証言していた。

それ（治る）までは海人と高見さんがいつも連れ立って歩いていました。ある時、こんなことがありました。高見さんと海人と松村さんの三人で私を訪ねて来たのですが、高見さんと松村さんが何だかかんだと私とお話をしている傍らで、海人は部屋の入口にちょこんと正座したまま、何もしゃべらないでいるんです。それで、高見さんと松村さんが「明石さん、何かいいなさいよ」と言って海人の膝をたたいて促すのですが、知らん顔をしてボヤーっとしているわけです。高見さんと松村さんはその様子を見ながら、「やっぱり、まだいかんなあ」と顔を見合わせていました。

それから、こんなこともありました。明石の病院から蓄音器を持ってきたんですが、そのころ、愛生園には蓄音器などなくて、それがとても珍らしかったんです。当時、海人たちの入っていた住宅にはサンルームといって、板の間のちょっと大きな部屋がありました。そこでその蓄音器を回して音楽をかけますと、海人の顔が、相好が崩れるんです。ニタニタするわけです。音楽が大好きですね。そして、今度は立って、音楽に合わせ、ニコニコ笑いながら社交ダンスを踊り始めるんです。そうすると、付き添いの二人も海人の前に回って、海人が行く通りに一生懸命に踊るんです。

そのころの分館長が井上先生という先生でした。海人の部屋は一方が山手になっていましたから、井上先生はそこへ来ては、どうしているかなと思って外から見ていたんです。すると、皆が音楽をかけて、一生懸命ダンスを踊ってニコニコやっている。井上先生は大喜びでした。(『生くる日の限り』)

ここに出てきた井上先生というのは、明治三十六年七月に倉敷で生まれた井上謙のことである。昭和五年に建設中の長島を訪れ、同年十一月から四谷庶務課長の下で会計事務に励んでいたが、翌昭和六年に分館長になってからは、患者の状態を直接肌で知るように努力していた。

この証言を読んで、勝太郎を正常の世界に引き戻した原動力は、音楽の力だったな、と推察していたが、そうではないことを教えて下さったのは、彼の遺児の瑞穂であった。

「荒波さん、私、父のことで覚えていることが一つあるのです」

と切り出された時には、とにかくびっくりした。私は平成十一年九月に上京して七十四歳の瑞穂にお会いしたが、その時には、

「荒波さん、私、父のことで覚えていることは何もないのですよ」

と何度も言われたのである。そのお電話をいただいたのは、翌年の三月三十日の朝九時ごろのことであった。話さなければならないことであったが、ようやく決心がついた、というニュアンスが伝わってきて少し緊張した。

その話は、昭和四年の初夏に勝太郎が離婚の話し合いのために最後の帰郷をした時、家族そろっての最後の夜を静岡市で過ごしたが、この夜に関するものであった。この時瑞穂は、わずか四歳であった。

瑞穂は、年少のころより心の奥底にしまってきた宝物をそっと手渡してくれるように話された。

「荒波さん、私、父と最後に会った時、旅館のような所でしたが、父と母がダンスをしていたのを覚えているのです」

それを聞いた瞬間、一つの謎の答がスーッと目の前に現れたような気がした。そうだ、勝太郎を狂気から正常の世界に引き戻したのは、愛の力だったのだ。

音楽がかかると、勝太郎は浅子とダンスをしたことを思い出し、その思い出に浸っている時、幸せな気持ちになったことであろう。その幸せな気持ちが、少しずつ彼を正常な世界に引き戻していった。その時、奇跡が起こったのだ。

そう推察できた時、ぜひ本に書かなければ、と思い編集者に電話したが、既に版が組み上がって動かせない状態になっていた。

勝太郎を狂気から正常の世界に引き戻したのは、妻浅子の愛の力であった。瑞穂は、そのことをそっと教えてくれたのかもしれない。

そう推察できた時、私の脳裏に浮かんできたのは、かつて勝太郎が浅子へ出した手紙の一節であった。〈瑞穂にも、瑞穂にも、もう一度父と母の三人揃った姿を見せてやり度い。恐らく永遠に来ないであらう両親の揃った姿を頑是ない心にも刻みつけて、成人しての後のせめての思ひ出のよすがとしてやり度い。〉

勝太郎のこの思いが、ちゃんと瑞穂の心に届いていたのである。その思いが、瑞穂のその後を支えてきたのは間違いがないであろう。その時、私の目に、父と子の美しい絆が見えてきたのだった。

先に紹介したノート「稿／その一／青明」には、長島愛生園での歌も筆記されていたが、〈山梔子の白きをいけて初夏の雨の一日をこもりて暮す〉や、長島愛生園では、七月中旬に毎年盛大な盆踊り大会が開催されていたが、これを詠んだと思われる〈はなやかにきほいおどれど盆踊りすゞろに見つゝまうらがなしき〉等の歌もあった。昭和八年七月ごろには、歌が詠めるくらいに快復していたことが推察できる。

八月上旬には、難波寮が夫婦舎となるため、六畳の目白舎に移っている。この時、園側も、勝太郎の精神は全快したと見ていたのだと思われる。この舎は、療養所の外郭団体・癩予防協会が建てたものなので、一月十五円が必要であった。大野悦子が勝太郎の両親や浅子と交渉している。

海人文庫には、目が悪くなった時のために、愛生園に来てからも折に触れて歌集や句集を大きく筆写したノートが十四冊残されていたが、そのうちの「左千夫歌集」には、〈昭和八年十月十日写了〉とあり、「歌集巻一」の途中には、〈昭和八年十月十四日写了〉とあった。このころには、彼の精神は、完全に快復していたとみていいのではないか。

再度の自殺未遂　神を見た日

人間の心は不思議である。心に信ずるものがある時は、どんな逆境にも堪えていける。けれども、反対に心に信ずるものがない時は、とても不安定になる。このころの勝太郎がそうであった。

ようやく精神は快復したが、先のことを考えると暗澹となる。これから視力を失い、鼻や指が欠け、感覚が麻痺してしまう。自分だけで生きて行くことはできない。人に迷惑をかけても生きていかなければならないのだろうか。そんな自分に生きる意味はあるのだろうか。もう家族とも会えない。そんな自分に何の生きる望みがもてるのか。こんな境遇では生きていけない。死のう。死ぬことが、自分のためにも周りのためにも一番いいことなのだ。勝太郎は、そんな思いに至ったに違いない。

昭和八（一九三三）年の十月二十日、死を決意した勝太郎は、辞世の歌二首を残し、そっと目白舎を抜け出し、島の小高い光ヶ丘に登った。

けれども巨岩に跨り、目の前に霞む小豆島や左手に広がる播磨灘の美しい景色を眺めた時、彼の心境に大きな変化が起きていた。神の息吹を間近に感じ、自分が神によって生かされていることを悟ったのである。

彼は、この時のことを次のように書いている。

晴れ渡つた秋も終りのある日、深く澄んだ蒼い空が次第に夕暮の薔薇色に移ってゆく暫くを、裏山の松の梢越しに瞶めてゐると、嬉しいとも、悲しいとも、楽しいとも、苦しいともつかない、おそらく私が曾って経験したあらゆる感情が、一瞬に迸って、脊柱の端から脳の髄までを、ぢーんと貫いた。

いつか私は涙をさへ浮べてゐた。聖書にも、経典にも、曾ってつひに一度も心からの親しみを感じることの出来なかつた私に、将に喪はれようとする肉身の明の最後の光に、神は自らを現し給ふたのである——そんなことを思ひながら、蒼然と暮れ落ちてゆく大地に、私の限りない愛着を感じてゐた。（「歌日記」）

また、後に彼の口述筆記者になる春日秀郎は、彼から聞いた体験を次のように話している。

『慟哭の歌人』にも出ていますが、明石さんが精神分裂症みたいになって、正常ではなくなってしまいましたので（長島愛生園に転園する前後の約一年間）、松村ともう一人が介護していました。ある時、二人が目を離したすきに、明石さんは部屋を飛び出してしまった。さあ、困ったことになったということで、作業中の大勢の患者にも手伝ってもらって捜し回ったが、なかなか見つからなかった。ところが、ふと光ヶ丘を見上げたら、てっぺんの岩に彼がドカッとまたがっていたんです。そして、ああ、あそこにいる、あそこにいる、と皆ホッとしたんです。

そのころ、もうすでに彼の視力は健常者のような視力ではなかったわけですけど、こうして岩の上にまたがって、見はるかす播磨灘の海、風景を見るともなく目を閉じるともなく見ていたら、顔の前がキラキラし、顔の前にフワッと暖かい感じがした。……その時に、この地球上、この宇宙には人間業で、五感ではとらえにくい、何か神秘的というか、大いなる力が働いているようなことを自分は感じ取ったのだ、と明石さんは言いました。また、当時を振り返って次のようにも述懐しました。「生も死も老も、成るように成るというか、自分には自分に備わった運命みたいなものがあって、己の意志、己の努力、己の分別だけで、自由になったり、生き延びたりとかいうようなことは到底出来るものではない。自分の努力、自分の分別、医者の出す薬、こういうようなものだけで生き延びたり、あるいは医者の治療が失敗だったから早く死ぬ、とかいったような簡単なものじゃない。人間の生き死にに関しても、この生命を扱い、この生命に決定的なところから関与している、大いなる力、大いなる者が存在しているに違いない。これ、春日君、神とでも言うかなあ、あるいは仏教で言う仏だとかいうことになるんだろうかなあ……となると、絶対なる、その絶対者にすべてをゆだねるしかないなあ……生きることも死ぬことも、病気することも……。私はもうあんまりあがかないよ。私は以前、ちょっと気が違ったようになっていて、光ヶ丘の岩の上にドカッと座っていた時に、ハッとそんなふうに気がつく思いがしたんだ……」と、こう言いました。（『生くる日の限り』）

この時、勝太郎が至った心境は、仏教の言葉でいうと、「他力」を知ったということでもある。彼自身が、「神」と題する文章を残している。これを読むと、彼の至った心境が良く分かる。


神は実践さるべきもので説かるべきものではない。

神は感覚されるべきもので概念化されるべきものではない。

かう云ふ見方から私は精根を尽して無数の神を描いて来たけれど、私の画布《キャンバス》は遂に神を彷彿せしめなかつた。私は全精力をそれに傾けながらも、有りあはせの絵の具をしか使はなかつた。己の血の一滴さへ使はうとはしなかつた。己の血とは何であるか、曰く愛である。

神は精細に理論化すればするほど戯画に堕してしまふ。

神は聖書や経典から学び取るものではなく生涯をかけて一刻一秒のたゆみもなく鮮血を以つて描くべき自画像である。

キリスト教はキリストだけを神の子であると説くけれど猿から進化した我々もまた神の子ではないのか。否、猿も虫も犬も一木一草までが神の分身であると見るとき如何に此の世が清く美しくなることであらう。我々もキリストも全く同じ意味で神の子である。只古往今来彼が最もよく

神を彷彿せしめたのみである。(『明石海人全集』下巻)

彼の中には、一木一草にも神が宿るという汎神論が色濃く根付いていた。その考えから、〈キリストだけを神の子〉と説くキリスト教を受け入れることができなかった。しかし、光ヶ丘で、もっと大きな目で眺めた時、汎神論もキリスト教も同じなんだ、と彼自身が気付き、それを文章にしたものであることが分かる。

人間は、心に信ずるものができた時、とても強く生きてゆけるものである。これ以降の勝太郎は、もう迷うことはなかった。そんな彼を見ていると、人間が一回りも二回りも大きくなったような気がする。

キリスト教の神が理解できるようになった彼は、さっそく友人の松村好之にキリスト教入信の手続きを依頼する。彼をキリスト教に導いたもの。それは、大野悦子や松村好之たちの無償の愛であったと思われる。そして彼は、残された命を文芸に賭けることを決意する。

そんな勝太郎であったが、その直後に大きな悲しみに襲われる。彼の「病中日記」は、昭和八年十二月二十一日から始まっているが、この日、兄から父の訃報が届いたことが記されている。父浅次郎は、十二月十一日に他界していた。享年六十九。

文殻をたたみ納めてしまらくの思ひはむなし歎くともなく
白ふぢの鉢のまへにて言はしける別れ来し日の父が眼《まな》ざし

父ゆゑに臨終《いまは》のきはのもの言ひに癩《かたゐ》の我を呼び給ひけむ　（『白描』）

大きな悲しみに襲われた勝太郎であったが、その悲しみを振り切るように、一歩一歩着実に歩き始めている。同月二十三日には、キリスト教の受洗式に出席している。

彼の魂が、キラキラと輝き始めている。

「短歌春秋」と「短歌研究」

勝太郎は、文芸雑誌への投稿を始めた。そんな彼の精進が、少しずつ実を結び始めている。「短歌研究」の投稿欄に掲載された昭和九（一九三四）年一月号から同十一年三月号迄の作品は、前著で紹介したが、このたび「短歌春秋」の投稿欄、松村英一選の「春秋四季雑詠」及び「懸賞短歌」欄に掲載された作品も確認できたので先に紹介する。

この「短歌春秋」は、短歌総合雑誌で、歌書の出版を主にしていた白帝書房より昭和六年十一月に創刊され、昭和九年九月号まで確認されている。

所蔵していたのは日本近代文学館で、創刊号から昭和九年九月号まで（昭和九年五、六月号は休刊）をチェックすると、勝太郎の歌は、松村英一選の「春秋四季雑詠」欄の昭和八年十二月号から、後は所蔵する総てに掲載されていた。この「春秋四季雑詠」は、月末締めで翌々月一日発表（発売）となっているが、実際は、もう少し早く発売されたこともあったようである。応募数は十二首以内（後、十首）。もう一つの「懸賞短歌」は、別枠（葉書で三首以内）で募集しているもので、テーマがその都度変わる。勝太郎は二度入選していた。

因みに勝太郎の作品が長島愛生園の機関誌「愛生」に掲載されたのは、昭和九年三月号からである。また「短歌研究」に作品が掲載されたのは、昭和九年一月号からなので、活字になった短歌作品で確認できたものは、この「短歌春秋」が一番早い。

創刊号から愛生園関係者の名前を追っていくと、昭和八年三月号の「春秋四季雑詠」欄に羽柴新吉（吾）と鈴木蜻蛉の歌が一首ずつ掲載されている。以後を見ても、彼らの歌はコンスタントに掲載されているので、彼らに勧められて投稿を始めた可能性が高い。

入選者数はとても多い。例えば、勝太郎が最初に入選した昭和八年十二月号の場合、最高が四首で十五名。三首が三十八名。二首が七十八名。一首が百六十五名。合計二百九十六名の歌が掲載されている。勝太郎の場合、三首の二十番目に登場する。ちなみにこの号には、愛生園の羽柴新吾と鈴木壽惠保の歌も一首ずつ掲載されている。

丈長の葉裏翻して富士の根の茅生の高原風わたる見ゆ
朝さむを鵙《もず》たか鳴きぬ夢さめて床のぬくもりなつかしむとき
群れ跳べる海豚の肌のなめらかに日に光る見ゆ朝のデッキに

（野田青明〈岡山〉　昭和八年十二月号）

これらの歌が掲載されたのを見た時、彼は何を思ったろうか。自分の名前と作品が、燦然と光り輝いて見えたに違いない。社会では忌み嫌われているハンセン病者でも、正々堂々と競える世界がここにある。ハンデがなく、努力次第ではどこまでも伸びていける世界が。この世界で生きていこう。ここにしか自分の生きる道はないのだ。勝太郎は、改めてそう強く思ったはずである。

石蕗の花をたづねて昼深き渚の岩間行きめぐりけり
魚焼くと炭つぐ宵を軒の端に音のかそけくまたしぐれきぬ
掃きよせて塵焼きをれば一しきり火のはしるなり昼の深きに

（野田青明〈岡山〉昭和九年一月号）

褐色の光おぼめく暗室にニッケル器械の冷たき反射
骨上げの朝しづけく火葬場に桜若木の紅葉散るなり
箸先にかき探しつゝ燃えのこる咽喉の骨など壺に入れをり

（野田青明〈岡山〉昭和九年二月号）

わが病すゞろに長し庭の菊すがれんとしていまだ癒えなく
眠りえぬ夜半の小床に聞きなれし汽笛のひゞき今宵もきゝぬ
長病みて眠れ夜半のつれづれに窓をひらきて星空を見る
いかめしき父にてありきその父の衰へて病むそまをし思ふ

デパートに小買物をしてたそがれの歳暮の巷に電車を待ちぬ
（野田青明〈岡山〉昭和九年三月号）

長病みの玻璃戸にしぶく雨の音明く灯して宵をいぬるも
（野田青明〈岡山〉昭和九年四月号）

因みに、この号の懸賞短歌欄の佳作に鈴木壽恵保の一首も掲載されている。身近な人の入選で、勝太郎は刺激されたに違いない。

先に触れたが、次の五、六月号は休刊である。

若笹の島路を行けば爪紅き小蟹いくつかゆくてをよぎる
（懸賞短歌「初夏雑詠・川・海」編集部選　秀逸）

不二の雪空のなかどに遠見えて梨の花咲く駿河国原

海越えてうるむ淡路の灯も見ゆれ播磨ひろ野を君とあゆめば

春かすむ瀬戸の小島に汽笛ならし塗りあざやけき汽船入り来る
（野田青明〈岡山〉昭和九年七月号）

勝太郎の昭和九年六月二十三日の日記に、〈「短歌春秋」も来る、懸賞短歌秀逸、雑詠三首、こんど添削指導といふのが出来た。十五首五十銭、一度出して見ようかと思ふ。〉とあるが、この号の結果と〈添削指導欄〉を見ての感想である。彼が、添削指導を受けたことは、この添削原稿が『海人全集』下巻の最初に写真で掲載されていることから分かる。

この号の勝太郎の作品の少し前に羽柴新吾の三首も掲載されている。

またこの号で初めて「懸賞短歌」に入ったが、天、地、人、一名ずつ。後、秀逸十名。佳作四十六名。彼の作品は、秀逸の五番目に登場する。嬉しかったことであろう。

吾が子らと貝掘りに来て掘りは得ずうらら春日の潮踏み遊ぶ
春山をひとり降り来るをみな子の紅き前掛なつかしき哉

（野田青明〈岡山〉昭和九年八月号）

みんなみ島に真紅きひなげしの散りそむる日を君と別るる

（懸賞短歌「夏相聞」〈岡山〉厳選　佳作）

島の間を荷足曳き行く小蒸汽の煙うすれて夏の日暮れぬ
童女らのさざめき過ぎてたそがれの松山道にしづかさもどる
危ふげに島の大樹の枝にかかる魚見櫓に残る夕翳

（明石青明〈岡山〉昭和九年九月号）

この回の「懸賞短歌」は、秀逸が五名。佳作が二十名の合計二十五名の作品が掲載されている。勝太郎の作品は、佳作の七番目に登場する。佳作の殿《しんがり》に、愛生園の羽柴新吾の作品もある。お互いに喜び合ったことであろう。

またこの回から、苗字が明石に替わっていることにも注目したい。彼はまだまだ続けたかったと思うが、「短歌春秋」は、この号で終わってしまったと思われる。

次に「短歌研究」。これは、昭和七年十月に改造社が創刊した歌誌である。創刊号の巻頭の「創刊の言葉」は次のようにある。

短歌は建国以来日本民族の上に栄え、それぞれの時代に於て、社会意識を表現し、民族精神を高潮するところがあつた。短歌の形式は僅かに五句三十一音律を基調とするものであるに拘らず、この短小なる詩形にはあらゆる時代の思想、感情が表現せられて来た。短歌は日本民族のみが所有するところの民族芸術である。

明治大正昭和の時代は万葉時代にも比すべき短歌の黄金時代だと云はれてゐる。然しながら、近時の歌壇は一流一派の偏見を固執するもののみ徒らに多く、真に時代を洞見して社会意識を代表するの気概もなく、又民族精神の向かふところを高潮して一世を指導する底の卓見をも求め難いのである。

時代は進展する。短歌の領域は拡大せられねばならぬ。新人出でよ。本誌は短歌新興の気運に寄与せむことを宣明したい。

非常に格調の高い宣言文である。短歌を志す者たちの心を捉えたに違いない。

また改造社社長の山本実彦は、昭和八年五月号の同誌に、「我誌の態度」を発表しているが、この中で、「短歌研究」は、短歌道の革新のために創刊した歌誌だと明言している。〈徒に他を陥れ、誹謗し、末節細葉に捉はれ、常に歌壇意識に支配され、甚しきはゴシップに動かさるるが如きことでは決していい作品のできる筈はないのである〉。短歌は、結社の発達と共に隆盛をきわめてきたが、弊害も多かったようだ。

この「短歌研究」の創刊号に「短歌募集」の広告が出ているが、募集は二部に分かれている。第一部の最初は、佐佐木信綱と斎藤茂吉、二回目は北原白秋と尾上柴舟、三回目は窪田空穂と釈迢空、四回目は太田水穂と吉井勇。第二部の一回目の選者は土岐善麿、二回目は石原純、三回目は前田夕暮、四回目は金子薫園。第一部と第二部の区別の詳細は記されていないが、読者には選者の顔ぶれを見て、すぐに分かったものと思われる。第一部は従来の短歌。第二部は、昭和の初めには新興短歌運動が盛んになり、新短歌、自由律短歌、ポエジー短歌等と呼ばれる歌が作られているが、これらを対象としたものである。各自が十首（後、五首）を読んでほしい選者を指定して送り、「推薦」、「秀逸」、「佳作甲、乙、丙」等と選別されている。締切は、最初のみ十日（後は一日、その後十五日）で、発表は翌々月号（後、翌々々月号）である。年功序列にとらわれない歌人育成のためのものであろう。

私の前著発表まで、『新萬葉集』で脚光を浴びる以前に「短歌研究」に掲載された勝太郎の作品は、昭和十年二月号の推薦作品（釈迢空選で一首、窪田空穂選で四首）にしかスポットライトが当たっていなかったが、既に昭和九年一月号には掲載されていたのである。

こちらの掲載作も、先の「短歌春秋」の場合と同様、かなり多い。この回の尾上柴舟選では「推薦」三名四首、「秀逸」十五名十五首、「佳作一」四十五名四十五首、「佳作二」百五十二名百五十二首。北原白秋選の場合は、「推薦」三名五首、「秀逸」十三名二十首、「佳作甲」五十一名五十一首、「佳作乙」九十七名九十九首。石原純選では、「推薦」一名三首、「秀逸」九名十八首、「佳作甲」二十三名二十七首、「佳作乙」四十五名四十五首。全部で四百五十七名、四百八十四首が掲載されているのである。ちなみに勝太郎の場合は、「佳作甲」の最後の五十一番目に登場していた。

このあした歯ざはり冷ゆる梨の実の白きに秋の深きをおもふ

（昭和九年一月号　北原白秋選　佳作甲　岡山県　青明）

ちなみに、「短歌研究」の入選歌が掲載されている昭和七年十二月号からチェックしたが、愛生園の歌人と思われる人は誰もいなかった。ただ、勝太郎が初登場した一月号に愛生園の歌人松村雫の作品が一首、尾上柴舟選の佳作の二番目に掲載されていた。お互いに申し合わせて挑戦した可能性が高いのではなかろうか。

勝太郎の作品は、この後ほぼ一か月おきに掲載されていた。

罨法の湯のぬくもりのなつかしさ冬のはじめの雨ふれる朝

（昭和九年三月号　吉井勇選　佳作丙　岡山県　野田青明）

白磁なる器の醬油光さして春浅き夜の灯し冷ゆるも

（昭和九年五月号　尾上柴舟選　佳作二　岡山県　野田青明）

わが声の亡き父に似てすべなけれ夜更けの床に咳きすれば

（昭和九年七月号　吉井勇選　佳作丙　岡山県　野田青明）

遠天に音なく光る稲妻にたまゆら明き乱雲の見ゆ

（昭和九年十一月号　太田水穂選　秀逸　岡山県　明石海人）

この号の投稿欄を目にした時、彼は、あっと驚いたはずである。というのは、初めて「秀逸」に入り、初めから五番目に掲載されていたからである。小さな精進が、少しずつ実を結びつつあることを予感したに違いない。

壊え行くを忌はしと見るこれの眼もやがて盲ひむ曇りそめたり

（昭和九年十二月号　齋藤茂吉選　佳作丙　岡山県　明石海人）

昭和十年二月号では、彼の精進が大きな実を結んだ。釈迢空選と窪田空穂選で同時に「推薦」に入っていたのである。この時には、目次に堂々と名前も出ている。嬉しかったことであろう。また、彼が大きく書写したノートに、「迢空歌集」上下の二冊があり、共に〈昭和九年十二月十三日写了海人〉とあった。憧れの大家との距離が、一挙に縮まったように感じたことであろう。

長病みの昼の臥しどに歩み来る妻の素足の白さすべなき

（昭和十年二月号　釈迢空選　推薦　明石海人）

釈迢空の「推薦の言葉」には、〈殊に、明石氏の歌は、できるだけ脂気を抜く必要があると考へる。「歩みよる」「すべなき白さ」など、さうした感情はもつと沈潜させねば、其だけを興味に作つたものに見えるからである。〉とある。

癩療養所に向ふ

いやはてにむづかる吾子をあやさんと作る笑顔につひに泣きたり

皇太后陛下御下賜金記念日に

そのかみの悲田施薬のおん后いまに在《ま》すかと仰ぐかしこさ

みめぐみをうけまくかしこ日の本の癩者と生《あ》れてわれ悔ゆるなし

これの世を末の世なりと誰か言ふ癩者が築くこの園を見よ

（同　窪田空穂選　推薦　目白四郎）

窪田空穂の「推薦の言葉」には、〈目白四郎氏の「癩療養所に向ふ」は、その真情と純粋さとの胸に触れ来るものがある。しかしそこに、一脈の弱きに過ぎるものを感じる。その幾分は、詞をいたはり過ぎ、臆病になつてゐる為と思はれる。これに強さが添つてくれば、いいものにならうと思ふ。〉とある。

この時、彼はなぜ、明石海人と目白四郎の二つの名前で応募したのだろうか。「推薦短歌作者住所」に目を向けた時、その謎は解けた。明石海人の住所は、〈岡山県虫明局私函第一号〉なのに、目白四郎は〈岡山県長島愛生園〉となっている。当時患者たちは、愛生園に入院していたことが分からないように、〈岡山県虫明局私函第一号〉の住所を使っていた。けれども今回、目白四郎で応募したものは、長島愛生園に入院している癩患者であることを堂々と明らかにしていたのである。もちろん釈迢空のものも嬉しかったが、窪田空穂のものは、さらに嬉しかったに違いない。ハンセン者でもいいものを作れば、きちんと認められるのだ。彼は、改めて文芸の素晴らしさを感じたに違いない。彼の喜びは、周囲の歌人たちの喜びでもあった。この時には、長島短歌会が推薦祝賀会を開催している。

この後、彼の歌は、昭和十一年三月迄に六回掲載されている。

昼の空をとゞろかしゆく旅客機の冬田に光るたまゆらの影
（昭和十年三月号　太田水穂選　佳作一　岡山県　明石海人）
身の病むに傷む心か銀杏葉の黄に散るさへや眼にはしみつつ
（昭和十年四月号　佐佐木信綱選　佳作一　岡山県　明石海人）
黒獅子の野火にや狂ふ赤光に蓬髪の影くるめきしきる（狂人の舞）
（昭和十年五月号　北原白秋選　佳作乙　岡山県　明石海人）
眼下の干潟に遠く一つゐる鴉は鳴かず冬の乏しさ
（昭和十年六月号　釈迢空選　佳作甲　岡山県　明石海人）
いづかたに如法の鐘は鳴るならむ簷《のき》にうするる虹の片はし
（昭和十年十一月号　太田水穂選　佳作一　岡山県　明石海人）
夕はやき湯室のあかりうるみくる膚《はだへ》に見れば生《いき》のひそけさ
（昭和十一年三月号　佐佐木信綱選　佳作乙　岡山県　目白四郎）

これらを眺めていると、自分で目標を立て、少しでもいい歌を作りたいと願う彼の思いが伝わってきて、思わず頭が下がってしまう。ちなみに、以上の入選作は、総て第一部のものである。

生くる日の限り

前項で勝太郎の「短歌春秋」と「短歌研究」の投稿歌を紹介したが、このころの彼の「病中日記」をさらに辿ってみたい。この日記は、昭和九（一九三四）年八月十三日まで綴られているが、彼の日常を垣間見られると同時に、短歌が一番大切なものだと自覚するまでの過程を知ることができるのである。

今宵も感傷に胸がいたむ。

歎いても歎いても、甲斐ない事ながら、親に、兄弟に、妻子に、別れて病む事の、いかに侘しい事か。

湧き上る懐しさ、慕はしさに、居たゝまれなくなる。筆にも口にも尽くせないこのやるせなさは、どうするすべもない。熱い涙の流れるにまかせて、この感傷のあらしが、過ぎ去るのを待つより外はない。

暖い春風に、山の松が鳴つてゐる。百里の先、二百里の先に、母も子も妻もはらからも、この風に吹かれてゐる事であらう。そして、ひとり病む私の事を、心にかけてゐる事であらう。同じ世に生き乍ら、はかない病の為に、相愛するものが、かくも離愁を分たねばならぬとは、之が人の世の常かもしれないが、悲しい事ではある。

この現し身の、今別るれば、三界にまた見るをりはあるまいと思へば、かりそめならぬ病に、長病む事のはかなさを、今更に思ふ。恐らくは同じ世に又見る事の許されないであらうからら を、この春の先のたそがれにたゞ歎くより外ない。

あゝ、幼いまでの感傷が、しきりに胸をかむ。大きな声で歌でも歌つて、まぎらさうか。（昭

和九年三月二十七日）

人間は、心に信ずるものができた時、本当に強くなれるものである。この日記から、感傷の嵐にじっと耐えている勝太郎の姿が見えてくる。信じるものに支えられている姿だ。

この三月二十七日から次の六月一日迄は書かれてはいない。熱が出て日記を書く気力はなかったのであろう。しかし、先に紹介したが、「短歌春秋」と「短歌研究」の投稿はコンスタントに行われている。

愛生園の機関誌「愛生」に彼の作品が掲載されたのは、この年の三月号からである。最初の「追悼歌」二首は、明治四十二（一九〇九）年に岡山に生まれ、昭和七年三月に岡山大学医学部を卒業し、同年の五月から愛生園の医官になったが、昭和八年の十二月二十一日に、結核のシューブ（急性増悪）による熱発発病で、たった二十四歳で逝去した杉本徹医官を追悼したものだ。

追悼歌

若くして優れし才の師の逝かす面影いたくまながひに立つ　　野田青明

まさきくと今日も禱みてし師の君のかくも時なくいゆきますとは　　同

○

売店の売出し日など定まりて園にも暮の色ゆたかなり　　野田青明

これらの作品は、他の大勢の入園者の作品に混じって掲載されているが、どれもドングリの背比べ、という感じである。

この年の五月から綴った俳句のノートも海人文庫に存在した。表紙は、「句稿／巻二／明石無明／明石海人」と書かれていて、表紙をめくると、〈未推敲句稿／表より　自由律／裏より　定型／昭和九年五月より〉と四行に書かれている。まためくると〈層雲投稿九月号発の分より〉という記述がある。以下自由律の句が並んでいる。自由律の句といえば、種田山頭火や尾崎放哉が有名であるが、彼の作品はどうだろうか。少し紹介しよう。

五月の昼、少さく謡ふ永病
隣の笑ひ声、五月ばれの昼を臥《ネ》てゐる
鶯の声円か、つゝじが散つた背戸の松山
布団干す、裏庭には花菱草の黄一むら
亡父の羽織、着たひもなく虫干

○

日ぬくみ夕川で、とぶ白鮠を珍らしむ子ら
縁に来て雀跳び跳ぶ音、ひとり臥てゐる
臥て見る本を擱く、眼を閉ぢて五月の風

○

雀縁に来て遊べと餌を蒔く長病み
縁に来る雀うれしや臥て見る

隣のブァイオリンやゝうるさく聞く句をねり乍ら
大掃除の午后晴れて畳打つ音
大掃除すんで早風呂、浪花節をうなつてゐる
御下賜の菓子は菊花の落雁（大宮御所より御菓子を賜はる―五月二十九日）
ひねもす句作、疲れて縁先の海を見る
母のたより子も丈夫で植木に水をやつてゐる

定型にとらわれない自由な世界を感じることはできるが、山頭火や放哉の作品のようにドキリとする句はない。

けれども、これらの句から彼の日常がほんのりと垣間見えてくる。熱が出て横になる日が多いようだ。そんな日は、縁先にやってくる雀が遊び友達だ。隣の部屋でバイオリンを弾くのは松村であろう。あまり上手くないらしい。母からはコンスタントに便りがあるようだ。すくすくと育つわが子瑞穂の成長が、一番うれしいニュースであったろう。このような句が百五十句余り綴られている。最後近くの句に、盆踊りを歌ったものがあるので、七、八月ごろ迄に書かれたものであることが分かる。このノートをパラパラとめくっていたら、こんな句が目に入った。

サボテンの開いた夕、女、花貰ひに来る　〇

愛生園の中にも、サボテンにかこつけてそっと会いにくる女性がいたのかもしれない。

さて、このノートの裏側からは、定型の句が綴られている。ということは、この時点では自由律の句の方に意欲を見せていたのであろう。裏表紙をめくると、〈俳句（定型）未定稿　昭和九年五月より〉と書かれている。さらにめくると「ホトトギス」と「山茶花」の応募先が書かれている。定型の句は、この二つに投稿したのであろう。次のページから、定型句が続いている。また少し紹介しよう。

布団干す庭に黄に咲く花菱草
縁に来て雀跳び跳ぶ五月ばれ
梅雨暮れて巫女帰りゆく舞楽殿
梅雨ばれや若駒慣らす山の牧
今年竹さし入る縁や囲碁の客
塀ごしにゆるる若竹琴の音
僧訪へば若竹の縁に尺八《タケ》吹けり
大掃除晴れて畳を叩く音
掃きよせて塵を焼きをり大掃除
大掃除の昼を囀る雀かな

このような句が、千五十句余り綴られている。最後近くの句に、〈遠花火〉とか〈秋近き〉という言葉があるので、八月下旬ごろ迄に綴られたものであろう。やはり、平凡な作品ばかりである。彼が三月二十七日の後、また日記を書き始めるのは、六月一日からである。

この頃熱やゝひいたので、又日誌をつける

改名する。明石大三、雅号　無明　明石は地名より大三は丈高き三男坊の意

六月一日

朝詩一篇。後作句、青嵐で百余句ものす。少々疲れる。夜山脇さんとこで新聞を聴く。東郷元帥去る三十日に薨じて、その記事。

夜、信雄君来る。

この青嵐百余句もこのノートに綴られている。このころ、一つの季語でたくさんの句を作ることを試みている。〈青嵐〉の前は、〈水枕〉や〈若竹〉や〈大掃除〉などの身近な季語が並んでいる。〈青嵐〉の部を少し紹介しよう。

虚空より吹きおろし来ぬ青嵐
×しな畑を吹きのぼりけり青嵐
背戸山畑吹きおろしきぬ青嵐

×わが宝を吹き通りたり青嵐
背戸畑に蓬のびたり青嵐

このような句が、延々と百十句余り続いているのである。以後には、何でも青嵐をつけている。そしてとうとう、〈青嵐百句ものしてたそがれぬ〉〈青嵐百句ものして疲れたり〉という句が登場している。本当に疲れたことであろう。全て優れた句だとは思わないが、創作にかけるファイトには凄まじいものがあると思う。

六月二日
昨夜より眠れず、不快。

作歌少々。ホトトギスの投稿を発送する。

永吉氏朝より来て俳句の話。ホトトギスを借りて来てくれる。

午后ホトトギスの、合評、短文等を読む。ホトトギスの句に比すると自分の句が仰々しく古くいやになる。

夜、信雄君来る。俳書を少し読んで貰ったが、とても眠いので、早くねることにする。

ホトトギスに一つでも入ったら愉快だらう。

六月三日

朝「黒ばえ」十数句ものす。後うたゝ寝をしてみづほの夢を見、さめてから、夢といふ題で、詩一篇ものす。センチな甘いもの。

このごろ妻の便りなく気になる。兄のところからも新聞が来ないので、どうかしたかと心配になる。

家で小包を送ったさうだが、なかなか来ない。大野様のところまで来てゐるかしら。

隣りの人ら柏餅を作との事で仲間になる。

短歌、魚見櫓で二三句作る。昨日来の風雨やんで、美しい日和になる。頰白がしきりに囀ってゐる。鉄の七輪や蠅叩きを配給して来る。

×　×　×

作歌、作句、遅々として進まず。殊に短歌は行き詰つて、さつぱり出来ない。俳句の方が、短いだけにたるまなくて、作りよいと思ふ。虚子などは句は花鳥風月を詠むべきものであるから、複雑な人事は文章によるべきだ。故に俳人は文章も学ぶべきだと云ふ。文はたしかに学ぶべきだが、句を花鳥風月に限ってしまふのは、少し狭い様に思ふ。この点井泉水の新俳句の方が深い様に思はれる。

自分の気持としては、新俳句と短歌を第一に置き、俳句、詩を第二にやらう、文は第三にやらうと思ってゐるが、皮肉なもので、新俳句、短歌はちつとも出来ず、今のところ俳句がしきりに出来る。一つは、永吉氏が来て作句の機会が多い為かもしれぬ。

とまれ、少し眼を作《ママ》つたら、ぢき虹彩炎で真紅に充血して痛み、起きて居たら発熱する様なこの頃に、いろんな事をやらうとするのは大分無理だらう。日は暮れて道遠しの感に堪へない。もう十年生きたら、歌も句も相当な処まで進むだらうと思ふが……。

だが、六尺の病床を天地として、あれだけの仕事をなしとげた子規の事を思ふと、うかうかしては居られない気がする。

生くる日の限り、日に新に日に日に新に成長してゆきたいものだ。

晴れた六月の陽は美しい。金魚草花菱草小町桜が、青葉の中に紅、白、紫、黄、とりどりに輝いてゐる。庭先の崖際には松葉ボタンがひらきスヰートピーが匂つてゐる。

人生の日暮れに近づいて、いよいよこの世の美しさが身にしみる。雀の声まできれいにきこえる。

夕方柏餅を作る。K君が男にしては器用な手つきで餡を入れる。子供の頃母がこしらへるのを見て居たことを思ひ出す。夕飯は食はずに餅ですます。信雄君来る。売店の用事をして図書から改造を借りて来てくれる。少し読んで貰ふ。あとで同君の作を批評してやる。

今日は十時にならないうちに眠つてしまふ。

夜霧がおりる。珍らしい事だ。二三首作歌。（傍線は荒波）

このころの勝太郎は、毎日が充実しているようである。〈生くる日の限り、日に新に日に日に成長してゆきたいものだ。〉の箇所が、私の心に重く響いてくる。生きるということの総てが創作に向けられているようでもある。このころの日記の中に、「ホトトギス」や「子規」という言葉が毎日のように見受けられる。当時不治の病であった結核に冒されても、俳句革新・短歌革新の仕事に励んだ子規が、より身近な存在に感じられたのであろう。

このころの「ホトトギス」のバックナンバーは日本近代文学館が所蔵していたので探してみたが、残念ながらこちらには掲載作品は見つからなかった。

六月五日
今日は東郷元帥の国葬日。弔旗を立てる。朝食前作句二十。今日より薬をのむ。食後すぐ永吉氏「山茶花」を持つて来る。句を筆記してやる。午食後一睡。夢なく醒めて心持よし。この頃連夜睡不足らし。

眼やゝ痛む。余り使はぬがよいらしい。

夕方「日本音数律論」を少し見る。夕食後永吉氏来て新題が出たとしらせる。

今度は、青芝、舟遊び、翡翠、五月闇等。夜詩一、二篇。罨法をして九時頃就床。

六月六日
暁より風吹く。俳句少しできる。
午前中殆んど無為。午後山脇さんとこで新聞をきいてゐたら永吉さん来る。カステラを御馳走になつて漫談。夕食後永吉さんまた来て研究俳句の題をしらせる。この前のは選に入らなかつたらし。夜信雄君買物をして来てくれる。借りて来た新青年の「祖国の面目」を読んでもらふ。日独戦争の事をかいたものだが、あまり劇的すぎる。あとでまた一つ読んでねる。

六月七日

やゝ睡不足。朝永吉さん来。句の代筆。

俳句例会の宿題三句、それから句稿を神宮先生に選をして貰ふとて持つて行つてもらふ。それから新青年を読んで句作歌作共になし。眼やゝ疲れたらし。充血せねばよいが。家からの海苔の缶をあける。香味ともによろし。今日は終日よい日和。ひねもす雀囀る。

浅の処から未だ便りなし。まだ前の処に居るのかしら。アメリカ式開業の件はどうなつたかしら。

洋服が売れたら、歳時記や大鏡や短歌の本や句集など買い度いとおもふ。大鏡の文を徹底的に研究して見度いとおもふ。唐詩選ももう一度目を通したい。望みは多いが今日体温七度を超える。すこし頭や身体を使ふとすぐこれだからやりきれない。

瓶に挿した金魚草も萎れかけた。

夕方納骨堂の方へ散歩する。土がいつか陽に褪せて白々と松間につゞく。切下げに植えた芝が横縞をなして青々と萌えてゐる。正前の道は広く玉砂利を敷き納骨堂まで六、七段の石階が間を置いてついてゐる。清々しくいかにも整つてゐる。

堂は尖塔が不調和だが、白亜の色は松間にきよらかだ。はめこみの青銅の額も調和してゐる。

前脇のひばのこんもりとしげつてゐるのもよい。正面の着色した飾りはやゝ俗悪だ。こんなごた〳〵した小細工はない方がよい。荘厳味がなくなつてお寺の本堂の金ピカに類して来る。堂の前後には反射灯の照明装置があり却て凝つたものだ。

短歌十首余できる。

入日が松間の海に金色に映つて美しい。遠く小豆島も紫にたそがれてゐる。濃紫の小花が咲いてゐるのをとつてくる。浅に送つてやらう。

薄ぐらくなつた頃帰る。信雄君が来てゐる。

中川さんが釣つた魚を持つて来てくれたので煮付けておく。信雄君に小説二つ読んでもらふ。

眼罨法をして就寝。十時過ぎてゐる。

六月七日の日記に出てきた神宮先生とは、明治二十五年に佐賀県に生まれた医官の神宮良一のことである。大正七年に熊本医専を卒業後、約八年間朝鮮の釜山で開業したが、大正十五年熊本の回春病院に就職。そして前年（昭和八年）の十二月に愛生園に転任している。俳句が得意だったようだ。

これらの日記から伝わってくるのは、仲間たちとの友情である。永吉に向ける勝太郎の眼差しが温かい。永吉は、「山茶花」に投稿しているようである。ひょっとして勝太郎も応募したのではないか。そんな思いから、バックナンバーを持っている図書館を探すと、大阪府立中之島図書館にかなりの所蔵があった。所蔵のある昭和九年八月号から昭和十年十二月号迄の投稿欄のコピー依頼をすると、かなりの枚数に上った。愛生園の俳人たちの名は、毎月二、三人はいたが、勝太郎と思われる名前は見つけることはできなかった。

次に伝わってくるのは、勝太郎自身の凄まじい創作意欲である。けれどもその創作は、体調と相談しながらのようである。少し無理をすれば、すぐにオーバーヒートしてしまう。

このころの日記の中に、「罨法《あんぽう》」という見慣れない言葉があるが、炎症または充血などを除去するために、水・湯・薬などで患部を温めまたは冷やす治療法のことである。

また、この日記から浅子の近況が伝わってくる。彼は、〈洋服が売れたら〉と書いていた。そんなわけで、私は前著では彼女の職業を「洋服屋」としたが、美容師の間違いであった。彼女を守ろうとする彼の思いが透けて見えている。少し前、店が成功したら、勝太郎への仕送りをもっと増やせる、という手紙が届いたのだろう。それと、この日記から、浅子への思いが、より深くなっていることを読み取ることができる。濃紫の小花を摘んで、〈浅に送つてやらう。〉を読むと、浅子に向ける勝太郎の眼差しが、夫から父親のそれに変わっていることを感じるのは、私だけだろうか。

以後の日記を駆け足で眺めてみよう。やはり充実した日々が続いている。十二日の、〈今日は作歌と作句をやらうと思ふ。之から午前中歌や詩、散文など午后作句ときめる。／午まへ歌稿の清書。始めより通じて六百余首余りになる。午后「入梅」の題で作る。〉等を読むと、いよいよエンジン全開の感がある。

十八日の日記に、こんな箇所がある。

朝顔をあく毎によい天気の空を見るのが快い。生きてゐることにしみじみ喜びを感じる。余生が少くなつていよいよこの世の美しさを思ふ。亡びゆくものこそ美しい。今頃になつてこんなに浮世の美しさを思つてもおそいが生きてゐることが感謝されるこそ幸福である。この世の美しさを精一杯に歌へたら……それが今の自分の希みである。

ここには、生かされている喜びを噛みしめると同時に、その喜びを短歌で表現したいと静かに決意する勝太郎がいる。この日の日記の最後に、〈大野さんやはり夏みかんを持つて来てくれたらしく窓のところに転つて居た。〉と書いている。大野さんというのは、自分たちと一緒に愛生園にやってきた大野悦子のことである。大野は保育所で子どもたちの世話をしていたが、それとなく明石叢生病院からの入園者にも気配りをしていたのであろう。

六月二十一日に、〈雄弁会から銅メダルを送つてくる。前に講談クラブに投書した分である。歌か句か分らない。〉という一節がある。どんな作品が入選したのだろうと、日本近代文学館で探してみた。と、「講談倶楽部」の七月号に掲載されていた〈水清き石の上とぶ翡翠哉　明生〉という句がそれであろう。

浅子から手紙がきたのは、六月二十二日のことである。〈浅より来信。まことに久しぶり。姉と店を持つたとのこと　まづまづ芽出度い。相応に客もあるらしい。電話も備えて相当なもの、返事を書く〉。かねてからの希望通り、美容院を開くことができたようである。

瑞穂の子息によると、上京した浅子は、美容師の専門学校に通って資格を取ると、京橋区新富町

（現・中央区）の、のち宝塚歌劇団のトップスターとして、また女優としても活躍した久慈あさみの実家の半分を間借りして、美容院を開業したという。美容院ではお客さんが「〇〇風にしてほしい」と写真を持ち込んできても、「それはあなたの髪質では似合わないから、こっちにしなさい」とお客さんの要求は聞かない頑固者だったようである。また同じころ、地方からやってきた海軍の軍人たちの下宿屋のようなこともしていたという。

浅子の美容院開業の知らせを受けて、ほっとした勝太郎であったが、七月八日に届いた母からの手紙が、彼の心を暗くする。

家より来信。……浅のところから手紙がこないし、親類の者も再婚をすゝめてゐるさうだから私にもそんなつもりでゐるがよいと云つてくる。まさかそんな事もあるまいが母の思ひつめた心を哀しく思ふ。早速返事を書く。

何となく憂鬱になる。天国といふものがあるならばこんな煩はしい世は早く終つてしまへばよい。だがあちこち板ばさみになつてゐる浅のことを思ふと可哀さうである。どうかよい運命がむいてくる様にと祈らずには居られない。みづほの将来もどんなになるやら。薄命な母と子を主よ護らせたまへ。（傍線は荒波）

神に向かって、静かに祈る勝太郎。そこには、絶対者に総てを委ねることができるようになった勝太郎がいる。穏やかな心の勝太郎がいる。

六月二十三日の日記に戻ろう。〈午后浅への発信旁図書へ行つて見る。短歌随見萬葉集選釈を借りる。借りる時主任の河口さんにやりと笑ふ。よく歌の本ばかり見ると思つたのかもしれない。〉という箇所がある。海人文庫に、勝太郎が美濃紙に毛筆で書写した十四冊のノートがあったが、そのうちの「萬葉集選巻一」「萬葉集選巻二」「萬葉集選巻三」の三冊のノートは、このころ筆写したものではなかろうか。彼は、『白描』の「作者の言葉」を、〈私が歌を習ひはじめたのは昭和九年頃で、当時視力はもう大分衰へてゐたが注釈を頼りに萬葉集などに読耽つた。〉という文章から始めているが、このころのことであろう。

この時、彼が筆写した『萬葉集選』は、窪田空穂が大正四（一九一五）年に日月社から刊行した『萬葉集選』及び『続萬葉集選』である。この『続萬葉集選』の後半に長歌が登場するが、彼の「萬葉集選巻一」は、これを筆写したもので、最後に他の歌集から筆写した「記紀長歌」他何首かが筆記されていた。「萬葉集選巻二」及び「巻三」のノートは、先の二冊の最初からの短歌が筆写されていた。また「巻三」のノートの最後にも、他の歌集からの三十首弱の萬葉歌が筆記されていた。（この窪田空穂著『萬葉集選』、『続萬葉集選』の二冊は、大正六年に合本となって越山堂より刊行され、その後、『窪田空穂全集第二十五巻』〈角川書店　昭和四十一年〉に収録されている）

私は前著では、彼が筆写したのは、彼の日記にある『萬葉集選釈』（明治書院　大正五年）佐佐木信綱著としたが、間違いであった。このころ、彼は、少なくとも二種類の『萬葉集』の解説本を読んでいたのである。その情熱に、私は圧倒される思いがした。

勝太郎の『萬葉集』への傾倒は、周りの人にも知られたようで、光田健輔は、のち『明石海人全集』下巻に寄せた「天啓に生きし者」の中で、次のように書いている。

昭和十年の春の頃は彼が萬葉の研究に熱中した時であつた。

君が行く路のながてを繰りたゝみ焼きほろぼさむ天の火もがも

彼は此の情熱的萬葉歌人狭野茅上娘子の歌に傾倒して居たと見へ、面白く講演して満場の拍手を浴びた事を記憶してゐる。

この講演は、昭和十二年一月に行われたものであろう。この講演については後で触れたいと思うが、このころから光田健輔の言う翌昭和十年の春にかけて、萬葉集の研究に熱中したものであろう。『萬葉集』。千年前の人々の喜びや嘆きが、長い歳月を経て昇華された歌集である。天皇から庶民までの哀歓が綴られているこの歌集は、千年の時を超えてまっすぐに私たちの心に響いてくる。改めて歌という形式の凄さに驚いてしまう。天皇から庶民までの歌が、同じ重さで並んでいる。まずこのことに驚愕する。この世は仮の姿だという仏教の教えが、色濃く反映しているのであろう。

前回、私は初めて『萬葉集』と向き合い、この歌集が勝太郎に大きな影響を与えていることを改めて感じた。例えば、明石海人という名前の由来であるが、友人の松村好之は、『慟哭の歌人』の中で、〈明石の地がなつかしく、また丘の上から明石の海を望み見ることが好ましかったからである。〉と書いているが、『萬葉集』を捲っていると、この歌集がバックボーンにあったことが推察できるのである。

天離る鄙の長路ゆ恋ひくれば明石の門《と》より大和島見ゆ　　柿本人麿
さざなみの比良山風の海ふけば釣する海人の袖翻る見ゆ　　槐本《えにすのもと》（傍線は荒波）

当時、防人や国を追われた人たちは、明石海峡を越えてそれぞれの地に送られていった。明石は別離と再会を象徴する場所でもあったのである。また海人であるが、『萬葉集』の中のたくさんの歌に登場する。歌集の中では、アマと読む。海辺で漁業に勤しむ人たちのことである。流されていく人たちにとって、平凡な海人の生活は、憧れであったのだろう。その憧れが、勝太郎の憧れと重なる。

実は、私は当初、萬葉調が充分に理解できなかった。そこで再び愛生園の海人文庫に赴き、彼が筆写した萬葉集のノートをコピーして、短歌の部の「巻二」と「巻三」の歌をワープロに打ち込んでみることにした。全部で、六百余首の歌を入力するのに二週間かかってしまった。初めは少し苦痛であったが、次第に楽しくなってきた。一人一人が目の前に現れ、自分の歌を朗詠する。すると、朗詠者の背後に、その人の生活している風景が現われる。繰り返し繰り返し聞いているうちに、次第に心地よい気分に包み込まれている。『萬葉集』には、気分を高揚させる独特のリズムがある。これが萬葉調なのだと私は確信した。この『萬葉集』の歌を筆写することで、雄渾のリズムが、勝太郎の身体の中へ刻み込まれていったのは間違いがないであろう。

茜さす紫野ゆき標野《しめの》ゆき野守は見ずや君が袖ふる　額田王

彼女は、初期万葉を代表する歌人である。歌の訳は、〈五月には鹿の落ち角を拾ひ薬草を採りなどするのが例で、それを遊猟と言つた。天智天皇の妃として従つてゐる額田王に対して、前の夫であつた大海人の皇子（皇太子）は、懸想の意を示す為に頻りに袖を振つた。（恋しい心をあらはす当時の風俗）。額田王は、それが天皇のお眼に留りはしないかと危んで、とゞめるつもりで詠んだ歌。〉とある。おおらかな歌だ。

我はもや安見児《やすみこ》得たり皆人の得がてにすとふ安見児得たり　藤原鎌足

彼は、大化の改新の立役者である。歌の訳は、〈采女は臣下などの得難いものであつた、その得難い采女の安見児といふを賜つた時の喜びの歌である。／驚くべき単純な歌で、何といふ程のこともないものであるが、強い感動の自然のあらはれが棄て難いものとしてゐる。〉とある。結構軽い。千年前の人も、今の人も、思うことは皆同じなのだろう。多分、勝太郎も同じことを思ったのではなかろうか。その時、彼の孤独は癒されていったのだと思う。同時に、太古から現在まで、悠然と流れる大河のような人の世の営みが見えてきたはずである。

光田健輔が書き残している情熱的万葉歌人狭野茅上娘子《さののちがみのおとめ》の歌は、十五巻の後半を彩っている中臣朝臣宅守《やかもり》との悲恋歌の代表的な一首である。

神祇官である宅守は、女官である娘子と結婚したが、その前に他の人と結婚していた。それがバレて流罪になってしまった。『萬葉集選』には、先の歌の外に次の四首が記載され、勝太郎のノートにもそれらが筆写されていた。

青丹よし奈良の大路は行きよけどこの山路は行きあしかりけり　中臣宅守
うるはしとわが思ふ妹を思ひつつ行けばかもとなゆきあしかるらむ　同
帰りける人来たれりと云ひしかば殆《ほとほ》と死にき君かと思ひて　茅上娘子
今日もかも都なりせば見まく欲り右馬寮《にしのみまや》の外《と》に立てらまし　中臣宅守

勝太郎は、この悲恋に、運命によって引き裂かれた自分と浅子の恋を重ねたことであろう。かつて正岡子規によって励まされたように、『萬葉集』に深く触れることで、心の拠り所ができたことは間違いがない。

再び彼の日記に戻ろう。昭和九年七月十二日には、明石叢生病院からの友人の新井（荒井）豊吉の死が綴られている。あまりにもあっけない死。この時、改めて自分に残された時間に思いを馳せたことであろう。

この同じ日に、荻原井泉水の主宰する自由律の新俳句誌、「層雲」への投稿句を書き、翌日投稿した旨が記載されている。このころの「層雲」のバックナンバーは、国立国会図書館が所蔵していた。ある一日、国会図書館にこもってこのころの同誌をくまなく探したが、ついに勝太郎の作品を見つけることはできなかった。

このころの日記は、彼が小説を書き始めたことを教えてくれる。六月三十日の日記に、〈短篇小説でも作つて見度いなどと思ふ。〉とある。七月九日の日記には、〈午后山脇さんサンデー毎日の小説に応募すると称してゐる。自分もやつて見やうかなど思つたがどうも気が乗らない。〉とあるが、これに刺激を受けたようだ。というのは、七月十五日の日記に、〈大衆文芸却々腹案がまとまらぬ。〉とあるからだ。

七月十八日の日記にも、〈ねてゐた間夢に見た事など合はせて大衆小説の腹案を考へる。松蔭寺を舞台にして青年画家と女歌人と純情の乙女にまつはる愛の葛藤といふ至つてローマンチックな甘いもの。大衆文芸なんだから甘い方がよいだらう。名前など大体割あてて見る。筋はまだどうもはつきりしない。〉とある。ちなみにここに出てきた松蔭寺は、沼津市原にある臨済宗中興の祖と言われる白隠禅師縁《ゆかり》の寺である。

腹案がまとまるのは翌日のことだ。七月十九日〈大衆小説の腹案まとまる。終日かゝってはじめを書く。どうもうまくゆかないがしかたがない。……小説を書くのも面白いものだ。主人公は川村といふゐかき、至つて甘いものである〉。この作品が完成するのは、翌日のことである。七月二十日〈小説のつづき、腹案を少しあらためる。第一篇を完成する。相当にできたつもりだがどうも甘すぎるらしい。〉

彼の小説は、二編が残されている。「双生樹」と「高圧線」である。この日記にある作品が、「双生樹」である。この作品は、四百字詰め原稿用紙に換算して六十枚ほどの作品で、彼の死後「改造」（昭和十四年八月号）に掲載され、のち『海人全集』下巻に収録されている。

東京に住む青年画家の川村は、友人の本田の世話でN市の海岸近くの青松寺の庫裏の二階を借りて絵を描いている。ある日、海岸で絵を描いていると、女流歌人の東春美と出会い、恋に落ちてしまう。また本田の妹の友人の江川妙子をも好きになってしまう。ある日、東と江川は出会ってしまい、なぜか東は身を引くようになり、やがて自分に思いを寄せる男と婚約してしまう。江川妙子は上京して事務員として働いていたが、母の危篤の報を受け帰郷する。ここで彼女は母から自分には異母姉妹がいることを知らされる。それは、東春美であった。江川は罪の意識に苛まれ、修道院に入ってしまう。一方の東春美は、新婚旅行の途中の印度洋で身投げしてしまう。彼女は死ぬ前に、本田宛に遺品や手紙を送っていた。本田からそれらを受け取った川村は、そこに川村への愛の言葉が書き連ねてあるのを見るのだった。

こう粗筋を書くと、安っぽい三文小説のようであるが、なかなか読ませる作品である。私は、ハラハラドキドキしながら読み終えた。一気に読ませる筆力は評価してもいいのではなかろうか。

もう一編の「高圧線」は、四百字詰め原稿用紙に換算して五十枚ほどの作品である。この作品も彼の死後、「文藝」（昭和十四年八月号）に掲載され、先に『明石海人全集』下巻に、のち『海人全集』下巻に収録されている。

A市の近郊のR癩療院で療養する速太は、暴風雨の夜、彼の部屋に逃げ込んできた人妻の患者と不倫関係に陥ってしまう。やがて彼の留守中に東京から見舞いに来た彼の妻の和子は、病院関係者や彼の日記からそのことを知ってしまう。妻の行方を追って故郷に帰るが、妻は何処にもいなかった。良心の呵責に苛まれた彼は、病院には戻らず、不良癩患者の群れの一員となり、高圧線を切り取って売る泥棒の途中、足を滑らせて地上に落下する。その瞬間、「あなた、速太様」と呼ぶ妻の声を聞く。

この作品は、前半は自分たちの体験をもとに、高圧線泥棒は、入園者から聞いた話を脚色して書いたものだ。完成度は、こちらの方が高いと思われる。やはり、一気に読ませる筆力は大したものである。

この作品は、内田守人の「全集出版を祝し海人を追想す」(『明石海人全集』下巻)によると、少し後の昭和十一年ごろに書かれたもので、「週刊朝日」か「サンデー毎日」に応募して選外佳作になったという。

念のため調べてみると、「週刊朝日」は当時懸賞小説を募集している形跡はなかった。「サンデー毎日」は、年二回募集し、五月と十一月に発表していた。そんなわけで、昭和十年五月に発表になった第十六回「大衆文芸」審査結果発表から昭和十二年十一月の第二十一回まで調べたが、作品名も彼らしい名前もなかった。

この年の七月中旬、嬉しいことがあった。次兄の義雄が面会に来たのである。彼は、日記には書き残していないが、『慟哭の歌人』が教えてくれる。彼は、『白描』に「面会」六首を残している。ここでは、最初の三首を紹介する。

偶々《たまたま》を逢ひ見る兄が在りし日の父さながらのものの言ひざま
事ごとに我の言葉をさからはずたまたま会へば兄の寂しさ
面会の兄と語らふ朝なぎを青葦むらに波のたゆたふ

嬉しい一時であったことであろう。けれども肉親との面会は、これが最後になってしまった。再び彼の日記に戻ろう。

八月一日
今朝も曇ってゐる。
この生活に過去を思ひ出風にして長篇を書いて見やうかしらと思ふ。小説が一番直接的で面白い。だが大分粘力がいるらしい。第一字を書く労働が問題だ。眼が第一に心配になる
日本小説大系を見る。弴のはいやになるし、直哉と与志雄の主人公の性格がやゝ似てゐる。流石にどれもよくかけてゐるが皆主人公に反感が生じる。個性を誇張してゐる為ではないか

八月二日
小説大系を読み終る。夕方虹が出る。作歌十二三、やはり俳句より短歌を先に詠むでしまふ。俳句ではどうも十分に表はせない気がする。夜早くねる。あまりよくねむられず

八月二日の日記を読むと、短歌が自分に一番合っているのでは、という彼の呟きが聞こえてくるようだ。あれこれ挑戦し、試行錯誤をしながら、どうやら短歌が自分にとって一番大切なものだと気づいたようだ。大太鼓を全身で叩くと、ドーンと響いてくる。爽快感が全身を駆け抜けてゆく。短歌には、そんな魅力がある。それに比べ、俳句は小太鼓みたいなものだ。響きが軽い。やはり大太鼓の魅力を知ってしまったら、それから逃れられなくなってしまうのではなかろうか（海人文庫には、「句稿／巻二／明石」、内扉に、〈明石海人／俳句　未定稿／自昭和九年十月四日〉と印されたノートがもう一冊残されている。句作はもう少し続けられているが、その勢いは次第に衰えている）。

続いて、その後の日記に目を通すと、やはり体調が思わしくないようだ。熱が出て、次第に眼が痛み出したようだ。〈八月十三日／眼やはり痛む〉。ここで勝太郎の日記は終わっている。しかし、彼の創作意欲は、少しも衰えてはいない。

「愛生」（八月号）誌上で、短歌十四首と俳句一首を発表している。この時、明石海人の名前を初めて使用している。

明石海人

これの身の齢捧げむ天つ神ふるさとに病む父癒しませ
あが父よまさきくあれと吾《あ》も病みて眠りなき夜をひたすら祈る
ふるさとの母の便りは哀《かな》しけれ父逝きまして葬りもはてぬと
はかなくも病み病む我や永らへて今日ふるさとの父逝くときく

ちゝのみの父の御墓も子の墓も訪ふすべなくてわれは果つらむ
送り来し遺品《かたみ》の布子とりもてば胸にしみ入るはてなき哭き
ふるさとの千本松原小松原松が下なる父のおくつき
ふるさとの茨よ松よわがみずて過ぎにし父のおくつき守れ
吾病めば吾子をも見ずて過ぎてよと母もいふなり妻も言ふなり
世を病めば吾子をも見ずて過ぎねとふうべなけれども子は愛《かな》しきを
逢ひみずてついに果つらむさだめかやわれと吾が子と世にありながら
いかにもあれなどてや父を見ざりしと吾子歎く日のあらじと言ふか
尽未来相見ることのあらじかと吾と吾が子の宿命《さだめ》をなげく
これの世に見ずて果てなば吾子よ吾子よいつの世にかまた汝《なれ》を見む

ようやく『白描』の歌人、明石海人の片鱗が見えてきたようである。これらの作品は、発狂前後の歌から大きく飛躍している。今まで定型や自由律の俳句や文章や詩を勉強してきたが、それら総てが栄養になり、勝太郎独自の歌ができ始めたようである。

第四章　自らが光る

山口義郎との邂逅（「病友明石海人を看取りて」より）

H市で働く山口義郎に再びハンセン病の兆候が現れたのは、その年（昭和九年）の春のことであった。昭和五（一九三〇）年八月に明石叢生病院を退院してから、四年近い歳月が流れていた。身体のあちこちに赤い斑点が次々と姿を現した。山口はさっそく大風子油を買ってきて注射をしたが、その進行を止めることはできなかった。

首の淋巴腺は生き物のように腫れ上がり、とうとうワイシャツが合わなくなり、首を回すことも困難になってしまった。

やがて凄まじい痛みに襲われ、ゲッソリと痩せてしまった山口は、もう自分の行くところは、かつてお世話になった明石の病院しかないと観念する。さっそく明石の病院の松村好之宛てに手紙を書いたが、返事はなかなか来なかった。

一日千秋の思いで待つ山口のもとに返事が届いたのは、一か月後のことであった。手紙を読み始めた山口は愕然とした。もう病院は閉鎖されてしまっていた。そのため、付箋がついてこちらに手紙が届くまでに時間がかかり、返事が遅くなって申し訳なかったこと。かつての仲間が大野悦子を含めてみんな長島愛生園で元気で生活していることが書かれていた。

その中でも、特に野田勝太郎の近況が印象に残った。心配のあまり発狂してしまったこと。その後、松村たちの介護でようやく立ち直ったことが綴られていたからである。それらを知った山口は、深い溜息をついた。

手紙は次のように結ばれていた。〈久し振りの事で、あなたの病気の事も忘れて長々と書いて申訳ありません。林、秋山さんも貴兄のことを告げたら一日も早く来る様にと言つてゐました。明石の病院では想像もできない完全な設備と、親切な職員の手で何の不自由もありません。ではお目にかかつてから委しいことは申上げます。〉

山口が愛生園に入園したのは、昭和九年九月十日のことであった。H市を離れる時には肉親と離れる淋しさに包まれていたが、瀬戸内海に浮かぶ島々の美しさにいつしか山口は魅せられてしまっていた。四年ぶりに会う友人たちは、不安でいっぱいの山口を慰め、励ましてくれた。舎が決まったある日、

「僕はこの上の目白舎にいるし、隣室には野田君もいるから遊びに来い」

と松村に言われた山口は、乾いた島の道を上っていった。そして、はやる心を抑えて勝太郎がいる部屋を覗いたが、彼の姿はなく、見知らぬ男がドデンと一人座っているのみであった。

「松村君、野田さんは留守らしいがどこへ行ったのだろうか」

と山口が言うと、

「いないことはないだろう。今まで声がしていたのに」

と言って、さっきの部屋を覗く。

「おい、山口君、何をぼんやりしている。そこにいるじゃあないか」

指差す方向を見て、山口は愕然とした。先ほどの男を指していたからである。この人が野田さん？　山口は、かつて明石の病院で出会ったころの勝太郎を思い出していた。けれども、目の前の人物とどうしても同一とは思えない。そこには、髪は脱落し、黒眼鏡の奥で眼をしばたいている老人のような男がいたのだった。

山口は、思い切って声をかけてみた。

「あんたが野田さんでしたか。随分変わりましたね」

「ああ、山口君、よく思いきってやってきましたね。まあ、お入りなさい」

しわがれた声に、山口は再びギョッとした。けれども、この日から二人の友情は復活した。山口は、毎日のように目白舎に遊びに行った。

そのころの勝太郎の様子を、山口は次のように書いている。


現在は廃止になつてゐるが、その頃は一定の料金を納めると、一部屋貸し与へられたので、比較的物質に恵まれてゐた君は、六畳の部屋を借りて一人で住んでゐた。それで私は遠慮なく君の部屋に毎日の様に遊びに行つた。その当時から、君の眼は角膜を患つたり、眼神経痛に冒されたりして、視力が衰へてゐたので、私はむづかしい詩論や歌論を読んでやつてゐた。未だ何等の文学的素養とてなかつた私には、それは退屈なもので、兎もすれば読みさしたまゝ睡つてしまふのが常であつた。私が目を覚ました時には、既に幾首かの歌を作つて、君はノートに書いていた。「君が眠つてゐるまに、此れ丈出来たよ。眼が覚めたからも少し続けて貰はうか」と言つては、耳を傾けるのであつた。

その中に私も、短歌のもつ内容や、リズムがおぼろげに理解出来るやうになり、歌をやつて見やうと思つて、その事を告げると、君は非常に喜んで呉れた。それからは駄作を作つては、批評や添削を受け、君の体のよい時には、長身の君のあとに従つて、ひろからぬ島のあちこちを散策しては歌材を求めたり、物の見方や、摑へ方を私は教へて貰つてゐた。

いつの間にか、山口も短歌に魅せられてしまったようだ。それは、勝太郎の中で燃える炎が、山口に燃え移ったようでもある。

彼の作品が「愛生」に登場するのは、翌昭和十年の一月号からである。以後、コンスタントに掲載されている。

このころ（昭和九年の秋）勝太郎は破天荒なことをして周囲の人たちを驚かせている。それを教えてくれるのは、『慟哭の歌人』である。

礼拝堂の横の壁に、歌論を書いた模造紙を貼りつけたのである。模造紙の枚数は横に二十枚。字数にして三千字というから半端ではない。

通りがかった人たちは目をパチクリして見つめた、また、これを契機に島中に短歌に対する見直し、考え方が大きく変り、波紋となって長く尾を引いた、とも書いている。

この時の歌論は、残されてはいない。けれども推測することはできる。彼は、これぞと思う作品は、何度も推敲して発表しているからである。勝太郎は、のち歌誌「日本歌人」に、「短歌に於ける美の拡大」を発表している。長い作品で、五回にわたって連載された歌論は、これに近いものではなかったろうかと思う。これについては、また後で触れる。

また、絵や音楽の才能溢れる彼は、仲間たちから引っ張りだこであった。自らが光り始めた勝太郎に、周囲が注目し始めたのである。芝居に出演する人たちからはポスターを頼まれ、愛生音楽バンドの楽長からは、歌を頼まれている。勝太郎は古いオルガンを使って、「母」という歌を作詞作曲した。秋晴れのある日、この歌を、愛生音楽バンドの演奏をバックに、若き小田武夫が独唱した。明治三十九（一九〇六）年三月六日生まれの彼は、この時二十八歳。

勝太郎が詩に込めた思いは、また多くの患者たちの思いでもあった。

このごろを遠のく便り
——母よ
このやうにして父とも訣《わか》れた
想ひの隈にくろずむ影よ
身を病むに流離の十年《とせ》

面影は夢にも淡く

のぼりくる島の頂きに
くつたくのない鳶のこゑ

今日も空しいのか——
あこがれは火と燃えながら
うつそ身は灰ともならず
胸の血を喀《は》きつくして
消えも失せたい瞬間《ひととき》
はてしない思ひを籠めて
わたしは呼ぶ
（母よ、　わが母……）

声は歯に消えて
杳《とほ》き守唄か、　すすり泣く

めぐり落ちる海の日よ

うらぶれの希《ねが》ひよ夢よ
たましひのふるさとよ
ああ、母よ、母……

「水甕」と「日本詩壇」と「日本歌人」

昭和十（一九三五）年の一月十日。夜。島を吹き渡る風は冷たい。島のあちこちに、蛍のような灯が瞬いている。その一つに、三々五々、人々が集まってくる。長野夫妻が住んでいる夫婦舎で、月一回開催される長島短歌会の定例会合に参加するためであった。

白い息を吐きながら勝太郎が駆け込むと、火鉢を囲んでいる山田、藤田、大竹ら十名ほどの仲間がぼんやりと見えた。その中に、医務課長の林文雄の顔が見える。どうしたのだろう。いつも終わる間際にしか来ないのに。

「今晩は」

勝太郎が挨拶すると、座っている人たちが一斉に彼を見上げた。

「明石さん、おめでとうございます。やりましたね」

鈴木蜻蛉が声をかけた。

「ありがとうございます」

勝太郎が礼を言うと、あちこちから拍手が湧き起こった。

今月号の「水甕」に、勝太郎の短歌が初めて掲載された。しかも、詠草欄で特選に輝いていたのである。勝太郎は照れて、ポリポリと頭をかいた。時計が、七時を知らせた。

リーダー格の鈴木蜻蛉が、おもむろに口を開く。

「時間もきたようですから、今年初めての短歌会を開催させていただきます」

その時、林文雄が口を開いた。

「実は、今日、田尻先生も、大西先生も小川先生も都合が悪くて来られないんだ。君たちががっかりすると困るので、ぼくがいつもより早く来たというわけだ。すまん、すまん」

今度は、林がそう言いながらじゃがいものような頭をポリポリとかいた。あちこちから笑い声が漏れてくる。その時、長野萩花が台所からお茶と一緒に、お盆いっぱいに盛られた駄菓子を持ってきた。

「林先生の差し入れです」

長野がそう言うと、「わっ」という歓声が上がった。たちまちのうちに、お盆に何本かの手が伸びている。あちこちで、パリパリと煎餅をかじる音がする。

再び、鈴木が口を開く。

「実は、ご存じの方も多いと思いますが、明石さんの作品が、今月号の『水甕』に掲載され、しかも特選になりました。今日は、このお祝いも兼ねたいと思います。つきましては、一番声のいい今津君に朗読をお願いします」

鈴木が今津に掲載誌を差し出すと、今津は大きく首を振った。

「実は、俺、風邪ひいちゃったんだ」

ガラガラ声である。これでは仕方がない。

「それでは、私が朗読させていただきます」

鈴木はそう言うと、「水甕」に掲載されている勝太郎の作品を朗読し始めた。

富士が根の茅生高原丈長の葉を翻し風わたる見ゆ
向つ峰ゆ白雲寄する見るひまに眼交の木梢霧らひそめたり
雲低き籠坂峠たそがれの峡の岨路を疲れてくだる
裾原は紫ふかくたそがれてのこる冬陽にあかき富士が根
霜柱踏みつつゆけばほのかにもよみがえり来るわらはべ心

……


島を吹き渡る冷たい風の下で、たくさんの灯が瞬いている。長島の夜は、静かに更けていった。

昭和十年。この年、勝太郎は、毎月「愛生」誌に作品を発表しているが、同時に園外の歌誌や詩誌にも作品を発表している。今迄のように懸賞募集や投稿ではなくて、コンスタントに作品を発表できる場所を確保しているのである。

歌誌で彼が目を付けたのが、「水甕」であった。多分、教師時代に手ほどきを受けた「水甕」同人の清水慎一の影響であろう。「水甕」に彼の作品が掲載されたのは、この年の一月号である。詠草欄に十四首が特選として掲載されていた。

詩誌で彼が目を付けたのが、「日本詩壇」であった。彼は、「長島詩謡会」にも所属していたが、この会は、昭和九年一月、山田青路の「小曲」が、詩誌「蠟人形」（西條八十主宰）に推薦されたことを祝う会として結成された。「長島詩謡会」と「日本詩壇」とのつながりは、同年四月に「日本詩壇」同人で歯科医の上尾登（筆名、神尾耿介他）が長島愛生園に赴任してきたことによる。明治四十三（一九一〇）年に大分県臼杵町に生まれた彼は、昭和八年に九州歯科医専を卒業していた。

この「日本詩壇」は、吉川則比古によって昭和八年四月に創刊された詩誌である。私は、初めて『新萬葉集』第一巻で偶然明石海人の歌を読んだ時、暗い深い闇の底からキラキラッと立ち上ってくる美しい光を見た。あれは一体何だったのか、と思い続けてきたが、私の体験にきちんと説明をしている人がいた。それが吉川則比古であった。

更に明石君の一部の詩には、語彙の豊富を外光的に発散させてゐるものがある。きら〳〵した光彩が星雲状に渦流してゐる詩篇は、絵画的要素を多分に含んでゐる。（「明石海人とその詩」『明石海人全集』下巻）

ここでは海人の詩について論じているが、歌も同じであろう。この箇所を読んだ時、彼も私と同じ体験をしたのだと確信した。

吉川則比古の詩は、昭和二十七年に刊行された大江満雄編『創元文庫　日本詩人全集（十）』に四篇収録されていた。巻頭に同書に収録された金子光晴、深尾須磨子、吉田一穂等十七名の写真が掲載されているが、細面で眼鏡を掛け、蝶ネクタイ姿の吉川は、感受性の鋭い洗練された都会人というイメージである。また、昭和四十五年には、夫人の手で『吉川則比古詩集』（木犀書房）が刊行されていた。

言葉に凝った彼の詩は、精巧な象牙細工のように美しい。床の間に飾っておきたいような詩ばかりである。ここでは、『日本詩人全集（十）』（創元文庫）に収録された一篇を紹介する。

清貧

街頭、秋思に醒めて、
徒《ただ》に寒し、漂泊素琴の性身。

明眸、餓ゑ《う》て拾ふなし
淡《うす》れゆく、虚空金貨の月

（昭和三年　月刊詩集「高踏」より）

吉川は、明治三十五年に奈良県五條町（現・五條市）に県視学官の息子として生まれた。彼は、勝太郎よりも一つ年下である。青山学院卒。学生時代、「新進詩人」同人として活躍。大正十四（一九二五）年詩集『薔薇を焚く』を刊行。昭和三年、三木露風を仰いで月刊詩集「高踏」を大鹿照雄名義として刊行。昭和五年桐子と結婚。大阪府下で教師をしながら「詩草」、「日本詩壇」を編集していた。

「日本詩壇」の創刊号から目次をめくると、宮澤賢治、井上靖、森三千代、佐藤惣之助、中西悟堂、田中冬二、北川冬彦、北園克衛、小野十三郎、野口米次郎、野村四郎、金子光晴、萩原朔太郎等のよく知られた名前が次々に出てくるので、執筆陣の広範囲なのに圧倒されてしまった。また多くの人が執筆していることにも驚いてしまう。自らも同誌に執筆した奈加敬三は、〈「日本詩壇」に詩を発表した人の数は千人をはるかに超えたであろう。〉(『吉川則比古詩集』跋)と書いている。

明石海人の作品が、「日本詩壇」の目次に名前が掲載されない投稿欄に初めて掲載されたのは、昭和十年四月号である。この号に「冬の納骨堂」が掲載されている(なお、『海人全集』下巻では、昭和十年二月号としているが間違い)。

冬の納骨堂

明石海人(岡山)

うすら陽の疎林に
石の骨堂の球と方との
属性が投げかける諧調は、冷厳である。

やがてこゝに葬られる日のことを思ひ乍ら
ぢつとすます胸にひびいてくるものは
石面の交錯が冬陽にかなでる、明暗の挽歌ばかり

かくて、冬の疎林の薄ら陽に、
石の骨堂は
その冷厳な表情をくづさうとはしない。

この後、投稿欄に三度掲載されている（二度目の筆名は一回目と同じ明石海人であるが、後の二回は明石大二である）。その後、翌昭和十一年新年号の新興詩人作品集に六十九名中の一人として「歴史物語」が掲載されたのを機に、同人に推されている。

「長島詩謡会」でも祝賀会が行われたようで、同年二月号の「愛生」に、青木勝の「明石海人氏日本詩壇同人推薦祝賀会後記」が掲載されている。なお、「日本詩壇」では、この時から目次に名前が掲載され、再び明石海人の筆名が使われている。

さて、話が少し進み過ぎてしまったようだ。昭和十年一月号から歌誌「水甕」に作品を発表し始めたことに触れたが、この年は「水甕」に止まらず、六月から前川佐美雄が主宰する「日本歌人」にも作品を発表している。このころ、勝太郎の最も近くにいた山口義郎は、〈海人の歌が一番飛躍したのは、前川佐美雄先生の『日本歌人』（昭和十年六月入会）によってではなかったろうかと私は

思います。〉（『生くる日の限り』）と証言している。人は、生きてゆく途上で、様々な人と出会い成長していく。明石海人が、後世に名前を残す歌人となるためには、この人、歌人前川佐美雄との出会いが必要不可欠であった。海人自身、歌集『白描』の巻末の「作者の言葉」で、次のように触れている。

私が歌を習ひはじめたのは昭和九年頃で、当時視力はもう大分衰へてゐたが注釈を頼りに万葉集などに読耽った。園内には長島短歌会と云ふ同好者の団体があって、之によって作歌の便宜と刺戟とを受けたことが尠くない。昭和十年一月水甕に入社させて頂き、同じく八月日本歌人に転じた。この頃には全く明を失って読むのにも書くのにも人手を借りなければならなかった。此の間、日本歌人社の前川佐美雄氏は癩者の私を人間として認めて呉れたのみならず、何時も劬《いたわ》り励まして下すった温かい御気持には感謝の言葉もない。

海人の、前川に寄せる熱い思いが伝わってくる。ただ、先に触れたが、〈私が歌を習ひはじめたのは昭和九年頃〉というのは、間違いである。

また「水甕」には、昭和十年一月から同年九月まで作品が掲載されている。次の「日本歌人」に昭和十年八月に転じたことも訂正が必要だ。前川が、『明石海人全集』上巻に寄せた「『翳』篇編輯覚書」に、海人と「日本歌人」との関わりを書いている。

明石海人が『日本歌人』に入社したのは、昭和十年の五月からであり、翌六月、第二巻第六号にはじめて「妻」九首を発表した。以来毎月殆んど休詠せず、昭和十四年一月、第六巻第一号に「白き餌」十首を発表するまで、前後四年間に発表した全部の歌数は三百八十七首であった。

このうち改造社版『白描』の第一部「白描」篇に採られたのが三首、第二部「翳」篇に採られたのが百三十六首、合計百三十九首が『白描』に収められてあるわけである。

なお、前川はここでは触れていないが、海人は歌ばかりでなく、卓越した評論「短歌に於ける美の拡大」（昭和十年十月、十一月号、昭和十一年一月〜三月号）や、随筆「萍」（昭和十二年五月号）、評論「真実の具現」（昭和十二年八月号）等も「日本歌人」に発表している。また、作品合評にも参加している。これらの掲載誌を眺めていると、「日本歌人」こそが、彼のホームグラウンドであったことが良く分かる。

ちなみに『白描』の第一部の「白描」は、短歌五百二首、長歌七首、第二部「翳」は短歌百五十四首から成っている。『白描』第二部「翳」の作品は、ほとんど「日本歌人」に発表したものから採られていることになる。

海人は、「翳」の巻頭で次のように書いている。

単なる空想の飛躍でなく、まして感傷の横流でなく、刹那をむすぶ永遠、仮象をつらぬく真実を覓めて、直観によって現実を透視し、主観によって再構成し、之を短歌形式に表現する——日本歌人同人の唱へるポエジイ短歌論を斯く解してこの部の歌に試みた。

その成果はともかく、一首一首の作歌過程に於て、より深く己が本然の相に触れ得たことに、私はひそかな歓びを感じてゐる。


「翳」から三首を紹介する。

蒼空のこんなにあをい倖をみんな跣足で跳びだせ跳びだせ
飛びこめば青き斜面は消え失せてま下にひろがる屋根のなき街
ある朝の白き帽子をかたむけて夢に見しれる街々を行く

『白描』発表当時、「翳」の部分に注目する人は少なかったが、ポエジー短歌に打ち込むことで、従来の短歌にも大きな影響が出ていることを指摘したい。

この中の、〈飛びこめば青き斜面は消え失せてま下にひろがる屋根のなき街〉に注目していただきたい。この歌は、自由に動ける自分の分身を創り上げて、無重力の世界に遊ばせている。分身は、スーパーマンみたいに空を飛ぶこともできる。その時、彼の視点も不自由になった彼の身体を飛び出して、彼の分身を追っている。ここでは、彼が、その視点を獲得したことに注目したい。

例えば作文と小説の違いを考えてほしい。作文は、自分の見たことを書くものである。視点は、自分の目の位置にある。ところが小説は、自分さえも客観的に見る視点から書かれなければならない。彼は、「日本歌人」への歌を書くことで、この客観的な第三者の視点を獲得しているのである。

その視点が、第一部「白描」の歌にも作用している。第一部の〈妻は母に母は父に言ふわが病襖へだててその声を聞く〉の一首は、自分さえも客観的に見る第三者の視点から書かれた歌であることが分かる。つまり、作文か小説かを分けると、小説なのである。海人の『白描』を読むと、良質な短篇小説を読んだ後のような余韻が残るが、それは、彼の歌が小説の断片からできているからである。

海人の、歌に集中した期間は短い。視力を殆ど無くしてから多くの傑作を生みだしているのに驚くが、この視点があったからこそできたことなのである。

海人に大きな影響を与えた前川佐美雄は、明治三十六年二月五日、奈良県南葛城郡忍海《おしみ》村大字認海字高木（現・葛城市忍海）に、父・佐兵衛、母・久菊の長男として生まれた。海人よりも二つ年下である。家業は、代々農林業、地主であった。

小さいころから短歌や絵画に親しんだ。ナルシシズムに満ち溢れた少年であった。大正十年三月、奈良県立農林学校林科を卒業、同月、佐佐木信綱の「心の花」に入会。翌月から作品を発表している。大正十一年四月、東洋大学専門学部倫理学東洋文学科に入学。上京して多くの歌人や画家たちと交流する。大正十四年三月、同大学を卒業。同年七月に大阪八尾の小学校に代用教員として勤務するが、三か月後の十月に退職。この時、歌に精進しなければ、自分が自分でなくなることに気づいたようだ。翌大正十五年になると親族が没落する。その借財の連帯保証人に父がなっていたため、家運が傾く。同年八月、奈良市坊屋敷の母の実家に一家で移る。翌九月、佐美雄は背水の陣で単身上京して「心の花」の編集、選歌などに携わる。歌人としてさまざまな運動に関わりながら、昭和五年七月に処女歌集『植物祭』刊行。

ぞろぞろと鳥けだものをひきつれて秋晴の街にあそび行きたし
湖《うみ》の底にガラスの家を建てて住まば身体うす青く透《す》きとほるべし
青い空気をいつぱい吐いてる草むらにわれは裸体《はだか》で飛び込んで行く

どうやら、海人の歌集『白描』第二部「翳」の根っ子は、ここにあることが分かる。前川は、新芸術派運動の積極的な推進者として頭角を現していく。

しかし、前川の東京での生活は、長くは続かなかった。昭和七年十二月に父佐兵衛が亡くなったのである。長男である彼は、その二か月後の昭和八年二月に奈良に帰住している。前川が「日本歌人」を創刊したのは、昭和九年六月のことである。

海人は、翌昭和十年五月に「日本歌人」に入社し、翌六月から作品を発表している。その時前川は、この人は相当の修練を経ていると感じたようである。住所が〈岡山県虫明局私函第一号〉となっていたが、長島愛生園だとは気付かなかった。ただ、歌を見ていると、常人とは違うことは分かった。医者かあるいは病人かと思ったが、ハンセン病者だとは思わなかった。

前川が、海人がハンセン病者だと気づくのは、もう少し後のことである。海人が引き起こしたある事件が切っ掛けであった。
ここでは、彼が「日本歌人」に昭和十年十月号から翌年の三月号にかけて発表した歌論「短歌に於ける美の拡大」に触れよう。かつて彼が、礼拝堂の壁に貼ったと推察される作品である。

芸術が実生活の反映であり頂点であるからには、社会生活の進化に伴つて芸術作品の素材、技法等が豊富となつてくるのは言ふまでもない。殊に近代科学文明の急速な発展は、芸術方面に於ても劃期的な飛躍を見せ、映画等の新様式の発生と共に、既成芸術の分野に於ても、素材や表現方法に広大な新境地が開拓されるに至つた。

こんな書き出しで始められているこの歌論は、大変長いものである。要点をかいつまんで紹介する。
冒頭で述べたように、あらゆる芸術が時代と共に変化している。やはり、短歌も変わるべきではなかろうか。ただ、従来の神聖視されてきた古典的な美だけでは、物足りなくなってしまった。その動きとして、自由律論者が時代意識を強調して短歌形式から離れていったが、短歌とは一定の形式につけられた名称であるから、これは短歌とは言えないのではあるまいか。
それでは彼は、どんなものが短歌だと考えていたのだろうか。

芸術はどんなに幻想的な奔放なものでも所詮は時代生活の反映である。(中略)我々が時代意識を押しやって、童謡や万葉集を、たとへ精神的にでも、模倣することは無意味である。万葉の素朴は万葉で足りる。万葉の素朴さをさながらに模した作品ができたにしても、それが万葉の埒を一歩も出でないなら、屋上屋を架するに止まり、現代人の作としては畸形であり、生命を有しない。我々は万葉の上に時代の生活感情を盛らねばならない。例へば良寛のごときも、万葉より出でて超脱を加へ、童謡には見られない理念の裏打がある。我々が万葉や良寛を尚ぶなら、昭和の万葉、一九三〇年代の良寛を志向すべきである。

それでは、どうしたら時代にマッチした歌（あるいは昭和の万葉調）ができるのか。それをあらゆる角度から論じたものが、この歌論なのであった。

私がこの歌論を読んで改めて感じたのは、彼と時代との関わりであった。彼は、常に時代に敏感であった。マルクスの本が巷で読まれ始めると、さっそく大量に買い込んで勉強した。日記には、その時々の時事のニュースがいくつも記されていた。自由律の句を作ったのも、ポエジー短歌を作ったのも、常に時代を呼吸していたからであろう。

初めて『白描』を読んだ時、傾向の違う二つの歌群が同居していて奇異な感じを受けたが、もうその答えが出てしまったようだ。一つは「愛生」に発表した作品、もう一つは「日本歌人」に発表した作品。この二つの歌群は、馬車における両輪のような役割を果たしていたのである。時代の最先端の歌を作りながら、それによってもう一つの歌群が確実に影響を受けて行く過程が面白い。

故郷の愛児に与ふ

そんな日々、彼の病状も確実に進んでいった。遠くない死期を悟った彼にとって、気がかりは一人残したわが子であった。彼は、わが子瑞穂に宛てた手記「故郷の愛児に与ふ」を遺している。六月一日の日付のある「故郷の愛児に与ふ」は、昭和十四（一九三九）年八月号の「婦女界」に掲載されている。この作品は、昭和十年の「当用日記」に書かれ、海人文庫に現存する。発表当時は、名前などの変更がされていて、その後『明石海人全集』下巻や『海人全集』下巻にもそのまま転載されているが、今回は原文通りに紹介する（なお、『海人全集』下巻では、この作品と「出郷」を「婦女界」昭和十四年六月号としているが、同年八月号の間違いである）。

みづほよ

わたしは之からおまへのためにふだん考へてゐること——そしてお前が私と同じやうに悩むであらうことを予想してそれの解決上の参考として人生とか宗教とか芸術とか恋愛とか云ふものについて私の経験や智識を思ひ出すまゝに書いて見やう。

実は之はもつとずつと前から取かゝらうと思つて居たのだが、種々なことにかまけてゐて今までのばして了つた。

私の疾病のことについて改めてこゝに書くことはやめやう。たゞわたしの眼は大分わるくなつてきて長く筆をとることができないので勢ひ書くことが断片的になり書きつぱなしだから字句の誤脱重複等もあらうから適当に判読してもらひたい。さてから改まると何から書いてよいか分らないが、まづ私は今限りない親愛の情をこめて私はお前の名を呼ぶ。そして乙女となつたお前を想像して之を書く。

人生の幸福といふやうなこと、お前のあとに暗い影をひいてゐるであらう疾病のことなどに悩んでゐるお前を思ふと私は限りのない自責を感じる。私は父としてお前の少女、乙女時代の種々な悩みの相談相手になりたいのだが恐らくその頃私はもうこの世に存在してゐないだらうから今のうちそのことを予想して書いておくのだ。

何か書いてゐることがごた〳〵してきた。私はしばらく感傷の赴くまゝにお前に最後に会つた時のことを思ひ出して見やう。

私はもう二年余り明石に居てその時久しぶりで家に帰つたのだ。

父と子のありなれ知らぬ吾児《あこ》ゆゑに父よと呼べどなじまざりけり

之はその時の歌だ。（ありなれ）は習慣、ならはしぐらゐの意、たまたま帰つてきた父を見わすれてお父さんとは言つても他人のやうによそよそしかつた。また私の顔もお前の記憶にあつたのと大分変つてゐたのであらう。その時離れてくらすことのさびしさをつくづくと感じてこの一首をなしたわけだ。その時私は四五日家に居つて又明石へ帰つた。それが私のお前たちに対する最後の別れになつたのだ。そのまへにお前の妹の和子は死んでゐた。それから父もその後に亡くなつた。お前にもお前の祖母にも或ひはお前のお母さんにももう会ふことが出来ないかもしれないと思ふと私もさすがに淋しくなるがかういふ境遇になつてさういふことを歎いてゐたらはてしがない。その悲しみをごまかすのはいけないがそれに圧倒されないでその悲しみを深く内にひそめて人生といふものを厳粛に考へて行つたらよいのだらう。

悲しみは人間を深くすると云ふのもさういふことを言ふのだらう。そこで私はその思ひを底に持つてこのごろ毎日歌を作つたり詩を書いたりしてゐる。いづれも大した物ではないが、それによつて自分を内省する資料にしてゐる。

さて話は前にもどる。その頃お前たちは私の父の勤め先の富士町の製紙会社の社宅に居た。帰るときお前とお前のお母さん――（これから秋子と書く）は静岡まで見送りに来た。その時写した写真はお前も見ることができるであらう。私の手許にも一枚あるから、これと一緒にお前の手に渡るやうにしやう。その時夜七間町あたりを散歩したのだが、お前は私と秋子の手の間にぶら下つてしきりにはしやいでゐた。その頃もう私にだいぶんなついてきて「おとうちやんだつこ」などと甘えてゐた。

その無邪気な姿を見ながら私も秋子もたまらない寂寥を感じた。もう明日は別れるといふ時、そして別れたら再び会ふことのあるかないかわからない親子三人であるのも知らず無心に興じてゐるお前を見乍ら私は泣き笑ひをしてゐたのだ。また一緒にとらんぷなどしたのだが、その時お前は負けさうになると大粒の涙をぽろ〳〵とこぼし乍らそれでも泣くまいと一生懸命にこらへてゐるのがいぢらしくて、――さらに私たちがどんなにまけてやりたいと思つても札のかげんでそうならない時私はお前の一生の運命の姿をまざまざと見せられたやうに感じて――どんな恩愛の手もどうすることもできない現実といふ様なものをまざまざと見て蕭然とならざるを得なかつた。その日静岡の駅頭でお前たちの乗つた汽車を見送つて——お前や秋子の振る手の見えなくなつたのを最後として今まで私はお前に会ふ機会がなかつた。そしてまた之からも恐らくはないであらう。

振る手さへ見えずなりたり妻よ子よまさきくあらばまたかへり見む

この下句は萬葉集の中の大津皇子（？）の歌と同じなのだが私の感じがそのまゝであつたのでそのまま使つた。

——○——

書くことが大分センチメンタルになつてきたから今日は之で筆をおかう。

この一週間ばかり毎日のやうに雨が降って窓のまへのくちなしの花は黄色くうらがれてゐる。丁度今日は六月一日である。之から眼のぐあいさへよければ毎日少し宛書いてゆくことにしやう。

——六月一日——

「婦女界」に発表された時には、「みづほ」は「しづ子」に、次女の「和子」は「澄子」に替えられているが、書いた時点でも妻は「浅子」ではなく、「秋子」に替えられているのが興味深い。「秋子」に替えたのは、別れた妻に対する配慮であったろう。しかし、子どもたちの名前は、どうしても偽りたくない。そんな彼の強い意志を読み取ることができるのではなかろうか。
なお、彼はこの瑞穂宛の手記を書いた後、急速に視力が衰え、二度と瑞穂宛の文章を書くことはなかった。

長島愛生園訪問記

このころの海人に会った人がいる。私がその人からお手紙をいただいたのは、前著が出た平成十二（二〇〇〇）年七月下旬のことであった。
その人とは、横浜にお住まいの高藤昇であった。平成五年に国学院大学を七十二歳で退職し、現在は日本古代史の研究に没頭していると自己紹介されていた。また、〈明年八十歳を迎える〉ともあった。そのお手紙は、次のような書き出しで始まっていた。

前略　御著『よみがえる〝万葉歌人〟明石海人』拝読致しました。
私は後にも記しますが、長島愛生園と明石海人については忘れ難い思い出があります。昭和十年八月に私は長島愛生園を訪問して、貴著の中に名前が出ておられる医官の田尻敢先生とは少なくとも昭和十年代には文通があり、愛生園で発行されていた『愛生』という雑誌も頂いたと思うのですが、それらは皆、私が静岡県立浜松第二中学校（後、浜松西高等学校）の教員として在職中に浜松の空襲で焼失してしまいました。『海人遺稿』・『白描』・『小島の春』などといった書物も同様であります。
昭和十年に長島愛生園から福井の自宅に帰って、当時私は旧制・福井県立福井中学校の三年生でしたが、校友会誌『明新』に寄稿しました「長島愛生園訪問記」も同様に焼失してしまいました。しかし、学校の文庫には保存されているだろうと思います。近い内に問い合わせて見ようと思います。（中略）
私が長島愛生園を訪問し、明石海人に会いましたのは偶然の事でありました。（中略）
昭和十年の八月十日頃に私は兵庫県赤穂に参りました。関西学院出の牧師・山田忠蔵さんがこの牧師になって一・二年目であったろうと思います。山田牧師は福井市の出身で、キリスト教信者になり、宣教師のハウスボーイになって関西学院神学部に入学しました。私の家が近くであったことと、私の母が熱心なクリスチャンであったことから親しくなり、私は旧制中学一年の夏には英語を教えて貰いました。その山田牧師から赤穂に遊びにこないかと言われて出かけたわけです。

赤穂から東に八キロほどの坂越の妙見寺でロマ教の聖書研究会が四日ほどあり、赤穂に着いた高藤は、これに参加した。その聖書研究会の終わりごろ、長島愛生園の田尻医官が参加して、愛生園を訪問して山田牧師に礼拝堂で説教をしてほしいという話になった。
この訪問は、「愛生日誌」（「愛生」昭和十年八月号）に、〈八月八日　藤井蔵之助師外十名来園布教〉と記載されていた。

このたび、福井県立藤島高等学校同窓会より当時の「明新」第九号の掲載部分「長島愛生園訪問記」のコピーをいただくことができた。曇りのない一人の少年の目に、当時の長島愛生園と明石海人がどう映ったのか。大変貴重なものだと思うので、以下に紹介する。

長島愛生園訪問記

第三学年　高藤　昇

八月七日午後四時、日生より愛生丸第一号に乗船していよいよ長島愛生園へと出航した。最年少者である私は皆から可愛いがられて、愛生園まで本通り？　を行けば三十分位で行けるのを遠い裏通りからと強請《たの》んでとう〱約二時間余もかゝる裏道を快走した。

デッキに立つて風にひら〱撫でられながら、海上を見渡すと、島、島、島、島の連続行進。柔い青い毛氈で包まれた小さな島、大きな島が、次から次へと眼前に展開されてゆく。エメラルド色とでも言ふか、青い澄み切つた海水が、船の後に三段の水型をこしらへてゆく。ううーつ、ううーつ、と快よい響を立てゝゐるエンヂンの響が、低く波の上を流れてゆく。もうやう〱愛生園に近づいたといふ時に、愛生八景の一つたる非常に壮大な、まるで東尋坊みたいな所を見た。

……。

桟橋について小さなトランクを持つて上陸すると、あまりの美景にしばらく感嘆詞が連続した

「うーん……」「ふうーん」

その時は丁度日没前の七時少し前だつたと記憶する。赤い夕日を浴びて立つ対岸の病院の姿は、ほんたうに絵に画いたやうな美しさだつた。すきゝつた腹を抱へて、一行十一人は男女に分かれて女の方は一号官舎へ、男の人は田尻博士といふ方のお家へ入つた。

ここで私は田尻博士を少し紹介して置かう。博士と聞くと私達は苦虫を嚙みつぶしたやうな虫の好かん顔を想像する、併し又この先生は特別だ。

まだ若い凡そ二十七から三十位だらうと思はれる体の大きな可愛いらしい先生。まあ、これが先生の全貌である。

一旦荷物を置いて、三々五々打連れて先刻見た食堂へ集つた。上席医師林先生と御一緒に、皆つゝましくライスカレーを頂いた。食堂の側に玉突台があつたので小田さんと一緒にかちん〳〵とやり出した。

開闢以来こんな事をしたのは初めてだつたので仲々下手だつたが、だん〳〵上手になつた。

お腹が一杯になつてお家へ帰つて見ると、お布団が敷いてあつた。今晩はもう寝て、明日見学なのである。ごろりと横になると知らない間に寝ちまつて、朝になつてしまつた。

八日午前七時半起床（実はその九時に起きたんだけど）、朝食後、砂浜をさく〳〵踏みしめながら、白亜の殿堂、愛生園病院に着いた。広間に登つて各々来賓名簿に墨で姓名を書いた。

僕なんざあ四年間筆を持たなかつたのではあるが、イの一番に書いて仲々立派なのを書いた。

こゝで田尻先生から主なる癩の種類と症状を聞いた。すなはち

A、斑紋癩　顔、胸、脊、腰等又手足にたむしのやうな斑紋が出来その部分は感覚がなくなり

針でさしても痛くない。
　B、神経癩　麻痺する即ち神経系統が侵されるもので神経が太くなり次第に麻痺して手足にはげしい疼痛が起つたり感覚がなくなり又麻痺を起した部分に水ぶくれが出来て化膿する事があり、又手足の関節が曲つたなり固つて動かなくなつたり関節々々から腐つて落ちる事がある、これに罹ると顔が曲り表情が出来なくなる。
　C、結節癩　皮膚が菌に冒されて厚くなりこぶ〳〵が出来る。この病は次第にくずれて深いきずとなり容易に治らない、又これは鼻孔、口腔、喉頭等粘膜にも支障があり又目にも重い障害があつて盲となる事がある。
　まあ大抵以上のやうなもので癩菌は患者の患部から僅かの汁を採つて、顕微鏡にかけると沢山の黴菌が松葉のやうに集つて見える。これはけし粒の中に何億も入る位小さいもので、患部には必ずこれが居て人から人へと伝染してゆく。癩の潜伏期は五年―十年である。ではいよ〳〵見学に移らう。

入口に真白い上衣が十五位重ねてあつた。これを小使さんと看護婦さんが着せて呉れた。

一朝にして男の人は料理番さん女の人は女医さんに変化した。

消毒液がぷん〳〵鼻をうつて、みんな顔を前につき出して歩いてゐる。先導は田尻先生である。先づ重症患者の木星、金星とか星の名の附いた舎へ歩を運ぶ。入つてゆくと患者が皆のそりとこちらを向いた。

皆んな尻込みする。田尻先生、笑ひながら招いてゐる。まゝよ、と諦めて第一番にドキ〳〵する胸を押へてふるへながら入つてゆく。

大部分は結節癩の患者。其処を出て外へ出るとホーッとして空気を吸つた。看護婦さんからフオルマリンのガーゼを貰つて爪の間から指の間まで丁寧に拭いてやつと安心したのも束の間今度は先と同じく水星舎に入つた。而し中までは入らず入口の所で見学した。

田尻先生ひよこんと前へ出て入口の一番近い所にゐる患者の傍へ歩み寄り、こつちを向いて目で招いた。そして患者の頭をもたげる。鼻の落ちてしまつた人、女の人である。喉頭に布を巻いてゐる、と、先生それをほどいたら下から表れたものは銅製の管で咽喉へ入れてゐる。無造作に引抜いて先生は見せて呉れた。長さ約十糎許りのものである。

そうつとのどの所を見ると、穴の所が紫色になつてひくひく動いてゐた。

そこを出てチヤペル（礼拝堂）の側を通つて行くと、まあ〳〵精米所、食料製造所、大浴場、理髪場、購買部、文芸部、製菓部、ミシン部、陶工、土工、金工、塗工、園芸等の諸部が軒並みに立つてゐて軽症患者が働いてゐる。まるで一個の会社、否、一個の社会である。製菓部では丁度こんがりと狐色に栗饅頭が焼け上つた所であつた。

だん〳〵登つて小丘の上に至るそこから、此処、彼処に点々してゐる十坪住宅が玩具のやうに並んでゐた。そこを降りると十六球の受信所と放送局があつた。それは園内の各舎、各戸に連絡してあるのださうだ。

それから光が丘といふ所に来て納骨堂を見学した。これは或る篤志家の寄附で出来たものだといふ。

下りてグラウンドに至り恩賜の鶏（皇太后陛下より）を見、恩賜の楓を見て病院へ戻った時は一時、どうも毎日お腹をすかされるもんだと考へながら例の広間で園長先生以下と昼食。

さて、高藤は、〈光が丘といふ所に来て納骨堂を見学した。〉と書いているが、これは記憶違いであろう。光ヶ丘と納骨堂は、全く方向が違う。当時海人が住んだ目白舎は、納骨堂へ行く途中にある。一行が海人を訪ねたのは、この時ではないかと思われる。

以下は、高藤の手紙である。

そこから更に歩いて、「今度は明石海人を訪ねます。」と言われました。明石海人の名はその頃、突然彗星のように短歌の世界に現れていましたから、私も幾つかの短歌を読んで知っていました。「この頃少し熱を出したりされていますから、寝ておられるかも知れません。」と言うことでした。やがて山裾の方から狭い山道を上るようになります。両側には熊笹や雑草が生い茂って、人が並んで通ることは難しく、一人ずつで二十メートルほども上ったでしょうか、右側の山腹に一軒の木造の平屋が立っていました。後ろは松山を背負っていました。貴著158頁の目白舎跡地の写真はまさに当時を思い出させます。「目白舎」の名は貴著によって思い出しましたが、この家に間違いはないように思います。縁側の前がかなり広い広場になっていますが、私たちが訪れた時にはこんなに広くはなくて、一番後ろを歩いていた私は家の前までは行けず、山道からの道をやっと出たくらいの位置にいました。田尻医官が「明石さん。明石さん。」と声をかけると、脇の部屋から、膝で転がり出るように一人の老人が走り出てこられました。両足で立って出て来られたのではありません。その姿は私には老人のように見えました。とても三十代初期の方のようには見受けられませんでした。私自身も海人の年令を当時は知りませんでしたから、あれだけの優れた歌を作られる方は五十代の方であろうという先入観もありました。黒っぽいよそ行きの着物を着ておられましたから、私たちの来訪を知らされていたと思います。鼻は少し崩れていました。田尻先生が、「今日の礼拝でここに居られる山田先生が説教をしてくださり、松本先生、甲斐先生も参加してくださって、あなたを励ましにきてくださいました。」と言われると、海人は、「ありがとうございます。ありがとうございます。」と強い、やや甲高い声で繰り返してお礼を言われました。山田牧師が祝禱を捧げて祈りました。海人さんも頭を下げて目をつぶっていましたが、両手は膝の上で拳を作っておられました。

そんなに長い時間ではありませんでしたが、これが私が明石海人に出会った最初であり最後でした。

この手紙を読んだ時、ふっと場面が浮かんで来て、とても有り難いものを見せていただいたような気がした。何よりも、周囲の人たちが、海人の人間の尊厳のようなものを大切にしてくれているのが嬉しかった。

ただ、長い歳月が流れ、いくつかの記憶違いもあるようだ。高藤は、〈明石海人の名はその頃、突然彗星のように短歌の世界に現れていましたから〉と書いていたが、このころ、海人は長島愛生園では頭角を現していたが、世間一般が認知するまでには至っていなかった。昭和十三（一九三八）年一月に『新萬葉集』第一巻に十一首入選して世間に知られるようになったが、高藤はこのころ、あの時の人が、こんなに凄い歌を作ったのか、と改めて海人を思い出すようになり、その時の思いが、初めに会った時の思いと重なってしまったようだ。

また、〈鼻は少し崩れていました。〉とあるが、翌昭和十一年三月二十七日に「日本詩壇」を主宰する吉川則比古たちが訪れた時の、目白舎での海人と一緒に撮った写真が残されていて『海人全集』上巻に掲載され、前著にも転載したが、鼻はまだ崩れてはいないように見える。

さて、再び高藤の「長島愛生園訪問記」に戻ろう。

八月十日。朝八時よりチヤペルで朝の礼拝があつた。この園はキリスト教を中心にしてあるので約六十名位の信徒が集つた、併し千数百といふ人数から見れば極く僅である。この朝は奉仕会で軽症患者がもつこを持つて土盛をしたり、草をむしつてゐたりした。

午後一時、愈々帰途につく、桟橋で田尻先生や林先生や看護婦さん達とお別れして乗船。ボーツ夏空に高く響き渡る汽笛の音と共に桟橋から徐々に離れて、ぼこり〳〵と水泡が浮んでくる。

デツキに立つてゐるとまるでテープを握つたやうな心持で後を振りかへるともう人も家も小さく水に影を浮べてゐる。帽子を振りながらオーイと呼ぶと聞えたらしく白き手巾がひら〳〵と岡にひるがへつてゐた。

船は一文字に浪一つない湖水の上を滑るが如くに進んで行く。

高藤たちを長島愛生園に誘った田尻敢（筆名ひろし）は、金原家の五男として明治三十五（一九〇二）年五月に東京市牛込区山伏町（現・新宿区）で生まれた。海人よりも一つ年下である。中学生時代にキリスト教徒になったようで、十六歳の時、田尻家の養子となっている。水戸高等学校を卒業した彼は、千葉医科大学に進んだ。そして昭和五年三月に卒業しているが、卒業間際に全生病院の光田健輔を訪ね、全生病院で働くことを志願している。そして、この年の五月から医務嘱託として勤務についている。

当時、ハンセン病院で働くことは嫌われていたが、彼も例外ではなく親戚中の人に嫌われたようである。彼は、患者診療の傍ら東京の某病院に耳鼻咽喉科専門の知識並びに技能習得のために通っている。その後、昭和六年三月、長島愛生園の開始と共に光田健輔や患者たちとともにやってきたのだった。

翌昭和七年四月には西村みね子と結婚。昭和九年九月十六日には、長女衣子を授かっている。おおらかなクリスチャンで、「困った時には空を見ろ」が口癖であった。

そんなわけで、この時、田尻敢は高藤が想像したよりも少し年上の三十三歳で、新婚ホヤホヤであった。

なお、高藤は、〈この園はキリスト教を中心にしてあるので〉と書かれていたが、これは高藤の感想である。職員が一宗、一派の集会に参加することを、園長の光田は厳しく禁止していた。

林富美子のこと

このころ、長島愛生園で眼科医として勤務されていた林（旧姓大西）富美子が、御殿場に住み、ラジオの深夜放送に出演されたという話を聞いたのは、平成十（一九九八）年七月の初めのことであった。ご健在だったのである。

このことは、私が顔面麻痺になってからずっとお世話になっていた榛原郡金谷町（現・島田市金谷）の鍼師の北村渉先生が教えてくれた。すぐに図書館の電話帳で住所を調べ、手紙を差し上げると、折り返し電話をいただき、七月十日にお邪魔することにした。

明治四十（一九〇七）年に香川県琴平町の旧家の九人兄弟の次女に生まれた富美子は、自分の子どもたちには学問をさせることが悲願であった父の意向で丸亀高等女学校を卒業すると、父の妹の夫である赤松の叔父の「医者になれば学資を支援する」という条件を呑んで東京女子医学専門学校に進んでいる。赤松の叔父は、造り酒屋で金持ちであった。彼女はこの時代、キリスト教に魅かれるようになり、昭和三（一九二八）年六月に洗礼を受けている。

富美子がハンセン病者たちのために働こうと決心したのは、専門学校在学中に、敬慕していた金井為一郎牧師から、御殿場で開催される全国キリスト教女子青年会の修養会の案内を受けて参加した時であった。その時の日課に、癩病院・復生病院訪問があった。しかし富美子は、この時躊躇していた。もし、客観的に大勢と一緒にこの人たちを見るとしたら、それは彼等をはずかしめることにならないだろうか、という思いからであった。

この時、富美子はそんな思いから欠席したが、これを切っ掛けに、少女の日に祖母に連れられて行った善通寺の参道で見た、ハンセン病者が群れをなして物乞いをしている姿を思い出していた。指のない腕を差し出している人、顔の形がくずれた人、盲目の人、……それらの人々が彼女の脳裏に甦ってきたのである。これが契機となり、彼女は病者のために生きる決心をする。

ただ、両親の賛同を得られるか心配であったが、話すと反対はしなかった。しかし、医者になることを条件に学資の援助をしてくれた赤松の叔父は理解を示してくれなかった。そのため、〈今日までに費やした学資全額と利息とを加えた額を返済する〉ことで落着している（彼女は完済するのに数年かかっている）。

そんなわけで、彼女は卒業後は全生病院勤務を希望したが、欠員がないため、賛育会錦糸堀病院に勤務するが、昭和五年六月二十五日付で全生病院医員の辞令が内務省から出た。そして、二年後の昭和七年六月、長島愛生園への転勤を命ぜられた。

この時、私は彼女の著書『野に咲くベロニカ』他を読み、そんな予備知識を持っていた。

海人は『白描』に、富美子が勤務する眼科を詠んだものと彼女自身を詠んだものとの二首を遺している。

ふかぶかととざす眼科の暗室に朝は炭火のにほひ籠らふ
照明の光の圏にメスをとる女医の指《および》のまろきを見たり

富美子は、御殿場市大坂の、長い坂の上の、ご子息の真が開業している病院の隣の二階家の一階で、娘の道子と慎ましく暮らしておられた（ちなみに二階は、富美子手作りの林文雄記念館になっていた）。

「九十一歳なのにお元気ですって？　失礼ですね、私はまだ九十歳ですよ」

私を見つめる富美子の瞳が笑っている。富美子は、ユーモアとウィットにとんだ方であった。十月がきたら、ようやく九十一歳になるのだという。やはり女性に歳は禁句であった。ギュッと抱きしめたら、ポキンと折れてしまいそうな華奢な身体のどこに、そんなバイタリティーが潜んでいるのだろうか。彼女は、夫を早くに亡くしてから、子どもたちを一人前にするためにかなり苦労をされたはずであるが、その苦労の跡を微塵も感じることはできなかった。

「私が癩の世界に飛び込んだ理由ですか？　やはり、宗教（キリスト教）の力が一番だったと思います。当時彼らが一番悲惨で、彼らのために働かなければと自然に思っておりました。癩が自分にうつる、ですか？　そんなこと一度も考えたことはありませんでした。……消毒も厳重にやっておりましたしね。

海人の印象ですか？　やはり普通の人とは違う、ただならぬものを持っておりました。人間が大きいと言ってもいいと思います。一般社会の先生と比べてですか？　やはり、群を抜いていたと思います。無口で、大人しい人でした。誰にでも優しくて、皆に好かれておりました。口述筆記をした大勢の人が海人を作った、ですか？　それは全く違うと思いますよ。海人自身に人を惹きつける魅力というか、力があったからだと思います。やはり、あの人の役に立ちたい、という感情を引き起こさせる人でした」

富美子が、それまで勤務していた全生病院から長島愛生園に赴任したのは、海人がやってくる数か月前の昭和七年七月十三日のことである。当初、彼が手のつけられない患者であったのは御存じのはずなのに、そのことに何度か水を向けても、富美子は、少しも口を開こうとはされなかった。海人を直接知る数少ない現存者の一人として、快復後の堂々たる姿を残すことこそを使命に感じておられるのであろう。これもまた海人に対する深い愛情ではなかろうか。

ただ、彼女と接触したのは、私一人だけではない。私のほぼ八年前、八十二歳の富美子と接触したのが、冊子『沼津生れの歌人』明石海人メモランダム」の著者川口和子である。彼女は、富美子の次の話を同冊子に記載している。

「私は昭和七年から十一年まで、長島愛生園に勤務していたの、その頃の明石海人は精神的に大変だったのよ。一番苦しんでいた時期に、私が診療に当っていたわけ、どうにも手がつけられなかった」

また、次のエピソードも教えてくれる。

昭和8年から9年にかけて、林女史は高松日赤病院に勉強に行かれたことがあった。

「そのとき、高松にいる私のところに明石海人が、せっせと手紙をくれたの。自分を理解してくれそうな人に訴えたいことが、いっぱいあったらしいのね。何でも訴えて聞いてもらえる人が、ほしかったと思うのよ」

「でも、その頃の私は未だ年齢も若く経験不足なもので、患者さんの気持ちがそこまで分らず、男の人から沢山の手紙をもらって、何となく気圧されて、こわくなってしまい、ほとんど読まなかったの、もったいないことをした、手紙を残しておくべきだったと、今になって思いますけれど……」

この日、取材が終わると、二階の林文雄記念館を見せていただいた。大きな机の上に、当時のたくさんの資料が整然と並べられていた。拡大された光田健輔の柔和な写真が印象的であった。

その後、彼女は道子と共にタクシーで御殿場線の岩波駅まで送って下さったが、途中、かつて長く勤務した神山復生病院の楓が生い茂った庭を案内して下さった。その時の彼女の瞳は、少女のようにキラキラと輝いていた。

その後、平成十二年の春、私の『よみがえる〝万葉歌人〟明石海人』が出ると、すぐにお送りした。すると折り返しお電話が入り、大変喜んでくださり、まとめて購入して関係者に贈ってやるのだと張り切っておられた。ほどなく彼女から現金書留が届いた。開けると、お茶代と書かれた祝儀袋が入っており、中には真新しい一万円札が一枚入っていた。

そんな富美子も、平成十九年九月十二日に亡くなられた。享年九十九。一人の医師としてハンセン病者や弱者に生涯寄り添い続けた、野に咲くベロニカのように可憐で美しく勁《つよ》い人であった。

最後のお電話をいただいてから十数年の歳月が流れた。しかし、あの時の、「あなたはとても大きな仕事をして下さいましたよ。ありがとう。ありがとう」と繰り返された富美子の少し嗄れた声が、私の脳裏から消えることはない。合掌。

全集未収録の俳句と詩一編

明石海人は、とても幸せな表現者である。というのは、昭和十六（一九四一）年に『明石海人全集』上下巻が出て、その後平成五（一九九三）年には、『海人全集』上下、別巻と三冊が出ているのである。しかし、これらを眺めた時、スッポリと欠落しているものがあることに気付く。彼の俳句がないのである。

既に見てきたように、海人は、長島愛生園で短歌に集中する前、盛んに俳句を作っている。むしろ俳句の方に力を入れていた一時期があった。読者に彼の文歴と多面性を知っていただくために、このころ（昭和十年十一月）に刊行された『蕗の芽句集』（蕗の芽句会編・長島愛生園慰安会）に掲載された九句と、彼の死後「俳句研究」（昭和十四年八月号）に掲載された「南島句抄」十六句を紹介する。これらの句は、彼の俳句の代表作と見ていいのではなかろうか。これらの句にも、海人の命の雫がたっぷりと詰まっている。

『蕗の芽句集』は、春・夏・秋・冬・新年と五季に分かれ、さらにそれぞれ時候・天文・地理・人事・宗教・動物・植物・雑と分かれている。そして、総計で千句が収録されている。

春・植物

野端より吹き入る松の花粉哉　海人

夏・時候

三伏の昼や湯槽を満す音

久々の母の便りや梅雨に入る

夏・人事

糊きゝて浴衣乾きぬ午後三時

夏・宗教

縁日の裸火暗し地獄絵図

秋・天文

秋雲や日に日に弱る眼の光

秋・動物

頬白の口紅々と鳴いてをり

秋・植物

木蓮華秘佛の金は古りにけり

冬・人事

炭の香に図書室の昼静かなる

南島句抄

みめぐみの鐘つく子らや春の島
頬白の口紅々と鳴いてをり
彼岸会や裸火に見る地獄絵図
黒ばえにひねもすとづる日照草
赤々と南の島に罌粟咲きぬ
脱衣場の手擦れの像や守宮鳴く
夜の蛾を叩きてひとりなぐさまず
白木蓮木尊の金の暮れしづむ
水鶏《くひな》鳴く消燈過ぎし癩の島
氷嚢や壁に見えたる母の影
夜気おもし灯に来る虫に逝く人に
昼寝ざめ畳のあとをさすりつゝ
効もなき眼罨法や夜の秋
墓詣りすることもなく島の盆
日の光日々にうすれて秋深む
山深みひそかに木の実落ちぬらし

この「南島句抄」と同時に掲載された田尻ひろし「明石海人と俳句」には、〈海人は句会にも盛んに出席し、蕗の芽会の同人として会の世話もし、謄写版で印刷した「蕗の芽」俳誌の表紙に石蕗の画などを書いたりしてゐた。〉とある。

それから、海人文庫には、このころ書いたと思われる全集未収録の詩一編も残されていたので、次に紹介する。四百字詰め原稿用紙一枚に書かれたもので、筆跡は自筆である。

1935年　　明石海人

5月1日

子嚢體ハえーてるニ同調シテ蘚帽ヲカナグリステタ。胎動シテヰタ胞子ハ、赤外線ニうゐんくシツツすたーとヲキツタ。ガ、オホカタハ土壌ばくてりあニ消化セラレテ、ごーるいんシタノハ8％ニ過ギナカツタ。ソコデ彼女ラハ母親ノ祈リニ背イテ、母親ト同ジ生活ヲ記録シハジメタ。

その時、

クレムリンの死像は葬旗の蠹魚に沈黙し、ヒットラーは手を洗はずに食卓につき、東株の先物はニエンがた刎ねかへしーカクテ世紀ハ臆面モナク星座ヲ蝕バンデヰタ。

母の手紙(一)

平成九（一九九七）年の暮れ、私が初めて長島愛生園の愛生誌編集部を訪れた時、編集者の双見美智子は、海人の資料が残されていることを教えてくれた。私は、目を丸くした。というのは、海人の友人の松村好之も北田由貴子も、海人の資料は散逸してしまったと証言していたからである。びっくりして彼女にその旨を話すと、

「盗んできたのですよ」

と言って、カラカラと笑った。

話を聞くと、海人の資料は当初は大切に扱われていたが、長い歳月が経つうちに価値が分かる人が少なくなり、紙屑同然に扱われるようになった。そんな時、彼女たちが大切に護って下さったようだ。

「お母さんの手紙もありますよ」

と言われた時、えっ、と驚いた。今振り返ると、お母さんの手紙だけは忘れないで下さいね、という彼女なりのメッセージであったのだと思う。

双見は、女学生のころ、恩師から海人の歌集『白描』を贈られて、涙を流して読んだことがあるという。その時の体験が、海人の資料を護らなければ、という原動力になったようだ。ちなみに双

見が入園したのは、戦後の昭和二十三（一九四八）年七月九日のことである。

母の手紙は、数えると六通あった（他に封筒のみのものが一通）。これらを読み始めた時、私は号泣してしまった。たしかにトットツとした母の声が聞こえてきたのである。この時、手紙は肉声なのだと改めて思った。傍にいた女性の事務員の方が、そっとティッシュ箱を置いていってくれたことを思い出す。海人が生きた時代、ハンセン病者だと分かった時点で、親子や兄弟や夫婦の縁を切られてしまうのが常であった。そんな風潮の中で、とても有り難いものに触れた思いがしたのだと思う。

これらの手紙は、海人死後、何人もの目を通して残されたものである。もっとたくさんあったはずであるが、身元に通じるものは、総て破棄されている。それでも、これらは、これだけは残しておきたいという関係者の気持ちが籠ったものであると思う。

これらは、きちんと封筒に入っている。差出人の住所や名前が記されているのに、なぜ破棄されなかったのか。関係者は、正確な住所や名前が記載されているとは思わなかったであろう。海人の母の場合も、名前は〈野田とよ〉及び〈乃田〉になっているが、実際は、〈野田せい〉である。

海人の「病中日記」（昭和八年十二月二十一日〜二十三日、昭和九年三月二十七日、同年六月一日〜八月十三日）を見ると、コンスタントに母から手紙や小包が届いていることが分かる。

海人は、歌集『白描』の「おもかげ」の抄で、母への思いを集中的に歌っている。

おもかげ

消息

時々の遷りかはりを細々と報せくる母が便り。猫板に巻紙を展べて書かすらむ姿の目にうかみては、仮名文字の一つ一つ金泥の経文にもまさり、盲ひ来りては傍ら人の匆卒に読みさる一字一句にもしろがねの鍼もて打たるるごとく、父の訃、兄の病、子の生ひ立ち、さては庭の葡萄の実りまで、喜びも悲しみもやがて声なき歎息の幾たび。絶えて久しければ胸さわぎ、披きては其の後をうち案じ、いづれも歎きならぬはなし

をりをりを思ひいでつつ見えぬ眼に母への便りを今日も怠る
音信《おとづれ》の今日はありたり老《おい》らくの母が言葉はながからねども
亡き父が三めぐりの日の落雁も母より届く小包のなかに
友が言ふあや目を眼にはうかめつつ母より届ける衣《きぬ》を被《かづ》きぬ

次に紹介する手紙㈠は、現存する六通の中で最も早いと思われるものである。

テガミガ、トドキマシタ、オマイモブジトノコト　アンシンデスガ、アンナニ、シンセツニシテクレタ「大野サマニ、ハンタイ」トハ、ワタシモナントナク　キガトガメテナリマセンガ、コレモ、ヨンドコロナイコトデス、ワタシモ、ミヅホモジオブデス　ケレド、ヨシヲガ、ヨハクテ

五月カラ、カイシヤヲヤメテ、ヨオジオヲ、シテイマス、ダイブヨイケレド、マダ　カラダモ、ツカエナイデ、ミヨコモ　ナイショクヲ、ハジメタガ、イマヽデ、百円モトッテイタノデ、マコトニコレカラガ、タイヘンデス

ソレデ、千三百円ハ、ウチヲ、タテルトキカシタガ　モオ、ソレモ、オマイノホオエ、アラマシ、オ（ク）ツタトノコトデスカラ、ヨシヲガ、ツトメテイレバ　ミツコシノ、カブヲ、ヤッテ、オマイノホオエ　オクルコトニシタイトオモイマシテ、ハナシハシテアルケレド、ナニシロ、ツトメヲ、シナクテハ　ソオモユキマセンカラ、カブヲ、ウルカ、ワタシガヨコハマエ、ユクカ、ドオニカシタイト、イロ〳〵カンガイテ、イマスガ、ワタシガ、ヨコハマエユケバ　カブノ、ハイトオデ、オマイノトコエ、オクレルガ　ワタシト、ミヅホト、ヌマヅニ、イルト、一年ニクラシガ四百円デハ、タリナイクライデスカラ、一ソオヨコハマエ、ユコオカトモカンガエルガ、ミヅホヲ　ヌマヅノ、ケンリツエ、ヤルニハ、ワタシガ、ユクハケニモ、ユキマセンシ、オヤジノ、イキテルトキノカンガイデハ、ジンジオヲ、ダシテ、ミツコシノ、カブヲ十カブ、ソレデ、チヨキンノ、スコシモツケテ　アサコニ、タノムツモリデシタガ、イマトナレバ　ソオモ、ユカズ、ヤツパリ、ワタシガ、ミヅホカラ　ハナレルコトガデキナイノデ、ワタシモ、ヒジオニシンパイシテイマスガ、ドオシテモ、ケンリツヲ、ダスニハ、千円カヽリマス、イマハ五年ダカラ　アサコモ、ジブンノ、シンセキエモ、キガネモアルシ　ソレニ、ヌマヅガ、キコオガヨイカラ　ナルベクヌマヅデ、ケンリツヲ　ダシタイト、オモウノデシオ、トオキオデ、ケンリツエヤルト　一月三十円、クウコトヤ、キルモノヲ、ベツニシテ　カヽルトノコトデス　ヨシヲガ　ヨハクナツ

タカラ　コレカラ　マタ　カンガエヲ　カエナケレバナリマセン　トニカク　コレカラ　トツカデハ　カネヲ　オクレナイデシオ　ヨコハマデモ　ワタシガユケバ、クウダケハ、クハセルガ、カネハナカ〱ダセナイデシオ、トニカク、ウチノカヽリガ、タイヘ（ン）デスカラネ、ヨシコノオヤタチモ、二人トモ、ナクナリマシタ　チヽ三月、ハハ十月　ワタシガ一人ノコリマシタガナンダカ　バンクチノヨオナキガシマスヨ

（昭和十年）十月二十九日　十円オクリマス

トヨヽリ

カツサマ　マイノニモツハトドイタデスカ　アサコガカツテ　ウチカラダシタ

（封筒宛名　明石大二様　書留　封筒差出名　沼津市城内／西條一〇五／野田とよ）

ここに出てきた「ヨシヲ」は、神奈川県戸塚町の福壽家に養子に行った次兄の義雄。「ヨコハマ」は、このころ横浜に住んでいた敬太郎を指す。

この手紙を読んでもらった海人は、憂鬱な気持ちになったことであろう。次兄の義雄が、弱くて五月から会社を辞めて養生をしているというのである。

また、この手紙では、せいの苦悩も伝わってくる。やはりお金のことである。親父（夫）の生きているころは、瑞穂が尋常を出たら、三越の株を十株と貯金をいくらか付けて浅子に頼むつもりであったが、離婚の話し合いで、瑞穂をこちらで預かることになった。自分が長男の敬太郎のいる横浜に行けば、株の配当を送ることができるが、自分は瑞穂から離れることはできない。

また、瑞穂を県立の女学校に通わせるには、千円かかると書いてあるのを読んだ時には、海人は、〈父親である自分が、何もできないことに忸怩たる思いを抱いたのではなかろうか。

さて、現存する母の手紙の六通のうち、出した日付が分かるものは、昭和十三年九月九日の消印のある〈宛名・野田勝様〉だけで、後は切手が切り取られていて分からない。

この六通の封筒の宛名は、〈明石大二様〉が二通、〈明石大三様〉が一通、〈野田勝様〉が三通である。順序は、この通りであったと思われる。

海人の「病中日記」の昭和九年六月一日の日記の前に、〈改名する。明石大三、雅号 無明 明石は地名より大三は丈高き三男坊の意〉とあるが、母の宛名は、もう少し大二が使われている。

母の手紙は六通であるが、別に封筒だけのものが一通あり、宛名は〈明石大三様〉で、差出人は、野田とよと福壽義雄の連名である。これには、昭和十一年二月十二日の消印があった。このころには、明石大三が使われていたようである。

さて、この手紙㈠は切手が切り取られて消印がなく出した年は分からないが、文中に瑞穂が、〈今は五年だから〉とある。該当するのは、昭和十年である。そんなわけで、昭和十年のものと推察した。

林文雄と永井健児の手紙

海人文庫には、一つの封筒に入っている医官・林文雄と永井健児からの海人宛の手紙が残されていた。

昭和十（一九三五）年の秋、鹿児島県の国立癩療養所・星塚敬愛園が開園することになり、園長に決まった林文雄の他、永井健児を含む医師や看護師たち九名が同道していた。愛生園での壮行会は、十月十一日に行われ、翌十二日に出発している。

手紙は、鹿児島県の星塚敬愛園からで、文面から一月五日に書かれた年賀状であることが分かる。この手紙も、切手が切り取られているので消印からは出した年が分からないが、林文雄の手紙に〈日本歌人準同人推薦御目出度ふ〉とあり、海人の「日本歌人」準同人推薦祝賀会が礼拝堂で昭和十年十二月七日に行われていることから、昭和十一年であることが分かる。

海人は、「愛生」に、林に関する歌を二度発表している。林は、昭和八年一月から国際連盟の要請により、一年間の世界の癩視察に出発しているが、海人の林に関する短歌の一度目は、視察を終えて無事帰国した喜びを歌ったものである。

帰られて御顔をただに仰ぐまで恙がなかれと祈りてやまず　野田青明

（「愛生」昭和九年六月号）

この歌は、風雅会歓迎祝賀文芸で秀逸五首の三番目に掲載されたものである。二度目は、星塚敬愛園に赴く林を送る歌である。

林先生を送る

葉鶏頭《かまつか》の紅ふかみゆく島里になれにし君と今日は別るる
年ごろをなづみて経《ふ》りしこの君に生きて別るる今日とこそ思へ
會者定離君はすべなし不知火の筑紫肥の国越えてゆきます
昏れしづむ海にむかひて惜しめどもかひなき君を歎きつるかも
醜の身のわずらひなくばたのみてし君にたぐひて往かましものを
世にありて稀なる君が往かす日や島に古りゆく雁来紅《かまつか》の朱《あけ》
身を病めば心も細る君がため哀しむまじき別れとおもへど
島里の歌のつどひをみちびきの君を送りてうたふべしとは
新しきうからの村の村長《むらをさ》と祝《ほ》ぎつつ君に別れむとする
君がため国のはたての空にしも光をつくして冴ゆる星あれな
みんなみの国のはたてによるべなきうからの友は君をひた待つ
まさきくばまたあひも見むしかはあれど癒えがてに病む醜の身我は
たまきはる命のかぎり慈悲《かなしみ》の君にこたへてわが道往かむ

（「愛生」昭和十年十一月号）

これらの歌から、林の存在が、海人にとっていかに大きかったかが窺える。先に触れたが、海人の「日本歌人」準同人推薦祝賀会が礼拝堂で昭和十年十二月七日に行われている。海人は、さっそくこの喜びを林に知らせた。しかし、林は星塚敬愛園に赴任してから連日の激務で体調を崩して病床にあり、すぐに手紙を書けなかった。ようやく快復した翌昭和十一年一月五日に書いたものが次の手紙である。
二百字詰めの原稿用紙二枚に書かれたもので、端正な文字で、林の性格を現した柔らかみのある文字である。

明石海人兄
新年御目出度ふ　それから遅走せ乍ら兄の日本歌人準同人推薦御目出度ふ　丁度御手紙を戴いた頃から少し目を病み御返事も上げられず失礼しました　兄が歌壇に認られてゆくのは当然でむしろ遅過ぎる位に私には思はれます　どうか立派な歌作をされ後によき歌集が残される様御精進下さい「明石海人歌集」には出来るだけ御援助します　又今の勉強に入用な本　雑誌でもありましたら御遠慮なく御申越し下さい　出来るだけの事はして上ます　長島短歌会では小生何も出来ず諸兄から導かれたのですのに愛生の送別の辞は全く恐縮の至りです　大竹兄其他皆様の御精進の程お願申上ます
先は年頭に当り激励申上ます
一月五日
林文雄
（封筒宛名　明石海人様　封筒差出名　鹿児島県肝属郡大始良村　星塚敬愛園／林文雄／永井健児）

永井健児は、昭和九年の秋から長島愛生園の医官になっている。「愛生」の昭和十年二月号から俳句や歌を発表しているので、林文雄同様、文芸を通じて海人とも交友があった。

永井健児は、明治四十二年、京都府綾部近在に医師永井岩太郎、うら子の第四子として生まれた。海人よりも八歳年下である。両親は、熱心なクリスチャンであった。健児も、年少のころより教会に通い、昭和元年に受洗している。

福知山中学から京都府立医大予科、本科へと進み、昭和八年に卒業。卒業後は、母校の副手として外科教室に学んでいたが、この年の秋、日本赤十字社高松病院に転じて外科を担当している。そして、先に書いたように昭和九年の秋から長島愛生園に勤務し始めている。永井には、クリスチャンで医者だから、一番気の毒な人たちのために働くのが当然だという強い思いがあったようだ。長島愛生園勤務への道を開いたのは、林文雄であった。彼は、林にたびたび手紙を出していた。やはり林の信頼は厚かったのであろう。林と共に星塚敬愛園へ同道しているのである。

海人は、さっそく遠く離れた永井健児に年賀状を書いた。すると、林と同封の手紙がきた。それが次のものである。林と同じ二百字詰めの原稿用紙に書かれたもので、筆跡も林と殆ど変らない誠実な印象を与えるものである。

新年お目出たうございます。年賀状をありがたうございました。御健康で目も悪くならぬ様にお祈り致します。そして本年も立派な歌を作って下さい。何れ本園にも短歌会が生れることゝ思ひますから、よろしく御指導の程願上ます。愛生園の平安と発展を祈ります。小生元気で本年も救癩南部戦線に参加しうることを喜こんでゐます。
一月五日暖かい陽の光をうけつゝ官舎にて

永井健児

明石海人様

当時、ハンセン病者は短命な人が多かったが、医官も短命な人が多かった。この永井健児もそんな中の一人であった。

昭和十二年秋、長島愛生園の園長・光田健輔の長女、ヨシと結婚。翌年四月、長島愛生園から同道した医務課長・塩沼英之助が沖縄療養所建設で離れたため、永井が医務課長となる。しかし翌五月、彼に召集令状がきた。南京、武漢戦線の野戦病院に勤務していたが、十三年秋から脚気に罹り、十四年一月小康を得たが、再発。同年四月五日、脚気衝心で死亡。享年三十。

彼の死を知った関係者の悲しみは大きかった。彼の郷里の墓碑銘は、林文雄の筆跡で次のように刻まれたという。

〈彼は世界の平和と癩者の救を祈りつつ、昭和十四年四月五日揚子江畔大通に逝けり。食する暇もうち忘れてしいたげられし人をたづね友なきものゝ友となりて心くだきしこの人をみよ〉

海人文庫に残されていた林文雄と永井健児の手紙。ここから彼らと海人の温かい交友が窺える。医官と患者の垣根を飛び越えた交友だ。伸びようとする芽に、彼らは水や肥料をたっぷりと与えた。この努力があったからこそ、後世に名を残す明石海人という一人の歌人が生まれたのだと思う。

さてこのころ、林文雄は独身であった。彼には、全生病院時代、相思相愛になったS看護婦がいて婚約したが、父の反対で破談になり、結婚には臆病になっていた。光田健輔が心を砕いたのが彼の結婚問題であった。光田から尻を叩かれ、彼が選んだのが眼科医の大西富美子であった。光田は、富美子の実家にも足を運び、ようやく纏め上げた。そして、この年（昭和十一年）の三月三十一日に、二人は林の札幌第一中学校の後輩の塚本浩が伝道をしていた倉敷の伝道所（普通の民家に伝道所の看板を掲げた所）で厳粛な結婚式を挙げた。

海人は、二人の結婚を祝う一首を『白描』に残している。

鹿児島県星塚敬愛園長林文雄先生の御慶事に――新夫人大西ふみ子先生は曾てこの島の医官たりき

しら花のたいざん木は露ながら空のふかきに冴えあかりつつ

結婚式を終えると、富美子も一緒に夫の勤務する鹿児島へと旅立って行った。その四か月後、長島愛生園で光田健輔と共に築き上げてきた〝大家族主義〟の王国が、一挙に崩壊する事態を迎えることになろうとは、この時の二人は知る由もなかった。

第五章　第一回短歌祭

内田守人

世界をまたにかけて活躍していたオペラ界のプリマドンナ三浦環が、数年ぶりに帰国し、凱旋公演の途中、長島愛生園の礼拝堂で慰問独唱会を行ったのは、昭和十一（一九三六）年二月十一日の午後のことであった。これは、同夜、岡山公会堂での慈善公演に先立って、主催の中国日報社の計らいであった。

この日、海人も熱を押して出かけている。そして、次の二首を『白描』に残している。

　きざしくる熱に堪へつつこれやかの環が声を息つめて聴く
　沈丁のつぼみ久しき島の院に「お蝶夫人」のうたをかなしむ

舞台に立った環は、自分が想像していた以上の悲惨さに胸を打たれ、心をこめて熱唱している。歌が終わった時、拍手するにも不自由な人がいることを知り、胸をつまらせている。

環は、この時の日本滞在の感想「母国半歳の思出」を「文藝春秋」（五月号）に発表しているが、忘れることのできない出来事として、〈岡山の癩病院の慰問公演〉と、〈恩師サルコリ氏の逝去〉と、〈二・二六事件の薄気味の悪い飛報〉の三つを挙げている。この年は、二・二六事件が起こった年でもある。世界をまたにかけて活躍する天真爛漫なオペラ歌手の瞳に、日本が暗雲に包まれていく様がくっきりと捉えられているのが興味深い。

昭和十一年。この年は波乱の幕開けであった。一月十五日には、ロンドン海軍軍縮会議からの脱退を通告している。先に三浦環が、忘れることのできない出来事の一つとして挙げていた二・二六事件が起きたのは、翌二月二十六日のことである。これは、昭和維新を旗印にした陸軍の青年将校たちのクーデターであった。このころ、軍部は次第に力を持ちつつあったが、陸軍の中には皇道派と統制派との対立があった。前年の十二月に皇道派の中核的な存在である第一師団の満州派遣が決まったころから、この事件が起こる予感は、関係者の間で囁かれていた。

二月二十六日、午前五時、皇道派の栗原安秀中尉らに率いられた約三百名の兵たちは、総理官邸を襲撃した。またこの日、大臣官邸、警視庁、新聞社等十数か所が襲撃され、何人もの要人が殺されている。翌日には、東京市内に戒厳令が布かれている。反乱軍が帰順したのは、二十九日であった。この日、岡田内閣が総辞職している。

三月九日には広田内閣が成立し、二・二六事件の首謀者に死刑の判決が出たのは七月五日のことで、まもなく銃殺刑に処されている。時代が、だんだんと暗雲に包まれていく。

海人も、この二・二六事件には強い関心を持っていた。やがて、彼はこの事件の余波に巻き込まれるが、それはもう少し後のことである。

のち、海人と深い関わりを持つことになる医官の内田守人（本名は守）が長島愛生園に赴任してきたのは、この年の一月十三日のことであった。

「水甕」に所属する歌人でもあった内田は、明治三十三（一九〇〇）年六月十日に熊本県菊池郡泗《し》水《すい》村大字永《なが》（現・菊池市泗水町永）において、父常平、母波津の三男に生まれた。海人よりも一つ年上である。兄弟は他に姉二人。父は、農業と養蚕を行い製糸業を営んでいた。

内田は、大正八（一九一九）年三月に熊本市内の済々黌《せいせいこう》中学を卒業すると、中国の旅順工科学堂の電気科に入学する。この時代、学生寮の先輩に誘われて短歌同人雑誌に歌を発表している。しかし、ここでの生活は長くは続かなかった。翌大正九年一月に長兄が急死したのである。次兄は既に他家を継いでいたので、急遽故郷に呼び戻されている。そして同年四月、県立熊本医学専門学校に入学している。この時代、短歌を詠み、文芸雑誌「人間的」を創刊するなど彼の文芸活動も本格化している。そして大正十二年に遠縁の内田千代と結婚している。翌大正十三年三月、同校を卒業すると同時に九州療養所（現・菊池恵楓園）の医官となった。彼は先に「地上」に所属していたが、「水甕」に入社したのは、昭和二年一月。同人となったのは、昭和五年のことである。

そのころ、九州療養所には、九州全土から来た三百名ほどの患者がいた。そこで内田が見たもの、それは、患者たちの閉ざされた精神世界であった。すでに俳句のグループはあったが、内田が短歌をやっていることを知ると、教えを乞う患者たちが現れた。内田は、そんな患者たちに、それまで自分が学んできた短歌を普及させた。毎月一回短歌会を開き、ガリ版の歌誌「檜の影」の発行を始めたのである。その後、外部の短歌結社に入りたい希望者が出ると、直接結社に掛け合い会費を半額にしてもらったり、患者たちの作品を清書してやったりして積極的に短歌への道を切り開いてやっている。そして大正十五年八月には、短歌俳句集『檜の影』第一集を、昭和四年十二月には合同歌集『檜の影』第二集を出版している。この患者の中に、後に歌人として頭角を現す島田尺草や伊藤保がいた。島田尺草が内田の尽力で水甕社より『一握の藁』を出したのは、昭和八年六月のことである。この時島田は、「水甕」準同人であった。二人は、それぞれの処女歌集に、内田への感謝の思いを込めた歌を掲げている。

療院に師が植ゑませし歌の道に我等生き来し甲斐ありにけり　島田尺草『一握の藁』

内田守人先生鼠癩の研究をなしつつ吾等の歌みちびきぬ　伊藤保『仰日』

内田の情熱は、九州療養所ばかりでなく、ハンナ・リデルが創設した回春病院の患者にまで及び、その中から隅青鳥が育っている。また、のちに回春病院から菊池恵楓園に移った津田治子が頭角を現すが、このような土壌があってのことと思われる。

また彼はハンセン病研究にも熱心で、昭和九年四月には、「鼠癩の眼疾患に関する研究」によって熊本医科大学より医学博士の学位を授与されている。

しかし、彼に大きな挫折が訪れる。昭和十年、突然九州療養所の医官を首になってしまうのである。真相は不明である。

「医官、内田守と文芸活動」（「歴史評論」平成十六年十二月号）の執筆者の馬場純二氏は、同論の中で、次のように推察している。

内田の長男が語るところによれば、当時、九州療養所で素行の良くない職員一名を馘首することになっていた。しかし患者受けが良い職員であった為に、反対運動が患者の間から起き、その集会の中で、どうせ辞めさせるのなら、あの堅物の内田先生を辞めさせせろ、となったらしい。日頃「偽名を使うな」と指導していたこととあるいは関係あるのかもしれない。九州療養所では、三年前の一九三二（昭和七）年一月一七日にも塚本主事の留任をめぐって五〇〇名のデモ行進を園外で行っており、当時着任したばかりの宮崎院長は患者たちの要求を一方的にはねつけることが出来なかった。苦渋の決断で、二人共馘首するとした。

どうやら他の患者たちの評判が良くなかったようだ。内田は、内務省に抗議をしている。

そんな内田のもとに、九州療養所から一束の手紙が届く。内田から歌の手解きを受けた島田尺草や伊藤保たちからのものであった。既に視力を失った島田尺草からの口述筆記の手紙の一部が、「医官、内田守と文芸活動」に収録されている。

先生の御姿からすっかり遠ざけられた私達の寂しさは言語に尽くす事は出来ません。私達は先生の胸中をお察し申しながら、毎日暗い思いに閉ざされてゐます。今度のことについて、余りに無力であった自分達を悲しまずには居られません。多年恩顧を蒙り、歌道に精進させて戴いた私達がここに到って何等報ゆることなく大衆の前に屈しながら沈黙を守らなければならなかった、あの日のことは死んでも忘れません。

先生もさぞかし頼みにならぬ私達をお歎き遊ばしたことでしょう。しかし先生、先生の御恩をはたまた吾等に尽くして下さった先生の真心を忘れて居たのではありません。私達はいかにもがいても、まったく如何んともなし難いあの日の出来事でした。（中略）

しかし先生は未だまだ沈黙を守らなければなりません。必ず患者達の先生を惜しむ時の来るのを待ちながら、私達は寂しい沈黙を守ります。それは私達が先生の人格を敬慕する唯一の方法と思います。後日に到って先生の光栄ある日の来ることを確く信じて、ひるまない先生の此後の研究と御奮闘を祈ってやまないものであります。

これらの手紙は、内田の心を強く揺さぶったに違いない。この時内田は、短歌の力の大きさを改めて感じたことだろう。と同時に、生涯を弱者に寄り添う内田の心の軸が定まったのだと思われる。やがて内務省の誤解が解け、内田に与えられた新天地が長島愛生園であった。

長島短歌会では、さっそく歓迎会を開いている。「愛生」昭和十一年三月号に、内田守人の「選歌をお受けするに当りて」と「内田守人先生歓迎歌会」が掲載されている。

先に内田守人の「選歌をお受けするに当りて」から。

短歌は私に取って全く「心のふるさと」であり殊に病友の短歌はそのふるさとの「竹馬の友」であります。熊本時代の十年間を私は殆ど一か月として病友の短歌を拝見しないことはありませんでした。私の心はその為によくうるほい救癩事業に棹す感激を益々深からしめました。殊に自作の歌を生む感激を乏しくした此の二三年間も病友の作品を拝見することによつて私はこのふるさとを忘れなかつたのであります。今回光田先生の御知遇により愛生大家族の一員となり長島短歌会の人達の作品を拝見致す事が出来る様になりました機縁を唯々感謝してゐます。然し私は前述の如く此の二三年の間大変不勉強でしたので皆様の作を選ましていたゞく事などは当分御遠慮申上げたいと思つてゐましたが御都合によつて御引受けする事に致しました。背水の気持が私に湧いてゐます。

長島歌壇は未だ六年の歴史ですが東京の全生病院からの連続であり指導者であつた林文雄博士によつて統率されて来つたのであります。林学兄が昨年鹿児島に新設された国立療養所の敬愛園長として栄転せられてから短歌会は急に淋しくなり、田尻、大西、小川の各医官及び宮川書記によつて保育せられ同人中の先輩明石君を中心として結束を固くして努力しつゝあつたのであります。或る有志は長島短歌会は今沈滞してゐると漏らされました。然し私の手本に出されました歌稿を拝見致しますと決して沈滞してゐない様です。千人以上を擁する長島大家族の中には済々多士である筈です。唯自分の詩才を見出す機会を失し、文芸による精神的更生の法悦を味ひ得ないでゐる人が有りはしないかとおそれます。療養所の文芸に棹す先輩はそんな人を探し出してやる義務があると思ひます。長島歌壇の人々は既に中央の専門結社たる「あしかび」「国民文学」「日本歌人」等に於て準同人或は特選欄等に活躍してゐる人が多数にあります。確つかりと腕を組んで努力して行けば療養所歌壇の特異なる存在を強く社会に示し得る日も決して遠いことではないと信じます。

私の皆様の作品に対する態度は古い人に厳しく新らしい人に緩にしたいと思ひます。自分の作の多く捨てられてゐる人はなるべく偉い歌人の歌や同僚の歌を多く読む様にして下さい。又添削した部分で不可解な点は短歌会に出席して疑問を正して下さる様に願ひます。

内田の、短歌に賭ける熱い思いがグングンと伝わってくる文章である。次は、「内田守人先生歓迎歌会」である。

長島短歌会の生みの親であり、育ての親である、林小熊星先生（荒波註：林文雄の筆名）を遠く鹿児島の地に送つて、指導者のない長島短歌会は一脈の寂寞につつまれてゐた折柄、図らずも水甕社同人内田守人先生を当園の医官としてお迎へすることが出来たのは歌友一同のこの上ない喜びであり、感激である。春とはいへまだ寒き二月十一日午後一時から礼拝堂に於て喜びに満ちた内田先生歓迎歌会を開いた。

田尻、大西、小川諸先生も御出席され、歌友多数集り久し振りに充実した歌会であった。先づ田尻先生の紹介の言葉、内田先生の御挨拶、歓迎歌の披講、及び各自の宿題詠草に就て、内田先生の懇切なる御批判を承つて、最後に今後の御指導と御鞭撻をお願ひして、午後四時過ぎ会を閉ぢた。

左に歓迎短歌の一部を

さすたけの君が来ますと人づてに聞きにし日よりひた待ちたりし　節雄
君来ると言ふみしらせのありてより吾が世明るくなりにけらずや　島緒
かかる師のまさばと時に思ほへし内田先生ここに来ませり　千鶴雄
あひ見るはひと日にあらず限りなくわれらがうたの師にしありけり　義郎
病室の戸口に近く師のきみはわたし内田と笑ませ給ふも　公文
日日の思ひかなひて歌詠みの医師の君を島に迎へり　小波
今はなに疑ふべきや歌詠ます歌の大人目の前にます　比露紀
ふたたびはまみゆることの叶はじと思ひし師ゆことばたまひぬ　英風郎
初春の陽射しの淡き島ながら師を迎へたる歌会暖かき　清子
うらうらに春日しみ照る島山に翔ぶや鶚《みさご》の啼き交しつつ　海人
眺めよき島に歌詠む師を迎へ歌会の友等よろこべりけり　錦英
むらぎもの心の扉うちひらき迎へくれにし病友《とも》に泣かゆれ　内田先生

新しい師を迎えて希望に燃えている会員たちの姿が見えてくるようである。もちろん海人も、この会には出席している（ただ、ここにある二月十一日というのは、先に触れた三浦環の独唱会が行われたのと同日なので、間違っている可能性が高い)。

長島愛生園に赴任した内田は、さっそく「愛生」誌編集の中心的な人物となっていった。山口義郎は、それまで海人に見てもらっていた作品を、さっそく内田に切り替えている。

そんな内田は、海人とどのように関わったのだろうか。

どうやら内田は、愛生園に来る前から海人に注目していたようだ。というのは、前年の「短歌研究」二月号に推薦作品として掲載されていることや、「水甕」にたくさんの作品が掲載されていることを知っていたからである。


海人は短歌の表現力にはすでに一家の見識を持っていたので、筆者は彼の作品にみだりに加筆することは差しひかえていた。筆者が選し始めた『愛生』誌歌壇に投稿する彼の歌の数も決して少なくなかったので、まずいと思った作は遠慮なく削除していた。海人が友人に語った言葉に、「内田先生はやはり長い間の指導で、眼は確かに肥えていられるようだ。僕の歌が落されるのは大抵後から追加した作で、自分でも充分自信がないのが落されている。」と語っていたと聞かされて、筆者も自ら慰めたのであった。(『生れざりせば』)

そのころの海人の容態は、内田の目にどんなふうに映っていただろうか。このころの海人は、〈すでに視力を侵され、友に手を引かれて短歌会場である礼拝堂に来ていたのだが、その後間もなく余り出席しなくなった〉ようである。視力を侵されていたため、〈部屋の中だが野球帽を常にかむっていた。頭がつるつるに禿げて寒く、また帽子の鍔で光線が眼を刺激するのを避けていた〉。内田は〈病舎回診のつどに窓の外から声をかけた〉が、海人は内田の顔を見覚えることはできなかった、と、のちに語ったという。このころ、海人の視力は、もう人の顔を判別できないほど弱っていたのである。

またこのころ、内田は、海人が仲間たちに「癩になつたからつて決して恥でもなければ、悲観する必要もない。唯それを克服する精神力を持ち得ない者こそ恥づべきである」（「全集出版を祝し海人を追想す」『明石海人全集』下巻）とたびたび激励していたことも書き残している。

海人は、内田の出現をどうとらえていたろうか。このころ、「短歌研究」への投稿が終わっていることに注目したい。もちろん視力の衰えはあったが、やはり内田の胸を借りたいという気持ちが強かったのではあるまいか。海人の「愛生」に発表した作品は、内田という濾過器を通過することで、より純度の高いものになっていったことは間違いがないだろう。

のち彼は『白描』に、次の二首を遺している。

医官内田守博士は守人と号し、水甕社同人として歌道にも練達の人、公務の傍ら寸暇を惜みて療養短歌の普及に尽瘁せらる

時ありて言《こと》にもたがひ癩者我れ癩を忘れて君にしたしむ
衰へし命のはてはこの大人《うし》に頼《よ》り縋りつつ安らがむとす

「日本歌人」同人・相川弥重子の手紙

明石海人は、昭和十一年一月号の「愛生」に、十三首を発表しているが、その中に次の一首がある。

元旦をきたる年賀の文ふたつそれのひとつは未知の歌人

この未知の歌人は、「日本歌人」同人の相川弥重子である。というのは、「日本歌人」(昭和十四年八月号)の海人追悼号に寄せた相川の「明石海人氏について」の冒頭に書いているからである。相川弥重子は、海人がハンセン病だとは知らずに年賀状を書いた。しかし、海人からの返信で、彼がハンセン病であることを知った。とにかく驚いた。しかし、返事を書かないことも失礼だ。そんな思いから書いた彼女の手紙が次のものである。

不満ばかりで、生きるのに何等感謝の心も有たない私はもつと人生を眺め　もつと人間らしく考へねばならないと思ひます

明石様

日本歌人の誌上の御作　限りない羨望の眼をもつて拝見致して居ります。不才の人間も居りますのですから御力落としになりませず、どんどんと歌ひ抜いて下さい

世の中の多くの人々は皆自分自身よりは幸福なのだと計み思ふ事は不可ない事なのですね

遠い日の事です　社会事業家を夢み、そしてあなたと同様な運命の、優れた魂が著した「霊魂ははばたく」と云ふ詩集を読みたくて　探し歩いた私でした。
珍らしく帝都にも雪が降りました　昨日の雪がまだ消えませんのに今日も又降り足らぬ様な空模様です
先日の御手紙拝見致しました　早速御返事差上げなければなりませんでしたが　怠け者の私は勤務の忙しさをよいことにして二月の原稿書いてありません為失礼して居りました　お許し下さい
何と申しあげてよろしいのやら　私にはわかりませんでした
御病気　それは本当に悲しい事に違ひありません　然し肉体のみ健康であっても　精神の病者が多い事を考へました時、確りとした、清澄な精神を有されるあなたを祝福してよいのではないかと存じます
どうぞ何時までもあなたの御歌を健かであらしめて頂きたうございます
決して御病気に対して何とも思って居りませんから御安心下さいませ
ありふれたお慰めの言葉になるのを避けましたとりとめない事のみ申上げましたが悪しからず。
では又いづれ。御健康をいのりつつ擱筆致します。

草々

（昭和十一年）一月二十一日　相川弥重子

明石海人様

（封筒住所　東京市城東区亀戸町五丁目五一）

文中の『霊魂は羽ばたく』は、昭和三（一九二八）年に光友社より刊行された大島療養所の長田穂波の詩集である。賀川豊彦と与謝野晶子が序文を寄せている。

この手紙を読んだ海人は、どんな思いがしたろうか。ひょっとして返事はこないと思っていたのではなかろうか。ところが、温かい手紙が届いた。嬉しかったに違いない。

「日本歌人」同人で、海人に手紙を出した人は、相川一人に止まらない。「日本歌人」が企画した海人追悼号（昭和十四年八月号）に寄せた同人たちの手記を読むと、古川政記が、〈お手紙も二三度いただいたが、これも代筆で、明石氏の筆蹟と思はれるものは、只一枚の端書だけである。〉（「明石海人論」）と書いていた（古川のものは、封筒のみ一通残されていた）。また、山本保が、「短歌詩人明石海人を悼む」に、『白描』の感想を送ったところ、内田守人から返信と共に明石海人をトップにした『新萬葉集』に入選した歌人たちの作品を掲載した冊子が届いた旨を書いていた。

ただ、これらは散逸してしまった。「日本歌人」同人の残された手紙は、相川弥重子のもの一通だけであった。

吉川則比古の来園

「日本詩壇」を主宰する吉川則比古は、この年（昭和十一年）二度愛生園を訪れている。一度目は、三月二十七日のことである。

「愛生」（四月号）に、K・A記（青木勝）「歓迎詩会後記」が掲載されている。

日本詩壇四月号表紙裏に高知県の日本詩壇支部設立記念の「詩と音楽の夕」と並んで「詩の講演と朗読会」と云ふ予告まで出して下されし、吉川則比古、池永治雄、吉沢独陽、喜志邦三、藤本浩一の五大先生が島に在る小さな芸術の殿堂のために、大きな芸術の御殿物語をもつてわざ〳〵お出で下されたのだ。申しおくれましたが右の中吉沢独陽、喜志邦三先生は都合悪く御来島願ふことを得ず嘆惜の情深かつたもの丶、吉川、池永両先生を新に迎へ得た喜びは全く鬼の首でもとつた様な気がした。（以下略）

この日、吉川たち一行は、三時ごろ島に到着した。この日は、ちょうど収容開始満五周年の記念日になっていて、礼拝堂ではトーキー慰問の最中であったが、先に島を回りたいという一行の希望で、山田、大木、青木たちが案内して、一行は島めぐりを始めた。やがて納骨堂近くに行った時、吉川が明石大二（海人）に会いたいと言い出した。この時、吉川たちは目白舎の前で海人との記念写真を撮っているが、これが海人が愛生園に移ってからの唯一の写真となった。

のち、吉川は明石海人に宛てて、次の手紙を送っている。

明石君

貴方とお会ひ出来たかりそめならぬ機縁をおもひます。お身体の不自由な貴方は、よく快く会って下さったとおもひます。唯数分間の談合とは言へ、僕等の精神的交流は、親しく、且つ、温かだったことをおもひかへして、詩に結ばれたものの交《まじ》はりの純一なることを信じ合ひませう。貴方にお会ひ出来、山田、青木、大木君等と話し合ふことの出来たことによって、長島訪問は無駄ではなかったことゝおもはれます。

不自由な貴方の肉体を通して湧き出る貴方の詩は、僕には驚異です。貴方は貴方の詩の才能の豊かにめぐまれてゐることに確信して下さい。

僕は、いま、手許におあづかりしてある作品や発表作品に眼を通して、貴方の光彩陸離たる詩才を検討し、一つの新しい価値を据ゑつけようと考へてゐます。貴方の血と肉とによつて高く贖《あがな》はれた作品に正しき評価を世に洽く問ひたいものです。「日本詩壇」に貴方がゐて下さることは一つの誇りであります。(以下略)

(昭和十一年) 四月十七日

大阪府中河内郡意岐部村御厨《ミクリヤ》川島二七/吉川則比古

明石海人君

本日唯今、「愛生園詩歌集」の序文を神尾氏へ送っておきました。

この手紙の最後の「愛生園詩歌集」というのは、この年の六月二十五日に長崎書店から刊行された長島詩謡会編『長島詩謡』のことである。

この作品集は、「題簽」は土井晩翠、「序」は光田健輔、吉川則比古、藤本浩一、「跋」神尾耿介で、「詩篇」に十一名、「歌謡篇」に十三名の作品が掲載されている。ちなみに海人の作品は、「詩篇」の冒頭に「歴史物語」、「解剖室」、「秋の日」、「母」、「ヴェロニカの手巾」、「白花之譜」の六編が掲載された。

この年の夏、吉川は再び愛生園を訪れている。青木勝が、「『長島詩謡』出版記念祝賀会並に詩の講演会を追想して」（「愛生」昭和十二年一月号）に書いているが、『長島詩謡』出版記念祝賀会並に講演会はこの年の八月七日に開催されたと書いている（「愛生日誌」では七月十六日）。吉川は、「出席記念来賓祝辞」、「現代詩の問題」、「詩朗吟」と大活躍をしている。

吉川は、「明石海人を憶ふ」（「日本詩壇」昭和十四年九月号）で、翌年訪れたと書いているが、これは彼の記憶違いだと思われる。

翌年の猛夏、僕は、福田正夫、池永治雄、藤本浩一、葛井和雄の四氏と、呉市の詩人講演会へ行く途上、再び長島を訪れた。明石君の病状は更に悪化して身の自由も利かぬやうになつてゐた。手足をもがれ眼を冒され声帯も不自由になつた君は病魔の激痛と麻痺とに虐まれ横たはつてゐた。しかも死にものぐるひに芸術への情熱を燃やしつづけてゐた君の姿は悲壮そのものであつた。昼も夜も幽暗の界にあつて君の脳髄は烈しく沸騰してゐたのであらう。夜半、側に添寝してゐる看護の友人を起して、ペンを執つてくれるように頼むことが再三あつたといふ。昼夜を分たず君は詩を歌を熱情してゐた。まさに必死の努力であつた。（「明石海人を憶ふ」）

参加したメンバーにも記憶違いがあるようで、池永治雄は参加していない。

さて、この時の『長島詩謡』の書評は、「日本詩壇」九月号に掲載されている。評者は池永治雄で、三段組み一ページのものであるが、海人の作品に触れた部分のみを紹介する。

明石海人氏　この君は実に感受性の強い人であることを思はせる。之等六篇の作品はどれ一つとして無駄なものはない。洗練されたものだ。「歴史物語」でこの人の空想力をも充分うかゞひ得られ、色彩の感覚さへ鋭いのに驚ろく。「母」を読んで抒情詩人としての君の素晴らしさをも見ることが出来る。殊に四聯目は絶句とさへ思はせる。「解剖室」「秋の日」の心境、「ヴェロニカの手巾」に於ける心理、描写の表現、「白花之譜」の作者は態度僕はその多様性にも感心する。詩人明石海人は見事に生長してゐるのである。（『長島詩謡』を読む）

これを読んでもらった海人は、感謝すると同時に自信を持ったことであろう。そして、「日本詩壇」への益々の精進を誓ったに違いない。

母の手紙㈡

さて、少し前に戻るが、このころ届いた母の手紙がある。

ゴブサタシマシタ　ソチラデモ、カハリナイトノコトデアンシンシンデス、モオコレカラ　アツク

ナリマス、ワタシモジオブデス、ミヅホモマイ日　ツウガクシテオリマス

ヨコハマモ　トツカモ　マサコモ、ジオブデス、マカドデモ、オジハ、ダイブヨイガ、トメガ、モオ一ネンモ　ネテイルガ、ヨクナルミコミガ、ナイデス、コトシハ、ケンサデスガ、ナカ〳〵ハルイノデ　ナガク、モタナイデシオ

イサモ、センチデ、マダジオブデ　ハタライテイルソオデスガ、アスノコトモ　シレナイガ、テガミノキタトキマデハ、ブジデシオ

アサコモ、大一、日ヨウニ　クルトオモイマス

コノ二三日　ウチヲナヲシタリ、ニハキヲツクツテ人ガイタノデ、ヘンジモオクレタガ　カネモ、六月一日ニオクリマス

オーノセンセイカラモ、イロ〳〵ゴシンセツナオテガミヲ　イタダキマシタ、ワタシモウレシク、アリガタクオモイマス

ワタシモ、トマトヤ、イチゴ、トオモロコシ、フキ、ネギナゾ、グミモ、ヨイノガアリマス、ビヤモタクサンナリマシタ、ブドオハ、イマハナデス

五月マメモデキテルガ、ミヅホハキライデス　アノコハスキ、キライガアルノデ　コマリマス、アレハセイガ　タカクナリマシテ、カアサンヨリ　ヨホドオーキクテ　ソバエヨルト　アサコガチイサクミエマス　イロモ、ダイブ　クロクナリマシタ　カラダモタイヘン　フトクナリマシタオマイニアノスガタヲ　一メミセタイト　オモウト　ワタシハ　モオムネガ　一パイニナリマス

デモイマノトコデハ、ナニフジナク　シテイラレルカラ　ソレダケ、コオフクデス、ドオカ

ヨイコニシタイト　オモイマスガ、ワタシノ、オモウヨオニユキマセン、ムカシト、イマトハナンデモヤルコトガ、チガウカラ、ソレニ、ジブンノユウコトヲトオサナイト、キカナイ、シオブンデ、マサコナンカト、ヨホド、チガイマス、マサコハ、キガチイサカツタケレド、ミヅホハ、カチキデ、マアゾクニ、ユウ、カツパツト　ユウダロウカ、イマノコドモハ、オトナシイヨリ、カツパツノホオガヨイデス　センセイヲ　ハジメ　カツパツノコヲホメルトユウ、ジセイデスカラネ、ソレデヨソノ人ニハ、キマイガ、ヨイモノモハツキリユウシ、ソンナニ、ワタシガ、シンパイシナクテモヨイカトモオモイマスガ、マコトニ、オモウヨオニハ、ユカナイ、イマト、ムカシトチガウカラネ

ワタシモ　コトシハ、ケイロウカイニ、マネカレテ、ユキマシタ、七十カラノ、トシヨリガ、タノシクオベントオヤ、オカシヲイタダイテ、ヨキオヲミセテモライマシタ　　トヨゝリ

（昭和十一年）五月三十一日

カツサマ

沼津市ニ九百五人ダソオデス

（封筒宛名　明石大二様　封筒差出名　沼津市西條一〇五／野田とよ）

この手紙の冒頭近くに〈横浜も、戸塚も、政子も丈夫です〉とあるが、先に触れたように横浜は長兄の敬太郎、戸塚は次兄の義雄、政子は富士に嫁いだ妹である。また海人の妻であった浅子も、東京から第一日曜日には来るようである。長島愛生園の保育所に勤めている大野悦子からも、母親

宛に時々近況を知らせる手紙が来るようだ。この手紙で、母は、瑞穂がとても活発であることを心配しているが、海人は、頼もしく思っていたのではなかろうか。元気よく自分の人生を切り開いて行ってほしいと願っていたに違いない。

海人が『白描』に発表した、〈前栽につぎて色づく枇杷いちご聞きつつ母の便りたぬしも〉の一首は、この手紙を読んでもらった感想であることが分かる。

この手紙に書かれた状況から、私は昭和十一年のものと推察した。ちなみに手紙を書いた五月三十一日は日曜日である。〈金も、六月一口に送ります〉とあるが、この日は月曜日である。これらを考えると、手紙はポストに入れ、翌日、郵便局に行きお金は書留で送ったものと思われる。

長島事件

先に触れた〝大家族主義〟の王国が崩壊する事件とは、この年の夏起きた、世に言う「長島事件」のことである。

患者たちが、日々悪化する待遇や職員との対立に不満を募らせ、〈待遇改善、下落するばかりの作業慰労金の値上げ、患者自治会の結成、職員総辞職〉を掲げ、看護部、動物飼育部以外の全部署がハンガーストライキに入り、作業のボイコットを続けたのである。この動向が連日のように新聞紙上で報道され、長島は全国の注目を浴びた。

ここでは、「東京朝日新聞」の見出しを紹介する。

八月十六日「愛生園患者／不穏／デモを敢行」、十八日「要求一蹴され／蓆旗でデモ／愛生園の紛糾拡大」、十九日「内輪割れから／患者側軟化／愛生園事件好転す」、十九日夕刊「突如・癩患者千余名／ハン・ストを決行／愛生園の不安去らず」「患者に赤化分子／内務省弾圧を決意」、二十日「ハンスト中止／愛生園解決か」、二十日夕刊「岡山県当局／極力調停／愛生園事件」、二十一日「園長と事務官辞表提出／愛生園事件で」、二十四日「癩救療事業の根本施設」、二十六日夕刊「罷業は解散／愛生園・円満解決か」、十一月二十四日『「愛生園」に自治会誕生」。

この事件については、大勢の人たちがそれぞれの立場で書いている。松村好之も自伝『逆境に耳ひらき』の中で、〈林、井上、大西らの有力者を失った後任の職員らは、官僚的で「依らしむべし、知らしむべからず」式の非民主的行政をしだした。このため不平分子は作業場のところどころでサボタージュを行うのが目につきだした。作業時間中でも治療にかこつけて予定の二倍も三倍も治療室から出てこなかった。〉と書き、職員との感情的なもつれを、この事件の最も大きな理由にあげているが、もう少し大きな視点で眺めた方がいいだろう。

定員四百名で出発した愛生園であったが、毎年百名くらいの割合で定員を増やし、この年には八百九十名になっていた。それに対して収容人数は同年七月末には、千百六十三名と、定員を大幅に超過していた。このころ、無癩県運動が高まりを見せ、故郷を追われた患者たちの行き先は、国立の療養所しかなかったのである。

導火線に火がついたのは、園当局が、八月十日に分館職員を総動員して作業現場の総点検をして不正を摘発した翌日のことである。この摘発を受けて、木工部の患者が、最近作業賃が八銭に下がったが、以前の十五銭に戻してほしいと要求し、作業放棄したことによる。この時の園側の回答は、

〈慰労金の値上げ不可能〉であった。そのため、患者たちは八月十三日から光ヶ丘の礼拝堂に立て籠り、ハンストに入っている。
なぜ園長の光田健輔は、このような状況を引き起こしてしまったのだろうか。彼の言い分を聞いてみよう。

私も目算あってのことで、ただ無茶苦茶に詰めこんでいるわけではなかった。皇太后さまからの「恩賜寮」は、一ヵ月前から工事に着手しているのを、患者もその目でみており、国庫からの百名分の住宅は、十一月から工事にかかる予定であった。そのほか東伏見宮家からの「梅香寮」、「山陽高女寮」、「愛国婦人寮」、「中関寮」、福岡の篤志家の「薫風寮」などがぞくぞく竣工するので、いましばらくの辛抱で、住宅難は緩和されることになっていた。
食料についても、他の療養所に比べて決して粗悪であるとは思えない。中流の家庭でも、毎日肉類を食膳にのぼすことはあるまい。一般にライ患者には肉食よりも菜食のほうが適しているのだが、私は予算の範囲内で、患者の希望する肉食を与えるようにしていた。新鮮な魚を安く買う方法はないものかと、どれほど苦心していたかわからない。（中略）
しかし住居と食物のことだけで、こんどの騒動が起ったわけではない。「園長は自分の名誉心にかられて家族主義などを唱え、赤の他人を兄弟姉妹として無制限に迎え入れ、その結果として自分たちの食と住を奪い、個人の権利を侵害する。そしてジャガイモやカボチャを連日食わせて、まるで豚でも飼うような扱いをする」――と批判するものもある。

しかし、入園者の過半数は、定員超過を押しきって懇願し、決して衣食住の不平はいわない、もし入園できなければ自殺する――といって、無理に入園してきたものである。しかも入園許可は私の独断ではない。いちいち内務大臣の許可を仰いでいるのだ。ライ予防法を守るため、国立療養所が緊急やむをえず収容した定員超過の場合でも、がんとして予算の範囲内で賄えというのは、私に納得のいかないことであった。急性伝染病には第二補充費途から支出する便法があるのだから、この機会にライ療養所にも適用をうけたいと考えた。

患者にはがまんをさせ、職員には必死のやりくりを強制したわけだが、私はひとりでも多く、ひとりでも多くと念願したばかりに、こういう不詳事件を起して、私は不徳を恥じるばかりである。(『愛生園日記』)

内務大臣が収容人数の超過を了承してくれても、国からの追加予算は出ない。そのため、光田健輔たちは民間に寄付を仰ぐ十坪住宅運動を進めていた。けれども、押し寄せる患者たちの前には、遅々とした歩みにしか見えなかったようだ。

作業賃を上げることができなかったのも、このあたりに原因がありそうだ。彼は、『愛生園日記』に、そのあたりの事情も記してあった。〈園内作業は法律できまったものではなく、労働治療のたてまえから患者自身のためと、またいくらかの収入を得させるためにやっているのであるから、その予算を政府へ要求することはできない〉。もともと正式な財源はなかったのである。そのため、経常費の中から捻り出していたが、経常費は定員の分しかこない。そのため、人数が超過すれば、下がるのが当然で、上げることは初めから無理な相談だったのである。

この事件は、国の癩対策の矛盾がこの長島で噴き出したとみていいだろう。もっと大きな目でこの時代を眺めてみると、このころ、軍部が力を持ち、国は予算を軍事費に回さざるを得ない状態にあった。

『日本財政史研究　4　昭和前期財政史』がこのころの国の歳出における軍事費の割合をまとめているが、昭和六年には三〇・八パーセントであった軍事費が、毎年増加し、昭和十一年には四七・二パーセントになっていたのである。その皺寄せは、他の省が被らざるを得ない。当時ハンセン病を管轄していた内務省の予算を『財政統計』で拾うと、昭和九年二・二億、昭和十年一・六億、昭和十一年二・一億とほぼ横這いなのである。

長島事件が終結を見たのは、八月二十五日のことであった。堀崎岡山県特高課長の斡旋で、ストは中止になったが、これらの様子が、連日新聞を賑わし、多くの人の知るところとなった。

事件が決着した夜の様子を、当時、長島愛生園の医官になったばかりの早田皓が次のように書き残している。


（事件が解決した）時は深夜であったが、光田園長はハンストをさせられていた大多数の入園者の空腹を思い、直ちに粥を炊いて給食するようにと炊事場に命じたが、給食部ではおだやかでない。三度三度、食事を作ってとどけても、拒否して食べない。折角の食事も不用になって、勿体ないが棄てたのに、こんな深夜に出かけて行って食事を作るのか。われわれだって騒動のとばっちりで心身共に疲れきっている。園長の命令ではあったが「あの、今晩の給食は終ったのです。明朝にでもいたしましょう」と炊事係は答えた。園長の眼に涙が浮んだ。「うん、そうではあるが、皆は空腹なんだ。一つ炊出してやってくれ」と、しんみり言われては、炊事場の者ばかりでなく、他の部局員も、看護婦たちも手伝って炊出しをした。(「身延深敬病院九州分院―長島愛生園―沖縄愛楽園を経めぐりつつも」『救癩の父　光田健輔の思い出』)

結局、国からは追加予算が計上され、患者には一部自治が認められるようになって、一件落着となったが、職員と患者の間には大きな亀裂が入ってしまった。

事件の後、世間は、光田健輔や患者たちに厳しい目を向けたようだ。光田は、〈この騒ぎで現実的には、慰問品や慰問団のおとずれはぱったりととだえ、十坪住宅の約束をとり消した人もあった。患者たちが世間の同情を失うことは、私としても心淋しい思いであった。〉(『愛生園日記』)と回顧している。

東京の全生病院の機関誌「山桜」(昭和十一年十月号)に、ツカダ・キタロウの「長島の患者諸君に告ぐ」が掲載された。

勿論、長島を訪れる事十数度に及ぶ私には、長島の諸君の現在を、充分であるとは思ひません。不足もあれば不自由もある事は、万々承知してゐます。然し乍ら、全国の癩病院中他の何れの病院と比べるとも、長島の諸君ほど、幸福な境遇に於かれてゐるものは、一つとして無い事も事実

であります。（中略）
井の中の蛙大海を知らず、とか。
実際井の中の蛙の諸君には、世間の苦労や不幸は判らないのであります。随って、如何に諸君が幸福であるか、如何に患者が満ち足れる生活をさせて貰ってゐるかを知らないのであります。
蛙は蛙らしく、井の中を泳いで居ればよいのであります。生意気にも、大海に出様等と考へる事は、身の破滅であります。
又、大海も蛙どもに騒がれては、迷惑千万であります。
身の程を知らぬと云ふ事ほど、お互に困つた事は無いのであります。同時に、足る事を知らぬと云ふ事ほど、お互に困つた事は無いのであります。同時に、足る事を知らぬ事ほど、社会を不幸にする事はありますまい。（中略）
私は断言する。患者諸君が、今回の如き言行を為すならば、それより以前に、国家に納税し、癩病院の費用は全部患者に於て負担し、然る後一人前の言ひ分を述ぶるべきであると。
国家の保護を受け、社会の同情の許に、僅に生を保ち乍ら、人並の言ひ分を主張する事は、笑止千万であり、不都合そのものであると信じます。（中略）
天下の同情の的であつた長島愛生園は、今や、全国民の憎悪の中心であります。今にして、諸君が自らの非をさとらずば、諸君の最後は実に惨めなものがあることを、私は心から諸君に告げて、諸君の反省を促すものであります。

当時の世間の、代表的な意見であろう。しかし、同年十一月二十八日の「読売新聞」は、「三井報恩会が／二百万円寄付／癩患者の福音」の記事を載せている。彼らの窮地を親身になって心配してくれる組織もあったようだ。

また、この事件を通じて、光田健輔は一人の大きな味方を得ている。ジャーナリストの大物であり、また佐佐木信綱門下の歌人でもある下村海南（明治八年生）である。彼は、のち海人の『白描』出版にも大きな力を発揮することになる人物でもある。かつて全生病院の医員をしていて、当時大阪帝大微生物病研究所癩部門に助教授として勤務していた桜井方策が、次のように書き残している。

昭和十一年八月の愛生園騒動。これについて多くの人びとが書いているが、光田園長の膝もとに火がついたのだから意外であった。どうした事かといたく世間の人びとの耳目をひいた。大阪の少壮社会事業家たち（二五会）も真相を知りたいと、同年九月三日、大阪朝日新聞社に集った。結局は定員を超過して患者を収容してしまって、これにともなう経費予算もないままに、非常に窮屈な生活をさせたからという光田園長に対する批判からであった。しかるに同席していた大阪朝日新聞副社長の下村宏（海南）はただ一人、光田園長に同情的であった。「光田君はやりくり算段して、日本から早く癩を救おうと、患者を沢山収容したのだ。その心情を思ったら、同君は泣くに泣かれぬ気持であろう。さぞや残念であろう」としんみりした言葉であった。その夜の会合の終るころ、光田園長や愛生園をよく知っているというので私にも発言を求められた。「愛生園で患者の身辺を最もよく知っているのは園長であり、彼等を一番可愛がっているのも園長であります。いまここに海南大人が述べられたお言葉を聞かれたならば、さだめし感泣するでありましょう」と私は不覚にも絶句してしまった。海南大人の眼がキラリと光ったことを覚えている。
(「愛生園騒動と下村海南翁」『救癩の父　光田健輔の思い出』)

文中、桜井は、下村海南を大阪朝日新聞副社長と紹介しているが間違いである。大正十(一九二一)年に大阪朝日新聞社に入社した彼は、翌年専務になり、昭和五(一九三〇)年から副社長をしていたが、この年(昭和十一年)の三月十二日に副社長を辞任し、社友になっていた。広田内閣の組閣により、広田から入閣の交渉を受けたが、軍の反対に遭い入閣には至らなかったようだ。

さて、この事件を海人はどう見ていたのだろうか。残念ながら、このことに触れたものは皆無である。ハンセン病患者の優等生であった海人を語る時、この事件は相応しいものではないと判断されていたのだろう。けれども、こんな大きな事件が彼に影響を与えないはずがない。後、最後の口述筆記者になった春日秀郎が、雑談の中に出たこんな話を書き留めている。

社会のことも、愛生園のことも、これでよいなんてものではない。改革しなければ……。ことにライ療養所の患者同志は連帯責任、運命共同体ということを、もっと掘下げてみるべきだ。掘下げが足りない。職員との腹をわった対話がない。
意見はある。が、この体では実践活動ができない。しゃべったとしても、しょせん、口舌の徒、引かれ者の小唄のような気がして……。沈黙するしかないわが身が歯がゆい。(「明石海人の回想」)

『慟哭の歌人』）

この中に、彼の物の見方、考え方がくっきりと現れている。〈ライ療養所の患者同志は連帯責任、運命共同体〉に目を留めると、一部の過激な患者たちに煽られて暴走したことに鋭い目を向けていることが推察できるのではないか。彼は、職員と患者の腹を割った話し合いを主張している。彼らは、自分たちを管理する側の人間であるが、自分たちに一番近い人間でもあるのである。長島事件が勃発した時、海人は、目を失い、身体の自由を奪われつつあった自分の無力を感じると同時に、創作こそが、自分を主張できる唯一の表現方法であり、武器であることを改めて感じたに違いない。

ある疑問

私の心にある疑問が生まれたのは、海人の「日本詩壇」への作品の掲載を追っている時であった。昭和十一（一九三六）年十一月号の「日本詩壇」に、「秋日」を発表した後、ぱったりと途絶えてしまっているのである。「日本詩壇」には、その後、思い出したように「凍雨」（昭和十二年五月号）と「夏至」（同年十一月号）が二度掲載されているのみなのである。

吉川則比古は、昭和十六年に出版された『明石海人全集』下巻に「明石海人とその詩」を寄せているが、次のように書いていた。

晩年に近づくにつれて明石君の詩作熱と歌作熱は相並行して昂じつゝあつたが、悲しいかな、

「心熱すれど肉体これに伴はざるなり。」の歎きが深まり、眼疾の疼痛はげしく、加ふるに咽喉を冒され、昼夜を分たぬ病魔の虐みに転々反側してゐたらしい。この業苦の迫害は、遂に明石君をして長篇の詩をまとめることを不可能に立ち到らしめた。多くの語句を使駆して想をまとめねばならない詩作は彼には絶大な努力を必要とした。病魔は彼からこの労力の可能を奪ってしまったのである。明石君は此頃から、短くて定型なので、頭の中でまとめ易い短歌の方へ専念傾注して行ったのは無理からぬことであった。

おかしい。海人は、この後も「愛生」には、たくさんの詩を発表しているのである。詩ばかりではなく、後、「改造」や「短歌研究」や「文藝」の求めに応じて随筆も書いているのである。吉川は、何か隠している。その思いが、私の中で消えることはなかった。

「日本歌人」発禁事件の真相

長島事件が収束を迎えるころ、海人もある事件に巻き込まれていた。彼がハンセン病者であることが初めて前川に明らかにされた事件でもあった。

前川佐美雄は、次のように書いている。

明石君が癩者であるといふことを知つたのは、昭和十一年の九月であつた。それは「日本歌人」の九月号が例の二・二六事件に関する歌があつたといふので発売禁止の処分を受けたが、この時明石君の歌が有力な材料の一つであつた。明石君とは何者かと当局から訊ねられても僕は答へる術さへなかつた。が、かういういきさつがあつて初めて作者の身柄が本人から正しく僕に打ち明けられたのである。(「明石海人と『日本歌人』」「日本歌人」昭和十四年八月号)

ここで前川が書いている〈二・二六事件に関する歌〉というのは、海人が「日本歌人」(九月号)に発表した「七月」十三首の最後の二首である。

二・二六事件

叛乱罪死刑宣告十五名日出づる国の今朝のニュースだ

死をもつて行ふものを易々と功利の輩があげつらひする

この二首は、これ以降関係者によって伏せられ、改めて日の目を見たのは、平成五(一九九三)年に刊行された皓星社版の『海人全集』上巻によってであった。

この二・二六事件は、未だに深い謎に包まれている。この事件は、事件後すぐに特設された東京陸軍軍法会議によって裁かれている。非公開、弁護人なし、上告を許さず、の暗黒裁判によって七月五日に十七名の死刑を含む第一次の判決が下され、七月十二日には安藤大尉、栗原中尉ら十五名が銃殺刑に処されている。海人の歌は、この暗黒裁判への鋭い批判であろう。また、青年将校たちを扇動、黙認したと思われるのに、あまり罪に問われることのなかった陸軍幹部への批判が込められているものでもあろう。

「東京朝日新聞」の場合は、当日、号外が出ている。

香田清貞以下十五名／けふ死刑執行を終る

【陸軍省発表七月十二日午後六時】去る七月五日死刑の判決言渡しありたる香田清貞、安藤輝三、栗原安秀、竹嶌継夫、対馬勝雄、中橋基明、丹生誠忠、坂井直、田中勝、中島莞爾、安田優、高橋太郎、林八郎、渋川善助、水上源一、は本十二日その刑を執行せられたり

同紙では、翌日も同じ記事が出ている。おそらく、多くの新聞が同じ記事を掲載したことであろう。

初めて先の前川の文章を読んだ時、いくつかの疑問が湧いてきた。たった二首で、発禁処分になるものだろうか。編集しているのは前川なのである。発禁の可能性があると判断すれば、掲載を中止できたのではないか。そのことを知った海人は何を思ったろうか。現在活字になっている資料からは、通りいっぺんのことしか見えてこない。松村好之も、内田守人も、当時の関係者は、このことについては全く触れていない。

前川が、「日本歌人」の翌十月号の巻末の「十月号後記」で、〈終りに原稿の事で一言したいのは今後は政治や、或ひは例へば二・二六事件に関したやうな種類のものは絶対に投稿を遠慮して貰ひたい。歌としてどんなに価値があらうとも一切抹殺する方針である。人情にほだされるとつい採る

やうになるがあれは私としてよくない事であつたと思ふ。〉と書いているのみなのである。

しかし、大切なものは、誰かがしっかりと護っているものである。先に私が抱いた吉川則比古への疑問や、この事件を照らす前川佐美雄の手紙が、海人文庫にひっそりと眠っていたのである。平成九年の暮れ、初めてこれらの手紙を読んだ時、私は数十年の時を越えて、その人からバトンを渡されたような気がした。

先の海人の歌が掲載された後、ほどなく前川佐美雄から海人のもとに、発禁処分になった旨を知らせる手紙が届いたはずである。これは、彼の創作活動の最大の危機であった。この時、海人は、自分の園外での創作活動は断念しなければならないと思ったはずである。おそらく、「日本歌人」を追放されるに違いない。けれども責任感が強い彼は、罪は自分が被り、罰金も自分が払わなければ、と思ったはずである。

罰金を払うため、支出は控えなければならない。このころ彼は、「日本詩壇」を辞めさせてほしい旨の手紙を吉川則比古に送っている。次に紹介するのは、吉川の返事である。

拝復　お便り拝見して、感慨無量です。

御心持ちは、よくわかりました。

唯、経済的困窮のため、詩管を絶たれるのでしたら、まことに残念です。「日本詩壇」の同人を一寸辞退されるのでしたら今の場合、致し方ありませんが、それだけで、貴方と「日本詩壇」の関係が断たれたとおもはないで下さい。

同人費を出すことが不可能になったのでしたら、今後、貴方を、「日本詩壇」の寄稿家の中へ入って貰ひませう。他の寄稿に照して寸毫も遜色ない作品でしたら、貴方のものを「日本詩壇」は頂戴しませう。

唯、必ず自信ある、すぐれた作品を見せて下さい。私が拝見して秀抜なものならば、推薦させてもらひます。

貴方の実力は必ず世に識らしむべきです。

金銭上のことは御心配なく、ひたすら、いゝ詩を産み出して下さい。切に、切に、望みます。

秋に病みて地獄絵白き眠りかな

――こんな句が、ふと思ひ出される肖です。お身体をお大切に。

（昭和十一年）十一月十四日

吉川生

明石海人君

この手紙を受け取った海人は、吉川の温かい思いに触れ、感謝の思いを改めて強くしたことであろう。吉川はこの時の海人との約束を守り、先に触れたように、以後二度彼の作品を載せている。ほどなく、前川佐美雄から海人のもとに手紙が届いた。この手紙によって、私は隠されたこの事件の真相を知ることができた。次に紹介する。

拝啓　合評通知　たしかに頂戴しました。一月号は急ぎます故、四日、五日迄に原稿は送附致します。小生は十二月十二日のシネマの会の為編集後すぐ上京します。

たゞいつか申上げた発禁の件に就いてですが、これは申上げぬつもりでゐましたが、問題が却々解決せず、たう〳〵罰金刑といふ事に決定しさうです。平田伯をはじめ、知りあひの弁護士や、又、もとの奈良県知事などにも運動もしてもらひましたが、内務省からの通達なので如何ともならず、結局、警察に三回、前の特高課に二度、検事局に二度、呼ばれて、正式の命令は来月上旬下る事になりました。罰金の方はずゐぶん同情して低くしてくれましたが、結局、前科一犯といふ事になつて、どうもこれには困つてゐます。

ところで、おたづねしたいのは、貴方の本籍、現住、生年月日、学歴、職業等です。これは先方がしらべてゐるのでありませんが、参考の為に僕が知っておかなければいけないだらう、と言ふのです。

おついでの時にお知らせおき下さい。

とにかく新聞紙法によつたものであり、殊に最近は変に神経が過敏なので、こんな事になつたのです。お知らせせずにおかうと思ひましたが、先方の命令もありますので以上申上げます。但し貴方には何ごともありませんから御安心願ひます。

いつかおめにかゝれる日もありませう。その時に正式の命令書もおみせしませう。馬鹿々々しい事で、思へば苦笑ものでした。

寒くなります。お大事に　　　　　匆々

（昭和十一年）十一月二十八日
明石君
前川さ

冒頭の〈合評通知　たしかに頂戴しました。〉というのは、この年の九月号から海人は、「作品合評」に加わっている。この原稿を受け取ったということである。

この手紙を読んで、心に引っ掛かる部分があることに気づいた。〈罰金の方はずゐぶん同情して低くしてくれ〉たようであるがなぜだろう。なぜ当局が前川に同情したのだろうか。

その時、私は以前読んだ小高根二郎著『歌の鬼・前川佐美雄』を思い出していた。この伝記は、「日本歌人」の発禁事件には触れてはいないが、二・二六事件のころの前川の周辺については光を当てていたのである。

前川が、以前、短歌結社「心の花」に入った時、前川のよき理解者となった軍人で歌人でもある齋藤瀏がいた。その瀏が二・二六事件のリーダーとなった青年将校たちを庇護したかどで捕えられていた（後、五年の禁錮刑の判決が出ている）。〈瀏は佐美雄の青春性を庇護したように、青年将校中、とりわけ栗原安秀、坂井直両中尉を愛護した。両者共、瀏が旭川第七師団時代の同僚の息子達で、娘の史とは、小学校で同級と下級の間柄であり、家族ぐるみの親交があったからだ〉。その瀏の子どもの史が「日本歌人」に所属していた。とすれば、当局は、明石海人の作品を、前川か齋藤瀏の子どもの史の作品とにらんだのではないか。そして、踏み込んでみれば違っていた。そこで同情して罰金を低くしてくれた。そう考えると、すっきりする。

果たしてこの時、内務省は海人の作品を具体的にどう見ていたのか。前川は確信犯ではなかったのか。それらを、その後、時々思い出すが、もう確認するすべはないと思われた。そのたびに、敗戦を境に、多くの貴重な資料がＧＨＱに押収されて散逸してしまったと教えてくれた厚生省担当係官の話を思い出すのだった。

けれども、世の中というものは、本当に面白いものである。その後、図書館で偶然見た『昭和書籍雑誌新聞発禁年表』という本にその理由が具体的に記述されていたからである。大切な資料は、誰かが注目するものである。

この本は、戦後、図書館の事務机の中から発見された発禁関係（発売禁止、発行禁止、削除、差押等の処分一切を含む）の通達書の綴りをもとに、「出版警察概観」「出版警察報」等を参考にして作成された本である。上（昭和元〜八年）、中（昭和九〜十一年）、下一（昭和十二〜十四年）、下二（昭和十五〜十九年）と四冊に分かれ、［単行本］、［新聞・雑誌］、［外国出版物］の三つのコーナーに区分されている。ページ数は、上・六百七十六、中・六百五十一、下二冊千八十である。

当時の発禁関係の全てを網羅しているわけではないようであるが、これらの数字を眺めているだけでも、発禁の数が年とともに増大していることが確認できる。ちょっと乱暴な計算であるが、一ページを平均十四件として計算すると、昭和九年から十一年までには、九千件の刊行物が発禁処分にあっている。一年の平均が三千、月に直すと二百五十件にもなるのである。因みに二・二六事件のあった昭和十一年二月と翌三月の発禁処分数は、二月・四百十一件、三月・四百三十六件であった。凄まじいの一言である。

「日本歌人」の発禁処分は、この「中」の九月の［新聞・雑誌］コーナーに記載されていた。引っ掛かった法律は、〈安寧禁止〉。理由は、〈二、二六事件の犯人を賞賛〉と記されている。検閲官の目には、海人の歌が〈犯人を賞賛〉したと映っていたのだった。

この資料を見ている時、ある奇妙な点に気づいた。このころ、出版物は法の規定により、二冊の納本が義務づけられていた。一冊が検閲に、もう一冊が今の国会図書館に回されている。出版物が検閲に回されると、ほとんどが数日のうちに処分が下されている。市場に出る前に食い止めないと意味をなさないからであろう。ところが、「日本歌人」を見ると、九月一日が発行日であるが、処分月日は三週間後の九月二十二日になっているのである。この雑誌は市場に出回って、次の本が出るころになって処分が下されている。これはいったい何を意味しているのだろうか。この時、このころ密告者が大勢いた、という記事をどこかで読んだことを思い出した。たぶん、検閲の時には気づかず、その後誰かからの指摘があって発禁処分になったのであろう。先の、〈当局が同情してくれて〉というのは、そんな経緯を含んだものであったかもしれない。

この時私は、先に抱いた前川佐美雄への疑問が、確信に変わっていることを感じていた。ある日、海人から、前川のもとに二・二六事件を題材にした歌が届いた。それまで、良質のポエジー短歌を発表してきた作者から届いた二首の歌に、激しい意志の力を感じたに違いない。この時、前川の脳裏に、発禁という言葉が浮かんだのは間違いがないであろう。出版の最前線に立っていた前川は、このころ、凄まじい発禁処分の嵐が吹き荒れているのは承知していたことであろう。二・二六事件についていえば、この事に触れただけで処分が下されている、という感じなのである。けれども、前川は掲載した。その歌を時代に投げ付けることに協力することこそ、発行者の使命と感じていたことであろう。彼らは歌に命をかけていた。彼らにとって、歌は時代に投げ付ける手榴弾でもあったのである。そのたった二首の歌の手榴弾が炸裂した。国家権力に激震を起こさせたのである。前川佐美雄に対する引き回しのような処分は、国家権力の怒りの深さに他ならない。

先の手紙を受け取った海人は、初めて自分の素性を明かす手紙を書いた。それを読んだ前川は、次のように書いている。

作者は大変僕に対して気の毒がり、若し何かの処罰があるのであるなら廃人である自分にそれを負はしめられたい、是非さういふ風にして頂きたいと言つて来られたものである。何年何月どこに生れ、どういふ経歴を持つてゐて、いつ発病したかといふに至るまではくはしく書いて送つて来られたものの、この時の手紙たるや実に悲痛極まりないものであつて、到底それをここに発表するだけの勇気は僕にはない。(作者の手紙は大抵僕は破棄してゐるが、これは何も明石君の場合だけでなく、僕は大体人の手紙は保存しないのが普通であるが、この時のものだけは必要上保存してゐるのである。)だが、それにしても何故今まで癩者たる身分を僕に知らさなかつたかといふことについては、作者はその機会がなかつたことを詫びてゐる。そのうち知らさなければならないと思ひながらいつか日が過ぎてゐたことを告白してゐる。これは確にさうなのだらうが、それと同時に癩者といふことが知られてしまふと、善かれ悪しかれ一種のハンディキャップのつけられるのが好ましくないからだと書かれてあつた。明石君のやうに正直で潔癖、且つ芸術的良心の強い人にあつてはさう思ふのが当然であつて、僕は深い溜息をついて名状しがたい気持におそはれたことである。（「明石海人と『日本歌人』」）

この海人からの手紙を読んで、前川が海人に出した手紙が次のものである。

拝啓　寒くなつて来ました。今日は奈良は初霰が降りました。そちらは暖い事と思ひます。さて、お手紙ありがたく、近頃これくらひ感動した事はありません。はつきり申上げます。実は、あなたがそのやうな御病気だとは知らなかつたのです。然し何んだかあるな、とは感じてゐた事です。今、それと承ると、あんな発禁の事などお知らせしなければよかつたと後悔してゐます。けれども又、やつぱりお知らせしてよかつたとも思つてゐます。

御不幸だとかお気の毒だとか、さういふ事も申上げません。私はただ激しい感情の中に、しつかりと生きられるやうにと願ふばかりです。北条民雄君の小説を幾つかよんで、あなたのお気持ちがよく推察出来ます。いろ〳〵と書きたいのですが書いていいかよくないか、と言ふよりは、何も言へません。

私の申上げたいのは、生きられるだけ生き、生きられる限り歌ひつづけてほしいと言ふ事です。これこそ人間としての最大の戦ひです。戦ひの歌です。いい歌を作る事によつて生きられるやう願ひ上げます。今後はあなたのお歌は私もきびしく拝見してゆくつもりです。そのおつもりで願ひます。いい歌を作る事によつて幸福を感じて下さい。

然し、お身体の方は、充分御養生願ひます。科学の力が、まだ〳〵無力である事を、今更のやうに歎じられます。

×

発禁の方は、あなたの真情を感謝します。然し、さういふ責任者をどうかする事は法律が許しません。又、許したにしましても、そんな非人間的な事が私に出来ますか。

これは、かうした災難なのです。作者に罪はないのです。やつぱり責任者の私がいけないのです。だから作者たるあなたに申上げるのはよくない事だつたのですが、やはり今後の事もあり、当局からも注意されたのでお知らせした次第でした。御諒承下さい。前科と言ひましてもそれはハレンチな罪ではなし、プロ文士が別荘行きまでしてゐる事を思ふと、こんな事は何んでもありません。尚、お金の事もおつしやつていたゞきましたが、これも何んでもありませんから、余り大きく責任などと考へないやうにして下さい。

何もかも今日の時勢の力なのです。だからもうこの事は考へないやうに願ひます。うち切ります。

×

石川信雄君の「シネマ」出来ましたので一部おあげしたいと思つてゐます。私は十日に上京、十二日に東京で、その出版記念会、十五六日に戻つて来ます。ただ今は一月号の編集中です。一月号は十二月二十日ごろ出しませう。

来年からはもつと活気のある雑誌にし、もつともつと積極的に仕事する筈です。

大いに御努力願ひます。今日はこれにて失礼します。

どうか充分お大事に願上げます。

（昭和十一年）十二月五日

匆々

前川さ

明石海人君

この手紙に東京の全生病院に入院中の作家・北条民雄の名前が出てきたのは、このころ、彼の小説が評判となっていたからである。

川端康成の推奨を受けた北条は、前年（昭和十年）の「文学界」（十一月号）に「間木老人」を発表し、この年の「文学界」（二月号）に発表した「いのちの初夜」が文学界賞を受け、注目された。その後、矢継ぎ早に何編かを発表していたので、これらを読んだということであろう。

さて、前川は、海人の歌を掲載したことで前科一犯の罰金刑になったと思われるのに、海人を責めることは全くない。この手紙を読んだ海人が、どんなに感激したかと思わずにはいられない。

ところで、なぜ前川は海人に対してこんなに寛大でいられたのだろうか。それは、前川も、二・二六事件には強い興味を持っていたからである。

小高根二郎著『歌の鬼・前川佐美雄』は、前川の歌集『大和』収録の〈昭和十一年〉の次の歌は、二・二六事件で銃殺刑に処せられた青年将校たちを詠んだものだと教えてくれる。

涙こそ清らにそそがれ死にゆける若き生命《いのち》にしばしかたむく

崖の裂目に圧《お》しつぶれ死ぬ夏の炎天の花は顫《ふる》へさせてみよ
泣きの眼に見すくめられて顫へをる野朝顔のはな我もまぶしく

前川は、「日本歌人」の「十月号後記」に、〈人情にほだされるとつい採るやうになるが〉と書いていたが、海人の思いは、また前川の思いでもあったのである。この事件を通じて、海人と前川の結びつきはさらに強くなっていく。

運動会で、肉身の応援があると、思わず力が入ってしまうことがあるが、それに似ている。海人の歌は、より生彩を増し飛躍を遂げて行く。

さて、このころ「日本歌人」に所属していた齋藤史がご健在で、信州で暮らしていることを知ったのは、平成十年一月のことであった。

平成五年には、芸術院会員に推され、また大和書房から『齋藤史全歌集』を出された平成九年には、過去の全業績により第二十回現代短歌大賞を贈られている。海人文庫には、「日本歌人」同人の相川弥重子の手紙が一通残されていた。ひょっとして史は海人と文通をしたことはなかったのか。あるいは史に同情して海人は先の歌を発表したのではないか、そんな質問を書いた手紙を差し上げると、ほどなくして返事が届いた。

それによると、文通はなかったそうである。また、二・二六事件に関する海人の歌が載ったことも、この号が発禁になったことも知らなかったという。前川佐美雄がしっかりとガードしていたのである。齋藤はこのころ、二・二六事件の渦中にいて、何年も〈目も耳も口もふさがれた状態〉であったという。我々が想像できないような、厳しい時代であったことを改めて感じてしまったのだった。

齋藤史をガードしながら、また一方で二・二六事件の裁判を批判した海人の歌を掲載する。やはり前川佐美雄は、したたかな表現者であったようだ。

したたか、と言えば、齋藤史も負けてはいない。というのは、〈目も耳も口もふさがれた状態〉であったと言いつつも、二・二六事件を題材にしたと思われる作品「濁流」を、翌年の一月号の「日本歌人」に発表しているのである。全九首のうち冒頭の二首を紹介する（この二首は、のちに刊行された『新萬葉集』にも収録されているが、この時には〈二・二六事件の後に〉の添え書きが付いている。）。

羊歯の林に友ら倒れて幾世経ぬ視界を覆ふしだの葉の色
春を断る白い弾道に飛び乗つて手など振つたがつひにかへらぬ

二・二六事件に触れただけで発禁処分の嵐が吹き荒れている最中、これらの歌を書いた齋藤史も立派だが、再び掲載した前川佐美雄も立派である。

厳しい時代に生きた芸術家たちの心意気が、キラキラとまぶしい。私は、『齋藤史全歌集』を読んだが、このころの歌集『魚歌』が一番瑞々しく感じた。歌集というよりも、詩集という感じなのである。それと同時に、強烈な、したたかな生命力をも感じてしまった。

明石海人、前川佐美雄、齋藤史。のち近代短歌史に名前を残すことになる三人が、この当時あまり知られていない「日本歌人」に所属し、同じ時期に、その生涯を通じての代表作を書いていることに注目したい。心に響く歌は、作者の生きる密度が高くなった時生まれてくるようだ。

母の手紙㈢

さて、母の手紙の三通目は、このころ届いていた。

ゴブサタシマシタ　タイヘンオソクナリマシタ
オカハリアリマセンカ　ワタシモミヅホモジオブデス、ゴアンシンクダサイ、マタオシ月ガチカクナリマシタ、モチデモツイタラ、オクリマス、オカネモホシイデシオカラ、モチト一シオニオクリマシオカ、ハヤクホシケレバ、カネダケサキニヤリマスカラ、トニカクヘンジヲクダサイ、ホシイモノガアレバ、ツイデニ、オクリマス、コレカラ、サムサガ、ハゲシクナルノデスカラキヲツケナサイ
アサコモ　マイ月ダイ一日ヨオニキマス
ミヅホモベンキオデヨルマデヤルガ　イマデハ、ジガクコオモ　マコトニ、ムヅカシイノデウカルカ、ドオダカハカリマセンガ　ヤカマシクユツテ、ベンキオサセテイマス、オシ月ガタノシミデ、オーサハギデス　コンド、オクルニハ　コノマイノ、ナアテデ、ヨイデスカ、テガミヲカイテモラウカタニ、ヨロシクツタエテクダサイ　ホントオニ、ゴヤクカイニナリマス　アリガ

タクゾンジマス　ナニトゾオタノミシテオキナサイトネ
（昭和十一年）十二月十五日
カツ
トヨヽリ
（封筒宛名　明石大三様　封筒差出名　沼津市城内西條／野田とよ）

この手紙で母が伝えているのは、自分も瑞穂も丈夫で元気であること。浅子も、東京から毎月一回はやってくることである。この手紙を読んでもらった海人は、きっと穏やかな気持ちになったに違いない。

この手紙の最後を読むと、海人の手紙はすでに口述筆記であることが窺われる。海人は、この年の秋に完全失明していた。また、瑞穂の受験が迫っていることが察せられる。彼女が女学校の試験を受けたのは、昭和十二年の春のことである。以上を勘案して、昭和十一年のものと推察した。

大野悦子の手紙

さて、海人文庫には、このころ書いたと思われる大野悦子の手紙も一通残されていたので、次に紹介する。

野田さん
御無沙汰してゐました

いろんな事件のあつたこの年もあと僅で過ぎようとしてゐます
私はうれしいのです
言づけ　だけで手紙も　わざとたのんでゐましたが　あなたは　私の心もちを判つてゐて　下さいませふ。
来年になりましたら　又もとのお互にだん〳〵に返へり度いよと　願つております　親しく　お話の出来る日の早く来るように　願つて居ります。
これは東京から送つておよこしになつた　ものです　柄は京都の方のものです　少しですけどめし上つて下さい。
寒い折柄くれぐ〻も自愛して下さい。
二十八日　　大野
野田さん　保育所

この手紙は、海人に渡すお菓子に添付したものである。筆跡を見ると、とてもしっかりとしていて意志の強い人であることが分かる。書いた年は記載されてないが、〈いろんな事件のあったこの年〉とあるので、長島事件のあった昭和十一年十二月二十八日の可能性が高い。そういえば、先に紹介した昭和十年十月二十九日付の母せいの手紙に、〈アンナニ、シンセツニシテクレタ「大野サマニ、ハンタイ」トハ、ワタシモナントナク　キガトガメテナリマセンガ、コレモ、ヨンドコロナイコトデス、〉とあったが、何か彼女と意見の対立することがあったのだと思われる。

ただ、意見の対立があっても、彼女は彼を見捨てない。大野からの差し入れの菓子を食べる時、大野の思いが海人の心に温かく広がって行ったに違いない。

海人は、『白描』に大野悦子のことを詠んだ次の一首を残している。

楽生病院以来病める我等の第二の母として喜びをも悲しみをも領ち給ふ人に
いつの日かわが臨終は見給はむ母とたのみつつこの人に頼《よ》る

第一回短歌祭

長島短歌会主催の第一回短歌祭が開催されたのは、昭和十二（一九三七）年一月七日から三日間のことである。この初日に明石海人の講演があることが、患者たちの間で話題になっていたと思われる。

この短歌祭については、山口義郎が、「愛生」（昭和十二年二月号）に「第一回短歌祭」の題で書き遺している。最初の二日間は礼拝堂で開催され、三日目は礼拝堂が使えないので、医局の外科控室で行われている。八、九日は、「アララギ」の歌人杉鮫太郎《こうたろう》がゲストで呼ばれ講演している。一日目のプログラムは、次の通りである。

一、開会の辞　山口義郎
一、短歌と内容　松丘映二

一、朗詠　瀬涯比露紀
一、作歌体験を語る　明石海人
一、激励の辞　宮川分館長
一、朗詠　永野節雄
一、朗詠　山口義郎
一、短歌は誰にでも作れる　内田先生

この日の感想を山口は、〈何しろ作歌経験も薄く、殊に演壇に始めて立つた様な会員達許りで些か上つた弁士もあれば案外落ついた者もあり、甚だ愉快であつた。中にも明石兄の「作歌体験を語る」は堂堂四十分間短歌作法の微に入り細を穿つて初心者の手引となる名講演であつた。〉と書き残している。

やはり記憶に残る講演であったようで、内田守人も「全集出版を祝し海人を追想す」(『明石海人全集』下巻)で、次のように触れている。

岡山市の杉鮫太郎君を招いて長島短歌会で短歌祭をやつたことがあるが、毎月の例会には出たり出なかつたりであつた彼も、此の短歌祭の時は体の調子が良かつた為か、大変熱心に終始してくれて、一場の歌論をやり、又頭を振りながら短歌の朗詠をやつてくれた。其の時の歌論の中に「自己に難解な歌をも努力して鑑賞せよ」と極めて啓蒙的なことを語つた事を記憶してゐる。

山口は、この日の内田守人の話を、こんなふうに書き留めている。〈内田先生は第一日に「明治の歌壇は結核患者の手に依つて成つた。昭和の歌壇は癩者の手に依つて」との力強い言葉で激励して下さつた〉。患者たちを前に、情熱を込めて話す内田守人の姿が見えてくるようでもある。

園長の光田健輔は、二日目と三日目に顔を出している。海人は二日目にも「朗詠」で参加しているが、三日目に予定されていた「詩と俳句と短歌」は時間の都合上割愛されている。先に紹介した、光田健輔が記憶している海人の『萬葉集』中の悲恋についての話は、二日目のことであろう。海人はこの時、盲目になっても歌の道に励んでいる自分を見てもらうために壇上に立ったのではなかろうか。隔離され、盲目になっても、自分を高める道はある。このことを全身で訴えたかったのではなかろうか。

平成四（一九九二）年に沼津で明石海人文学展が開催されたのを機に、「明石海人—深海に生きる魚族のやうに—」というビデオが制作されている。その中で、入園者の一人、内海早治が、この講演について語っていた。

「明石海人が礼拝堂で短歌の講演をやるからって友達に誘われて行きまして、その時初めて、あっこの人が明石海人なのだと知りました。背の高い人でなあ、六尺、……それ以上もありましたかなあ……顔は、相当症状が出ておってな、獅子癩っていうんかなあ……もう盲人やった」

なぜ内海は、数十年経ってもこの講演を覚えていたのだろうか。顔が崩れ、盲目になっても人前に立つ、その気迫が忘れられなかったのではなかろうか。自分たちの仲間に、このような立派な人がいる。そのことが嬉しくてたまらなかったのであろう。

内海に、この時の話をもう少し詳しく聞かせていただきたいと思い愛生園に連絡をとったが、すでに他界されていた。合掌。

さて、海人は、幾多の事件を乗り越えて、以前にも増して歌の道に精進していく。前川佐美雄との結びつきが強くなっていくにつれて、「日本歌人」に発表する歌もますます奔放になっていく。それに共鳴するかの如く、「愛生」に発表する作品も冴え渡っていく。

あかつきの風が投げこむ花の束いつか季節はぴしぴし清らか
底ふかく木漏れ日とほるしづけさに何の邪心かとめどもあらぬ
いつしかに狙ひ撃つ気になつてゐるそのするどさをはつと見返へる
脱走の夜ごとの夢はおづおづと杳《とほ》き団欒《まどゐ》の灯を嗅ぎまはる
あきらめか何かわからぬ褪せた血が凩よりも暗く流れる

（「日本歌人」昭和十一年十一月号）

飛び込めば青い斜面は消え失せてま下にひろがる屋根のない街
己が貌ふと見わすれるものおそれ夕紫陽花のあをきを悪《にく》む
おちきたる水鶏のこゑにとある夜はただ青々と犯されゐたり

うつつなきものの象《すがた》のせつなさに古き仏の頰《ほ》にも触《さわ》りぬ

（「日本歌人」昭和十一年十二月号）

堕ちてゆく穴はずんずん深くなりいつか小さい天《そら》が見えだす
まのあたり狙ひに息をつめたるがたまらなく何か喚きたくなる
雲の背に青いランプを灯《ひとも》して空ろな街がまた呼んでゐる
足音の絶えた巷に目をさましひもじき心ふとわらひだす

（「日本歌人」昭和十二年一月号）

ことごとく夜天《や》の星はまじろがずエルマンが絃《と》高鳴りわたる
スペイン交響曲終曲《フィナーレ》の最高音消えまなく冴えつゝおのゝきやまぬ
ラジオなるこの絃の音や人間の千万年の歴史にかゝる
妖しくもをのゝくおもひ春まだき縁の夜冷えに涙のごはず

（「愛生」昭和十二年三月号）

残された私ばかりがここにゐてほんとの私はどこにも見えぬ
蒼空のこんなにあをいまん中をあなたははだかで走りたくないか
ヒヤシンス香にたつ宵は有るかなき眼《まなこ》のいたみにやがてまどろむ

風の夜はけだものどもに吠えられて前《さき》の世に見たわれを訪ふ

（「日本歌人」昭和十二年四月号）

別れ来て久しかりけりわが妻もわが妻ながらのへだたりに在り
あるときは妻が便りのもの言ひの世の常なるを寂しみにけり
子を守《も》りて終らむといふ妻が言ありがたくうけて地獄へは堕ちむ
湖のほとりに住みて白鮠の跳《はし》る夕べを汝は唄ひき
梨の実の青き野路に遊びてしその翌《あけ》の日を別れ来にけり

（「愛生」昭和十二年五月号）

母の手紙㈣

母の手紙の四通目は、このころ届いていた。

ゴブサタシマシタ　オカハリアリマセンカ
ワタシラモ　ジオブデス　ミヅホモ　一シオケンメイニベンキオシテ　オリマス、シケンガ
ウカレバ　シラセマス
モオ三月ノ、オセツクニ　ナリマシタ、オモチヲ　スコシヤリマス、オカネヲ十五円　オクリ
マス

大野様カラモ、オタヨリヲ　イタヾキマス　マコトニ、ウレシイト　オモイマス、ヨシヲモダイブ　ジオブニ　ナリマシタ、マサコモ、オマイノコトヲ、タヅネマス、ミヅホニモ、ナニカトキヲツケテクレマス、アサコ六日ノ、ヨル、クルソオデス
月ニ、一ドハ、キテクレマス、マサコハ　オジサンノホオジニ、キタバカリデス、イソガシクテ　ナカ〳〵コラレナイデス　一シオニイルオカタニモ　ヨロシク　オツタヘ　クダサイ、ハヤクアタヽカニ　ナレバヨイデスネ
カゼヲ　ヒカヌヨオニ　キヲツケナサイ
トヨヽリ
カツサマ
（昭和十二年）三月二日
ナアテハマイニカイタノデス
（封筒宛名　野田勝様　書留　封筒差出名　沼津／野田）

この手紙を読んでもらった海人は、瑞穂が一生懸命勉強していることに安心し、わが子の受験の成功を祈らずにはいられなかったはずである。

さて、この封書も切手が切り取られて出した年は不明であるが、この手紙には、〈試験が受かれば知らせる〉とある。先にも触れたが、瑞穂が試験を受けたのは、昭和十二年の春のことである。そんなわけで、昭和十二年のものと推察した。

おそらく破棄されてしまったと思うが、程なく合格した旨の吉報も届いたはずである。それを知った海人は、飛び上がる程嬉しかったはずである。

『楓蔭集』

長島短歌会の合同歌集『楓蔭集』（長崎書店）が刊行されたのは、この年（昭和十二年）の十二月十三日のことである。これは、内田守人の強い熱意から生まれたものであった。

筆者が長島に赴任してから二年が経った。『愛生』誌に発表している長島短歌会の作品が大分貯った。病友の熱意も高まっているので、合同歌集出版を園長に願い出た。園長は「それはよかろう。然し仕事をする以上他人を頼っては駄目だ！　僕はこれだけ」と言って、二十円札を差出された。参加者七十二名、千七百余首で見事な歌集で「楓蔭集」と題し、昭和十二年末出版した。海人は巻頭に短歌八十余首と長歌一首を寄せている。（『生れざりせば』）

自分たちの歌集ができる。患者たちは、気負いたったに違いない。

内田の文章にあるように、海人の長歌「恩賜寮」一首、短歌八十二首が巻頭に掲げられ、存在感を示している。これらは、後の『白描』の原型とも言えるものである。

この企画が発表されたのは、この年の四月のことで、六月末まで原稿を募集したものであった。「題署」は、大谷正男皇太后宮大夫閣下、「序」は、内務省の高野六郎予防課長、「水甕」主幹松田常憲、長島愛生園園長の光田健輔、「跋」は田尻敢医務課長、それに発案者で医官の内田守人である。

ここでは、海人の「恩賜寮」（長歌）と「反歌」を紹介する。

吉備の海や　長島の島のもなかの　暁されば先づ日のあたる　光ヶ丘の南おもてに　白珠の真壁高築き　畳なす甍の翠　わたる日の光《かげ》に照り映え　真木香る簷をめぐりて　声近しみめぐみの鐘見はるかす播磨おほ灘《うみ》　呼び交す小豆島山　高窓の眺めゆたかに春はまづ躑躅花咲き　夏されば水鶏啼きしく　これはこれ言はまくも畏き　大宮の大御后の　朝夕《よひ》の御膳の御料《みしろ》　約《つづ》めさせ賜へる家ぞ　うつそ身の疾むに哀しく　父を去り母を離れて　人の世のこのいやはての島里に　老ひゆかむ乙女の子らの　乙女さび住むべき家ぞ　朝潮に明けの鐘　夕潮に暮れの鐘　磯千鳥声の清《さや》かに若楓年の久しく　幸のさきはふ家ぞ　これの恩賜寮

反歌

たまきはる命まさきく簷若葉かがやく今日にあへりけるかも

この合同歌集は、世間の注目を浴びることはなかった。内田守人も、虫明邦夫の筆名で書いた「宿命の歌人明石海人の一生」（「婦女界」昭和十四年八月号）で、〈彼の歌は、昭和十二年十二月に発行された、長島短歌会の同人歌集「楓蔭集」の巻頭を飾り、此の歌集の価値を高めてくれてゐることは確かであるが、何したものか余り評判にはならなかった。〉と書いているが、本は、不特定多数の人たちに読まれるものである。内田の情熱は、決して無駄ではなかった。内田の知らないところで、この歌集が大きな力を発揮するのは、もう少し後のことである。

歌人の杉鮫太郎と脇須美を迎えて『楓蔭集』出版記念短歌講演会が開催されたのは、翌昭和十三（一九三八）年一月九日のことである。

さて、ここで杉鮫太郎と脇須美について触れる。杉鮫太郎の本名は、湯浅敏夫である。筆名の杉は、年少のころ亡くなった美作落合町の母方の杉家から。鮫太郎は、「古代中国の神話」の中で南海に住む人魚を「鮫人《こうじん》」と呼ぶが、ここから採られたのだという。「鮫人」は、泣くと真珠の涙を流すのだという。明治四十一（一九〇八）年に、警察官の父湯浅立太郎、母いなよの長男として生まれた。海人よりも七つ年下である。

父の転勤で各地を転々とするが、高梁《たかはし》中学校を卒業すると、昭和三年に岡山県警察部通信の職に就く。このころ短歌に興味を持ち、この年、岡大で斎藤茂吉と中村憲吉の講演を聞き、アララギに入会。「追悼　杉鮫太郎先生（その一）」（「おかやま同郷」平成七年二月号）に後年の写真が掲載されているが、眼鏡をはめたがっちりとした体格で、風格のようなものが漂っている。

長島愛生園との関わりは、既に昭和九年七月二十一日に来園して講話をしている。彼の「採玉寸鈔（その二）」（「愛生」昭和九年十二月号）で海人の一首を取り上げていたので紹介する。

この夕べいやさやに澄む虹の色盲ひてののち懐しむらむ　　明石海人

一読よそよそしいやうであつて、下句に於いて作者の情懐深く湛へられてゐるのを見る。感読させられる作である。難を言へば虹は寸時にして消失するものであるから、「いや」の語は少し強すぎはしないか。虹を首材としたのはいゝが、作者の一考を得たいところである。

脇須美は、明治三十一（一八九八）年九月十九日に脇嘉市、トヨの三女として高松市浜ノ丁（現・高松市浜ノ町）に生まれた。海人よりも三つ年上である。彼女は極度の虚弱児で、ずっと医者と縁が切れなかったが、三歳ごろからようやく歩けるようになった。高松地方裁判所書記官の父の転勤に伴って県内の各地を転々とする。大正三（一九一四）年、香川県立高松高等女学校三年の時、短歌部ができて入部する。これが歌との出会いであった。大正七年九月、香川県庁に勤務の横井実と結婚。次々に三人の子どもに恵まれるが、やはり子どもたちも病気がちで作歌の余裕はなかった。昭和四年に歌人荒木暢夫を知り、「香蘭」に加わる。昭和十年六月、北原白秋の「多磨」が創刊されると同時に荒木暢夫、久保井信夫らと参加。このころから大島療養所で毎月一回出講して短歌指導をしている。これは、十年続いている。

『香川県人物・人名事典』に彼女の写真が掲載されているが、ふっくらとした大福もちみたいなお婆さんである。若いころも、きっとふっくらとした柔和な女性であったに違いない。

海人は、「愛生」（昭和十三年四月号）に、彼らに対する感謝を込めた四首ずつを発表している。

楓蔭集出版祝賀短歌会

よくぞ来しよくぞ来まし〳〵歌がたりのびやかにして聴くが楽しき（杉先牛に）
あけすけに褒めて貶してはばからぬ歌人君が物言ひのよき
わが歌をも貶しつほめつこの大人のもの言ひはすでに我らにしたしき
演壇に香をたきつつ黙しませしある日の君の思ひにうかむ
ねごろに長生きせよとのたまひぬ盲ひの我に歩み寄りつゝ（脇先生）
患者席につつしみ聴けば母なして告らす言葉は歎きにも似つ
重ねてを来ませとぞ言ふわが命はかりがたきをかつ思ひつつ
ゆくりなくある日の母の思ほゆる劬《いたわ》り言も云ひたまひけり

これらの歌を読むと、ざっくばらんな杉鮫太郎と、優しい脇須美を迎えての和やかな講演会会場の様子が見えてくるようだ。

世間では、忌み嫌われているハンセン病者にも、そっと寄り添う人たちがいた。彼らは、閉ざされた才能に水や肥料をやって大きく育てようとしている。大輪の花を咲かせようとしている。その思いは、患者たちにも温かく伝わっていく。

この時、二人の講師は、明石海人が時代の寵児になる時期が、すぐそこまで迫っていることなど知るよしもなかったに違いない。

第六章　『新萬葉集』

『新萬葉集』

改造社の社長・山本実彦が、周到に準備を進めてきた『新萬葉集』出版の決意表明を事前に依頼していた審査員たちの前で果たしたのは、昭和十二（一九三七）年の三月三日の夜のことであった。

その日、暴風雨にもかかわらず、麴町区星ヶ岡茶寮に審査員十名が集合した。顔触れは、太田水穂、北原白秋、窪田空穂、斎藤茂吉、佐佐木信綱、釈迢空、土岐善麿、前田夕暮、与謝野晶子、尾上柴舟の、この時代を代表する歌人十名であった。この日、風邪をひいて寝込んでいた北原白秋は、欠席させてほしい旨を電話で伝えたが、〈企画が既に重大であり、諸先生も揃つてゐられるので是非に〉（「新萬葉集に就いて」）ということで砧から自動車を飛ばして駆けつけている。

ちなみにこの『新萬葉集』の企画の発案者は、「短歌研究」編集長の大橋松平だったようだ。というのは、歌人の四賀光子が、大橋から聞いた話を書き残しているのである。

大橋松平は、明治二十六（一八九三）年に岩崎仁市の四男として大分県日田町で生まれた。六歳の時、一家は長崎市に移住し、十一歳の時、同市の大橋徳三郎の養子になった。大正七（一九一八）年、養父死亡により家督を相続。尋常小学校を終えた彼は、専ら家業の理髪店を相続すると共に夜学に二年ほど通った。しかし、やがて家業を嫌うようになり、職を転々とする。二十三歳のころ中村三郎を知り作歌を始める。大正五年には前田夕暮の白日社に入門。一年半の後、若山牧水の創作社に入る。また斎藤茂吉の長崎医専在勤当時、指導を受けている。やがて昭和六年上京して改造社に勤め始め、初め『短歌講座』十二巻の企画を立て、出版に尽力したが、翌七年に同社から創刊された「短歌研究」の編集長を務めていた。

ある日、編集会議で山本社長が、いいプランがないか社員を責め立てたが、いいプランが出ることもなく一同が席を立ちかけた時、かねて明治、大正、昭和三代にわたる一大綜合歌集の編纂事業を胸に描いていた大橋が、「私に一つのプランがあることはあるが、それを実現するとなると大変大きな仕事になるので、云ひ出しても、とても採用はされまいと思ふから云はない」と言った。社長が何でもいいから言ってみたまえ、というので、大橋がその旨を話すと、まさかと思っていた社長が、そりゃあ面白い、大事業になったらなお結構だ。やろうじゃないかという話になって始まったという。（「新万葉集と大橋松平さん」『行く心帰る心』）

余談になるが、こんな型破りの山本実彦は、反骨精神に富んだ、とても面白い男である。昭和初年、出版界は円本時代を迎え、空前の活況を呈しているが、その仕掛人がこの人であった。その企画の発想がユニークだ。大正十二年九月一日、関東大震災に襲われた東京は、壊滅状態になり、たくさんの本が焼失した。すると、クラシックな書物の値段が高騰して、貴重な本は、金のある特権階級に集中してしまう。これではいけない。本はみんなのものだ。……そんな発想から円本『現代日本文学全集』（全六十二巻・別巻一）の企画が生まれたのだった。それまで知識人たちのためにあった全集を、大量生産して値段を下げ、一冊一円という格安価格で販売して庶民のものとしたのであった。

作家であり文藝春秋社社長でもあった菊池寛は、〈雑誌の定価を廉くしたのは、僕の功績であるが、単行本を安くしたのは、山本氏の功績で、円本全集の創案は、日本の出版界に、一時代を劃したと云つてもよい。……しかし、あの円本全集のため、日本の出版界に一大革命が起り、出版組織に大変革を来たした。その上、我々作家の生活も、不時の印税収入で、影響を受けた。作家の生活が、少くとも物質的にでも豊かになつたのは、円本全集の影響であらう。〉（「『改造』と僕」）と書いている。〈日本の出版界に一大革命が起り〉の箇所が燦然と輝いている。

この企画で恩典を受けたのは庶民ばかりでなく、作家たちの生活も大いに潤ったようだ。

この企画も、先の『新萬葉集』の大橋の場合と同じように新入社員の藤川靖夫の発言をヒントに構想が膨らみ実現したものであったが、社員のアイデアを取捨選択するヒラメキと実行力には天才的なものがあった。

そんな能力を持つ山本実彦は、一出版社の社長の座に満足する人ではなく、政治家でもあった。昭和五年の第十七回衆議院総選挙には民政党公認で鹿児島県第二区から立候補し、トップ当選を果たしている。彼は、郷里の川内川の改修工事など、大きな足跡を残している。彼の政治への野心は終生変わることはなく、昭和二十一年の戦後初の総選挙においても鹿児島から立候補して当選している。また文筆にも優れた才能を発揮し、生涯に二十冊もの著書も持っている。

そんな彼は、明治十八（一八八五）年一月五日に士族・父山本庄之助、母チヨ（千代）の長男として鹿児島県高城郡水引郷大小路村四十四番戸（現・薩摩川内市東大小路町）で生まれた。兄弟は弟三人と妹一人である。山本家は、代々新町部落取締の地位にあったが、維新後家運が傾いていた。村役場に勤める父が、俸給の総てを酒代にするほど酒好きであったことと、連帯保証人の債務で田畑を失っていたことによる。向学心に燃える実彦は、父に哀願してようやく中学に入学したが、他の兄弟たちのことを思うと自分一人だけが学ぶのが心苦しくなり中学三年で退学して沖縄に渡り、代用教員の道を歩んでいる。

この三年間の生活で貯えができると、郷里の縁者の代議士・大浦兼武を頼って上京する。このころ大浦は、桂内閣の逓信大臣であった。彼から働きながら学ぶことをアドバイスされた実彦は、明治三十七年四月、日本大学法科の夜間部に入学する。明治三十九年一月には、やまと新聞社の記者になった。明治四十二年一月には、「門司新報」の主筆になるが、同年九月、「やまと新聞」に復帰する。頭のいい人であったのだろう、たちまちその力量が認められ、明治四十三年に渡英している。同社特派員として翌年の六月二十二日に行われる英国皇帝ジョージ五世の戴冠式を取材するためであった。このころ、彼の国際的な視点が培われたことは間違いない。やがて帰国するとやまと新聞社を退社している。

明治四十五年四月には、麻布区から立候補して東京市会議員となっている。また翌大正二年の暮れには、麻布区会議員に立候補して当選している。その直後の同年十二月には東京毎日新聞社を買収して社長に就任し、ジャーナリズムの檜舞台に躍り出る。しかし、この時の業績は芳しくなく二年余で東京毎日新聞社を売却している。その後、シベリアに遊び、大正八年一月に彼の生涯の仕事となる改造社を設立して社長に就任した。

同年二月二十七日には、赤坂山王下の料亭三河家に、当時論壇・文壇で活躍する名士約三十名を招待して、新雑誌「改造」発行の披露宴をしている。出席者は、作家で田山花袋、徳田秋声、正宗白鳥、上司小剣、武林無想庵、生田長江、中村吉蔵、吉田絃二郎、佐藤春夫、広津和郎、歌人の与謝野寛、俳人の松根東洋城、学者評論家では姉崎正治、桑木厳翼、木村泰賢、本間久雄、内田魯庵、高楠順次郎、和田垣謙三、小村欣一、洋画家の黒田清輝らであった。

やがて同社は、「改造」(四月)を創刊するが、三号までは売り上げが芳しくなかった。そこで四号は編集者の意見に任せ、「労働問題・社会主義批判号」として方向転換をすると、飛ぶように売れるようになり、発売二日で三万部が売り切れてしまった。以後、好調が続く。

翌大正九年には出版部門にも進出していった。改造社の単行本の処女出版は、神戸のスラム街で伝道活動に励みながら、社会活動家として頭角を現しつつあった賀川豊彦の自伝的作品『死線を越えて』(大正九年十月)であった。この本は、売れに売れた。最初の年に二十万部、一年後には八十万部。最終的には百万部が売れた。この三部作の成功によって、改造社と著者の賀川豊彦は、時代の最前線に躍り出ていった。

「改造」の創作欄の権威をほぼ決定的にしたのは、大正十年一月号から飛び飛びに連載された志賀直哉の「暗夜行路」だった。この作品は、足かけ十七年の歳月をかけて完結している。

また、大正十年ごろから、「改造」誌上には、バートランド・ラッセル、アインシュタイン、サンガー夫人、ゴーリキー、トロツキー、タゴール、ロマン・ロラン、魯迅等、多くの外国の知識人の寄稿があり、世界の風をわが国に吹き込んだ。

大正十一年の暮れには、相対性理論で有名なアルベルト・アインシュタインを招聘している。日本に向かう船の中でノーベル賞の報せを受けたアインシュタインは、十一月十七日に「北野丸」で神戸港に着き、翌十八日の夜七時二十分、特急で東京駅にすべりこんだ。その直後、プラットホームに降り立った彼らを待っていたのは、桑木彧雄《あやお》博士や穂積陳重《のぶしげ》博士や数百人の学生や外人たちで、戦場のような騒ぎであった。揉みくちゃにされながらようやく改札口まで来ると、今度は出迎えた数千の群衆の大歓声を受けたことを「読売新聞」（十一月十九日）は、「待たれた人が来た／アインシュタイン博士／=が夫人と共に昨十八日の夜入京した=／東京駅に揚る歓呼の叫び」の見出しで夫婦の大きな顔写真と共に伝えている。彼らは、山本が東京帝大に寄付した約三十時間の特別講義を初めとする幾つかの講演や、その後、仙台、名古屋、京都、大阪、神戸、福岡での講演や観光をして四十三日間を日本で過ごし、十二月二十九日に「榛名丸」で、門司港から帰国の途についている。行く先々で熱烈な歓迎を受け、旋風を巻き起こした彼が残したものは大きかった。後にノーベル物理学賞を受賞する湯川秀樹は、府立京都一中の四年の時、この騒動と出会って理論物理学に興味を持ち始めている。このころ、友人の工藤信一良に「小川君（荒波註：湯川旧姓）はアインシュタインのようになるだろう」と言われたことが、物理学に進む原点ではなかったかと、その著書『旅人』に書いている。またこの時、父親に連れられて講演を聞きに行った少年の日の矢野健太郎は、この講演に触発され、後に世界的な数学者に成長した。

先の湯川秀樹と同じノーベル物理学賞を受賞した朝永振一郎も影響を受けた一人だ。〈中学五年生のとき、有名なアインシュタインが来日した。何もわからぬのにジャーナリズムはいろいろと書きたて、なまいきな中学生もそれに刺激されて、なんにもわからぬのに石原純先生の本などを手にした。時間空間の相対性、四次元の世界、非ユークリッド幾何の世界、そんな神秘的なことが、このなまいきな中学生を魅了した。物理学というものは何と不思議な世界を持っていることよ、こういう世界のことを研究する学問はどんなにすばらしいものであろうかと思われた。〉（「わが師・わが友」『鏡のなかの世界』）と書いている。

山本実彦が招聘したのはアインシュタイン一人に止まらず、バートランド・ラッセルやバーナード・ショウらにも及んでいる。彼らが日本の思想界に大きな刺激を与えたことは間違いがない。

山本はまた、大正十二年十二月号の「改造」では、発禁覚悟で、関東大震災のドサクサに紛れて、甘粕正彦大尉たちに虐殺された大杉栄の追悼特集を組んでいる。そして、先に触れた円本ブームで、出版界に空前の活況をもたらしたのであった。その後も林芙美子の『放浪記』や火野葦平の『麦と兵隊』、石坂洋次郎の『若い人』等のベストセラーを連発していた。林芙美子は、『放浪記』が出るまで食うや食わずの生活をしていたが、この時の印税でヨーロッパに遊び、その後、逞しく自分の人生を切り開いている。

少し寄り道をしてしまった。先を急ごう。山本はこの日、この企画の決意表明から始めた。山本の決意は、先に「短歌研究」（十月号）に発表し、後に『新萬葉集』巻九に収録された「新萬葉集の完成」から知ることができる。

新萬葉集は決してありふれた出版意識から生まれたものでなく、文化的、民族的、国家的の高い意識から企てたものであり、そして芸術的にも千古に残して決して恥しくないものをつくりあげたい、現在我が民族のめざましい飛躍は、同時に短歌の方面にも驚異的な拡がりを示して来ました、この逞しいわが民族の息吹き、魂の声を千古にのこすことはわれわれ文化人に課せられた重大な責任です、我社は我社の有する、あらゆる機能を集中して絶大の役割を果したい。

佐佐木信綱は、長く途絶えている勅撰集が復活されることの希望を山本実彦に話したことを「新萬葉集の盛観に就いて」（「短歌研究」昭和十二年五月号）に書いている。これは、亡父・弘綱からの悲願であった。そんな佐佐木の思いが、山本の背中を押していたのかもしれない。

この時、経営者として山本が摑んだ機とはいったい何であったろうか。一番大きかったのは、「伝統回帰」へと進んでいる時代の波であったろう。このころ、思想表現の弾圧によって、プロレタリア文学が行き詰まりを見せ、昭和十年には、新しい方向をロマン主義や日本古典に求める「日本浪漫派」が誕生している。この機に目を付け、勝算を確信したのであろう。でも、そればかりではなかったようだ。

『新萬葉集』の刊行が開始された直後、東京と大阪で「新萬葉の夕」が開催されている。この時の山本の大阪での挨拶「新萬葉集発刊に際して」が、「短歌研究」（昭和十三年二月号）に掲載されている。この中に興味深い部分がある。

此日支戦争はもつと長く続くだらうと思ひますが、今日迄は少くとも日本民族は文学の創作にしても、事変のために妨害される事は殆んどなかつた。生活上には影響はいくらかあるかも知れないが、今迄はあまりなかつた。今後事変が長くなるか、或は此事変を契機としてもう一つ我々の頭の上に重しが加つて来た場合、さう言ふ時に果して制作に専心する事が出来るかどうか、さう言ふ事も私は考へる。

日中戦争（日支事変）は、山本が審査員たちの前で決意表明した僅か四か月後の七月七日に起こっている。文中にある〈もう一つ我々の頭の上に重しが加つて来た場合〉というのは、露骨な表現を避けているが、軍部による言論弾圧を指している。世界情勢に敏感な山本の目には、軍部に操られていく日本の先行きが、くっきりと見えていたのではあるまいか。或いは、そのことが、国際的な視野を持つジャーナリストの勘で分かっていたからこそ、文化遺産が散逸することを恐れ、文化人の責任としてこの微妙な時期に刊行を急いだのではなかろうか。もし、この『新萬葉集』の刊行の企画が、あと何年かズレていたら、軍部によって握りつぶされていたことは間違いがないのである。

また『人と自然』（昭和十二年刊）に収録されている「新萬葉集」（「新萬葉集につき」〈「短歌研究」昭和十二年五月号〉に加筆したもの）には、〈俊材は時を同じくして出るものだが、明治、大正、昭和の歌壇は飛びぬけていい大歌人が数多く出現した。人麿、憶良、赤人、虫麿、家持、旅人等の名が萬葉とともに朽ちないやうに、それ等の人々も百年、千年ののちに中興の歌聖として謡はるるであらう。それに加ふるに今度の投稿による新人のものに、それら大家の秀作を凌ぐものがあらうことを思ふとき、私どもはたいへんの興味をそそられる。また、短歌の広がりや、民族的の広がりが萬葉出来の当時と比べて比較にもならなく拡大されてをるので、「新萬葉」が萬葉以上に後代に大きな意義と研究題目を提供することとも思はれる。〉（傍線は荒波）と書いている。短歌道革新のために「短歌研究」を創刊してから既に数年が経つ。短歌結社という枠を越えてこの歌誌で育った歌人たちに、晴れの舞台を与えてみたいという思いがあったことも間違いないだろう。

その日、山本の呼びかけに、審査員一同は、各自党派意識を超越して、昭和の文化遺産として残るものにしようと賛成している。白秋は、〈この発願者であり企画者である改造社々長山本実彦氏の厳粛にして、且つ熾烈なる精神と態度とはその眉宇の間にも勢ひが見え、これは尋常では無いと倏《たちま》ちに襟を正さしむるものがあつた。〉（「新萬葉集に就いて」）と書き残している。同時代の文化人として深く共鳴するものがあったようだ。斎藤茂吉は、『柿本人麿』を仕上げることに没頭していたが、この決意表明を聞いて感動し、瞬時に賛同を示している。

この席上で大綱が決定された。

一　別巻の「宮廷篇」は、宮内省御歌所に編纂をお願いすること。

二　長歌は収録せず、短歌のみにすること。

三　非定型の「新短歌」は評価が定まっていないので収録しない。

四　審査員他著名歌人は、五十首以内の自選歌を寄せること。物故歌人の著名の人の作も自選に準じ、知人の手で選び提出すること。

五　自選以外の知名歌人には勧誘状を出し、審査材料として五十首までの提出をお願いすること。同程度の物故歌人も、縁故者によって五十首以内の歌の提出をお願いすること。

六　一般向けには、一人二十首以内として新聞雑誌の広告により公募し、締切は五月二十日とし海外移住者に限り同日の消印のあるものまで受取ること。

七　自選以外の投稿は、改造社でタイプ印書原稿とし、審査員に送付すること。

八　配列は作者別五十音順とし、各巻末に作者略歴を付けること。

この中では触れられていないが、審査員に渡されるタイプされた応募作品は、公平を期すため、無記名で番号のみであった。なお、実施された締切日は、五月三十一日である。

山本は、さらに編集の完璧を期すために、評議員を委託している。その顔触れは、最終的に、石《いし》榑《くれ》千《ち》亦《また》、石原純、金子薫園、川田順、相馬御風、土屋文明、花田比露思、半田良平、松村英一、吉植庄亮、吉井勇、岡麓、尾山篤二郎の十三名に決まった。いずれも錚々たる顔ぶれである。

そして、山本は翌日からこの大綱を実行に移した。「短歌研究」（四月号）に「全日本の歌人に告ぐ・新萬葉集」の折り込み広告を入れたのを手始めとして、全国のあらゆる新聞雑誌に原稿募集の広告を掲載すると同時に、官庁、学校、会社、その他文化的諸団体にも依頼し、さらに歌壇の各結社や短歌研究をしている人たちにも協力を依頼している。

ちなみに「東京朝日新聞」の場合は、「全国民に告ぐ!!」「新萬葉集―登載―短歌大募集」の広告が三月二十一日に、「新萬葉集登載短歌大募集」「投稿〆切迫る」が四月二十一日に、「東京日日新聞」は、三月二十四日と四月二十二日に、「読売新聞」は、五月二日と五月二十三日に掲載されている。

「短歌研究」(五月号)では、「新萬葉集編纂の意義」の企画で、佐佐木信綱、前田夕暮、尾上柴舟、釈迢空、窪田空穂、土岐善麿、北原白秋、太田水穂、石原純、山本実彦の十名が執筆している。またこの号の綴込み広告には、その反響が掲載されている。紙・誌(「多磨」四月号・北原白秋、「東京日日新聞」三月二十九日、「潮音」四月号・太田水穂、「芸術新聞」三月二十七日、「中外商業新報」四月五日・窪川鶴次郎)のそれぞれの紹介記事が引用されている。

「短歌研究」(六月号)でも、「日本文化と新萬葉集」の企画を組んでいる。幸田露伴、吉江喬松、三木清、金子薫園、本多顕彰、相馬御風、野上弥生子、岡本かの子、福井久蔵、尾山篤二郎、松村英一、阿部知二、風巻景次郎、新居格《にいいたる》、川田順、花田比露思の十六名が執筆している。

『新萬葉集』の企画は、次第に大きな反響を呼んでいった。審査員の一人、斎藤茂吉は、そのころ歌誌「アララギ」に連載していた「童馬山房夜話」(五月号)で、アララギ系歌人の全員参加を呼びかけている。

愛生園の内田守人も好機到来とばかり、「愛生」(四月号)に「改造社の『新萬葉集』発刊に際し全国の癩歌人に檄す」を書き、愛生園ばかりでなく、全国の療養所に檄を飛ばしている。

「短歌研究」を発行して昭和歌壇に偉大なる貢献をなしつゝある改造社は今回明治大正昭和の三代に亘る全歌人の作品を網羅して「新萬葉集」を発刊する事を企画してゐる、寔《まこと》に盛事と云ふべきである。全七巻であり別巻として宮廷篇が附く。審査員は太田、北原、窪田、斎藤、佐々木《ママ》、釈、土岐、前田、与謝野、尾上の十氏である、五月末日締切で二十首を応募することが出来る。尚詳細は短歌研究四、五月号及新聞紙上に発表されてゐる。

癩療養所の歌壇が始ってから既に十二年現在各療養所とも研究機関を持ち全国に約三百名の癩歌人が居り中央誌で真剣に研究してゐる人も五十名を下らない。それで出来るだけ多くの人が傑作を送つて此の新萬葉集に癩短歌の一矢否数矢を射あてゝ貫ひたいと願つてゐる。

忌み嫌われて隔離されたハンセン病者でも、社会の人と堂々と競える土俵ができたのである。この檄文の最後の、〈一矢否数矢を射あてゝ貫ひたいと願つてゐる。〉の部分が、内田の悲願を象徴している。

やがて、広告や推薦文等が効を奏し、激励の電報や手紙が改造社に殺到した。そして、すぐに応募の原稿が山積みされた。

締切が近付くと、改造社には四十万首近くの歌が集まっていた。改造社は、締切当日の、机上に山と積まれた応募原稿を写真に撮り、またあちこちに全面広告を打った。応募の歌が、タイピストたちによって印字された。数十人のタイピストが、昼夜兼行で仕事をしている。そして、出来しだい審査員に渡されている。審査・選考の締切は九月五日であった。

審査員たちは、難儀をきわめたようである。コピー機のある現代と違い、一度に十余枚をタイプしたので字は薄く、目を酷使した。また、審査期間も短い。尾上柴舟は、選歌の初日、朝の八時から夜の十二時まで根を詰めたので、あやうく脳貧血を起こしそうになっている。また、このころ箱根に籠って選歌に勤しんでいた斎藤茂吉の書簡や日記を見ると、毎日ヘトヘトに疲れていることが記されている。八月十七日の日記には、〈今日ハ四綴（四百人分）辛ジテ終了。若シコレガ白秋君ノヤウニ徹夜デモ何デモ出来ル人ナラバ一日ニ千人分即チ十綴ハ可能ナルベケレドモ僕ニハソレガ出来ナイ〉と記している。五十五歳の茂吉は、三歳年下の白秋の若さを羨望しているが、この時、白秋の身にとんでもないことが起こりつつあった。選歌の仕事に熱中していたある日、目の調子がおかしいので医者に診てもらうと、眼底出血をしているのですぐに中断することを宣告された。けれども責任感の強い白秋は伊豆長岡に引きこもり、失明の危機にさらされながらこの仕事に没頭していたのである。

こんな死に物狂いの選考を続けていたのは、何も白秋ばかりではなかった。与謝野晶子は、星ヶ岡茶寮で山本から決意表明を聞いた十七日後の三月二十日、脳溢血で倒れてしまった。静養中、斎藤茂吉から〈新萬葉の事もあるから速かに快復するのを祈る〉（「私の立場から」「短歌研究」昭和十二年十二月号）という励ましの手紙をもらい涙を流している。やがて快復した晶子は、周囲の忠告を無視し、氷囊を頭に当てながら選歌の仕事に没頭した。

九月中旬から審査が終わった原稿が改造社に届けられ、最後に届いたのは十一月に入ってからであった。すぐに、それらが集計された。その結果、審査員二名以上から推薦された作品が収録されることになった。やがて集計が終わり、原稿は印刷屋に回された。書名は『新萬葉集』と決まり、表紙は横山大観が筆をふるった。大観は、金色の雲の間からぬっと顔を出した富士山を描いた。

果たしてどんな歌が収録されているのか、人々の興味と期待は高まっていったに違いない。『新萬葉集』の選者五名の読後感が載ったのは、「短歌研究」（十一月号）である。その中の二名に、ハンセン病者の作品に触れた箇所がある。一人は、土岐善麿である。この人は、哀果を名乗っていた若き日、晩年の啄木と親交を結び、啄木の歌集出版に尽力したことでご記憶の方も多いと思う。

病臥の数年或は十数年にわたる「心の記録」として、一種の驚異をさへ感ぜしめるものもあつた。癩患者、結核患者の実にすくなくないことも、その作家には同情を禁じ得ないと共に、作品としての種々な示唆をふくむものである。（「審査の間・審査の後」傍線は荒波）

どうやらハンセン病者の作品が、印象に残ったようである。土岐に〈一種の驚異〉を感じさせてくれた作者が誰なのかは、分からない。病者の作品に触れたもう一人は、前田夕暮である。

レプラを病む人の歌は全部何十万の作品の中で、最も私を感動せしめたものが多かつた。これは作品の芸術的価値よりも、作者の直面してゐる厳粛な人生が先づ衝迫してくるのにもよる、が、大体レプラの作者はさういふ境涯にあるだけ、その作歌態度もなかなかしつかりしたものが多かつた。これらは新萬葉集が新しく掘り出した人生素材であり、畢竟短歌といふ短詩型が人間の本源的感情の直叙にあることを痛感せしめた。（「新萬葉集審査所感」）

これらを目にした内田たちハンセン病関係者の期待は高まったに違いない。その期待をさらに高めたのは、翌十二月号の「短歌研究」に掲載された釈迢空の「有家卿のことば―新萬葉集おぼえ書き―」の中のこんな部分であろう。

（今回の新萬葉集において）今までにない部類は疾病である。断片的にはあつたとしても、今度のやうに多く出たことは、予想外であつた。――実はさう言ふのが迂遠でもある。勅撰集の恋歌が数巻を占めて居たのに替るのは此部である。……今までは病人でも四季風詠、恋愛、詠歎の歌を詠んですまして居たのだ。自分の生活外に風流韻事を置いて考へて居たのが、病人は病気の生活の中にはけ口を見出した訳である。唯肺病の歌に、わりあひに溺れてゐる者が多いのに、癩患者の方に、真実を摑んで、其を過不足のない表現で示してゐる人が多いのは、思ひがけない事であつた。（傍線は荒波）

釈迢空は、今回の『新萬葉集』の特徴として疾病の多いことを挙げ、特にハンセン病者の歌に目を向けていたのである。

この号に掲載されている与謝野晶子の「私の立場から」にも、

病んでゐる人人の作も多かつた。病院にして書かれたものも随分多くあつた。私は其等の人達の為めに、この歌の創作をすることがどれほどの慰安であつたかと思つてまた涙が零れるのをどうしやうもなかつた。決して冷い涙ではない。

という箇所がある。病み上がりの晶子にとって、やはり病者の歌は強く心に響いたことであろう。具体的な名前は出てこないが、ハンセン病者の歌がその中に入っていたことは間違いがないと思われる。

ハンセン病者を強く意識したのは、斎藤茂吉も同じだと思われる。「改造」（十二月号）に発表した「新萬葉集」の中に、〈新萬葉集には、専門歌人の歌のみでなく、あらゆる階級、あらゆる職業の人の作を収録している。現代のお歴々から路傍の癩者の歌までも収録してゐるといふことは、萬葉集の内容とその類を等しくするもので、新萬葉の名も決して不自然ではないことを示すものである。〉（傍線は荒波）と記しているのである。

やがて十二月下旬、『新萬葉集』別巻（宮廷篇）が出来上がった。この月の二十一日、山本はこの集を携えて明治神宮に献上に出かけている。この集の出版にタイミングを合わせて、東京と大阪で「新萬葉の夕」が開催されている。東京では二十一日に日比谷公会堂で、大阪では二十三日に大阪中央公会堂であった。

この時の、審査員の一人であった釈迢空の二十三日の大阪での講演「歴代勅撰集と新萬葉集」が、「俳句研究」昭和十三年二月号に掲載されている。この時、釈は、病者の歌にさらに大きなスポットライトを当てている。

この日、釈は、〈わかまつのめだちのみどり　ながき日を夕方まけて　熱出でにけり〉という病気に苦しみながらこの歌を詠んだ正岡子規に思いを馳せることから話し始めている。

先程も幕のかげ裏で承りました、千葉翁のお話の　皇太后様の、
　つれづれのともとなりてもなぐさめよ　行くことかたきわれにかはりて
と言ふ御歌。今度の新萬葉集を選しまして殊に、変つた感じをうけましたのは一番病気の歌が多い事、癩病或は結核の人の歌がたくさん来たことです。

昭和七年十一月十日、大宮御所の歌会の席で貞明皇太后は、〈らい者を慰めて〉という御兼題を出され先の歌を詠まれている。関係者にとっては、青天の霹靂のことであったろう。その歌に触発された歌がたくさん届いたようだ。釈の話にさらに耳を傾けてみよう。

……所がさつきの皇太后様の此御歌を頂いて感激した、と言ふやうな歌が続々出て来ます。私はそれを見て、非常に世の中が明るくなつたやうな気がいたしました。（中略）今度新萬葉集が出来ました。其一つの特徴と言へば、さう言ふ点においていゝと思ひます。

と、今までの勅撰集を見ても、ハンセン病らしい歌はないこと、今回、皇太后様の此御歌を頂いて感激した、というような歌が続々出てくることが、『新萬葉集』の特徴の一つであると語っている。

釈はその後、歴史的な視点から見た短歌の流れを語り、〈他の勅撰集に優れたと言ふ自信は持つ

てをります。〉と力強く結んでいる。
釈のこの講演を聞いて、どうやら今度の歌集はハンセン病患者の歌がいいらしい、〈皇太后様の此御歌を頂いて感激した〉という歌がかなり注目されているようだ、というような情報が、これを聞いた人々の間を駆け巡ったことは想像に難くない。果たして誰だろうか。人々の『新萬葉集』における興味は、いやが上にも高まっていったに違いない。

新萬葉歌人誕生

『新萬葉集』第一巻が世に出たのは、昭和十三（一九三八）年の一月下旬であった。この日、長島愛生園は大きな歓声に包まれた。明石海人の作品が、第一巻に堂々十一首、また内田守人の歌も四首収録されていたからである。

明石海人

皇太后陛下癩者御慰めの御歌並びに御手許金御下賜記念の日、遥に大宮御所を拝して

そのかみの悲田施薬のおん后今も坐《ま》すかとをろがみまつる

みめぐみは言はまくかしこ日の本の癩者に生《あ》れてわが悔むなし

父の訃子の訃共に事過ぎて月余の後に至る。帰り葬はむよすがもなくて

送り来し父がかたみの綿衣さながら我に合ふがすべなさ

童わが茅花《つばな》ぬきてし墓どころその草丘に吾子はねむらむ

世の常の父子《おやこ》なりせばこころゆく歎きはあらむかかる際《きは》にも
たまたまに逢ひ見る兄や在りし日の父さながらのものの言ひざま（面会）

妻

梨の実の青き野径にあそびてしその翌《あけ》の日を別れきにけり
子を守りて終らむといふ妻が言身《こと》には沁みつつなぐさまなくに

病友

監房に狂ひののしる人のこゑ夜ふかく覚めて聞くその声を

眼神経痛頻に至る。旬日の後眼帯をはづせば己に視力なし

拭へども拭へども去らぬ眼のくもり物言ひかけて声を呑みたり
更へなづむ盗汗《ねあせ》の衣もこの真夜を恋へばはてなしははそはの母よ

明石海人《あかしかいじん》　本名太二《たいじ》。三十八歳。静岡に生れ、岡山県邑久郡裳掛村虫明長島愛生園に現住。職業なし。水
覆を経て現在日本歌人同人。昭和十年春失明。目白四郎とも号す。

これらの作品を目にした『萬葉集』に造詣の深い人々は、ただただ感嘆したに違いない。まず、明石海人という名前からして『萬葉集』の申し子みたいに感じられたのではなかろうか。次に、これらの作品を貫いている雄渾のリズムに度胆を抜かれたに違いない。気持ちを高揚させるますらをぶり。作品全体に貫かれている一本の太い線。短距離走者が、全力で走っているような美しさ。そ

の作品が萬葉調を基調としている。しかも『萬葉集』の模倣ではなく、現代のドラマが歌われている。そのドラマに、先に紹介した茅上娘子と中臣宅守との悲恋を重ねて見る人も多かったのではなかろうか。作者は、無名の歌人である。しかも、当時人間以下と見られていた病者である。評判になる条件は揃っていたのである。

この吉報は、長島愛生園のみならず、ハンセン病に関係する総ての人たちの喜びであったろう。この冒頭の二首は、かつて「短歌研究」の窪田空穂選によって「推薦」になった作品をさらに推敲したものである。皇太后の歌をいただいてから、大勢の知名人たちが駆け付けてくれるようになった。こんな自分たちを激励してくれる人たちがいる。海人の気持ちは、患者、及び治療に携わる大勢の気持ちを代弁したものであったろう。

刊行を待ち望んだ人々は、釈迢空が講演で〈皇太后様の此御歌を頂いて感激した〉と言ったのは、この歌であったろうと推測したに違いない。この後にも、

牛田義久（第一巻）深敬病院

皇太后陛下には癩患者御慰問の為実生《みしやう》楓を身延深敬病院に御下賜あらせらる。又御慰問使の御差遣あり

赤坂の御苑の土ぞ一塊も失はじとて手はふるへつつ（移植）

北千鶴雄（第三巻）長島愛生園

「恵みの鐘」撞初式の実況ラヂオにて放送さる。鐘には「癩者を慰めて」の御歌刻まれたり

我母もラヂオに聞かむ大御歌ただに胸せまり歌ひ兼ねつる

隅青鳥（第四巻）熊本回春病院

皇太后陛下の御下賜金を拝受して

かりそめに使ふべからぬ御下賜金いかにせむやと心まどへる

御下賜金の記念に買ひし眼鏡もておとろへし眼をいたはらむとす

水原隆（第八巻）九州療養所

皇太后陛下よりの御下賜品に一首

やるせなくなみだの頰をつたふときわれにいのちの歌生れくる

吉田友明（第九巻）九州療養所

皇太后陛下御使西邑事務官を迎へ奉りて

畏こさは極まりにけり御前に奉迎歌読むとたちしたまゆら

と、皇太后への感謝を詠んだ作品が次々と続くが、やはり海人の歌が圧倒的な重量感を持って聳えているからである。余談であるが、隅青鳥と水原隆は、この時点で既に他界している。

海人の歌の評価を決定的にしたのは、「短歌研究」(昭和十三年三月号)の『新萬葉集』第一巻特集である。プロローグでも紹介したが、歌人で、『新萬葉集』の評議員でもあった尾山篤二郎が、「建国祭行進　独歩・龍之介・新萬葉集」という評論で海人の歌を絶賛していたのである。

実は私はこの「新萬葉集」第一巻の秀歌に就いて何か書けと云はれてゐる。然し私はまだアの部を五六十頁しか読んでゐない。その他は飛々だ。腰を落付けて読んだその五六十頁に就いて云へば、何んと云つても明石海人と云ふ作家の歌が群を抜いてゐる。今度の審査に当つた人から特に癩患者の歌が傑出してゐると云ふ話を聞いたが、これを読むと如何にもと思つた。略歴を読むと、静岡の人で岡山県の長島愛生園に不幸なる日々を過し既に昭和十年春失明したと書いてある。年齢は三十八歳とあるから、これらの歌十一首は四年ほど前の作になるのだが、皆哀切なる調子で、一読惻前たるものがある。(引用歌十一首省略)歌調は萬葉調である。だが実朝の萬葉調でも真淵の萬葉調でも元義の萬葉調でもなく、大正昭和の萬葉調である。従つて此点は珍しとしないが、語句がこれ程まで緊密に臻《いた》り得てゐるものは甚だ疎だから、大正昭和の萬葉調中の代表的作品と云つてもいゝのである。(傍線は荒波)

たった五六十ページしか読まなくて、〈大正昭和の萬葉調中の代表的作品〉だと言い切っているのは軽率な気もするが、既に審査員たちの間で話題になっていたのはこの作品だったのかという確信と、尾山の審美眼が言わしめているのだと思う。

尾山は、当時どんな歌人として見られていたろうか。内田守人は、〈歌壇の大久保彦左衛門として自他共に許す尾山篤二郎〉（『生れざりせば』）と書いていた。

また、ずっと後の「主婦の友」（昭和十四年八月号）が、「歌集『白描』を残して／癩に逝きし宿命の歌人／明石海人の妻の手記」を掲載しているが、その冒頭で、〈現代和歌の一大選集『新萬葉集』の中に、明石海人の名をもつて、数多く載せられてゐる佳篇を読者は御覧になつたであらう。その作歌は、歌壇の大家より、現代萬葉調の随一とまで激賞された。〉と、この尾山の発言を取り上げている。ここでは、〈歌壇の大家〉と紹介されている。

歌人尾山は、辛辣な批評家としても知られていたようだ。その尾山が絶賛したということで、人々の関心は高まっていったに違いない。尾山は、これらの作品は、目が見えた時に作られたものだと決めつけているが、回想から生まれたものだと知ったら、度胆を抜かれたに違いない。

次にこの号の「短歌研究」の中で海人の名前が登場するのは、吉井勇の「新萬葉集第一巻の抒情歌」の中である。まず初めに、「抒情歌」にふさわしい十四首を選んでいるが、その中に海人の〈童わが茅花ぬきてし墓どころその草丘に吾子はねむらむ〉が、肉親に対する愛情を歌ったもの十三首で〈送り来し父がかたみの綿衣さながら我に合ふがすべなさ〉が、夫婦愛の歌十八首で〈子を守りて終らむといふ妻が言身《こと》には沁みつつなぐさまなくに〉が選ばれている。そして最後に、連作体のものとして優れた歌人を七名のうち、やはり海人も選んでいるのである。その後で、〈殊に明石海人氏の歌には胸に迫つて来るものがあるのを感じた。〉と結んでいる。もし吉井勇に、誰か一人の名前を挙げてほしいと言ったら、間違いなく明石海人が選ばれるものと思う。

明石海人の名前は、その後にもあちこちに登場する。当時、革新的な歌論を発表していた歌人の岡山巌は、「新萬葉集巻一と思想歌」の中で、「近代の肉体と共に近代の精神」が反映されているものの十四首を選んでいるが、その中に海人の〈みめぐみは言はまくかしこ日の本の癩者に生れてわが悔むなし〉も顔を見せている。因みにこの中には、啄木の〈はたらけどはたらけど猶わが生活《くらし》楽にならざりぢつと手を見る〉も選ばれている。

最後に名前が出てくるのは、「新萬葉集巻一秀歌抄」である。秀歌五首を選んでほしいという依頼に川田順、石坂洋次郎など十五名が応えているが、その中で歌人の神原克重が、海人の〈拭へども拭へども去らぬ眼のくもり物言ひかけて声を呑みたり〉を選んでいるのである。

名前こそ出てこないが、評論家として名高い長谷川如是閑の執筆した「歌人の歌と素人の歌」の中に、〈本巻に癩患者の歌人があるが、それはやや文学的に出来てゐる。然し私がそれを読んで泣かうとするのは、実感に訴へられてゞあるやうに思はれる。〉という箇所があるが、これも海人の歌だと思われる。因みに、この巻に収録されているハンセン病歌人は、伊藤繁（二首）、伊藤保（七首）ら、全部で九名である。長谷川が言う、〈やや文学的〉というのは、小説のように、客観性に裏打ちされている、という意味ではなかろうか。すると該当するのは海人の歌しかないのである。まさにこの号は、明石海人を世に出すためにあったと言っても、過言ではないような気がする。

けれども、素朴な疑問も湧いてくる。この巻一には、石川啄木も伊藤左千夫も収録されているのである。なぜ彼らにスポットライトが当たらなかったのだろうか。そう思って実際、彼らの収録されている作品を読んで見ると、一冊の歌集を読む場合とどうも印象が違うのである。海人の歌を全力疾走する短距離走者の美しさに喩えるのなら、彼等の歌は、短距離走の競技場に紛れ込んでしまったマラソンランナーのように映ってしまうのである。

「短歌研究」(三月号)を読んでいる時、同じことを言っている識者の文章が目にとまった。哲学者の谷川徹三は、「新萬葉集を読んで」の中で、〈有名な人達の歌に相当駄作がある。さうでない場合でも、数多く出してゐる人は自然連作を出してゐるために、かういふ場所にはふさはしくない感じを与へてゐる。私は連作をそれ自身として否定するものではないが、それを続けて一緒に読む場合には、互に補ひ合つて一つの境を現出すると共に、一首一首を主とするとそれが他の類似の一首によつてその表現価値を減殺されることが多いのを気づいた。〉と書いている。

この後、伊藤左千夫のいくつかの歌を並べてこの論を実証している。いくら有名な歌だからと言っても、その歌が映える場所のようなものがあるようである。場所というのは、谷川は空間的なことを言っているが、時間的な場所もあるのではなかろうか。その意味では、明治・大正・昭和の歌を並べると、今という場所を得た昭和の歌が有利に働いたことは間違いがない。

フランス文学者として名高い辰野隆も、「新萬葉集管見」の中で、〈一人が二十首も三十首も採用されながら、悉く六十点台といふのが間々あるやうに見受ける。……忌憚なく云へば、石川啄木の歌にしても、公選のアントロジイとしては、十首か十五首もあれば充分ではないかと思ふ。それが、四十首にも五十首にもなると、歌集の中に更に歌集を編むと云つた感じで、全体の釣合ひからは少し多すぎはせぬか。〉と書いている。言わんとしていることは、先の谷川と同じであろう。

また、この『新萬葉集』巻一に触れた雑誌は、他にもたくさんあったと思われる。「改造」(三月号）も作家横光利一ほか二名の評論を載せているが、横光の寄せた「読後感想」には、〈中に癩の患者がいよいよ明日妻と別れて入院するといふ前日の歌は、悲しみさへも最早や出てゐない、声なき歌となつてゐる。〉と触れ、〈梨の実の青き野径にあそびてしその翌の日を別れにけ《ママ》り〉と〈子を守りて終らむといふ妻が言身には沁みつつなぐさまなくに〉を紹介している。

この時、長島愛生園という隔離された島に住む明石海人という歌人に、大きな時代のスポットライトが当たったのである。

山田信吉の死

『新萬葉集』によって大きなスポットライトが当たった海人であったが、このころ、再び創作の危機に直面していた。創作の危機とは、ここ一年ほど、身の回りの世話や口述筆記の手助けをしてくれていた山田信吉が、突然病に倒れてしまったことであった。

三月三日。その朝、山田が目覚めると、自分の歯付近から出血していることに気づいた。気丈な山田は、いつも通り部屋の掃除を終え、海人に食事をさせた。しかし、そのうち止まるだろうと思っていた出血が、さらにひどくなっている。山田は海人にその旨を話すと、医局へ行って診断を受けた。その結果、すぐに重病棟に入れられた。壊血病であった。

山田が危篤らしい。その夜、友人たちが皆駆け付けて行った。一人残された海人は、正座して山田の快復を祈り続けた。

その夜、海人の脳裏に、それまでの信吉と暮らした日々が懐かしく甦ってきた。一年ほど前、松村に連れられてきた時の喜びは忘れられない。

「野田さん、いい人が見つかりましたよ」

松村の声は弾んでいた。

「初めまして、私、山田信吉と申します。琉球（沖縄）の出身です。無学な者ですが、健康にだけは自信がありますので、看護かたがた海人さんの代読や代筆をしているうちに、少しでも文学が身につけばと思いますから、どうか私にやらせて下さい」

山田は大正四（一九一五）年四月一日生まれなので、海人よりも十四歳年下である。彼は、自分から進んで来てくれた人だけあって万事にそつがなかった。朝の洗面、部屋や外まわりの掃除、食事の世話、衣類の手入れ（一晩に何度も発汗するので、洗濯物の量も半端ではない）、買物その他の外出の用事。その間を縫っての代筆、代読。自分が安心して創作活動に専念できたのは、みんな信吉のおかげなのだった。

『新萬葉集』への入選も、自分のことのように喜んでくれた。

「海人さん、よかったですね。海人さんが日本一になったって、園内は大騒ぎです。みんな、自分のことのように喜んでくれておりますよ。短歌をやってみたいという人も増えているみたいです。何だか私も鼻が高いですよ」

入江から吹き上げる風の強い晩、こんな話をしたこともあった。

「海人さん、今年の秋、私一度故郷の琉球に帰ってきます。何だか、故郷に帰って母の顔が見たくなったのです。そのことを伝える手紙を出しましたら、今日、母から服が送られて来ました。海人さんに短歌を教わっていることも書きましたら、お前が歌人になるなんて母さんうれしい、と喜んでくれましたよ。……海人さんは、琉球の海を見たことはありますか？」

「いいや」

「この長島の海も綺麗ですが、もっと綺麗ですよ。透き通った海の中で、色とりどりの熱帯魚が泳いでいるのです。学校から帰ると、いつもすぐに海に行ったものですよ」

「そうですか。私が生まれ育った沼津もすぐ近くに海があって、よく泳ぎに行きましたよ。食事時間に遅れると、父に納屋に閉じ込められたりしましてね。でも、いつも母が、そっと食事を運んで来てくれましたよ。故郷の海はいいなあ……」

その時、海人は、千本松原の向こうに広がる故郷の海を思い出していた。そして、懐かしい家族の一人一人を。

「海人さん、お願いがあるのですが」

「何だい？」

「実は、もし私が海人さんよりも早く死んだら、私を送る歌を作ってほしいのです。山田信吉という人間が、この世に生きたという証をどこかに残しておきたいのです。聞くと、『萬葉集』は千年の命を保っているというではありませんか。私も、せめて海人さんの歌の中で、永遠に生き続けてみたいのです」

「冗談を言っちゃあいけないよ。山田君はまだ若いのだから……」

「お願いしましたよ」

ここ一年近く、山田と自分は喜びも悲しみも共有してきた。山田は、いわば自分の分身でもあった。その山田が、自分より先に病に倒れるはずがない。海人は、懸命に祈り続けた。しかし、その祈りも空しく、山田は翌四日の未明、急逝してしまった。たった二十二歳と十一か月の生涯であった。

昨日まで、自分の手足となってくれていた人がいなくなってしまった。海人の創作活動は、またストップしてしまった。海人の危機は、また松村の苦悩の始まりでもあった。松村が看護している山脇正朗も、海人の後を追うように盲目になり、日々悪化している。松村は、二人の身の回りの世話をしながら、海人の看護兼代筆者を探し始めた。もう何人替わったろうか。果たして見つかるだろうか。作業賃も、園の最高賃金並みの三円を出させることにした。何としても探さなければならない。松村の執念ともいえる仕事がまた始まった。

このころ、園内の状況も大きく変わりつつあった。前年（昭和十二年）の七月七日に勃発した盧溝橋事件が、次第に中国各地に飛び火して全面戦争になりつつあった。物資の統制も始まり、売店からは次第に品物がなくなり、軽症の者は、猫の額ほどの畑でも耕して、野菜等を作るのに必死であった。もう筆記者を探すのは無理かもしれない。

時を同じくして、松村の身にも大きな変化が起こっていた。明石叢生病院を去る時釘を踏んでしまったが、その跡が化膿し、松葉杖をつかなければ歩けなくなっていた。松葉杖を突いて歩き廻ると、今度は手の指に外科傷ができる。その傷が炎症を起こし、やがては指を切断しなくてはならなくなってしまう。やがて腐敗した指は、一本一本切断されていった。

早く探さなければ、海人の歌はできない。誰かいないだろうか。松村は、松葉杖をつきながら、園内を駆け廻った。

そんな松村の執念が通じたのか、一人の人物が名乗り出てくれた。キリスト教に熱心な三十四歳の涌井昌作であった。長年俳句を作り、文学的な才能があった涌井の出現に、松村はほっとした。やがて涌井は、山田信吉と同じように海人の手足となって働き始めた。

海人は、この年の「愛生」(五月号)に「追悼詩」と「追悼歌」十七首を発表しているが、この追悼歌の前半の十一首が、内容から山田に捧げられたものであると推察することができる。それでは不満と感じたのか、新たに書き直した「山田信吉君」という十二首を翌月に発表している。ここでは、『白描』に掲載された「灯」八首を紹介する。

山田信吉君は琉球の人、我為に眼とも手ともなりて衣食の事はもとより煩瑣なる草稿の整理まで一手に弁じたりしを、かりそめの病に急逝す

隣室にもの音のする夕暮を昼餉のすまぬひもじさに居り
今朝は我に箸も添へしを君が往きし重病室に灯ともる頃か

×

病室に君危篤なり午前二時人みな往きてあとのひそけさ
くらがりの褥《しとね》に膝をただしつつ君が命をひたすらに禱《の》む

×

夕暮の臥床に聞けば君を焼く火葬場にたつ讃美歌のこゑ
春はやき蚊の声ありて信吉の灰となりゆくこの夜は深む
遺されし机の板の冷たみに頬をあてつつ涙のごはず
　この秋は帰省して母を見むと言ひゐたりしを
身に著けて帰るべかりしその衣《きぬ》は遺骨の壺《つぼ》に添へて送らむ

ある読者からの手紙

さて、話は少し前に戻る。『新萬葉集』巻一が出版され、それを特集した「短歌研究」（三月号）が発売された直後、海人のもとに、千葉県の大原町に住む中村千尋という未知の読者から小さな小包が届いた。「短歌研究」一冊と、ファンレターであった。その手紙を松村好之が、海人の枕元で朗々と読み上げた。

明石様
突然御手紙差上げる失礼おゆるし下さい　私は新万葉集に載つてゐるあなたの御歌にすつかり感激しました　そして涙が流れました
今月号の短歌研究お読みになりましたか　尾山篤次《ママ》郎先生　吉井勇先生がとてもほめてゐらつしやいますね　殊に尾山先生などは大正昭和の萬葉調中の代表的作品と言つてもゐゝのであると

ほめてあります
益々芸術の道に精進のホド願ひ上げます　あゝした芸術作品が吾々の心に与《あた》へる動揺と言ふのは大きなものですね　軽佻浮薄享楽的な生活に溺れてゐた人達は翻然として悟る事が出来るでせう

みめぐみは言はまくかしこ日の本の癩者と生れて吾れ悔むなし

この歌の示す信念はすばらしいものですね

拭へども拭へども去らぬ眼のくもり物言ひかけて声をのみたり

この悲しみ　木石でない人間です　人信念に燃えて立ち上る時もあるでせう　悲しみのために心の萎ふ時もあるでせう

私が健康人ですからこんな事を言ふ資格はないでせうけれど　肺病でてんかんであったドストエフスキー　つんぼの音楽家ベートヴェン　盲目のミルトンの様に与へられた宿命をそして境遇を芸術によつて輝かしていたゞきたい

私は北条民雄のいのちの初夜と言ふ小説をよみましたが　兎角癩者が失望のあまり極端な虚無思想に流れて行くのは悲しいと思ひます　この人は言ひます　哲学も宗教も芸術すら私には何の力も与へないと　私は北条さんが虚無思想から抜けいでて偉大なる信念に燃えてニーチェの様にこの人を見よとばかりに　人類の一大記念塔を樹立してくれたならばと思つてゐましたが、二十四才で昨年逝かれました　芸術すら無力だと叫んだ民雄さんの作品いのちの初夜は　永遠に輝かしい光を放つてゐるではありませんか？

私は仏教のこんな言葉を愛してゐます　色不異空《シキフイクウ》　空不異色《クウフイシキ》
私達の目標は何処迄も永遠でなければならないと思ひます
明石さん　日の本の癩者とあれて吾悔ゆるなし　ほんとにあの信念は　私も日夜摑みたいと思つて悶へてゐるのですが凡夫のあさましさ　金や地位や名や性欲や愛や憎しみやその様な現世的な苦しみに悶へてゐる私です……が……その私があなたにむかつてこんな事を言ふのは　変ですけれど立腹しないで下さい　私は明石さんの芸術への精進に依つて永遠に生きられん事を御願ひします　聞けば失明してゐらつしやるさうですが　短歌研究八十四頁八十五頁友達によんでお貰ひなさいませ　短歌研究送ります
私はあなたの御返事を待つてゐます　出来る事なれば現在のあなたの人生観や信念など時々御暇な時　随筆的に書いて送つて下さる事を御願ひします　御不自由でせうけれど新萬葉集ののつてゐる歌で　あなたの一番お好きな歌（を）書いておくつていたゞけませんか　出来るならあなたの直筆で　私は九十九里南端に住んでゐる当年二十五才の薬剤師です

千葉県大原町七七七六　中村千尋

尊敬すべき明石海人様　宜しく御指導のホド
又書きたい事もありますが何れ後便にて

この手紙を読むと、『新萬葉集』の作品を読んで感動し、手紙を書かずにはいられなくなった中村の気持ちが伝わってくる。

この手紙の最後にある「短歌研究」の八十四ページ、八十五ページというのは、尾山篤二郎の海人の作品評である。またこの手紙にも全生病院に入院していた作家・北条民雄が登場するのは、昭和十一年十二月に創元社から出版された彼の『いのちの初夜』がベストセラーになり、大きな反響を呼んでいたからである。しかし、その才能に注目されながらも、中村千尋の手紙にもあったように、前年（昭和十二年）の十二月五日に、二十三歳で夭折していた。

明石海人の名は、この『新萬葉集』第一巻によって、全国津々浦々まで響き渡っていった。海人は、そのことを改めて実感したに違いない。

歌集出版依頼

海人の才能に注目した改造社は、さっそく「文藝」三月号の「歌」欄に、海人の「天刑」十七首を掲載した。そのうちの五首をあげる。

天刑

我のみや癩に盲《し》ふるにあらねどもみはる眼にうつるものなし
幾人の友すでに盲ひ今はわがおなじ運命《さだめ》を堪へゆかむとす
杖さきにかかぐりあゆむわが姿見すまじきかも母にも妻にも
手にのせて母が便りをなつかしむ盲ひにこそはなりはてにけり
枇杷の実のあからむ窓に背をむけて夢にも妻の歎かひにけり

この作品が、先に紹介した尾山たちの好評が載った「短歌研究」（三月号）と同じ三月号の「文藝」に掲載されていることに注目したい。この号の「歌」欄には、海人ばかりでなく、この『新萬葉集』巻一で頭角を現した飯岡美代子（「遠つびと」所属）と磯徳郎（「国民文学」所属）の三人の歌を掲載しているが、飯岡と磯の歌が、巻末に六首、一ページずつなのに対して、海人の歌は、この雑誌のほぼ中央に、見開き二ページにわたって掲載されているのである。「編輯後記」でも、〈新進歌人三人を輯めて見た。何れも新萬葉集にその名を遺す人々である。／就中、明石海人氏の十《ママ》首は癩文学に新な財産を加へるものであらう。〉と触れている。

改造社は、世評を待つまでもなく、既にこの時点で海人の歌に大きな関心を寄せていたのである。先に紹介した尾山の文章の中に、〈今度の審査に当つた人から特に癩患者の歌が傑出してゐると云ふ話を聞いた〉という箇所があったが、その話は、改造社編集部でも的確につかんでいたものと思われる。

続いて彼の歌が掲載されたのは、「短歌研究」四月号である。「新萬葉集新人作品輯」と銘打って、明石海人、井戸川美和子、鈴木杏村、中山隆祐、五島美代子、三井陽、島田尺草、白井善司、小国宗磧の、九人の作品が掲載されているが、海人の作品「癩」五十首がこの企画のトップを飾っている。この後、歌数が多い順に並べると、同じ五十首の鈴木杏村、四十三首の白井善司、四十二首の小国宗磧と続くが、やはりここでも海人の歌が、圧倒的な重量感を持っている。この中には、「水甕」に所属し、『新萬葉集』に九首掲載された島田尺草も選ばれている。ちなみに島田は二十五首である。名前の上に故の字のついているのが痛ましい。島田は、二月二十三日に他界していた。また、のち「母性愛」を高らかに詠い、朝日歌壇の選者を長く務めた五島美代子が名前を連ねているのも興味深い。彼女は、四十一首である。五島は、昭和十三年、夫・茂とともに「立春」を創刊している。

癩

しまらくを思ひにうつるものも莫《な》し己が病は癩と聞きつつ
言もなく医師の眼をやる窓の外のさくらしら花真日にかがよう
そむけたる医師《くすし》のまなこを悪《にく》みつつうべなひ難きこころ昂ぶる
看護婦のなぐさめ言も耳になし怒りにも似るこの侘しさを
身ひとつは癩《かたゐ》に落ちて事もなき大学病院の石の門を出づ
……
子を妻をふるさとの山を老母を一目を見むと帰り来にけり
眷族《うから》みな寄りて歎かふわが癩の命はかくも惜まざりしを
さらばとてむづがる吾子をあやしつつつくる笑顔に妻を泣かしむ（改作）
鉄橋へかかる車室のとどろきに妻子が名をば憚らず呼ぶ
……
父母が呼び給ふなる名を捨てて癩者の島に棲むべくは来し

病む我に会ひたき吾子を詮ながる老いらくの母のたよりは寂し
父吾に会はむ願ひを言ひおこす吾《あ》が子の今はをとめさびけむ
さかのぼる記憶のはてにむなしかる父我ならし会ひたかるべし
すこやかに育てばそだつ歎きなる幼き命わが血をぞ曳く
迫りくる思ひあやなく声あげて吾子が名を呼ぶわがつけし名を
……
疼きては眼をもぬき棄て嗄《しはが》るる喉はうがちて今日を呼吸づく
生れきて獣にしかず死にゆくを歎かるるなき身をいとほしむ
葦の葉を捲きて鳴らせば朝明や一世《よ》にきはまる命ともなき

ここに発表された〈さらばとてむづがる吾子をあやしつつつくる笑顔に妻を泣かしむ（改作）〉の元歌は、「短歌研究」（昭和十年二月号）の窪田空穂選の推薦となった〈癩療養所に向ふ〉の説明文の後に続く〈いやはてにむづかる吾子をあやさんと作る笑顔につひに泣きたり〉である。窪田は、推薦作には一脈の弱さに通じるものがあり、これに強さが添ってくればいいものになると書いていたが、改作を読むと、歌に強さが加わり、より読者の胸を打つ作品に変貌したことが分かる。自分が泣くと、悲しみに溺れてしまう。読者に伝わるものは弱い。それよりも、悲しいけれど無理して笑っている。その姿を見て泣く妻を加えることの方が、より読者の胸を打つのである。

これらの歌を眺めていると、『白描』の作品にさらに近づいたことに気づく。この同じ号には、

「癩者の歌」の企画で、太田正雄（木下杢太郎）と、貴族院議員に転身した下村海南が執筆している。下村海南は、「癩者の歌」の題で、島田尺草との関わりを書いているが、太田正雄は、「新萬葉集のうちの癩者の歌」の題で、海人の七首を紹介している。

翌五月号の「短歌研究」の「前月歌壇作品評」欄で、歌人の都筑省吾が、この特集にスポットライトを当てた〈主として本誌「新人作品集の作品」について〉を発表しているが、この中の、明石海人、島田尺草、小国宗磧の三人に注目している。「アララギ」に所属し、『新萬葉集』に三十四首掲載されている小国は、既に知名歌人と見なされている。にもかかわらず、都筑は海人に一番スペースをさいている。

> 明石氏は、診断の折の作品、その直後の作品を多く作つてをる。それに療養所に入つてからの作品が添つてゐる。題材は自己の凝視、肉身への思慕、それが、中心になつてゐる。取材の範囲は広い方ではない。此処に明石氏の人柄があるやうに思はれる。作者は主観の人のやうである。深く自己に執する人のやうである。
>
> がその主観的な、自己に執する作者は、前にも言つたやうに、広い客観の世界にゐると言つていい。作品は闇の曠野にあかりを見るやうな、暖さを思つてゐる。表現は簡潔で、一首一首の太い線で貫かれてゐる。そして作全体が、濃い湿ひのある影を持つてゐる。それが読後の印象にも長く残るのである。……

明石氏は、最後の一首に、

葦の葉を捲きて鳴らせば朝明や一世《よ》にきはまる命ともなき

といふ、宗教的な、調べの高い佳作を詠んでゐる。これも、真実に徹しようとて氏が歩を進めてゐる、道の上のものであることは間違ひない。どうか強く生き抜いていただきたい。

温かいエールである。『新萬葉集』第一巻に続いて、これらの作品や評価が、海人の名前をさらに読者に強く印象付けたことは間違いがないであろう。

明石海人の名声が高まるにつれて、内田守人の中で、ある使命感が首をもたげ始めていた。それは、海人の歌集を出版したいという思いであった。

海人の命は、そう長くはなさそうだ。生きているうちに何とかしてやりたい。患者の中から歌集を出版する者が出れば、他の大勢の患者たちの励みにもなるはずだ。どこから出してもらおうか。海人は、『新萬葉集』で世に出た歌人である。版元の改造社がいいだろう。ここは自分が折衝するよりも、この病気に理解があり、力のある貴族院議員の下村海南を動かしてみよう。そう思った内田は、さっそく下村海南に宛てて、海人の歌集出版を改造社に働きかけてほしい旨の手紙を書いた。実は、内田は自身が費用を負担して出版した島田尺草の第二歌集『櫟の花』（昭和十一年十二月　水甕社）の紹介を、尺草の余命がいくばくもないので、ぜひ「短歌研究」誌上で紹介してほしいという依頼を彼にして、成功していた（「櫟の花（島田尺草歌集）上田英夫」は、「短歌研究」昭和十三年二月号に掲載された）。そんなわけで、この時もうまくいくことを確信していたに違いない。

この時の改造社の対応は、のち海人の歌集『白描』の担当となった大悟法利雄（明治三十一年生）

が書き残していた。大悟法利雄は、漂泊の歌人若山牧水と関わりが深い歌人である。牧水に興味を持つ人はご承知だろう。

昭和十三年の春だつたと思ふが、その頃芝御成門の近くにあつた改造社で『新萬葉集』編輯の仕事に没頭してゐた大橋松平君と私とがある日社長室に呼ばれた。社長は山本実彦氏、私は当時改造社出版部員、そして大橋君は編輯部にゐて『短歌研究』をやつてゐたのだが、ずつと出版部の仕事にも関係してゐた。

社長が二人を呼んだのは、長島愛生園の明石海人の歌集を出してくれないかといふ話が下村海南氏からあつたけれどどうだらうか、と私たちの意見を求めるためだつた。癩歌人明石海人の歌は『新萬葉集』第一巻に収録されてかなり評判になつてゐたが、私たちはその前に長島短歌会から出た合同歌集『楓陰集』所載の歌をも読んでゐたので海人の作については相当に知つてゐた。そこで私と大橋君とはしばらく相談した上で、出してもよいと思ふと答申した。出してもよいといふのは、作品が相当のレベルに達してゐるといふことと出版してある程度は売れる、すなはち商品価値があるといふことを意味するものであつた。（「癩者明石海人の歌」「短歌」昭和二十九年九月号）

先に内田が企画した『楓蔭集』に触れた時、私は、〈内田の情熱は、決して無駄ではなかった。内田の知らない処で、この歌集が大きな力を発揮するのは、もう少し後のことである。〉と書いたが、大きな力を発揮したのはこの時である。この歌集は、改造社の大橋松平や大悟法利雄たちに読まれていたのである。

ちなみに大橋松平の海人の歌の評価はとても高い。ずっと後の座談会（「銷夏座談会」「短歌研究」昭和十四年九月号）の席上、最後に海人の歌の話題に入った時、

大橋　痛ましいといふことは別にして歌は褒めていゝんぢやありませんか。僕は実際あれはどちらの傾向の歌を褒めるかといふことぢやなくて、とにかく褒めていゝものぢやないかといふことだけは思ひますね。

と、発言しているのである。

ほどなく下村海南から内田宛にＯＫの手紙が届いた。それからすぐに大橋松平より海人宛に歌集出版の打診が届き、大悟法利雄からは内田と海人宛に自分が担当になった旨の挨拶状が届いた。五月初旬のことであった。

さて、歌集出版の依頼を受けた時、海人はどんな反応を見せたろうか。内田は、〈海人は予期したかのごとくたいして有頂天にはならなかったが、さすがに嬉しさは隠し切れないようであった。〉（『日の本の癩者に生れて』）と書いている。

三年前の秋には、母から、次兄の義雄が体調を崩して会社を辞めたこと、瑞穂に地元の女学校を出させるには、千円かかることを知らせる手紙が届いた。海人は、誰にも話すことはなかったが、

もし歌集が売れれば、わが子の教育資金や残された家族の生活費も稼げるのではないか。そのためには、人の心を打つ、少しでもいいものに仕上げなくては。そんな思いも抱いたはずである。
明石海人の歌集が改造社から出版される。このニュースは、瞬く間に園内を駆け巡っていった。海人の喜びは、また入園者の喜びでもあった。

齋藤史の声援

歌集の出版が決まり、海人は張り切った。長い間の夢が現実になったのである。そんな気持ちを代弁するかのように海人の作品は、ますます冴え渡っていく。
その後、海人の作品が掲載されたのは、「改造」（六月号）の「短歌」欄で、「鬼歯朶」七首である。

鬼歯朶

護謨靴と黒き眼鏡をかたはらにくされてゐたる青歯朶のなか
草を蒸す友が骸にわきいでてここだあを蠅真日に飛交ふ
日を繰れば花のさかりも緼れけむ峡の躑躅のさ芽はたけたり
音吉がむくろは臭ふ草の上に袷の縞目の眼には沁みつつ
遺されし眼鏡にかげをおとしつつあを雲の空高くひそまる
とりとめて書き遺すこともなかりけむ手帖にうすき鉛筆のあと
歯朶わか葉夕づく岨《そひ》を帰り来て山蟹のつめ朱なるを見つ

附記　療養所に自殺者は意外に少い。既に一応は死の洗礼を経てゐるに因るか。右の歌も其の極めて稀な例の一つである。療養所の空気が不当に暗く考へられ易いので特に附記する次第である。

この作品は、癩療養所の音吉という青年が自殺した様を歌ったものであるが、最後に附記を加えるところに、海人の聡明さが見てとれる。

ただ、『白描』にも「鬼歯朶」四首が掲載されているが、冒頭に〈南紀のさる温泉にて療養中、失踪せる同宿の乙吉なる若者裏山の奥にて日を経て発見せらる〉とあり、舞台は南紀に変わっている。このことから、当時歌壇の主流を占めていた見たままを見た通りに書くという「アララギ」の写生の考えから、彼が自由であることが分かる。ついでに書くと、この「改造」に載った「鬼歯朶」七首は、彼の発表された総ての歌が掲載された『海人全集』上巻には掲載されていない。

「改造」の、この号の前後の「短歌」欄に登場した歌人を調べると、四月号は、北原白秋と斎藤茂吉。五月号は、太田水穂と釈迢空。七月号は、佐藤佐太郎と木俣修。当時大家と見られていた人か、後に近代短歌史に名前を残す人ばかりである。改造社が、いかに新人の海人を高く評価していたかが窺える。

「短歌研究」七月号には、「杖」六首と、海人の絶唱とも言える長歌「疫を生く」一首が掲載された。この号の目次を見ると、海人は、前半の「作品」と銘打たれている十八人の歌人の中に名前を列ねていた。吉井勇、阿部静枝、四賀光子らと肩を並べている。

杖

おほ掃除すみて広らにわが室の畳のうへを風の吹きぬく

この頃を便り遠のく兄が家はつつがなきらし飼ふ小鳥らも

夫婦舎に移れる友に贈るべき花がめの肌に手を触れてをり

……

疫を生く

子も妻も家に置きすて　天刑の疫《えやみ》に暮るる　幾とせを　くづれゆく身体髪膚に　声あげて笑ふ日もなく　いつはなき熱のみだれに　疼きては眼をもぬき棄て　穿てども咽喉の潰えの　募りては息の絶えつつ　死しもあへぬ業苦の明暮　幾人はありて狂へり　誰れ彼は縊れもはてぬ　ながらへて人ともあらず　死に失せて惜まるるなきうつそみの果にしあれど　あが父の今か帰ると　そが母も共に待つらむ　吾家なる子等をおもへば　壊《く》えし眼の闇もものかは　世にありて人の測らぬ　歎きをもなげかん　惧れをも敢ておそれむ　天国はげに高くとも　地獄こそまのあたりなれ　次ぐ夜の涯は知らねど副ふ魂《たま》のかぎりは往かむ　我は父なれば

この中の、〈夫婦舎に移れる友に贈るべき花がめの肌に手を触れてをり〉の一首は、友人松村好之の結婚を祝って贈った歌であろう。松村は、この年（昭和十三年）の六月五日に恩賜寮の副寮長をしている三宅梅野と結婚をしている。このころ愛生園での結婚は、男性の断種手術と引き換えに許されていた。松村もこの手術を受けたはずである。

海人はいつの間にか木材を手に入れ、それを指物大工に頼んで立派な机を作らせ、美しい花瓶と一緒に贈ってくれたという。その時、二首の歌も添えてくれ、一首は〈こころより神に従ふ奉教人松村好之よき妻を得たり〉で、残念ながらもう一首は紛失した、と書いているが、先の歌であろう。

その文机は、海人の死後、多くの患者及び元患者たちに愛用されたが、現在は、東京都東村山氏青葉町にある国立ハンセン病資料館の二階の展示室で見ることができる。

私は、今年の平成二十八年五月末に訪れて見たが、元々は焦げ茶色であったようであるが、表面は黄土色に変色して、縦五十五センチ、横六十五センチ、高さ三十五センチと小ぶりなものであった。小さな引き出しが左右に二つ付いていた。大きな板がなかったのであろう、上の板は、二枚が縦に並べられていた。材料は桜だろうか。歪んだ年輪のような木目が浮き出ていた。

ちなみに、ここでは長島愛生園から同時に寄贈された海人の母の手紙の複製一通と、『明石海人全集』上下巻も見ることができる。

さて、「日本歌人」同人の齋藤史の「明石海人氏」が「日本歌人」に掲載されたのは、この年の七月号であった。運動会の短距離走でトップを走る仲間に、思わず立ち上がって声援を送りたくなるような気持ちであったろう。

十年ばかり前、熊本に住んだ頃、そこで出て居た熊本歌話会雑誌といふのがあつた。それには、あそこにある療養所の人々の歌がかなり多く発表された。医局の内田守人氏の手引によつて看護婦もあり患者達もあつた。先年出版された、「一握の藁」の島田尺草氏も、隅青鳥とか、その他もつと早く亡くなつた人達も居た。ほんの三首位が雑詠欄にのる人々の歌でも、それが何かしら異状に冴えて来たと思はれる頃になると、決つて内田氏から、その人の病気の重いことを聞かされるのであつた。

内田氏が長島の愛生園に転ぜられて明石海人氏がそこの住人である事を始めて知つたが、その次御目にかゝつた時は、もうかなり進んでいらつしやるのだと聞いた。

たしかに、さうなのだらう。近頃の明石氏の作品は、それを感じさせる。すさまじい――こんな歌が今の歌壇の何処にあらう。盲目に堪へて黙々と作歌をつゞけて行く彼の努力を思ふと、頭が下がるなどと云ふ言葉では、とても表せない思ひがある。

世間では、新萬葉集に、短歌研究に発表した彼の歌に、やつと眼を見張り出した。これは当然すぎる事だが、「日本歌人」の月々の歌を見ないうちに声を上げるのは早やすぎる。

彼が、安穏第一の既製歌壇の結社に入らなかつたといふ事を、彼のために心から喜びたい。既製歌に盛り切れないものがあつたからとは云へ、新しい原野にふみ入るのは、それでなくてさへ苦難に充ちた彼の生活にとつて、生やさしい事では決して無かつたらうに。彼はなほ進んだ。既製歌壇的な作品に感嘆する人々は更に「日本歌人」に発表する、作品にも眼を開くべきだ。

そこにこそ、今迄の誰もがうたひ得なかつた癩者のこゝろがある。

十三年二月号より
夜な夜なを夢に入りくる花苑の花さはにありてことごとく白し
さかしまに五層の天守は燃えおちて池心にねむる一輪の白
まんまんと湛ふる朝のひとゝころ白く濁して娑婆がこゑあぐ

三月号より
明暮れをあだにおろかに思はねど屍《しかばね》となる身ぞ臭ふなる
日はあがり月はかたむく世の隅に昨日の襤褸を身にひき纏ふ
臈たけく竹の節より生れ来し昔むかしのいつはりのよさ

四、五、六月号より
あたりにて間なく合図をするものあり掌《て》をもひろげぬ樹をも揺すりぬ
更くる夜の大気真白き石となり石いよゝ白くしてわれを死なしむ
おのづからもの音絶ゆるわが窖《あな》にある夜わか葉のにほひ汗ばむ

日本歌人の仲間に、彼を持つ事を誇りとする。

ここに内田守人の名前が出てきたのは、齋藤家とはすでに昭和二年に熊本市で出会い、懇意の間柄になっていたからだ。当時、歌人で軍人（第十一旅団長）の父親の齋藤瀏が、内田と共に文中にもある「熊本歌話会」を起こし活動を続けていた。

この中で、二十九歳の齋藤史が、すでに結社間の狭い価値観に捉われることの愚に目を向けていることが興味深い。

先に触れたが、彼女は、海人が「日本歌人」に二・二六事件に関する二首を発表したことは知らなかったと答えられた。しかし、これは長い歳月が流れ、忘れてしまったのであろう。私は、彼女とはほんの何回か文通しただけであったが、彼女は、人一倍闘争心に富み、自己顕示欲が桁外れに強い表現者であった。それらが、彼女を一人の歌人としてあそこまで成長させたのであろう。そんな彼女が、他の同人の作品を読まないはずはない。

ある日、海人の二・二六事件に関する二首を読んだ彼女は、強い共感を抱いたはずである。その思いが、先の「明石海人氏」の文章を書かせたのではないか。この齋藤史の声援は、海人の胸に強く響いたに違いない。

齋藤史の海人に寄せる熱い思いは、時を経ても変わらない。というのは、「図書新聞」（昭和六十二年五月九日）にも、「5月に刊行される『海人全集』に寄せて／出生も、姓名も消し去って、なお生命を書きとどめ」を発表しているからである（『海人全集』皓星社版が出たのは平成五年であるが、当初はこのころ出る予定であったのだろうか）。ここでは、後半を紹介する。

歌集「白描」が昭和十四年「改造社」から出版されて、明石海人の名は注目を浴び、作品は、癩文学の中に輝く位置を得たけれども、同年、彼は三十八歳の無惨な生涯を終えた。出版は二月、死は六月。彼自身その反響を知り得たかどうか——私は聞いていない。

彼の負った病の苦しみは、短歌を読む人々の中で名を知られる程度のことで、報われたなどといえるような軽いものではなかったろうが、現実に生存する人間としての出生も、家も、姓名も消し去って、なお自分の生命を書きとどめた。幻の歌人明石海人と呼ばれる理由である。

遺骨は、受け取りに来ない家族に代って、内田氏によって、その故郷に届けられたのであった。

世の中のいちばん不幸な人間より幾人目位にならむ我儕《われら》か　　明石海人

そんな齋藤史は、平成十四（二〇〇二）年四月二十六日に他界された。享年九十三。

田中文雄の証言

平成十七（二〇〇五）年に、皓星社から田中文雄著『失われた歳月』上下巻が刊行された。

彼は、昭和九（一九三四）年、東京商大（現・一橋大）に在学中にハンセン病を発病し、友人たちの前から姿を隠し、二年間、死に場所を求めて各地を転々とするが、死にきれず、やがて放浪中に新聞で知った長島愛生園にやってきて住人となり、周囲に推されて入園者総代を何度か務める等大きな足跡を残した。やがてプロミン等が登場してハンセン病が治る時代を迎えると社会復帰をして、愛生園時代と同様、卓越した力量を示すが、最後（昭和五十四年一月三十一日）は気仙沼のビルの屋上から飛び降り自殺をした。『失われた歳月』は六十七歳で没した田中が長島愛生園時代を主に追想した手記である。ちなみに後年明かされた彼の本名は、鈴木重雄である。

この中に、このころの海人が登場する箇所があるので、紹介する。


文芸の中でも、俳句、短歌、詩謡などの短文芸が主で、それぞれの団体を組織し、講師を招き、職員有志も参加して、その作品は月刊の『愛生』誌上に発表され、中には「ホトトギス」や「水甕」「アララギ」などの中央の同人雑誌に投稿して、入選して優秀さを讃えられるものも少なくなかった。昭和十四年度、改造社発行の『新万葉集』に一連の短歌が入選し注目された明石海人は、引き続いて、歌集『白描』によって広く国内に知られるようになった。彼は、青年時代、師範から小学校教師になったが、ライに罹って退職、明石の私立叢生病院に入院したが、昭和七年十一月、同院閉鎖によって愛生園に転園したものである。私の入園した時にはすでに失明して、カニューレを咽喉に挿入して呼吸しなければならぬほどの重症だった。強度の神経衰弱のため一頃は発狂するのではないかと案じられたところだった。私の部屋は彼の隣だったから、彼の希望で、上田敏全集を読んでやったが、私の都合で定期的に時間を定めてというわけにはいかなかった。

「田中さん、眼を大切にしなさいよ、失明したら、色彩のない暗黒の中に坐っていなければならなくなるから、限りない宇宙の果てに、独りぽっちでいるような不安と味気なさに陥るし、そうでなければ、それもまた測り知れない巨大な厚さの壁が全身をひしひしと重圧してくるような恐怖のために、気が狂いそうになります。ところで、フランス語の勉強をしたいのだが、あなたフランス語はどうですか」といわれたことがあった。

この重症の身で、私から見ても、とても五年と生きられそうにもないと思われる彼がこれからフランス語を勉強したいという意欲に私は圧倒される思いであった。(『失われた歳月』上巻)

この手記は、昭和三十七年に長島愛生園を訪れた医学生の三好邦雄が、彼と出会い、その卓越した見識に驚き、彼こそ療養所の記録を書ける者だとの確信を抱き、半生記を書くことを勧め、その直後に書かれたものである。従ってこの時点で二十年を越す歳月が流れており、いくつかの記憶違いもある。

彼が長島愛生園にやってきた昭和十一年の暮れ、海人は失明していたが、カニューレをするまでには至っていない。

また、〈私の部屋は彼の隣だったから〉と書いているが、当時の建物配置図で、二人の住居を確認しても、隣り合った形跡はない。田中は、昭和十四年の三月十五日に西野文子と結婚して夫婦舎に入るが、〈万霊山と呼ぶ納骨堂のある丘の下にあった〉と書いているので、かつて海人が住んだ目白舎の近くだと思われる。しかし、海人はその前に転居している。そんなわけで、後から振り返った時、時間軸が少しズレてしまったようだ。田中が書いた海人の話は、海人が不自由舎の慈岡寮に入る前の目白舎での話ではないかと思われる。それから、海人の歌が『新萬葉集』に入選したのは〈昭和十四年度〉としているが、昭和十三年のことである。

それにしても、海人の語る失明後の世界には圧倒されてしまう。そんな世界に陥った彼だからこそ書けたのが『白描』の世界だったことがよく分かる。『白描』は色彩に溢れ、生かされている喜びに満ちている。また、失明してしまったのにフランス語を勉強してみたいと言う海人の向上心には驚いてしまう。そんなバイタリティーが人々の心を動かし、たくさんの作品を残すことができたことも頷けるのである。

さて、海人が亡くなった時、たくさんの「追悼歌」（「愛生」昭和十四年七月号）が寄せられているが、この前後の彼の動向が分かるものがあるので紹介する。彼の介護と口述筆記に従事した人は、何人も替わったというが、彼等もその中の人たちだと思われる。

河村渡

丘の上の赤き瓦の一つ家君と住みにし頃のこほしき
灯を消して君と語りし春の夜の明き月かげ眼には残るを
モーパッサン、ポウ秋成と君に聞く秋の夜毎はたのしかりしを
いくたびを君と聴きたりレコードの運命シンフホニー見つつ歎かふ

左の小文二

劉生の絵は心引かるるものの一つと語ふ君に向ひつつ
島住にして君と洋画を語りたる一年の春は既に過ぎつる
二人して洋画を語る夜は更けぬ君が心は冴えにけらしも

気儘にみちては歌は詠めぬと云ひし君の言葉はいたく嗄てゐし

これらの歌から、当時の海人が生き生きと甦ってくる。

ある服役囚人との文通

明石海人は、このころから小菅刑務所に服役中の囚人、春野雪彦（仮名）と文通をしている。文通の仲介をしたのは、医官の馬場省二。彼は明治四十三（一九一〇）年に北海道虻田郡倶知安に生まれ、昭和十三（一九三八）年に東京帝大医学部を卒業すると、同年四月に長島愛生園に就職している。彼も、短歌や俳句を「愛生」に発表している。

きっかけは、春野が、馬場に仲介を頼み、実現したものである。春野の手紙を読むと、「短歌研究」を読んでいるようである。ここには『新萬葉集』における海人の歌に対する高い評価がたびたび載っており、また海人自身も「短歌研究」四月号に「癩」五十首を発表していた。これらを読んだ春野が、強い衝撃を受けたものと思われる。先に海人の手紙から紹介する。

前略　昨日馬場先生より貴兄の事を伺ひお手紙を拝見致しまして深く感動致しました。誠にお気の毒に存じます。同じく隔離せられて居りましても、吾々には大地があり草花があり日光があり、眼は見えなくとも囀りの声も風の囁きも波の音もあります。小さい高窓一つしかない貴兄方の日々の陰鬱さは、貴兄方が四肢五官の完全な丈にそれだけ一層御不自由であらうと思はれます。

吾々には特に大きな罪がないから良心の呵責がありませんが、さう言ふ環境の中で精神的の苦悩を重ねておいでになる明暮は、どんなにか暗渋なものでありましたらうかと思つただけでも胸が痛くなるのを覚えます。然しさう言ふ中から雄々しく立ち直られた貴兄の精神力に深く敬意を捧げると共に、これからも益々強く生きて下さる事を祈らずには居られません。お手紙に依ります と短歌に生の喜びを見出しておいでの由何より結構に存じます。吾々の歌友も皆その様に申して居り私もさう思ひます。

御歌は吾々の物とは違つた深刻さが窺はれまして心を打たれました。この道に依つて更に深く広く生の喜びを受けて行かれる様お祈り致して居ります。私には生きる事の意義は恐らくありますまい。然し感覚を奪はれ眼を奪はれ、音声をさへ奪はれた私にも生きる事の喜びはあります。何の意義はなくとも生きてゐるだけで十分なのです。毎日六尺のベットに横たはつて、日に幾度か便所へ行く外には歩く事もない私にも、自分の生きてゐる事が只有難いのです。出来ることならどんなに不自由になつてもかまはない、五十年も百年も生き度いと思つて居ります。此の様な喜びはやはり短歌によつて養はれたものでせうが――今では短歌も神も日光も何も要らぬ只生きてゐるだけで十分に有難い事だと思つてをります。然し私の余命はあまり長くなささうです。お手紙にありました様に現実にお眼にかかれましたら、どんなにか慰められ励まされる事でせうに、さう言ふ機会は此の世では赦されない事でせう。どうぞ御丈夫で一日も早く自由の身におなりになつて、御兄弟のため御老父のため、それにも増して貴兄御自身のために、強く明るく生き抜かれる事を心から念じあげて筆を擱きます。尚この手紙は友人に口述筆記して貰ひましたが、その友も手が不自由で指にペンをくくりつけて書いてゐる様な訳でして読みにくい事と思ひます。それからまだ〳〵何や彼や書き度いことが沢山ありますが思ふことの十分の一も書けません。只貴兄の上に平安な朝夕が訪れる様に遠くから祈つて居ります。お暇の節にはお便り下さいますなら幸甚に存じます。尚当所の歌友の合同歌集がありますからよろしかつたらお送り致します。さう言ふ物等送つても届きますかどうかおついでの時御知らせ下さいませ。（昭和十三年七月九日　傍線は荒波）

私が傍線を引いた〈私には生きる事の意義は恐らくありますまい。〉から、〈今では短歌も神も日光も何も要らぬ只生きてゐるだけで十分に有難い事だと思つてをります。〉の箇所を読むと、海人が至った境地がよく分かる。とても有り難い境地である。

次に春野雪彦のものを紹介する。

謹啓

静かなる情熱に充てる御文、七月九日御発信のもの本日入手致しました。

馬場先生の御理解と御同情によつて私共の間に聖純なる友情の機を賜つたことを感謝致します。

御歌を通じて私御想像申し上げてゐました如く既に呼吸も人為的になつていらつしゃる由、言語を絶して私は心を淋しくするしかありません。御慰めの仕様もない御身体を想ひ浮べつゝ　そして其の不自由さの中から　深い透徹した心境で　生の喜こびを言はれる偽りのない声の深酷さを私は夜の居房に一人居て心の底にしみ入る寂しさを一ぱいに感じ乍ら　私自身への強い反省の言葉として聞きました　御身の御不遇さに比べて遠く私の生活の上に思ひ及んで戴きまして深い御同情を御寄せ下さいます事感謝の外ありません

私二十九年の過去を顧みて　はじめて人生の純情に触れ得たかの感があります　お互にまる裸になつてさらけ出してゐます　少しも着飾り言ひ誇るところなく真実と真実を一つの火として生命の灯しをみつめて行きませう　私は老いし父親に生活の希望を嘱望されてゐる様に　貴方によつて実生活の現実の生甲斐を感じさせて貰ふことが出来ます　多くを言ふことなく　私共は心と心を率直に真実に繋ぐ事が出来るでせう　祈り合ひませう　そして、たとへそれが望み少ないものであると考へられても宜い、私達が手を把り合つて慰めあふ日がきつと来ることを信じ　その日のために強く生きませう　私が斯う言つても貴方はきつと否定して　身の行末を決定付けられるでせう　しかし私は祈ります　信じます　明石海人はきつと　私の出獄を待つてゐてくれると信じてゐます　お歌から想像して貴方は四十を仲ば過ぎてゐらつしやるでせうか。或はも少し若いかも知れません　ペンネームのいはれをなど深い夜の独居で想像して見たりしてゐます　奥さんや御息女の御生活にも思ひ及んで　私は青い空をいく度か振仰ぎました　失礼ですけれどどうぞ生涯御健康であられる事を祈らして戴きます

六月の短歌研究で知りましたが内田国手が長島に御勤務の由　これは貴方達の生活の何よりも大きな力だと思ひます　同誌にありました貴方を詠まれた二首、医家の誠実と天業への至情が窺れて有難く拝見致しました　かゝる四囲の至誠によつてこそ

みめぐみは言はまくかしこ日の本の癩者に生れて我に悔なし

と、安住の御歌が生まれたのだと思ひます　短歌も神も日光も何も入らぬたゞ生きてゐる丈けで十分に有難いことだ——と御書になつてゐる心持、私にも解る様な心持がします

人間は生きて行ける丈け生命の限り生き抜くのが本分なのでした　私はこの点でも視野が広げられた様におもふのです　私はまだ幼稚な人間です　二十四歳で社会性を失つてしまつて以来まる五年間随分人間的な問題を凝視して苦しみましたが　しかしそれは小つぽけな私丈けの考へだつたのです　私の生活の外にいろいろな生活があり　そしてみんな雄々しく生き抜いてゐる事を考へるとき　私はもつと強く、さう、貴方の御便りにあります様に　強く明るく生き抜かねばなりません。

御文御代筆下さいました方も御不自由な御身体の由感謝の外ありません　此の通信もきつと其の方に読んで戴いて貴方の耳にとゞくのだと思ひます　昨日までまるで知らなかつた其の人ともかうして関りを持つ事の出来るのも世に言ふ偶然ではないとおもひます

御文の所に見えます文字からもしや基督教に御導かれになつたのではないかと思ひますが　私も未決当時大阪の熱烈なクリスチヤンの人に親愛なる通信を貰ひまして今はクリスチヤンではありませんが　しかし信仰への眼を開いて貰ひました　私自身日夕祈念の時を持ち仏典を繙いて精進してゐますが　しかし信仰はかゝる対照的なものでなくやはり超越した刻苦の後に真剣なものが燃え上るのではないかとおもひます　既に人間の苦難の限りを肉体的にもまた精神的にも尽され苦しまれたであらう貴方の場合信仰も遠い過故の日のこととなつてゐる事でせう　これは私が

まだ苦難を尽さない人間であるがために信仰を欲しつゝ心の何処にか尚信じ切れない残滓を持つてゐることで想像出来ます　しかし私のこの残滓的なものは日一日貴方の生活に祈念を捧げることによつてその反省によつて真実なものに昇華されて行くと確信します　折角御指導を賜りたいと希望します。

合同歌集のこと御高配下さいまして忝けなく存じます　今日の行刑は私たちの上にも大きなる理解を以つて臨まれてゐますので　斯く御通信も出来ますし　そして極端な著述でない限り書籍も読める事が出来ます　御好意に甘えまして長島の歌人方の作品集御送り下さいましたら幸甚です　私は目下北原白秋主宰の「多磨」と友松円諦主宰の「真理」を例月父兄の方から差送つて参りますから、若し何れにてもがそちらの方々の御慰めになる様でしたら送らして戴きたいと存じます。如何でせうか　御手紙は一緒に働らいて居ります看病夫の人達、病舎の患者たちにも読んで貰ひまして私達の生活態度を新たにし心を正すべき宜きよすがとしました　皆々貴方の平安なる御心事に感激し　心より御病床の平和をお祈り申して居りました　御不自由の中で度々御便り戴きたいとお願ひする事はいけないと思ひますけれど　時々は御歌など御通信下さいましたらそれにこす喜びはありません　鶴首します

とりとめもなく歌ひました近作ノートの中から書きぬいてお目にかけます

床の上に坐りなほして吹きつのる風の荒音は聞きにけるかな

瀕死の負傷者を介抱《みと》りて

死ぬなよとひそかにいのり注射針ふかく臀部にさし入れにけり

飯後の茶呑話に死ぬべしと人の生命を語り合ひけり

仕事にもいつかなれたり深き傷洗ふときにも心落ちゐつ

（中略）情熱をもつて短歌に精進するべき者を側近に持たない私にとつて　貴方は最も頼み多い存在です　どうぞ歌を通じて魂の清麗のために御精進下さい。

すつかり夜深くなりました　暑さきびしくなります　御不自由なことでせうが折角御自愛下さいまして佳き歌を成され　よき日々をお暮し下さいます様御祈り申上げます　当所には定規がありまして通信も限度がありますので毎月一通は必ず発信させて戴きます。自然馬場先生には別信差上げられませんから　何卒宜敷御伝声下さいませ。内田国手、代書の方、其他歌友の皆様に宜敷御伝え下さい。御大切に御過し下さい。さよなら

七月十五日　　小菅刑務所にて　春野雪彦拝

明石海人歌兄　侍史

この春野の手紙に、〈六月の短歌研究で知りましたが内田国手が長島に御勤務の由　これは貴方達の生活の何よりも大きな力だと思ひます　同誌にありました貴方を詠まれた二首、医家の誠実と天業への至情が窺れて有難く拝見致しました〉とあるが、内田は「短歌研究」六月号に「長島だより」七首を発表している。そのうちの海人を詠んだものというのは、次の二首である。

明石海人君に寄す

縁先ゆ声をかくれば窓《と》あけむとまさぐる君が玻璃ごしに見ゆ
眼の見えぬ君がぼたんははづしやりつ診断の間は歌を語らず

この文通は、海人が亡くなるまで続いている。

不自由者寮

時代の風を受けて、大きく羽ばたいた海人であったが、八月初旬、海人は再び創作活動の危機を迎えていた。というのは、山田信吉の後、海人の介護と口述筆記の仕事を一手に引き受けてくれていた涌井が、栄養失調で倒れてしまったのである。海人の危機は、また松村好之の危機でもあった。もう海人の介護と口述筆記の両方の仕事のできる人はいない。

松村は、さっそく主治医の内田守人に報告して、不自由者の慈岡寮に入れてもらうことにした。軽症者が交代で重症者の介護をする不自由者寮に入ると、団体行動をしなくてはならない。今迄のような自由はない。そのため、海人はここに入るのを嫌がっていたようであるが、事ここに至っては、仕方のないことであった。不自由者寮については、海人自身が次のように書いている。

不自由舎は十二畳半の一室に、盲人や眼は見えても手足のきかない者が五六人づつ同居し、一人の附添夫が附いてゐる。どんなに手足が不自由でも、眼さへ見えたら身のまはりの始末だけは出来るが、盲は箸の揚げおろしにまで附添夫の手を煩はさなければならない。病者の多くは感覚が麻痺してゐるので、普通の盲人のやうに手捜りで用を弁ずることが出来ない。例へば下駄を履くのにも唇などの感覚の残つてゐるところに当てて見ないと、どちらが鼻緒の方やらまるで見当がつかない。見てゐると、下駄を嘗めてゐるやうで、悲惨なのを通り越して可笑しくさへ感じられる。けれど、どんな重症の者も不思議に耳だけは侵されないので、ラヂオの浪花節や歌謡曲に興じたり、野球や相撲の勝負に我が事のやうに力瘤を入れたりして、その日その日の無聊を慰めてゐる。(「ある日ある夜」)

海人を不自由者寮に入れてほっとした松村であったが、次なる難関が待ち受けていた。涌井に代わる口述筆記者を探さないと、海人の歌集はできないのである。山口義郎や小田武夫が手伝ってくれているが、遅々として進まない。専門にやってくれる人を探さなければ。これまでに二、三十名の病友が挑戦してくれている。もう園内で思いつく人はいない。一日一日が駆け足で通り過ぎていった。

母の手紙㈤㈥

さて、このころ届いた母の手紙㈤と㈥を紹介する。先に㈤から。

ゴブサタシマシタ　アックナリマシタ　オマイブジトノコトデ　アンシンデス　ワタシラモジオブデス、ゴアンシンクダサイ　ワタシハ三十一日ニ、ヨコハマエユキ、ミヅホヲ　アサコガヨコハマカラ、ツレテユキマシタ　アリコモ一バン一シオニ、トマツテ　ケイタロウト一日ノアサ東京エキマデ　一シオニ　ユキマシタ　マサコモ　アイニキマシタ、ワタシガ　ノリモノニノレナイカラ　ヨコハマエクルヨウニ、ユツテヤリマシタカラ、ミンナニアイマシタ、ミンナジオブデス　ヨシヲガ、ウチエキテイマスガ　スコシグアイガ　ハルイケレドジキヨイトオモイマス、ミヅホノセイセキハ、一ガツキト、オナジクライデス　アサコモ、ドオヤラ　ヤツテイマスカラ　ソンナニ、シンパイハ、イリマセン　大野サマカラキヽマシタ　オマイノソバニ　イテクダサルオカタモ　オカアサマガ　ベツダソオデスガ　オトウサマガ　メンカイニ　オイデトノコトデスネ　サゾオテノシミデシオ、ワタシワトテモアイニ　ユケナイガ　シカタガナイカラ　アキラメテイマスヨ、センセイニオボンノオシルシヲ　七月ニ　オシルシダケシマシタ

デハ　十五円　オクリマス　間門デハ　トメガナクナリマシテ　コンヤ四十九日デス、一ネンモハルクテ　オジサンハ、ヨクナリマシタガ、トメガ二十一、ニナリマス、イサブロウモセンチデジオブデスカラ　アンシンシテクダサイ

カツサマ

オセハニナル、オカタニ　ヨロシク　ネガイマス

トヨヽリ

（昭和十三年）八月三日

（封筒宛名　野田勝様　封筒差出名　ぬまづより／乃田）

この手紙では、家族が横浜の敬太郎のところに集合したことが綴られている。浅子もやって来て、瑞穂を東京に連れていったことが分かる。海人は、浅子に感謝の思いを抱いた筈である。その後、次兄の義雄が沼津にやって来たが、大分良さそうだ。海人は、ほっとしたに違いない。〈アサコモ、ドオヤラ　ヤッテイマスカラ　ソンナニ、シンパイハ、イリマセン〉とあるのは、海人が浅子の商売を心配していることの返事であろう。

前年の七月七日には、日中戦争（盧溝橋事件）が勃発している。贅沢は敵だとみなす風潮が次第に高まり、〈パーマネントはやめませう〉〈日の丸弁当〉などが流行り始めている。翌昭和十四（一九三九）年六月には、国民精神総動員委員会が、ネオン全廃、中元歳暮の贈答廃止、パーマネント禁止等の生活刷新案を決定している。そんな時代の空気を察知した海人が、パーマネント店をやっている浅子を心配して近況を母に問うたのであろう。

なお、この手紙の年度は、差出名が乃田になっていることから、同じ乃田の㈥に近いものと判断した。先に、国立ハンセン病資料館で海人の文机の上に展示されている母の手紙の複製について触れたが、それはこの手紙のことである。次は、㈥である。これが、現存する母の手紙の最後のものである。

テガミヲ　アリガタウ　オマイモ　カワリナイトノコトデ　アンシンデス　ミヅホモワタシモアサコモ　ジオブデス、ゴアンシンクダサイ、コチラハオーキナ　アメバカリフリマス、キノウカラダイブ　ヒガタリマス　ヨコハマモ、トウケウモ　トツカモナカ〳〵ヒドイ　アラシデシタ

ガ　ウチノシンセキハ　タイシタコトモ　ナカツタデスガ　アサコモ、ヤネヲ　ハガレテ、一ジハコマツタソオデス、トツカノ、オモテノ、キナンカ、コゲタソオデス

ワタシラノウチモ、ナントモナイデスガ　チカクモ、アレタガ　コノマイノヨオナコトハアリマセン、トツカハ、マイニモ、ヒドクテ、コンドモナカ〱ヒドク　アレタソウデス、ヨシヲモダイブ　ヨイトノコトデスカラ、ボチ〱アキナイデモ　ハジメラセタイトオモイマス、トツカモ、オーキナコオジガキテ、ウチモ、フエテキマシタカラ　スコシデモ　シゴトガナイト　コヽロボソイカラネ

アニキトナカガ、ハルカツタガ、イマデハヨクナリマシタ、ヨシヲハ、ジオヅガナイカラ　ソンダヨ　ナンデモ、コレカラ　アニキヲ　タヨルヨオニ、ワタシガ　ヨクユイキカセテ、ダイブヨクナリマシタカラ　ケイタラウモ、ハカラナイニンゲンデナイカラ　チカラニナリマス、コンド、マカドノ、タクチト　ミツコシノ、カブヲ、十カブクレルトユウノダカラ　ウチモ、ヤシキモ、アルカラ、アキナイデモシテ　タンセイシタラ、ドオニカ　クエルデシオ

ドオセ、モオドコエ　ツトメルコトモデキナイカラ　アマリ、アセラヅニ、ボチ〱ヤラセルツモリデス、アサコノ、オクツタ　カシモツイタトノコトデネ、キンザンジハ、マダデキナイガ、モオ、十日モタテバ　オクルヨウニナルデシオ、アンマシアツイト、グアイガヨクデキナイカラデキタラオクリマス

ソノトキ　ミンナ一シオニオクリマスヨ　ハンブンモ　シオヲ　アハセテヤリマス　一ドニカクト　マヅクナルカラ　ヨクホシテ　ハンブン　カヽナイデ　ヤリマス

（封筒宛名　野田勝様　消印　昭和十三年九月九日　封筒差出名　ぬまづより／乃田）

母からの手紙では、瑞穂も浅子も母も丈夫だという。有り難い。自分も、全精力をかけて打ち込める仕事がある。ひょっとして売れれば、瑞穂の教育資金や残された家族の生活費を稼げるかもしれないのだ。海人は、そんな思いでボウボウと燃えていたはずである。

新萬葉集登載者全国大会

内田守人が、「癩短歌の昔と今」と題する三段組み六ページにわたる評論を発表したのは、「短歌研究」（九月号）である。

歌壇空前の大事業である改造社の新萬葉集に、全国の癩歌人が五十余人も入選し、釈迢空氏前田夕暮氏其の他各選者の注目を受け、殊に明石海人君の如きは第一巻に於て断然光彩を放ち尾山篤二郎氏其の他の激賞を受くるところとなり、（中略）本年度は新萬葉集の発行を機会に癩歌人の黄金時代が出現せんとしてゐる。医学的に充分救はれない彼等が、宗教にすがり、又文芸によつて社会一般人と霊的交友を企図し、精神的更生をなさんとしてゐるのは全く涙ぐましいものがある。

この文章を書く時、内田の胸に万感の思いが込み上げていたことは間違いがないであろう。『新萬葉集』へのハンセン病者たちの大量入選。それは、見方を変えると、内田たちの熱い思いが、時代に反射したことでもあったからである。

内田守人は、さっそく癩予防協会に、癩患者の入選者の歌を収録した冊子「新萬葉集と癩者の歌」の発行を申し出ている。この冊子は、翌昭和十四（一九三九）年二月に発行されている。好評だったようで、翌三月には再版が出ている。先に「日本歌人」同人の山本保が、『白描』の感想を送ったところ、内田守人から返信と共に明石海人の歌をトップにした入選者たちの歌が収録された冊子が送られてきた旨の証言を紹介したが、それはこの冊子のことである。

さて、この『新萬葉集』は、毎月一巻ずつ出版されているが、それと並行して、各地で刊行を祝う会が次々と開催された。全国に先駆けて栃木県の宇都宮会館で「新萬葉集入選者の会」が開催されたのは、昭和十三年二月二十七日のことであった。四月十一日には、『新萬葉集』の秀歌を朗詠する「短歌朗詠と講演の会」が、明治神宮外苑の日本青年館講堂で開催されている。この日は暴風雨にもかかわらず、八百名がつめかけ、土岐善麿、釈迢空、太田水穂他が参加している。以後、「入選者の会」が、山梨県（四月十七日）、京都府（四月二十四日）、福島県（六月十九日）で開催されている。

『新萬葉集』の九巻が出版されたのは、この年の九月である。明治初期（補巻）を残すのみとなったのを記念して、新萬葉集登載者全国大会が上野精養軒で開催されたのは、この年の九月二十五日であった。

この日、国内はもとより、遠く満州国新京や上海からも駆けつけた五百名余の登載者たちで賑わっている。その日、改造社社長・山本実彦を初め、佐佐木信綱、与謝野晶子、斎藤茂吉らの関係者が多数出席していた。山本実彦の挨拶に続いて、次々に来賓のあいさつが終わり、やがて黒眼鏡をかけた白秋が、この『新萬葉集』の企画発案者である大橋松平に手をひかれて登壇すると、満員の場内は粛然とした。この『新萬葉集』の選歌の仕事で目を酷使し、とうとうほとんど見えなくなってしまった白秋を目のあたりにして、衿を正したのである。

白秋は静かに語り始めた。

「新萬葉集の完成を私は心から喜んでおります。この新萬葉集はすでに一つの輝やかしい存在となったのであります。この事実の前におきまして、私は改めて初めの計画者であり出版者であられる山本氏に感謝し、そうして編集部の諸君のあの並々ならぬ御苦労に対しまして、同じく感謝致します。……私は審査員の一人と致しまして、甚だ僭越でございましたけれども、皆さんの御作を十分に拝見致しました。……あまりに思うことが私の現在に直接致しておりますので、これ以上私は何も申し述べられませぬ。ただ、私は皆様にお会い出来ましたことを喜んでおります」

白秋の挨拶が終わると同時に、怒濤のような拍手が湧き起こった。その中を、大橋松平に手をひかれた白秋は、ゆっくりと消えていった。

人々の、『新萬葉集』における熱気は、最高潮に達していった。

第七章 『白描』

春日秀郎

海人の口述筆記者を探しあぐねている松村の脳裏に、ある日、一人の人物が浮かんだ。春日秀郎であった。

大阪出身の春日は、明治四十四（一九一一）年三月十七日生まれなのでこの時二十七歳。海人よりも十歳年下である。

かつて長島事件があった時、お世話になっている園に矢を向けることはできないと反対意見を表明したため、首謀者たちから命を狙われて園にいられなくなり、松村たちの協力で東京目黒の私立の慰廃園に逃げ延びていた。もう彼に頼るしかないのである。青年団のリーダーとして活躍した彼ならば、きっと立派にやり遂げてくれるだろう。しかし、彼にとって愛生園の敷居は高いのではなかろうか。入園者たちの視線は、必ずしも温かいものばかりではないはずだ。松村は、祈るような気持ちで手紙を書いた。

この時のことは、春日自身が次のように書いている。

あの頃、事情があって東京にいた私のもとに、松村兄から、帰ってこい。頼みたいこともあるし、との便りがとどいた。ちょうど改造誌に載った明石さんの、かなり長文で、コクのある歌日記を味わい深く読み、やったな、と感動していたやさきだった。——私にはピンときた。

明石さんは、いわゆる判らず屋ではなかった。だから、日常、身のまわりの生活介助だったら、さほど手がかからない。しかし、こと歌作となったら、そうはいかない。変貌した。鬼だ。ひらめきがあると昼夜おかまいなし。すぐ筆記せえ、辞書を引けだ。これには雇われて付き添っている者も、音をあげた。長続きしない。

十歳ほど年下だが、松村兄は、なにかにつけて明石さんの親代わりだった。足穿孔症《そくせんこうしょう》（ウラキズという）で痛む足を引きずり、何度、後任をさがしまわったことか。

——どうせ松村は、人手がみつからず困りきっているんだな……。それにしても、とうとう俺のとこまで、お鉢がまわってきたのか……。頭をかかえる思いがした。

だが、私は、帰心矢の如きものもあり、岡山行きの三等列車に飛び乗った。（「明石海人の回想」『慟哭の歌人』）

春日が、海人のもとにやって来たのは、十月の半ばごろのことであった。春日は、手帳と万年筆を携えて海人のいる病室に向かった。海人は、不自由者寮の一室の万年床の上で寝たきりの生活をしていた。春日は、松村から介護と口述筆記の両方を頼まれたが、涌井の二の舞にならないように、口述筆記だけの仕事に専念させてほしいと申し出ている。しかも、無料で。

そんな病友たちの連係プレイの進む中、海人の作品が「改造」や「短歌研究」に次々と掲載されている。それだけ読者が、彼の作品に注目していたということでもあろう。

「改造」十月号には、先に春日も触れていたが、随筆と歌で構成されている十二ページにわたる自伝的な「歌日記」が載った。翌十一月号の「短歌研究」では、「新萬葉新人作品輯」の特集を組み、十三人の歌人を登場させている。巣山寿恵一、齋藤史、大野信貞、志水賢太郎、片岸芳久美、小川水声、斎田丑之助、村松鐘一、宮原茂一、刀禰館《とねだち》正雄、飯岡美代子、黒沢裕、明石海人の面々である。

ここには、第四巻に九首が掲載された「日本歌人」の先輩の齋藤史も顔を見せている。また、小川水声は、第九巻に九首が掲載された愛生園の歌人である。各人、二十首前後の作品が掲載されているが、海人は殿で「明暮」二十首と長歌「跫音」を発表している。やはりここでも、一人だけ長歌を発表している海人が生彩を放っている。ここでは「明暮」の一部と長歌「跫音」を紹介する。

明暮

入園以来住み慣れたる室を出でて不自由者寮に入る
引越の荷物もちだす縁さきに盲《めしひ》の我のとりのこされぬ
手さぐれば壁にのこれる掛鏡この室にして我《わが》盲ひけり
父の訃は此処に読みけり手さぐりに窓をひらけば遠き潮ざゐ
不自由者には月々に慰問の菓子果物などを供せらる

手にのせて重るがもの憂不自由者わが名にいただく経木包は
歯に沁みて慰問の餅の冷《ひ》ゆるにも不惑には到らぬ命かと思ふ
世の中のいちばん不幸な人間より幾人《たり》目位になる我儕《ら》かも

……

鼻翼萎えて久しく通ずることなかりしが、たまたま人に教へられて紙巻煙草の吸口を挿むに、片々は潰えつくして用をなさざれど、残る一つは幸に気息を通ず。

挿す管の鼻よりかよふ息の根のこのめでたさは幾年ぶりぞ

跫音（長歌一首）

跫音は外の面を往けど　附添の友は帰らず　五時の鳴り六時の過ぎ　ラヂオなる唱歌は歌ふを　盲ひ我が　夕餉のすまぬひもじさに　思ふともなき　遠き日の妻が怨言《かごと》　わが晩き帰りを云ひき　枇杷の果の窓のあからむ　共棲は短かりしよ　癒えてこそ帰るべかりし　その後の二年三とせの　いつしかも十年にあまる　今はもよ　生きて見るべき我とは待たじ

これらの歌から、海人の澄み切った精神を知ることができる。〈不惑には到らぬ命かと思ふ〉と、自分の余命が長くないことを自覚しているのに、少しも乱れていない。歌は、作者の精神を映し出す鏡であることを改めて思う。

さて、翌十二月号の「短歌研究」の「諸家近作合評」が、この企画にスポットライトを当てている。峯村国一、築地藤子、岡野直七郎の三名がそれぞれの作品に寸評を加えているのである。峯村の〈特異の境涯が生んだ歌人として明石氏の名は稍広く知れて来た。〉、また岡野の〈この作者は新萬葉集第一巻出版早々に一般から注目せられた人である。「癩者の歌」といふものが世の問題になつたのも此の人の歌からであつた。〉の部分に目を留めると、海人の歌が大きな反響を巻き起こしていることが窺える。

ここでは、「アララギ」の女流歌人として頭角を現していた築地藤子の評に注目してみたい。築地は、齋藤史と海人の二人の作品に絞って書き、最後に小川水声の一首に触れている。齋藤の作品については、〈私はこの素質を持つ作者がもつと現実をよく見つめ、思ひを沈潜せしめて腹の底から作るやうにして頂けたら、と思ふものである。〉と結論づけているのに対して、海人の歌に対しては、絶賛に近い評価をしている。

ここに来て感ずる安らかさは故国に帰つた安らかさである。勿論歌はれてゐる事柄をいふのでなく、歌ひ方がなだらかで危なげがなく、しかも溢るるばかりの情味を持つて迫つて来る歌らしさをいふのである。

ここにのつてゐる歌のどれをとり上げてもいたましい限りの歌である。作者は癩をわづらつて久しく、今は目も見えず鼻も形を失つてゐるやうで、若し私達が見たら気の毒で二度と見る事の出来ないやうな状態であらうと思ふのに、その才能は少しも曇らず、ゆがまず輝くばかりに発揮されてゐるのである。

作品を評価するということは、その作品によって評者が試されるということでもある。築地が所属していた「アララギ」は、自他共に「萬葉派歌人の団体」であることを認めていた。その中の一員である築地が、尾山篤二郎に〈大正昭和の萬葉調中の代表的作品〉と絶賛された海人の作品を高く評価するのは、自然なことであると思う。築地が書く〈故国に帰つた安らかさ〉というのは、大正七（一九一八）年に結婚し、夫とともにボルネオ等に転住した築地の、帰国の体験を指している。海人の歌には、築地が指摘するように、日本人の根っこのようなものがある。

けれども、素朴な疑問も湧いてくる。なぜ、「萬葉調」の本家を自任する最大の結社「アララギ」から、〈大正昭和の萬葉調中の代表的作品〉が出なかったのだろう。なぜ、「アララギ」をリードする斎藤茂吉にスポットライトが当たらなかったのだろう。因みに、この特集で取り上げられた十三人の中に、「アララギ」に所属する歌人は一人もいない。

この私の素朴な疑問に、正面きって答えてくれている歌人がいた。その歌人とは、釈迢空である。彼の「歌の円寂する時」（「改造」大正十五年七月号『日本現代文学全集53折口信夫集』講談社）を読んだ時、私は目から鱗が落ちる思いがした。

この評論は、大変長いものである。彼と親交があった「アララギ」の歌人・島木赤彦は、大正十五年三月二十七日に亡くなったが、彼を悼むことから始めている。

見出しが、「批評のない歌壇」、「短詩形の持つ主題」、「子規の歌の暗示」、「歌人の生活態度から来る歌の塞り」と続き、続いての「萬葉集による文芸復興」に、次の箇所がある。

其後（荒波註＝帰朝後）、茂吉は長い萬葉調の論を書いた。畢竟其主張は、以前の、気魄強さに力点を置いたのから、転化して来たことを明らかにしてゐる。恐らく内容の単純化から、更に進んで気分の斉正といふ処まで出て来たと言はれよう。良寛から「才」をとりのけた様な物を、築き上げる過程にあるらしい。

此を以って茂吉は尚、萬葉調と称して居るが、実は既に茂吉調であつて、萬葉の八・十、或は十七・十八・十九・二十などゝも違つたよい意味の後世風《オトツヨブリ》であることは、疑ふことの出来ぬ事実である。（後略。傍線は荒波）

また釈は、次の「歌人の享楽学問」で、次のように書いている。

この様に考へて来ると、信頼出来る様に見えた古人の気魄再現の努力も、一般の歌人には、不易性を具へぬ流行として過ぎ去りさうである。年少不良の徒の歌に、私は屢、飛びあがる様に新しくて、強い気息を聴いて、密かに羨み喜んだ事も、挙げよとなら若干の例を示す事が出来る。不良のともがらも、其生命を寓するに適した強い拍子に値うて、胸を張つてゐたのだ。其程度に湛へた萬葉風の過ぎ去るのは、返す〳〵も惜しまれる。歌壇に遊ぶかうした年少不良で、享楽党の人々は、萬葉ぶりに依つてこそ、正しい表現法を見出すことが出来たのだ。其が今後、段々気魄の薄い歌風の行はれようとする時勢に、どう言ふ歩みをとることであらう。

この後、彼は、〈歌人の間における学問ばやりの傾向〉に触れている。〈文学の絶えざる源泉は古典である。〉しかし、歌人たちはこの傾向からだんだんと離れつつある。その傾向は、自分にもある。〈けれども、此方面に於ける私の責任などは、極々軽微なものである。がらが大きいだけに影響も大きかつた茂吉の負担すべきものは、実に重い。童馬漫語類の与へた影響は、よい様で居て極めてわるいものである。でも其はなぞる者がわるいので、茂吉のせゐでは、ほんたうの処はないのである。〉

「アララギ」は、「萬葉調」から「茂吉調」に塗り替えられてしまっていたのである。こういった見方は、何も釈迢空一人に止まらない。詩人の三好達治も、堀辰雄、小林秀雄との座談会「詩歌について」(「文藝」昭和十四年六月号)の席上、次のように発言していた。

三好 (前略)斎藤茂吉の歌といふものは、僕は、萬葉的に思はないのだね。(堀氏に)―君はどう、非常に萬葉的な感じがする?

堀 それは、なんかかう、どういふものかな。

三好 茂吉の歌に限らず、「アララギ」一般といってもいいがね。詞《ことば》は萬葉の詞なんか好きで沢山はいつてきてゐるけれど、歌の感じは「アララギ」は――茂吉自身も、そういつた萬葉的な感じがしない。それは僕の予々疑問に考へてゐたことだがね。

斎藤茂吉の歌は、『新萬葉集』第四巻に五十首掲載されていた。それを読んだ時、私は物足りないものを感じたが、こういった理由があったのである。

また結社に入ると、主宰者の作品がお手本になり、先を争って生まれるのは主宰者の亜流ばかりだ。サラリーマンの出世競争みたいなものである。何を置いても社長の気に入るようにしなくてはならない。結社には、こういった弊害もあったのである。

偶然目にした「短歌研究」（昭和八年七月号）の「編集余録」が次のように書いていた。〈◇新人待望の声は全歌壇に行き渡つたけれども、新人の出現は容易でないらしい。歌壇は依然として定評ある大家の一挙手一投足に随順してゆくばかりのやうに観られてゐる。それには現歌壇に優秀な批評家が欠けてゐるといふことも一つの原因であらう。批評家が妙に事大主義になつて、一にも大家、二にも大家といふに大家の作品ばかりを問題にして、新進無名の作家に注意を払ふだけの熱意に欠けてゐることも亦一つの原因であらう。併し、もつと重大なことは、今の青年歌人の多数がその事大主義にかぶれて、有名歌人の口真似や、批評家の言説への迎合にのみ浮身をやつしたりして、虚名を欲するに汲々たることではあるまいか。〉

先の釈の論説と見事に重なるものである。釈は、一時期（大正六年二月〜十年末迄）「アララギ」同人であった。そんな彼だからこそ、「アララギ」の変化は実感できたに違いない。

また、当時の歌壇を真正面から見つめて、なぜ海人の歌が評判になったのかに触れている歌人がいた。その歌人とは、窪田空穂に師事し、昭和十四（一九三九）年九月には、「和歌文学」（のち「朝鳥」と改題）を創刊主宰した谷馨である。谷は、「短歌研究」（昭和十四年十月号）に、「年刊歌集を読みて」を発表している。因みに、この『年刊歌集　昭和十四年版』は、昭和十四年六月に大日本歌人協会出版部から刊行されたもので、海人の作品は、「癩」十三首が掲載されている。

谷は、この評論の中で、海人の歌のみに触れていた（のち、この作品を自著『短歌の精神』〈昭和十八年　非凡閣〉に収録する時には、「明石海人の作に関連して―年刊歌集を読みつつ―」に改題している）。谷は、大きな目で、海人の歌と、この時代の歌壇・文壇とを対比させていた。谷は、海人の歌に、〈現代のきびしさに生くる真摯なる人々の切実に求めつつあるものと同質のものがある。〉ことを認め、〈同時に、かくの如き特殊の境涯に苦悩する海人の作品に異常な関心が向けられたとい（う）事実は、明らかに健康な現代歌壇の貧困を物語るものだ。動機の大衆的なるものを除外するとしても、現歌壇はそれに対して責任を採るべきであらう。ひとり歌壇のみでくな《ママ》、文壇も亦、同じく反省を要することである。〉と結論づけている。

新しい歌誌を創刊しようとする谷が、海人の作品に触れた時、見えてきたのは現歌壇や文壇の貧困であった。それだけ海人の歌が、瑞々しく感じられたのであろう。有力な短歌結社に所属しない海人の歌が、当時の歌壇の状況を、鮮やかに照らし出してみせたことが興味深い。もっと大きな目で見れば、『新萬葉集』の企画が、強烈な光を放ち、一瞬歌壇の状況や時代の様相を照らし出してみせたということでもあろう。

さて、海人の口述筆記者になった春日秀郎は、このころの様子を、のち『生くる日の限り』の著者・栗原輝雄氏に生き生きと語っている。

それは、二、三年前から作ってあったのを取り上げてきて、それはくずだ、これはものになっている、というようなことからまた点検して、一首一首推敲したりして、自分なりに満足のいく歌と見たものだけ編集して収録したわけです。古い歌の中にでも、ずいぶん捨てたものがあるんです。(『生くる日の限り』)

当初、「愛生」に発表した作品と『白描』の作品との間に大きな隔たりがあることを感じたけれど、こんな秘密があったのである。実際調べてみると、まったく新しい歌や、発表当時そのままの作品もあるけれど、ほとんどの作品で、以前発表されたものに手が入れられている。例えば、長島短歌会合同歌集『楓蔭集』(昭和十二年十二月)に収録の歌に、

　薄ら日の坂の上にて別れたり遠ざかりゆくその白き靴

というのがある。これは、面会に来た次兄を坂の上から見送っている歌である。それが『白描』になると、

　うすら日の坂の上にて見送れば靴の白きが遠ざかりゆく

に変わっている。『楓蔭集』の歌から受けるイメージは静止したものであるが、『白描』では、だんだんと遠ざかって行く兄の姿が見えるようである。このような作業を、最後の命を燃やして続けていたのである。

このころ、改造社からは矢のような催促があり、周りの人たちはやきもきしていた。昭和十三年四月一日には、国家総動員法（国防のためには法律によらず勅令で人的、物的資源の統制、運用ができるようにしたもの）が、同月六日には、電力管理法（電力の国家管理を定めたもの）が公布されている。また九月一日には商工省より新聞用紙供給制限が通達されて警察の主導で新聞の統合が始まり、翌々日の三日には、雑誌用紙節約が通達されている。

改造社は、いつ出版ができなくなってしまうかもしれない不安を抱えていたのだった。けれども、海人は、少しも動じていない。春日は、そんな日常も語っている。

春日が海人の部屋に行くと、仰向けに寝ている海人は、「春日君、今日はひとつ、『カラマーゾフ』を読んでくれるか」と言う。海人はそれを読んでもらいながら、自分のテンションを徐々に高めていったようである。時には、沼津から送られてきたお茶を呑みながら、雑談に興じることもあったようである。

また春日は、海人が食事をしている時でもヒラメキが出たら中断し、口述筆記してもらったことも証言している。春日が、「食事がすんでからにしたら……」とアドバイスすると、「後になったら逃げちゃうんだ」と答えている。

このエピソードからも、海人の短歌に賭ける凄まじい気迫が伝わってくる。けれども、春日を相手のそんな穏やかな日々は、長くは続かなかった。海人の体調に大きな変化が現れてしまったのである。

喉切開

内田守人が、海人から喉の様子がおかしいことを知らされたのは、十一月初旬のことであった。「すでに三晩、一睡もしていない。醒めているとよいが、少しでも眠ろうとすると喉頭が詰まって窒息しそうになる」と言う。そして、「歌稿の方も読みあわすばかりになっているから、適当な重病室に移してもらって、吸入を十分かけてみて何とかして歌稿の整理を終わってから切開してもらいたい」とも言った。

困った。耳鼻咽喉科主任の田尻医官は沖縄に出張中なのである。内田はすぐに重病室の個室を都合してできる限りの手当てをしてみたが、その夜も眠れなかったという。そして今度は、「このようになっては頭が不眠と苦痛のために馬鹿のように呆けてしまって、歌などまったく考えられないから、早く切開してくれ」と懇願してくるのだった。

事ここに至っては、手術も止むをえないと内田は決心した。眼科が専門の内田であったが、喉の手術は幾度か経験していた。その事をさっそく光田園長に報告して手術の準備に取りかかった。

このころ、この手術をするには親族が電報で呼び寄せられることもあったという。この手術は、首の前方から喉仏の下の方に二センチぐらいの孔を穿って気管内に曲がった管（カニューレ）を挿入するもので、以後この管を通して呼吸することになる。声帯の下部で呼吸するようになるので発声はまったく不能となってしまう。また、呼吸管の差し換えや掃除に他人の手を煩わせることが多いことや、これ以降の寿命が三年に満たないことから〈喉切り三年〉と言われ、悲観して首を吊って自殺してしまう者もいたという。このころ、患者の中に十パーセントほどの盲人がいたが、気管切開者は二、三パーセントに過ぎなかったようだ。海人は、患者の中でも最悪の部類に入ってしまったのである。

手術は、十一月十二日に行われることになった。その日、正午過ぎまで解剖があった内田は、昼食をとらないで待っていたが、海人はなかなかこない。

看護師を病室まで迎えにやると、やがてやってきた。理由を聞くと、口述筆記を続けていたのだという。海人はこの時、死を覚悟して臨んだのであろう。海人を乗せた寝台は、慌ただしく手術室に消えていった。

「明石君、もうすぐ楽になるから気を鎮めておれよ!」

内田の声が、手術室に響き渡った。

ほどなく手術は成功した。

翌日、春日が病室に足を運ぶと、春日の気配に気づいた海人は、両手を上げ、いっぱいに広げた左手に、右手の人差指で何かを書き始めた。そうか、字を書いているのか。それに気づいた春日は、さっそく筆記を始めた。やがて、一首、また一首と歌が生まれていった。

高々と手術の台に置かれたり噴く湯けむりの音のもなかを　(『白描』)

気管切開はじまらむとす手術台めぐらふ人の黙《もだ》しき暫し
気管切開てふ生きの命のうつろひを見つめては居り怖れもしつつ
切割くや気管に肺に吹入りて大気の冷えは香料のごとし
……

声を失った海人であったが、海人には幸運の道が開けた。松村の『慟哭の歌人』によると、その方法は岡崎という人から教えられたという。カニューレの先にゴム管（血管注射の時に用いる）を三十センチほどつなぎ、その先を軽く手で持って、口の中に声を出す時に出る空気を送り込む。すると不思議にも、微かな声となって聞こえるのだという。

この方法には、松村も春日も驚いている。微かな声が出るようになった海人は、再び春日を相手に『白描』の最後の詰めに向かっていった。

海人が最後までこだわったのは、最初の一首であった。候補に上ったのは、次の二首である。

医師の眼の穏《おだ》しきを趁《お》ふ窓の空消え光りつつ花の散り交ふ
医師の眼の穏しきを趁ふ窓の空さくら白花真日（陽）にかがよ（輝）ふ

さくら白花真日にかがよふ　では、真日にかがよふているにしても、花がじっと停止して日光を受けている、いわば静の風景だ。

消え光りつつ花の散り交ふ　だったら、花は生きてランマンと咲き、やがて生を終え（役目を果たし）て散っていく。

あらゆる生物には生命があり、存在の意味（意義）があり、そして死ぬ。人間もそうだ。死ななかったら岩石みたようなものだ。

花の散るのを見ても、もののあわれとか、はかないとか、なげきの感情がわくというだけでは、ものたらん。

ツボミをつけ、花が咲いて燃えにもえた充実感。満足感で散る。そこには生々流転のリズム、流動がある。

散り交ふ花びらに生きた感情の生動を実感する。

巧みな自然の法則に頭をたれよう。（「明石海人の回想」）

そんなふうに春日に説明しながら、海人は初めの歌を採用している。歌集『白描』が完成したのは、暮れも押し詰まった十二月二十四日の朝のことであった。内田守人がさっそく改造社に送った。けれども、海人の『白描』に賭ける執念は、この後も続いた。担当した改造社の大悟法利雄が次のように書いている。

その原稿が私に送られて来たのは翌昭和十四年の初めではなかつたかと思ふ。
海人からも丁寧な手紙が来た。勿論療友の代筆であるが、文章は海人の口述によるものらしく、ひどく拙い歌は遠慮なく削り、またへんなところは添削してくれといふやうな、極めて謙虚な態度のもので、その人がらのにじみ出た大へん感じのいいものだつた。私はすぐ原稿に目を通し誤字や仮名づかひの誤りなど多少なほしたが、もちろん歌を削つたり字句の添削をしたりするやうなおせつかいな真似はせずにそのまま印刷所に廻した。印刷所は前からよく知つてをる成文堂で、改造社のすぐ近くだつたし、仕事は速かつたが、校了になるまでに私は幾度か海人の手紙に接した。その多くは、どの歌の第何句をかう〳〵いふ風になほして貰ひたい、といふやうなもので、ある時には引続いて手紙が来て、あの歌をかうなほしてくれと言つたがどうも気になるから御手数恐縮だけれどもう一度かうなほして欲しいといふやうなことも言つて来た。前記のやうな重症で、失明の上に声さへ満足に出ない海人がいかに真剣に歌にうち込んでゐるかがひし〳〵と感じられて涙ぐましかつた。恐らく意に満たない一首の歌を思ひ出してはその一首の或は一句の推敲のために眠らずに明かした夜もあつたことだらう。私は島の病院のベッドにひとり眼をさましし浪音をききながら、ぢつと歌を考へてゐる海人の姿やその眼の輝きを幾度か思ひ描いたものだつた。（「癩者明石海人の歌」）

そんな中、海人の歌集は、確実に出版へと進んでいった。

前川佐美雄への手紙

このころの海人の前川佐美雄宛の手紙を、前川が、「明石海人と『日本歌人』」（「日本歌人」昭和十四年八月号）に発表している。

差し出した期日は不明であるが、前川は〈比較的最後に近い〉と書いている。内容を読むと、喉切開（昭和十三年十一月十二日）後の手紙である。文中に、〈歌集の原稿の整理もすみました〉とある。歌集の原稿は、内田守人が昭和十三（一九三八）年の暮れに改造社に送っている。そんなわけで、昭和十四年の初めではないかと思われる。

御葉書拝見致しました。私の歌に対する御言葉は有難く拝聴致しました。私も「日本歌人」の歌にこそ芸術的な喜びとも云ふべきものを感じてをります。しかし私自身は人間であるより以上に癩者です。私が作る芸術品は世に幾らでも作る人があります。けれども癩者の生活は我々が歌はなければ歌ふ者がありません。我々の生活をできるだけ広く世人に理解して貰ひたい。癩に対する世の関心を高めたい。自分の書くものが何等かの光となつて数万の癩者の上に還って来るやうに。出来るなら我々のジェンナーの出現を望みたい、是が私の念願なのです。明石海人などと云ふ名がどんなに広まらうとも、私にとつては何の喜びももたらさないばかりでなく、この頃の私を目してヂヤアナリズムの波に浮かれてゐると思ふ人があるかも知れませんが、先生にだけはこの間の私の心持を理解して頂きたいと存じますので、弁解がましい言葉を列ねました。むしろ随筆か小説に書くのがほんたうでせうが私の体力がさういふ長いものを書くのに堪へられないので、手馴れた歌にしてしまふのです。こんながさつな気持になつてから「日本歌人」へ出詠するやうな歌がすつかり出来なくなつて了ひました。しかし歌集の原稿の整理もすみましたのでまた作歌に努めたいと思って居ります。

歌集の序文を是非先生に御願ひしたいと思って居りましたが、「日本歌人」風の歌は載せられないことになるかも知れないと思って、遠慮致しました。歌集とは云っても一種のプロパガンダに過ぎないのですから致し方ありません。自分に金と時間の余裕があったら純粋に芸術的な出版をしたいと思ひますが、人に出して貰ふのではさうは行き兼ねますので、この事に就きましては悪しからず御諒承下さいませ。

それから何か送ってやらうとの御言葉、私にそんな御親切な御言葉を下さることは何となく物悲しい気さへ致しますけれど、度々の御言葉故遠慮するのも却って失礼かとも存じます。喉仏へ孔をあけて、そこから呼吸をして居りますので声は全く出ませんが、喰べ物は何でも食べられますから御送り下さるものは何でも喜んで頂戴致します。では右御礼かたがた取敢ず御返事まで。寒さの折からどうぞ御自愛のほど祈って居ります。令閨にも御丈夫になられたことと存じます。

＊

この手紙を書いたところへ御心尽しの品が届きました。喉が悪いから黒い飴をとの御心遣いも嬉しく、かねて先生の御歌に親しんでゐる歌友達に少しづつ頒ちましたところ、我々のやうな者にそのやうにまでして下さる御好意を皆が心から喜んで呉れました。温い心に飢えてゐる者の集まりなので歌を作るほどの者ならかういふことには涙ぐましい感激をさへ覚えるのです。では重ねて御礼を申上げます。御家内の皆々様にもよろしく御伝へ下さいませ。（傍線は荒波）

この手紙の冒頭の、私が傍線を引いた〈しかし私自身は人間であるより以上に癩者です。〉から、〈出来るなら我々のジエンナーの出現を望みたい、是が私の念願なのです。〉までを読むと、歌集『白描』に賭けた海人の凄まじいまでの気魄と、高い志が窺える。

ちなみに「ジェンナー」を『広辞苑』で引くと、〈イギリスの外科医。牛痘に感染した者が天然痘に対して免疫になることに気づいて、一七九六年に牛痘種痘法を発明。〉と出ていた。

この歌集が広く読まれて癩者に世の関心が向くこと。それと当時に、この病気の特効薬を発見してくれる人の出現を強く願う海人の気持ちが伝わってくる。

『白描』

海人の歌集『白描』が刊行されたのは、二月下旬のことであった。改造社からは、小包で送られてきた。

海人はどんな反応を見せたのだろうか。身近にいた松村好之は、〈重症の床にあった海人は、その一冊を手にするや、頰ずりし、なで、まるで愛児ひろみ（荒波註＝瑞穂）にでも会ったかのように、しばらくは手放そうとしなかった。海人の見えぬ両眼からとめどなく涙が溢れていた。〉（『慟哭の歌人』）と書いている。嬉しかったことであろう。

『白描』の表紙は、白地に「白描」と金で箔押しされただけのシンプルなものである。白描の文字が手書きで、温かさのようなものが伝わってくる。

「白描」とは、どういう意味だろうか。内田が海人に聞くと、「白紙に描く墨絵」だと答えたという。

『日本美術史事典』をめくると、「白描画」という項がある。筆の線だけで制作された絵画であり、白画ともいうようだ。中国で発達した技法であり、日本では奈良時代から見られるようだ。兎や蛙などが自由に遊んでいる《鳥獣戯画》もこの白描画であると聞けば、型にとらわれない自由なイメージが湧いてくる。また、〈《高雄曼荼羅》（神護寺）や《子島曼荼羅》（奈良、子島寺）は、このような図像を手本に生まれた金銀泥描の傑作である。〉の部分に目をとめると、なぜ「白描」の文字が金色であったかの理由も分かってくる。歌集『白描』は、この白描画を強く意識したものであった。

歌集『白描』は、先に目次があり、その後、第一部「白描」と第二部「翳」が続く。それぞれの最初に短い巻頭文が付いている。

第一部「白描」は、「診断」、「紫雲英野」、「島の療養所」、「幾山河」、「恵の鐘」、「鬼豆」、「春夏秋冬」、「失明」、「おもかげ」、「不自由者寮」、「杖」、「音」、「白粥」、「気管切開」、と十四の大見出しから成っている。そして、それらには、さらにいくつかの小見出しが付いている。例えば初めの「診断」は、「診断の日」、「その後」、「家を棄てて」、と三つの小見出しが付いている。そして、短歌五百二首、長歌七首で構成されている。これらを読むと、まるで一人のハンセン病者の私小説のようでもある。

まず、巻頭には次のような文章がある。

癩は天刑である。

加はる笞《しもと》の一つ一つに、嗚咽し慟哭しあるひは呻吟しながら、私は苦患の闇をかき捜つて一縷の光を渇き求めた。

——深海に生きる魚族のやうに、自らが燃えなければ何処にも光はない——さう感じ得たのは病がすでに膏盲《ママ》に入つてからであつた。

齢三十を超えて短歌を学び、あらためて己れを見、人を見、山川草木を見るに及んで、己が棲む大地の如何に美しく、また厳しいかを身をもつて感じ、積年の苦渋をその一首一首に放射して時には流涕し時には抃舞しながら、肉親に生きる己れを祝福した。人の世を脱れて人の世を知り、骨肉と離れて愛を信じ、明を失つては内にひらく青山白雲をも見た。

癩はまた天啓でもあつた。

海人が至った境地が凝縮されたものだ。その境地が燦然と輝いている。続いて「おもかげ」の中の「俤（その一）」の七首と「不自由者寮」の中の「清書」四首と「白粥」の最後の「帰雁」八首を紹介する。

俤（その一）

病む我に逢ひたき吾子《あこ》を詮ながる母が便りは老い給ひけり
遡《さかのぼ》る記憶のはてにむなしかる父我ならし逢ひたかるべし

目にのこる影はをさなし離《さか》り住む十年の伸びは思ひみがたし
父我の癩を病むとは言ひがてぬこの偽りの久しくもあるか
すこやかに育てばまして歎かるる幼き命わが血をぞ曳く
思ひ出の苦しきときは声にいでて子等が名を呼ぶわがつけし名を
天刑とこれをこそ呼べ身ひとつにあまる疫《えやみ》を吾が子に虞る

清書

送り来し吾子が清書は見えわかね相逢ふがにも涙のにじむ
母を訪はむ春の休暇を待ちわぶる吾子の童の文は聞きをり
相会ひて妻子二人のむつむ日を夕くらがりの臥床《ふしど》に思ふ
夜の夢に笑まひて消えし眼差《まなざ》しの思ひを去らず寒き日すがら

帰雁

わが骨の帰るべき日を歎くらむ妻子等をおもふ夕風ひととき
春ならば襖ひらきて通夜の座に白木蓮《はくれん》しづく闇を添ふべし
その夕《よひ》の老松原の塚ふかくとどろとどろに神もはたたけ
秋ならば庭の葡萄の一房のむらさきたかき香を供養せよ
冬ならば氷雨《ひさめ》もそそげ風も鳴れ冷たく暗き土に還らむ

春至《さ》らば墓の上なる名なし草むらさき淡き花を抽《ぬ》くべし
秋まひる犬えびづるの実の白みつぶらつぶらに子等を唆るや
曼珠沙華くされはてては雨みぞれそのをりふしの羽かぜ囀り

第二部「翳」は、最初に一ページの巻頭文があり、その後、「夜」、「天」、「斜面」、「寂」、「星宿」、「砌」、「軛」、「軌跡」、「奈落」、「錆」、「冴」、「巷」、「年輪」、「譚」、「昼」、「遅日」、「暁」、「翳」と十八の小見出しが続き、全部で百五十四首で構成されている。これらを読むと、身体は病床にありながらも、自由奔放な彼の精神の飛躍を知ることができる。
ここでは、最後の「翳」十七首を紹介する。

翳

おちきたる夜鳥のこゑの遥けさの青々とこそ犯されゐたれ
こともなき真昼を影の駈けめぐり青葉のみだれはいづこにはてむ
腸のあたりうすきいたみのをりをりに昼ひとしきり若葉は募る
ひねもすを青葉のてりにきほひつつくたくたになる慾念なるも
水底《みなそこ》に木洩れ日とほるしづけさを何の邪心かとめどもあらぬ
囀りの声々すでに刺すごとく森には森のゐたたまれなさ
まのあたり山蚕《やまご》の腹を透かしつつあるひは古き謀叛《むほん》をおもふ

てり翳る昼をこゑなき木下路脱けいづるとき日は額《ぬか》を搏てり
たそがるる青葉若葉にいざなはれ何に堕ちゆくこの身なるべき
頤《おとがひ》にうすき刃の触るるとき何時の葉ずれかうつつを去らぬ
おのづからもの音絶ゆる窖《あな》ぬちにある日わか葉のにほひときめく
夜をこめてかつ萌えさかる野の上にいちめんの星はじけて飛びぬ
新緑の夜をしらじらとしびれつつひとりこよなき血を滴らす
聡《さか》しかる星のたむろをのがれきて若葉のみだれ涯なきをあゆむ
暗すまの壁にむかひて明暮を外面《とのも》にきほふ青葉は知らず
簷《のき》をめぐる青葉若葉にうづもれて今朝は真白なるページを披く
うづたかき簷の青葉を揺すぶつて覗見すれば巷に日の照る

この第二部が掲載されるようになった経緯を、内田守人は次のように書いている。

一つ困ったことは『新万葉集』入選歌は万葉調の歌であったが、現在海人が主力を注いでいるのは、『日本歌人』同人としてポエジイ的短歌である。それで筆者は改造社の『短歌研究』の編集主任である大橋松平に「万葉調とポエジイを如何に処置するか？　ポエジイを残せば海人が既に相当重症だから、後で出版と言うことは困難ではないかと思われる」と言ってやったら、一緒にしてよかろうとの返事だった。（『生れざりせば』）

そんなわけで、第二部は急遽、付け加えられたようだ。海人は、良い理解者に囲まれていたことを改めて思う。
そして、その後に内田守人の八ページの「跋」が続き、最後は海人の四ページの「作者の言葉」である。海人は、「作者の言葉」を、〈では歌集白描を送る。この一巻が救癩運動の上に、また我々癩者の生活の上に何等かの意義を持ち得るなら、それは望外の幸である。〉で結んでいる。
改造社は、さっそく「短歌研究」(三月号)に一ページにわたる広告を打った。

明石海人著(最新刊/近日発売)/白描/歌壇の驚異!!癩文学の太陽!!
子を守りて終らむといふ妻が言《こと》身には沁みつつなぐさまなくに(別れ)
父ゆゑに臨終《いまは》のきはのもの言ひに癩《かたゐ》の我を呼び給ひけむ
かの浦の木槿《もくげ》花咲く母が戸《と》を夢ならなくも訪はむ日もがな
さきに若き天才北条民雄を生んだ癩文壇は此処に亦輝く天才明石海人を生んだ。天刑と呼ばる癩を病んでより歌に親しむこと僅々数年、本社の新萬葉集によつて一躍歌壇の花形となつた著者は失明と気管切開の重症の中に鏤骨彫身してその第一歌集を世に贈る。この悲痛さ深刻さ、而してこの清純さと匂やかさ、これをしも驚異と言はずして何と言はうか。

この時点では、『白描』が大きな反響を巻き起こし、ベストセラーになることなど、誰も想像もしていなかったに違いない。

脇須美と前川佐美雄の手紙

このころ、『白描』の読後感が続々と届いていた。ここでは、『楓蔭集』出版記念短歌講演会の講師であった脇須美のものと、前川佐美雄のものを紹介する。先に脇須美のものから。

白描の御出版をおよろこび申上げます
歌を如実に生命として身にしめられた情熱と　もの凄いばかりの技巧の冴えにはよくもここまで磨かれたことゝ幾度か書を措いて息を呑みました
当時の衛生課長土田軍医さんが戦線に居てあなたのお歌改造十月号の「歌日記」を読んで泣いたといふ大島療養所の「藻汐草」の記事多分御存じでせうが　再読　三読泣いて泣いて近頃これ程胸をうつものに接したことがないとありました　それで私は又　楓蔭集からあなたのお歌の大部分と他の方のを少々抄録して送つて差し上げました　思はぬ人が思はぬところで感慨し　尊いものにふれる歌の有難さをつく〴〵と感じたのですが　そのお返事が戦地から届いたと同じ一昨日　新聞で白描の出たのを知り直にとりよせ　くりかえしくりかえし拝読しつゝ　又その中から長歌の少々を写して送りました
あなたとは去年の一月におあいしましたが失礼ながらもつとお歳を召していらつし（や）るとおもつてゐましたのに三十八才とおきして大変たのもしく存じます　これからがいよ〳〵深く

さびの境地にも入られるおとし　どうぞ出来るだけ御養生して第二の歌集の暁にも清澄なものをおみせ下さる様　お祈り申上げます
なほ山口義郎様　林由貴子様　長野節雄様はじめ歌友のみなさまによろしくお伝へ下さいませ

脇須美

（昭和十四年）三月四日

明石海人様
みもとに

（封筒差出名　高松市田町二六／脇須美）

脇須美の手紙の筆跡は、その温顔のように、とても柔らかい。この手紙を読んでもらった海人は、きっと懐かしく彼女を思い出したことであろう。一期一会の有り難い出会いに、きっと海人は手を合わせたはずである。

ちなみに先の手紙にあった「藻汐草」は、大島療養所の機関誌である。土田哲太郎軍医の該当する文章は、彼の乗馬姿の写真と共に昭和十四年一月号に掲載されていた。以下に紹介する。

戦線だより

土田隼草子

（前略）

それから、長島の国立療養所に、ペンネームが「明石海人」と云ふ患者をらるゝ筈、一度機会あれば逢ひたい、と云ふのは十月号の改造に「歌日記」といふ題で、十数首の玉詠、それは宝石の如き立派な短歌を掲げこの歌は、泣かずには読まれぬ尊いもので、戦地で、漸く守備に服してホットした時によんだのでしたが、泣いて泣いてこれを再読して、この人の胸を打つ、ソク〱の情に、近来この位に胸を打ち、且つ泣ける歌を見たことはない、オソラク、実にエライ人だと思ふ。その二三を挙げると

すでにして葬《はふり》のことも済みぬかと父なる我にかかはりもなく
萌えいづる銀杏の大木夕づきて灯ともりたまふ鬼子母観音
暮れ蒼む空に見えくる星一つさし翳す手に跼《つ》きてまた一つ
清畳《すがむしろ》にほへる室の壁《かべ》ぞひに白き衾《しとね》を展べて長まる
捜りゆく道は空地にひらけたりこのひろがりの杖にあた《ママ》るも

の如きで、療養所患者として、人生の絵巻ものとして、これだけのものが出来ることは、驚くべき芸術と言はねばならない。このことも患者一同の方に知らせてあげて下さい。（後略）

この「藻汐草」は、長島愛生園でも所蔵していた。海人も読んでもらい、土田哲太郎の思いを有難く胸にしたたに違いない。

次は、前川佐美雄のもの。

拝啓　いよ〳〵暖かになつて来ました

お歌集の出版、およろこびを申上げようと思ひつつ、あれこれと用事が多く、つい失礼してゐました。いい歌集で、まことによろこばしく存じます。実は少しでも皆んなに読んで貰ひたいと思ひ、先日改造社の方から十部あまり購入し、日本歌人では、岡田青、中市弘、井ノ口豊男、青村長夫、古谷久里、片山恒美、杉山安太郎、富田敦夫、その他二、三人の人々に買ってもらひました。

みんなよろこんで拝見してゐます。こんな次第ですから、どうか、私の方へお送り下さるには及びません。私は改造社の方から直接貰ひますから。気をおつかひにならないやうに願ひます。私の方へ下さる分は、そちらの人々におあげなさい。

本来なら、あなたを囲んで出版の記念会もしたい所ですが、それも出来ずに残念な事です。但し歌集の内容さへよければそれでいいのですから。ただこちらからも祝ひ申上げる次第です。日本歌人の人々では、まだ〳〵欲しい人もあるでせうから、その時は改造社の方へ言ってやります。田中、村上君らの方も心配御無用に願ひます。一部でも多く売れて呉れるやうにと祈つてゐます。

あたゝかになると、お身体の具合もよくなるでせうから、さうしたら元気にやつて下さい。日本歌人の方の事など気にかけず、何か出来たら送るといふ事にして下さればいいわけです。

何れそのうち、六月とか七月とかぐらゐには歌集の感想をみんなに書いてもらはうと思つてゐます。

それから、そちらの内田さんは、まだ私は存(知)上げてゐませんが、どうかよろしく御つたへ下さい

呉々もお大事に、祈上げます。　　　　　　　　　　匆々

(昭和十四年)三月十日　　　　　　　　　　　前川佐み雄

(封筒差出名　奈良市坊屋敷町四一番地／日本歌人発行所／前川佐美雄)

この手紙を読むと、『白描』の出版を、前川を初め、日本歌人の同人たちが、自分のことのように喜んでいる様子が伝わってくる。これを読んでもらった海人も、きっと喜びを感じていたに違いない。

「日本歌人」三月号には、『白描』一ページの広告が載り、前川の「編集後記」でも、〈明石海人の歌集「白描」が愈々改造社から出版された。別掲広告の通りであるからこの異数の歌集は是非一本を手にとつて頂きたい。希望者は申込まれると取次をする。〉と触れている。

献本式

この年の三月二十七日、愛生園では、収容満八周年の記念式が行われたが、その式次の中に『白描』の献本式が加えられていた。その時の様子は、山口義郎の手記「病友明石海人を看護りて」か

ら知ることができる。

海人は病み衰へた体を、病室のベッドに横たへて、起上ることも出来ないので、松岡君が代って、救癩戦線四十年の、吾等の慈父光田園長に謹んで献本した。嵐のやうな拍手の音が、場内の空気をふるはせて鳴りひびいた。

園長は老顔を輝かしながら、明石海人の歌を語り、彼の刻苦精励を讃め、この輝かしい業績を称揚される。

続いて、伊那君が朗々たる哀調をこめて、白描の作品を数首朗詠し、最後に海人が今日のために詠つた、

癩者吾が命をかけし歌書《うたぶみ》をまづ園長《そのをさ》の大人《うし》に捧《さゝ》げむ

と歌ひ終つた時、私は言ひしれぬ感激に、思はず涙ぐんでゐた。

この文章に登場する松岡君は松丘映二であり、伊那君は伊那芳夫のことであろう。二人とも長島短歌会の常任幹事である。海人の代理として献本や歌を朗詠することは、二人にとって晴れがましく、また誇らしいものであったに違いない。

山口はこの時、この歌集を手にした老いたる海人の母と、妻に思いを馳せていた。海人が命を賭けて詠んだ歌の数々が、隔離されたこの島を出て、多くの人々の手を経て、歌集となり、二人の手に届いていったのである。山口がもう一度涙を拭いて顔を上げると、まだ拍手は力強く鳴り響いて

いた。

光田健輔が、海人の部屋にやってきたのは、それからほどなくのことであったと思われる。この時の様子は、春日秀郎の「明石海人の回想」から知ることができる。

> (前略)光田健輔園長が、病室回診か新患者の検診でない限り、わざわざ一人を診《み》に歩を運ぶということは、当時、異例だった。歌集「白描」一巻で、ハンセン氏病患者の救護事業の推進と患者のレベルアップに貢献した才華ある明石海人に、礼をつくしたのである。
>
> この年の初物のトマトで、桑野婦長が、やさしく枕辺に朱の色をそえた。慎重な診察だった。が、やせこけて洗濯板みたいな胸の肋骨に、聴診器が心許なげにまたがっていた。
>
> 「明石君。明石君……。光田だよ、光田だよ。……明石君……」
>
> はっはっの息ずかい《ママ》だった海人は、右手の中指で己れのカニューレをかろうじて押さえた。
>
> 「あ、あぁ……ありがたいことですゥ……園長先生……。みなさん、みんなに……」
>
> 語尾はもうおぼつかない。二階の壁まではい上がり、茂った蔦若葉の先が、ガラス窓のすき間をくぐって室内に伸び、まだ、どこにもとりつかずに浮いていた。

ここに出てきた桑野婦長とは、桑野ゆき(ユキ)のことである。明治三十二(一八九九)年に北海道に生まれた彼女は、大正十一(一九二二)年に看護婦となり上京している。そして昭和二(一九二七)年四月に全生病院に就職し、昭和六年三月に長島愛生園に移っている。そして、翌昭和七年三月に愛生園初代婦長となっていた。

光田と海人の間に、もう言葉はいらなかった。海人が、みなさんによろしく。これからも、みんなの治療をよろしくお願いしたいと言おうとしたことは、光田健輔はすぐに理解したに違いない。この時、二人は立場を越えて、同志的な思いに貫かれていたと思われる。海人が、ハンセン病患者の日々を赤裸々に描いた歌集を発表して大勢の読者の目をハンセン病という病気と、それと闘っている患者たちに向けさせてくれたこと、また、医官や病気と関わっている人たちがいることを紹介してくれたこと、——それは、世間の目をこの病気に向けさせようと日々孤軍奮闘している光田健輔の思いを体現してくれたことに他ならなかったからである。

光田健輔は、『白描』出版を祝って次の一首を残している。

　白描出版を祝して
あめつちの神も護りませ病む友が命をかけしこれの悲願を　光田長濤（「追悼歌」）

海人は、『白描』に、光田健輔を詠んだ二首も収録している。

　拍手
　園長光田健輔先生の還暦祝賀会に
緋の頭巾緋の陣羽織童めく園長におくる拍手ひとしきり

ひたすらに癩者療救《ぐ》の四十年わが園長《そのをさ》の今日をたふとむ

讃歌

海人の作品の商業雑誌への掲載は、相変わらず続いている。「文藝」（昭和十四年一月号）には、随筆「余命」一編。「短歌研究」（二月号）では、内田守人が「海人の気管孔を穿つ」五首を発表し、海人の近況を伝えている。

「医事公論」（三月十八日発行）では、「癩及癩と文学」の特集を組み、海人の「白描抄」四十七首を掲載している。また歌人の氏家信は、「癩文学としての短歌」の中で海人の『白描』に触れ、六首を紹介し、厚生省予防課書記の多田貞久は「思ひ出る人達（文芸に精進する癩者達）」の中で、〈先日、改造社から歌集「白描」が出版されたが文学的素養も豊かだし、釈迢空、斎藤茂吉らも絶讃してゐるくらゐの歌人であるから、誠に感銘深い歌が収録されてゐる。是非一読をお薦めしたい。〉（「明石海人君」）と書いている。

続いて「短歌研究」（四月号）では、七ページにわたる随筆「ある日ある夜」一編。この号では内田守人も、随筆「明石海人君の喉頭を切開して」を発表している。また巻末の「出版だより」と「編輯余録」でも、『白描』に触れている。

「出版だより」では、〈明石海人氏の歌集「白描」は歌壇のみならず広く文壇に大きなセンセイションを惹起しつつある〉。また「編輯余録」では、〈歌集「白描」の著者明石海人氏の随筆を紹介した。癩文学の上に加へた「白描」の評判は大したものであるが、この短篇小説にも比すべき氏の随筆を読めば、「白描」の歌の、よつて来るところが分つて一層印象の深きを加へるであらう〉。この二つの文章を読めば、「短歌研究」の編集部が、発売直後のこの時点で、大きな手応えを摑んでいることが窺える。

「文藝」（四月号）の「ブック・レヴュウ」欄でも『白描』を取り上げている。

明石海人の実際上の人間呼吸は内田守人博士が歌つた如く最悪なものであるが彼の精神上の人間呼吸はこのやうに見事な平静さを持つてゐる。生命といふもののユーモアをさへ感じさせるものであつて、ここまでの境地に到る過程を考へれば我々はこの平静な歌の背後に如何なる号泣や嗚咽や呻吟慟哭を想像しても遥かに及ばないのである。癩などといふ事実を遠くに超えて、人間諦念の深い美しさが惻々として我々を打つのである。しかも決してさとりなどといふ中途半端の境地ではなく、人間廃業の諦念が深く人間生命をみつめた微笑のやうな愛があるのだ。かういふ愛が生命そのものの云ひがたいユーモアを我々に感得さすのだ。（中略）人間のあらゆる傷ましい状態を歌つたこれらの歌が悲惨とか不幸などといふ常識的な感傷を超えて、如何に深くそして平静に純化されてゐるかをみ給へ。諦念こそ愛を知るものだ。〉

続いて「新女苑」（四月号）には、海人の「白描抄」五首が掲載された。

癩の診断を受けし日、上野博物館にて

人間《にんげん》の類《るい》を逐《お》はれて今日《けふ》を見《み》る狙仙《そせん》が猿《さる》の無下《むげ》なる清《きよ》さ
白花《しろはな》の木槿《むくげ》年古《としふ》る母《はは》が戸《と》に一目《め》の惜《お》しく帰《かへ》り来《き》にけり
妻《つま》は母《はゝ》に母《はゝ》は父《ちゝ》に云《い》ふわが病襖《やまひふすま》へだててその声《こゑ》を聴《き》く
職《しよく》を罷《や》め籠《こも》る日《ひ》毎《ごと》を幼等《おさなら》はおもひおもひに我《われ》に親《した》しむ
愛垂《あいだ》るる子《こ》を離《はな》れきて虚《むな》しさや庭籠《にはご》の餌粟《えあは》の殻《から》を吹《ふ》きつつ

これらの歌は、「新女苑」の巻頭を飾っている「四月詩画譜」のコーナーで紹介されている。「春ふかし」尾上柴舟、「レモン哀歌」高村光太郎、「皿」高橋新吉、「血脈にひらく」月原橙一郎と続き、最後に海人の作品が登場する。

本書のプロローグで紹介した、著名人の心温まる書評が次々に掲載されたのもこのころである。「新女苑」（五月号）の「読書のページ―岡本かの子と明石海人―」では評論家の河上徹太郎が、『白描』について触れている。

河上徹太郎は、東大卒業後の昭和四（一九二九）年、中原中也、大岡昇平らに呼びかけ、同人誌「白痴群」を発行し、創刊号に「ヴェルレーヌの愛国詩」を発表している。また、昭和七年には初期の代表作といわれている『自然と純粋』を刊行し、当時、新進気鋭の評論家として注目を集めていた。

先月の本誌の巻頭に「白描抄」と題した癩歌人明石海人氏の短歌が数種載つてゐる。一読凄愴な気に満ちた、しかものびのびと歌ひこなせた名歌である。その歌集「白描」が改造社から出版されたので早速読み、歌壇のみならず、広く文壇を通じて近来の絶品であることを疑はなかった。北条民雄や小川正子で近頃の文壇は大分癩とお馴染が深くなつたが、読者は又その世界へ案内されると聞いて、又か、と少し億劫がるかも知れない。然し文学的にいつて此の三者の中で此の歌集は断然優れてゐる。そして文学的に完璧なものほど、読者はその題材に具体的にこだはることなく、純粋な感動が得られるものなのである。

　盲ひてからの歌。

盲《めし》ひてはもののともしく隣家《となりや》に釘打《くぎう》つ音《おと》をはるまで聞《き》く
水鶏《くひな》の声遠《こえとお》のきてをりをりに麻蚊帳《あさかや》のすそ畳《たゝみ》をすべる
つばくらめ一羽《は》のこりて昼深《ひるふか》し畳《たたみ》におつる糞《まり》のけはひも
鳴《な》き交《かは》すこゑ聴《き》きをれば雀《すずめ》らの一《ひと》つ一《ひと》つが別《べつ》のこと言《い》ふ

何といふ静寂で精妙な世界であらう！　恰も眼が潰れたのでもつともつと大きな心眼の世界が開けたやうな世界、肉体は病者でも感覚は通常の人より遥かに健康だといへる世界である。（中略）

なりゆかむ果《は》ては思《おも》はず吸《す》ふ息《いき》の安《やす》らふ暫《しば》しを眠《ねむ》らむとすも
また更《さら》に生《い》きつがむとす盲我《めしひわれ》くぐれし喉《のど》を今日《けふ》は穿《うが》ちて

之は既に単なる叙述ではない。さりとて悟りとか自覚とかいふ哲学めいたものでもない。生命の真底にある永遠の感傷の声である。眼も鼻も全身の痛覚も失つた人間が此の永却の声を発音し得るとは、短歌の功徳の絶大な理由には違ひない。

〈文学的に完璧なものほど、読者はその題材に具体的にこだはることなく、純粋な感動が得られるものなのである〉。この部分に、河上の思いが凝縮していると思う。

さて、文中に小川正子の名前が出てきたのは、前年の十一月に長崎書店から出たハンセン病検診の紀行文『小島の春』が注目を集めていたからである。この本は、内田守人の尽力で三百部(版元がさらに二百部を追加)の自費出版本であったが、評論家の小林秀雄が「東京朝日新聞」(昭和十四年一月十一日)紙上で、〈小川正子氏の「小島の春」は、近頃読んだ本のうちで、最も感銘の深いものであつた。(中略)嘘ばかり読まされて喜こんでゐる世の幾百万の小説読者のうち若干名が、この種の本を少し努力して読み、嘘より本当の方が、どれほど面白いものかを知つて欲しい。〉(「小島の春」)と絶賛すると、人々の注目を浴び、ベストセラー街道を突っ走っていた。この本は、三十万部を超えるほど売れたという。

小川正子は、明治三十五(一九〇二)年三月二十六日に山梨県東山梨郡春日居村(現・笛吹市春日居町)に父小川清貴、母くにの三女に生まれた(清貴には先に一女がいたので、戸籍上は四女)。海人よりも一つ年下である。清貴は、父親が始めた小川製糸を継いだ実業家であり、正子は、何不自由ない少女時代を過ごした。

彼女は、大正七(一九一八)年に甲府高等女学校を卒業すると、二年後の大正九年に遠縁にあたる樋貝詮三と結婚をする。母くにの熱心な勧めであった。しかし、二年後の大正十一年に協議離婚。

その後、彼女は自立して生きる為に医者になることを決意し、東京女子医専に入った。

このころ見学に行った全生病院で、ハンセン病の治療に励んでいた光田健輔と出会ったことが、彼女のその後を決定する。

卒業間際に全生病院の光田を訪ね、勤務医にしてほしいと懇願するが、欠員がないと断られる。その後、他の病院に勤務したり、開業したりしながら光田にコンタクトを取るが、断られてばかり。そこで、背水の陣を引いて、昭和七年六月十二日の夕方に長島愛生園の園長をしている光田のもとに押し掛けた。すると、今度は医務嘱託として働くことを許されている。医官に任命されたのは、昭和九年のことである。

ただ、『白描』が発表されたころ、彼女は愛生園にはいなかった。この『小島の春』を読むと分かるが、山間地への啓蒙、療養所への患者収容の旅は、彼女の身体を確実に酷使した。彼女は昭和十二年の初夏、結核に侵されていることを自覚する。初めは島で療養生活をしていたが、翌昭和十三年十月に休職し、故郷で療養していた。

余談であるが、『小島の春』が大ヒットした長崎書店の長崎次郎は、内田守人に『島田尺草全集』の出版を申し出ている。内田が張り切ったことは言うまでもない。同社より内田守人編『島田尺草全集』が出たのは、この年（昭和十四年）の十月のことである。

さて、少し寄り道をしてしまった。知識人の『白描』評は、この後も続々と登場する。

芥川賞の選考委員になったばかりの作家・宇野浩二は、「短歌研究」（六月号）に、「『白描』讃」という二ページにわたる『白描』評を載せている。〈驚くべきは、どの歌を読んでも少しも暗い気持にならない事である。これは、作者、明石海人が、すぐれた歌人（芸術家）であるばかりでなく、すぐれた人間であるからではないか。すぐれた歌人といふのは、その歌の技巧の旨さはいふまでもなく、その旨さが、一つの言葉にも、一つの文字にも、窺はれるからである〉。宇野が持ったこんな感想は、宇野ばかりでなく大勢の読者が指摘していることでもある。

これだけでは不満に感じたのであろう、宇野は「明日香」（十月号）に発表した「一途の道」で、七ページにわたる海人論を展開している。

『白描』が出た時、〈本書の歌は、癩文学といふ語の感じに最も適はしい深刻さと、癩文学といふ語の感じとは最も縁遠い浄らかさと匂やかさとを併せ持つ。〉という広告の文章を読んだ宇野は、心動かされて読み始め、ぐいぐいと『白描』の世界に引き込まれていった。看板に偽りがなかったからである。宇野は『白描』の中の、「診断の日」、「紫雲英野」、「家を棄てて」、「夜雨」、「潮音」等の歌を引用しながら、海人の生涯を紹介している。そして最後に巻頭の宣言文を紹介し、〈右の一文を写しながら、私は云ふべき言葉を知らない。誰か、今の世で、このやうな高い聖い境地へ、達したであらうか、達してゐるであらうか。／実に有難い境地である、人間としても、芸術家にしても。〉で終わっている。やはり、先ほどの河上徹太郎と同様、高い文学的境地に目を向けている。

『新萬葉集』が出た時、海人の歌を絶賛した歌人の尾山篤二郎も、「改造」（六月号）に、「癩文学の魅力　歌集『白描』を読む」という二段組み六ページにわたる海人論を寄せている。

まず初めに、歌は、魅力を持つことが大切であることを述べている。啄木の歌は大したものではないが、大衆を引きつける魅力があるから広く読まれている。牧水にも、茂吉にもこの魅力はある。

ところが、最近は、作歌技術は向上しているのに、面白い魅力ある歌が見当たらなかった。そんなところに『白描』が出たので読んだが、とても面白かった。それは、作品に魅力があるからであった。そんな話を枕にして、尾山は、『白描』の巻頭を飾っている宣言文や、たくさんの歌と同時に、海人の生涯を紹介している。

そしてこの随筆の最後を、尾山は、こんな文章で結んでいる。

だが恐らく明石氏の文学は、癩文学として空前のものであらう。北条民雄氏の作品は読んでゐないから、それとこれとを比較することは出来ぬが、それが非常に優れたものであつたとしても、この「白描」とは兄たり難く或はまた弟たり難い程度のものであらう。何んとなればこの「白描」は立派な文学であり、これ以上には如何なる人もさう容易には出で難い境まで到達してゐるからである。其意味では癩文学として我国に於ける貴重なる一文献である。或は我国だけではなく世界病文学として優れた位置を占め得るものかもしれない。

明治二十二年に金沢市に生まれた尾山は、年少のころ、父、母、祖父に先立たれ、また市立金沢商業在学中に右膝関節結核にて大腿部より切断して中退している。海人の深い悲しみに共鳴できたのは、これらの経歴とは無関係ではないような気がする。やはり、悲しみは、人間を深くするようである。

ただ、海人の第一部の歌を絶賛した尾山であったが、第二部のポエジー短歌「翳」については、

〈無用の長物である。〉と、一刀のもとに切り捨てている。

さて、先の「新女苑」（四月号）の「白描抄」に注目したのは、前出の河上徹太郎ばかりではなかった。詩人の三好達治も強い関心を寄せていた。三好は、「新日本」（四月号）の「燈下言（詩歌時評）」に次のような感想を寄せている。

雑誌「新女苑」の四月号に「白描抄」と題して短歌数首を掲げてゐる明石海人なる作者は、どういふ経歴の人か筆者はいつかう不案内であるが、作品「白描抄」はまことに希有なる出来栄えの秀歌である。筆者はこれを読んで、詩歌によつて愕かされる限りの最高度の意味で驚愕し感動した。現歌壇の沈滞し萎靡して甚だ低調に堕してゐることは、夙に本誌の同人岡山巌氏の指摘し痛嘆するところであつて、筆者の如き斯道の門外漢もひそかに同憂に耐へざるところであるが、たまたまこのやうな秀歌に接すると、先の憂ひもさながら杞人の憂ひにすぎなかつたやうな感さへするのである。この解憂の喜び――それはしかしながら作者自らの限りない不幸から生まれた、地上の不幸から生まれた一個緊張した生の喜び、まことや詩歌の摩訶不思議とも呼ぶべきものの、反照に外ならないとは。

「白描抄」は「癩の診断を受けし日、上野博物館にて」と前書きせる次の一首を以て始まつてゐる。（五首省略）

沈痛荘重、一種リアリズムの極致ともいふべき詩境である。詩魂は深く沈潜して、而も熾烈、この異常なる人生の非痛事に直面していささかもたぢろぎ取りみだした跡もなく、なほ詩語の織細明澄なる境にそぞろにも遊びいでんとする、その芸術的意欲の健全にして根柢の浅からざる、まことに感嘆の言葉に窮するばかりである。この生命の凝視、その詩的意識の磁場には、充分に近代詩的感覚の裏打ちもあつて、ために各一首ごとの印象も極めて新鮮、間然するところのない名誉の作品である。作者の加餐を祈る。（昭和十三《ママ》年三月下浣）

まさに絶賛である。三好達治と言えば、昭和五年に出版された処女詩集『測量船』の中の、「雪」という詩を思い出される方が多いのではなかろうか。

雪

太郎を眠らせ、太郎の屋根に雪ふりつむ。
次郎を眠らせ、次郎の屋根に雪ふりつむ。

三好は、明治三十三年生まれなので、海人よりも一つ年上である。萩原朔太郎を終生師と仰いだ孤高の詩人で、昭和十四年には詩人懇話会賞を受賞し、後年にはその詩業に対して芸術院賞、読売文学賞が贈られ、芸術院会員にもなっている。また死後筑摩書房より『三好達治全集』全十二巻が刊行されている。その厳しくひた向きな生涯を朔太郎の子女、葉子が『天上の花—三好達治抄—』として発表されているので、読まれた方も多いのではなかろうか。

先の文章を書いた数日後、三好は来客から明石海人の名と、歌集『白描』が出たことを知った。

三好はすぐに買いに行き、夢中で読んだ。その感想を「歌人明石海人」として改めて「文藝春秋」（五月号）に発表している。

歌集「白描」は発病以来今日までの経過につれて、その折々の心境や身辺の雑事を歌ひ綴つた、恰も一種病床日誌の如き観を備へた歌集である。ことの異常なると悲惨なるとはここに説くまでもないが私が「白描」に就て愕くところは必ずしもその題材の異常なると悲惨なるとのためではない。それはやがてここに引用する作歌の二三を御覧になればすぐに誰人にもはつきり判つて貰へるに違ひない。寧ろ事実は反対に、異常なまでに冷静沈着なその歌ひぶりのために、読者の心はことにふれものにふれて軽躁に波だち騒がうとするのを賢くも作者の手によつて抑制されるかの感があつて、さうして読後の印象感銘はために一層深沈として鋭く新鮮である。――これこそは私の最も瞠目し異数として愕くところである。……わが敷島の道は流石に萬葉以来の伝統を負つてゐるだけのことはあつて、このやうな天才歌人の生て出るのも必ずしも不可思議ではないかもしれない。

三好はこの後、たくさんの歌を引用してそれぞれに説明を加えている。〈情意の均衡のとれたポエジイ、それはまた近代的詩歌の一面を健気にも追求し遂行したもの〉〈往年の新詩社あたりのモダン短歌などよりも遥かに新鮮な感銘がある〉。これらの評は、三好達治という詩人の最大級のエールに他ならないと思う。

三好は、「東京朝日新聞」（五月一日）の「新刊愛書メモ」でも『白描』を推している。

歌集『白描』

近ごろ読んだもののうちでは何といってもこの歌集一巻に最も感心いたしました。作者明石海人君は癩疾の重症患者で既に失明し気管切開などといふ危険な手術をも経られたとか。歌集一巻は発病以来さういふ状態に陥るまでの陰惨苦渋な経過を歌ひあげられたもので、例へばその最初の方の「家を棄てて」といふあたりには次のやうな歌があります。

◇

咳くは父が声なりかゝるさへ限りなる夜のわが家にふかむ

◇

幾たびを術なき便りはものすらむ今日を別れの妻が手とるも

◇

窓の外はなじみなき山の相となり眼をふせて切符に見入りぬ

◇

ごらんの如く歌は、いづれも沈痛悲愴な世界を歌ひ綴ったもののみでありますが、流石は秀歌の功徳とでもいふのでせうか、読後の印象に一種得がたい甘美な幻が纏綿してゐます。筆者の推奨措かざる所以であります。（改造社）

先に触れたが、「文藝」（六月号）が、三好達治、小林秀雄、堀辰雄による座談会「詩歌について」を掲載している。この座談会も『白描』の話題から入っている。この三人は、東京帝国大学時代からの仲間である。そんな気安さのせいか、みんな裃を脱いでいるようだ。

記者　明石海人の「白描」、小林さん、御覧になりましたか？

小林　読みましたよ。この間、三好君が書いてゐたね。「文藝春秋」に……。

三好　うン、歌集、読んだよ。

小林　僕は読んで感心したよ。しかし、僕なんか、あれを読んでもね、君なんかは、非常にいい——とかう断定的に書くだらう。が、僕は、歌を沢山読まないせゐか自信がないね。つまりこれは非常にいい歌だ、といふことを感心はしたけれど。あゝいふやツぱり確信とか、断定とかは自ら悟つて来るのだね。ヒヨツと見た瞬間に、これが一等賞といふのがわかるのだね。

三好　それはわかるね。人によつて違ふけれど、しかし、僕自身にも、何度読み直してもいいと思つたのはいいね。歌人の力量なんといふものは、あの人のなんか終始一貫してくるつてないけれどもね、やはりチヤンスだからね、良い歌ができるといふのは……。

小林　ウン。

三好　チヤンスといふものがあるだらう。その生活の偶然みたいなものがあるしね。昔から謂はれてゐる秀歌といふものはみなさういふものでないか。西行なんかでも、ほかの歌が悪いといふことはないけれど、やはりさういふものがいいね。

この文章を読むと、三好に一目置き、その感性を羨望している評論家・小林秀雄の眼差しが垣間見えてくる。小林は、カミソリみたいな批評眼を持っていると思い続けてきたが、詩歌については三好にはかなわなかったようだ。それと同時に、これらの歌が生まれた境遇を、チャンスと捉えている三好の視点の先に、芸術至上主義に生きた三好達治の孤高の生涯が見えてくる。

とにかく三好の『白描』への評価は高い。ずっと後になるが、彼は新潮社から『諷詠十二月』（昭和十七年）を出版している。この本は、『古事記』や『萬葉集』から現在の作品をまな板に載せて論じたもので、この「十二月」の最後に海人の『白描』について書き、十二首を紹介しているが、その中に、〈座右の「白描」を取り上げて〉とある。いつの間にか『白描』が三好達治の座右の書になっていることが推察できる。おそらく、『白描』の第一部を誰よりも高く評価し、その出会いを喜んだ文人は、三好達治であったと思われる。

このころ、海人は、これらの反響を、どんな思いで聞いていたのだろうか。内田守人が「婦女界」（昭和十四年八月号）に、虫明邦夫の名で発表した「宿命の歌人明石海人の一生」の中で、次のように書き残している。

歌集「白描」は歌壇人はもとより文壇詩壇の人達が激賞してくれた。之等の批評を毎日の雑誌で読みきかされながら、彼は飽くまで静かであつた。彼は自らの信念に生き世評に頼るのを潔しとしない様であつた。「癩を病んだことは歌人海人には却つて幸であつた」と云ふ批評は充分彼を慰めてくれぬ様であつた。

病《や》む歌《うた》のいくつはありとも世《よ》の常《つね》の父親《ちちおや》にこそ終《をは》るべかりし《ママ》

ここで紹介されているこの歌は、「改造」（昭和十四年六月号）に発表された「越冬」二十首中の一首で、〈癩は君に幸せりと人の云ふに〉の前書がついている。ハンセン病歌人として有名になったけれど、叶うならば無名でもいい、平凡な人の親としての人生を歩みたかったよ、という海人の呟きが聞こえてくるようだ。

『白描』は、大きな反響を巻き起こしていった。平成九（一九九七）年の暮れに私が初めて愛生園の愛生誌編集部を訪れた時、編集者の双見美智子さんは、近くの本屋で『白描』が平積みにされていたことを記憶されていた。ほとんどの本が棚に納められ、売れる本しか平積みにされることはなかったという。

春野雪彦と小川正子の手紙

先に脇須美と前川佐美雄の手紙を紹介したが、ここでは春野雪彦と小川正子の手紙を紹介する。先に春野雪彦のものから。

明石さん。

東国にも春の色が一日一日濃くなつて行きます。瀬戸の海にはもう温かい春潮の香が匂つてゐることでせう。

歌集白描を有難く拝受致しました。御芳情お礼申します。白い鳥の子に金文字が美くしい歌集として立派な本です。あなたの生命がこの歌集にこもつて　もう朽ちることがないのです。あなたにとつて無限の光栄であり、私にとつても大きな歓びです。

あなたが己れの生命を燃して作り上げた歌集、短歌的情熱の白熱がこの本の中にこもつて、私の胸をほてらす。私はあなたの歌集白描によつて　私自身の生命もまた私の短歌によつて遺さるるべき日を希求します。あなたの最初の手紙が私の獄の生活に於ける視角を広げてくれた様に、白描は私の生命の希求を信念付けてくれました。有難ふ。感謝します。

あなたの歌は、新萬葉集のもの、昨年四月号、九月号の短歌研究のもの、それに楓蔭集のや愛生の中のものなどノートに集めてゐますが、白描の中にそれ等の歌が辛苦して改削されるのを見て、全く泣きました。あなたは、凡そ世にあるすべての人に超えて不自由な肉体を持ち乍ら、あの困苦な改削をつゞけ通されてゐる。私は、己れの不勉強を罵りたくさへなりました。しつかり勉強します。しつかり勉強して私もこの世に遺す何ものかを持ちたい。私は、あなたの痛苦な病床の努力を知つてから、私の看護生活に大きな光輝を、恩寵を感じて働いてゐます。私の此の処に捧げる病者への信念が、とほいあなたの病床にひゞいて、あなたの苦痛を安らげはしないか、私はそんな幻影に似たものを描いて　私の看護の日を真実でありたいと欣求して勤めてゐるのです。病人はいつの間にかあなたの名前を覚えてしまひました。病人は私と一緒にあなたの一日も長い日を生きぬかれることを祈つてゐます。私は庭に佇つとき、そしてまたぼんやりと夕空を見るとき、夜の灯の下に労れてゐるとき、ふいと頭を掠める強い言葉にドキッとするのです。「死ぬなよ。明石さん、死ぬなよ。」私はいつもさう叫んでゐるんです。（以下略）

四月八日　お花祭の日に　　春野雪彦拝

明石大兄

いつの間にか、春野を通じて、刑務所内の彼の看護する結核患者たちにも海人のことが知れ渡っていったようだ。不治の病に侵されても、歌に命を賭けている歌人がいる。海人の存在が、彼らの希望の星となっていったようである。

次は、小川正子のものを紹介する。

野田さん

その後は御様子いかゞですか　とう〳〵お目にもかゝらずにおわかれをしてしまひました。慈岡寮にうつられてよかつたと　おもつたまでしか貴殿の話をきくことが出来ませんでした。

白描を頂いて大変にありがたう御座いました　私は本をお送りしなかつたので　すまないとおもつて居ります。

病中くり返して拝見して居ります

新女苑の五月号に白描のことがかいてありますので　とてもうれしいのでお目にかけます

どうか　切開後の御体を一層御大切に「いのちととりかえつこ」の貴重なうたの道に　ひたす

らの御精進をお祈りいたします　私は面目（メンボク）のないことながら　あなたがたとわかれてしまつて　いま　自分ひとりの　勝手な　わがまゝの気分の中に　まごついて居ります。

病気は三月中旬よりうまくゆきませんで　熱を出したりひつこまかしたりして暮らして居ります　山里も漸やく春になりまして木蓮がさく様になりました。私の枕辺にはナズナの花とすみれとつくつくしが万古《バンコ》やきのキュウスに投げ入れられて居ります

長島ももう浜大根のさくころでせう　こちらは四月の八日に雪がふりました　遠山脉《ナミ》が雪を被《カ》づきながら春霞みだつ　甲斐の広野は一年中で一番美しいころかもしれません。

白描のお祝ひのうたの会なんかも島にはあることでせう　野田さんのお部屋でうたの会があつたのなんかつい せんだつてのことの様におもつてゐますのに　あなたは目白舎を　私は島を出るほどに変つたことが出来てしまひましたね　なんてかくと一寸女学生みたいなセンチなのですね

小田さんにすみませんがよろしく御つしやつて下さいませんか　三月一寸喀血をやつてから御無沙汰をみんなの方々にしてしまって申し訳なくおもつてゐます　どうかよろしく皆さんに願ひます　野田さんのことは　やつぱアし　明石さんといふよりかも　野田さんといひ度いんですが

山口義郎さんのむかしの名がねてゐて　どうしても考へ出されないんです　賎「シズ」といふ字がどつちかについてゐたことだけしか　おもひ出せないんです。ねてゐて長島の景色や人達のことを　おもひ出したりすることは　独りの日の楽しみでもあります

鹿児島でも林先生御夫妻がよろこんで下さつたことゝおもひます　むかしのうたの会のことなんかゞわけもなしにおもひ出されて来ます

あたたかくはなりますけれども呉々ものゝ、どを御大切にお暮しになつて下さい　祈つて居ります
お礼と新女苑の御案内までに　一寸書きました　さようなら
四月十三日　正子
野田様　御まへに
追伸
「小島の春」が御入用でせうか。何だか問題があるとかの話なので遠慮してゐたのでもあるのです。ごらんになられたこととも思ひますがさし上げませうか御返事をきかせて下さればいゝと思ひます。
（封筒宛名　明石海人様　御まへに　封筒差出名　山梨県東山梨郡春日居村　小川正子拝／夏）

小川が、「メンボク」とか「バンコ」などとふりがなを付けているのは、読む人のことを考えてのことである。小川正子の手紙の筆跡は、男性的で力強い。

海人への手紙を読むと、短歌の会では、医官と患者の垣根を取り外し、人間対人間の交流をしていたことが分かる。海人を本名の〈野田さん〉と呼んでいる。信頼関係が結ばれていた証であろう。正子の出身の山梨県と海人の静岡県とは隣り合っている。親近感があったのだろう。封筒の裏の差出人の〈小川正子拝〉の横に、太字で〈夏〉とある。樋口一葉の両親は、山梨県出身である。一葉の本名はなつ、戸籍名は奈津、夏子とも書いた。封筒の夏は、この夏子から来ているのかもしれない。

彼女が同封した「新女苑」の記事というのは、昭和十四年五月号に掲載された河上徹太郎の「読書のページ」であろう。
海人の『白描』には、正子を詠んだ歌も登場する。

医官小川正子先生病む

この島の医官が君の少女なす語りごとこそ親しかりしを
かりそめに病み給ふにも秋のはやさ庭の菊は香には寂びつつ

読者からの二通の手紙

続いて、海人文庫に残されていた未知の読者から届いた二通の手紙を紹介する。一人は神奈川に住む女性からで名前はない。もう一人は、東京第三陸軍病院東寮六号舎で治療中の越智旭輝からである。先に、神奈川の女性のものから。

突然のお便りお許し下され度候　小川正子女史の御著につぎ　御歌集白描拝読　誠に世にかゝる苦患のありしかと流れ出づる涙を禁じ得ずして候　健康を許されしものは　如何にしてその苦悩を分ち負ふべき義務有之候　幸にしてその道に気を投じ得べればよし　若し叶はずば蔭乍らなりとも　御慰めにならんと堅く心を相定め申し候
仰せの如くその苦患は総て天啓への誘導の他無之候　さすれば　此の病気　遠の昔　狂人にな

り居る可　或は自ら河底の藻屑と消え失せて居るべき筈に御座候　又世の深きよろこびは必ず苦悩を先として来るものゝ如くに伺られ候　激戦ありて初めて凱旋の歓喜あり　難航の恐怖深ければ着陸の喜び例へ難きもの　と相成候

御気の闇深ければ　その後に来る光の如何許り明らかなるべきや　かゝる時の一刻も早く来らん事を切に〳〵祈り上候

何の御慰めにもと有じ居り候ところ　愛読の一書をおもひ出し読みさしにて候へども買ひて来ます（別便にて御送り申上候）

暇《イトマ》も待たれず誠に失礼とは存じ候へども御覧にあれ申候　之は或有名なる人の随筆集にて　基督教の簡明なる解説書とも存じられ候　怪しげなる節まわしの讃美歌、むなしき神様等は基督教の本質とは何の関係無之候　これら千歳の盤　真心をもって　その霊魂を托《タク》して、無学なるも博学なるも、古今東西あやまちし者一人も無之候　上に他の光無しとは申さずとも活学なる、他を知らず為此の確うなるを有じ候間　或は既に御熟知の上御嫌裏のものかも有じ候へとも　御再考願ひ上げし理解候御座候　目次に赤き丸印の上、通計三十点足らずにて御読了の筈　御一読願へ候はゞ幸甚の至りに御座候　その上にて御棄却の段は　つゆ御恨み申すべくも無之候　何れの道にてもあれ　かの日座の深きしゞまの　単に平和のみでのこらず　涌き出づる歓喜にて淘たされん事を切に祈り上居り候　多年吾があこがれの和歌の道の嫉ましき迄の御上達必ずや霊魂の秘うなる道もかくらんと存じ上げ居り候

かしこ

昭和十四年四月十七日夜

神奈川にて　一女

この手紙は達筆で、解読には全く自信はないが、意味は分かっていただけるものと思う。次は、越智旭輝のもの。

長島の／明石海人様

此の頃はよく世間にあなたがたのものや、あなたがたの生活のルポルタアヂユのやうなものが出ますので私はそれを読んであなたの癩は天刑でもあつたけれど亦天の啓示でもあつたといふことの理由のやうなものを知らされたりしました。

それは私の外からの他人行儀な感想でありましてその間の具体的な心理の流れといふやうなものに口をはさむのは私達には資格があまりにありません。如何に真実に想つても　それを口に出すと嘘のやうなものになつてしまふとヂイドといふ人はなか〳〵うまいことを言ふております。

「白描」一巻。私は歌に就いてはなにも知りませんが、心の中に燃えてゐるものがあれば解らなくてもお互に共感は得られるものと思つております。

あなたにあなたとしての燃えるものがあるやうに私にも私としての燃えるものがあつて、それが深い浅いの相違はあつても、私に「白描」といふ歌の本を何回も読み返さしました。

失礼だけど私は支那へ戦争に行きまして　たつた八ヶ月丈け北支で戦ひました。徐洲の近辺で腹をやられて内地還送となりましたが、今は大分良くなつて表記の処「東京第三」といふ陸軍病院に居りますが、病ひと闘ふ気持といふ点では非常によく身に沁みるものがあつて、時には鼻のつまつてくるやうなことがありました。

あなたがたにどうか心をいれて療生致されてと言ふことも出来ますまいが、私はなんとしても苦悩の少ない様に希はずには居れない気持で、どうかむづかしいことをお考へにならず此の気持丈けは御許容の程たのみます。

御病状を察しまするると、栄養は「おかゆ」といふ流動物から摂つて居られる様子、なにか液体で「口すさび」になるものをと思ひましたが、そういふものは容器が「ガラス」で途中破損の危険が多いので、舌の上にのせれば溶けてくれるやうなものを友人に頼んでおきました。役に立つか立たないか、その友人は東京でつつましやかにそして健康に、だが多分に夢をもつて暮して居ります。どうかそういふ人事の一節でも亦「街」といふ風物の一部でもお考へになつて一刻の時間をお過しになつてくだされば喜しく思ひます。

長くなりますのでここで失礼。

（昭和十四年）五月二十七日

東京第三陸軍病院東寮六号舎　越智旭輝

この手紙には、『白描』を何度も読み返した旨が綴られている。海人は、うれしかったことであろう。

ただ、このころ海人のもとに届いた未知の読者からの手紙が、この二通だけだったとは思えない。

というのは、海人の身近にいた松村好之は、〈それまでと違って、思いがけない稿料が次々と送られて来るし、有名、無名の人々から激励と称讃の手紙やハガキが多く来るようになり、代筆する春日も張り合いが出て来た。〉（『慟哭の歌人』）と書いているからである。少なくとも、このころ届いた葉書は一枚も見当たらなかった。おそらく、その多くが散逸してしまったに違いない。

私も、本が出るたびに未知の読者よりお便りをいただくが、とても嬉しいものである。海人の場合も、病床でこれらを読んでもらう時、自分の思いが読者の心に届いたことを感じたに違いない。海人のこの喜びは、これらの作品を生み出すのに関わった多くの人たちの喜びでもあったはずである。これらの手紙を解読しながら、私は文学の素晴らしさを改めて感じていた。

第八章　明石海人の死

『白描』の印税と明石海人賞

初めて『白描』の印税が届いた時のことを、内田守人は次のように書いている。

海人が待っていたのは印税であった。五月の初めにその印税が届いたのである。初版は確かに二千部か三千部ぐらいであったと記憶しているが、一円四十銭の二割で合計の五百円から八百円程度の金額であった。施療を受けている病者の身にとっては、まったく思いがけぬ収入である。海人は「先づ故郷の母に送つて永年の不孝の万分の一を償ひ、又同病者の短歌運動の為に有効に使用したい」といった。かくて「明石海人賞」は制定せられ、長くこの島に海人の気魄が遺るようになったのは喜ばしいきわみであった。（『日の本の癩者に生れて』）

この文章から、海人の印税が破格の一割支払われていることが分かる。改造社の社長の山本実彦は、実に男気のある人物であった。内田は、のち山本と会っているが、その時のことを次のように書いている。

筆者も遺稿集が出る頃改造社を訪問し、山本社長と親しくお逢いしたが、『新万葉集』によって明石海人という新人、しかも運命に悩む者が発掘された事を大変喜ぶといっていた。（『生れざりせば』）

また内田は、初版が二千だったか三千だったか記憶が曖昧なようであるが、海人文庫に改造社からの昭和十四（一九三九）年二月二十一日付の「三千部」の「検印受領書」が残されていた。初版は三千部であり、印税は八百円ほどであったはずである。

海人らしいと思うのは、自分だけのためではなく、協力してくれた仲間たちのためにも使おうとしていることである。こうして「明石海人賞」は設立された。

ちなみにこの「明石海人賞の設立」の文書は、愛生園に残され、『長島は語る　岡山県ハンセン病関係資料集・後編』に転載されている。また内田守人も「明石海人賞制定に就て」（「愛生」昭和十五年一月号）で触れている。これらによると、海人の母・野田トヨ（荒波註＝せい）より寄付された三百円の利子をもって、毎年一回俳句、短歌、詩謡の各団体の各一名ずつに授与される。記念品は、受賞者が好きな書籍。推薦方法としては、㈠実作家として優秀なること、㈡人格的に無難なること、㈢所属団体に功労があること、の三点を以って各団体が二名を推薦し、受賞者は園長が決める。授賞期日は、毎年十一月十日の「み恵の日」に決まったが、一回目は少し遅れて十二月二十日。

第一回の受賞者は、短歌会からは長野節雄、俳句会からは赤木半歩、詩謡会からは新谷孝照。

『慟哭の歌人』によると、五回ほど続いたようである。

文芸を志す患者たちにとって、大きな励みができたに違いない。

ある訪問

五月中旬、病床の海人を訪ねた人物がいる。

その人物とは、婦女界社の特派記者・長島正男である。彼は、数日長島に滞在し、そのルポルタージュ「癩者一千人と共に宿命の孤島に暮す記―小川正子の『小島の春』国立癩療養所愛生園を訪ねて―」を「婦女界」（七月号）に発表している。このルポは、光田園長にスポットを当てたものであるが、当時の島の様子が生き生きと伝わってくる。

長島記者が、ベストセラーとなった小川正子の『小島の春』を片手に、懸賞小説で入選した岡山在住の葛山幹夫とともに長島の地を踏んだのは、五月十四日のことであった。

二人が不安な気持ちを抱えて上陸すると、日焼けした顔の光田健輔が出迎えてくれた。温かい人柄に、ハンセン病学界の権威という言葉が結びつかない。その日、長島と葛山の二人は、光田に島中を案内された。長島は、この島に来る前まで、死を目前にした荒み切った人々の群れを想像していたが、患者たちが生き生きと作業に従事していることに目を見張った。

翌朝、長島は恵の鐘の音で目を醒ました。二人は、さっそく御恵の森を抜けて丘を下った。重病舎水星病棟にいる明石海人を見舞うためであった。

白い消毒着で全身を包み、頭髪を覆った長島と葛山は、同じ格好をした光田園長の後に続いた。

一行が水星病棟の入口まで来ると、廊下の窓ガラスを拭いていた看護助手の軽症者たちが、一斉に園長の光田に挨拶を始めた。二人が光田に続いて入ると、忙しく立ち働く軽症患者や看護婦たちが目に入った。その人たちの間を身体で押し分けるように進んで行くと、全身包帯で覆われた患者たちの姿があった。いくつかの部屋を抜け最後の部屋に来た。ここに明石海人がいるのだという。光田健輔が海際のドアを開けると、ベッドに横たわっている海人と、その横で口述筆記をしている春日秀郎が目に入った。

「明石君、君にぜひ会いたいというお客さんだ。『婦女界』の長島さんと葛山さんだ」

春日の介添えによって辛うじて半身を起こした海人の頭が微かに動いた。何か言おうとするのか呼吸管が微かに鳴った。

長島は、思わず海人の傍に寄ったが、何と声をかけていいのか分からなかった。絶句したまま長島の頭の中は真っ白になった。

「どうか……もうどうか横になっていらして下さい」

長島は、それだけ言うのがやっとだった。二人はお辞儀をして外に出た。と、その時、長島の目から突然涙が溢れ出た。気がつくと、横にいる葛山も泣いていた。駆けてきた春日に消毒着を脱がせてもらった二人は、園長を残したまま歩き続けていた。じっと立ち止まってはいられなかったのである。

明石海人は生きていた！　長島は、そのことに心揺さぶられる思いがしたのだ。この気持ちを言葉にしたら、何だろうか。長島は考え続けていた。悲惨？　いや違う。恐怖？　違う。生命の強さ？　違うようだ。その時、光り輝いて、「感動」という言葉が浮かんだ。そうだ、それは何か凄まじい一種の感動なのであった。

知らぬ間に、光田が二人の傍に来ていた。

「明石君も永くはないでしょう」

暗い顔をして光田は言った。

「明石さんはいま、歌を作ることだけで生きています」

春日が言った。その時、長島の脳裏を、海人の歌が浮かんでは消えて行った。

ここにしてわれも果つらむ病室の壁のよごれに滲む灯のいろ
いつの日にまた汝を見むあひ見るも苦しきまでに疾みくずれたる
まじまじとこの眼に吾子を見たりけり薬に眠る朝のひととき

長島は、この号に掲載された「編輯日記」でも海人に触れていた。

五月十八日
岡山県の国立癩療養所長島愛生園水星病棟で、病む明石海人氏に会つた時の感動だけは、終生忘れることができないでせう。悲しさだの苦しみ、恐怖、醜さ、生命力、そんなものをとつくに通り越した凄まじいまでに厳粛な一種の感動に打たれれて、病床の傍に立ちつくしてゐました。

帰途、深夜の岡山駅を発って、車中であの清らかな悲しみに溢れた氏の歌集を開いた時、初めて涙が流れました。（長島）

長島の気持ちは、彼の文章を通じて、多くの読者に伝わっていったはずである。

内田守人への遺言（「海人の巨匠的おもかげ」より）

内田守人が、海人から遺言を受けたのも、このころのことだと思われる。

海人の死の二、三週間前頃に内田が海人の病床を訪れると、彼は床の上に起き直って、

「今度は何うもむづかしい様であり、今日は幸に気分が佳いから先生に御願いして置きたいことがある」

と改まって何か言いたい様であったが、海人の咽喉の調子が悪く、急に言葉が継げなかった。そこで内田が海人の気持ちを汲み取り、又彼の気持ちをやわらげる為に故意に軽くあしらって、

「まだ大した事はないのに、そんなに改まらないでも良いだろう。死後の事って？　君、以前から計画していた君の詩と散文とを一緒にして遺稿集位出すことは、ここではっきり約束して置いてもよいと思う」

と言うと、海人は、大きく頷いている。自分の思いを、ズバリ察してくれたからである（この時内田守人は、島田尺草の第二歌集『櫟の花』の費用を負担したように、もし改造社が出してくれなかったら、

自分が費用を負担することを覚悟していたはずである）。遺稿集が売れれば、印税が入る。わが子瑞穂の学資や残された家族の生活費にすることができるかもしれないのである。内田のこの言葉を聞いて、海人はもう何も思い残すことはなかったであろう。父親として、また野田家の一員としてやるべきことは、総てやり遂げたのである。

明石海人の死

海人の身体の衰弱が激しく、まもなく死を迎えるであろうことは、誰の目にも明らかであった。喉切開の少し前から付添にカムバックした涌井が、このころの海人の容態を詠んだ次の二首を残している。

紙とるもフォーク執るにも盲友は知覚残れる舌《した》たよるなり
塵紙を口にまづとり手に移し頰にたしかめ尻を拭くなり
（内田守人「海人の巨匠的おもかげ」で紹介）

涌井は、また次の歌も残している。

薔薇の花潰えたる鼻に寄せやりて嗅ぎとめさせしこともありにし　（「追悼歌」）
せめてもの慰めとなればと思ひ金糸雀をつれて行きみとる

つまりたる呼吸管《くだ》替へ居ればかたはらの雛金糸雀は餌を欲りて鳴く

海人には知らされなかったが、下痢が激しくなった四月には、腸結核の診断が下されていた。もう林檎のしぼったものしか受けつけない。

「文藝」から依頼された『白描』の小説化の依頼も断念する他なかった。短歌会からも、交代で看護についたらどうか、という話も出始めていた。

虫の知らせとでもいうのか、何だか気がせいて、明石叢生病院からの友人である長野節雄夫婦が海人の補助看護についたのは、六月八日のことであった。その夜、海人の耳もとで長野が来意を告げると、呼吸管の奥から「有難う、有難う」という海人のはっきりとした声を聞いた。失明し、手が萎えてしまった長野が、直接海人の看護はできない。けれども、海人に何かあれば、傍に寝ている看護の人を起こすことはできるのである。

このころ、ハンセン病者の多くが重い運命に抱かれていたが、長野節雄もその一人だった。熊本の豪農の家に生まれた長野は、中学校入学間際に発病している。何も知らない友人たちから、遊びにくるという言伝が届くと、卵を二つ三つ懐に入れ、阿蘇山の見える裏山に登り、焚火をして遊ぶのが常であった。腹が減ると、卵を灰の中に埋め、ゆで卵にして食べた。長野が友人たちを避けるのは、彼らにうつしてはいけないという配慮と、自分だけが取り残されてしまったという絶望感からであった。

明石病院に入院したのは、大正十三（一九二四）年のことである。当初は、家から入院費の他に

五、六十円の送金があり、周囲の患者たちの羨望の的であったが、結婚直後の昭和四（一九二九）年ごろから運命の歯車が狂い始めた。まず、視力が衰え始め、じき失明。兄二人が結核で死亡。弟は応召後、間もなく戦死。悲嘆にくれた父親は、土蔵の中で縊死を遂げ、財産は四散した。

長野節雄は、やすらかに眠る海人の横で、元気だったころの交際を思い出していた。そのころ、いつも介護人を相手に口述筆記に励んでいる海人は、周りの人たちから近づき難い印象を持たれていた。そんな中、長野が海人をたびたび訪ねたのは、やはり創作の道を志していて、五歳年上のこの人から何が何でも滋養分を吸収したいという思いからであった。節雄の節とは、大好きな長塚節の節の字をつけたものであった。

かつて、海人の部屋に出かけていくと、いつも床から出て手探りで座布団をすすめてくれた。うっかり長居をすると、「ご飯を食べていくように」と勧めてくれる。迎えにきた妻が、「不自由な者が厄介をかけるだけでも容易ではないのに、もう一人不自由なお客さんがご飯をよばれたのではたまらない」等と嘱くことが多かった。けれども、長野には、そんな海人の思いやりが嬉しかった。『新萬葉集』に三首入選した時も、自分のことのように喜んでくれたし、今年から小川水声と三人で、長島短歌会の顧問に推薦されたことも嬉しいことであった。

そういえば、海人が長野の家に最後に遊びに来たのは、歌集のための歌の整理に忙殺されていた昨年の九月のことであった。

「二日ほど、書記をやってくれる者の状態が悪いので遊びに行く」

前もって、そんな言伝が届いて、遊びにやってきたのであったが、それまでいた目白舎から慈岡寮に移った後だったので、それはかなりの距離を歩いたはずであった。

その日、海人は長野の家で食事をよばれ、長野の妻が読む北原白秋や島木赤彦の作品に耳を傾けて一日遊んでいった。あれが最後だった。日が暮れて、迎えにきた付添と一緒に上機嫌で帰っていったが、その後二、三日はひどくこたえたという噂を聞いた。それから調子を崩したようで、喉の切開に到ってしまったようだった。

「海人さんはどんな具合だろうか」

長野が時々妻に聞くと、妻は、涌井の献身的な看護を語った。到れり尽くせりで、呼吸管に痰がつまってゆっくり掃除ができないとみると、自分の口を呼吸管にあててつまった痰を吸い出しているという話だった。それを聞くと、長野の気持ちは和んでくるのだった。

その夜、海人は寝苦しいのか、何度も寝返りをうっていた。翌朝、長野夫妻は、海人を元気付けると、静かに去っていった。(「故明石海人兄を思ふ」より)

この夜、看護に就いたのは、山口義郎だったようだ。

翌六月九日。この日のことは、内田守人が虫明邦夫の名で発表した「宿命の歌人明石海人の一生」に収録された涌井の「看護日記」から知ることができる。

朝、涌井が駆けつけると、海人は水を少し飲んだ。七時になって林檎を半分搾って飲ませると、少しむせた。まもなく高見孝平も看護の手伝いにきた。

午前中に難波政士医師と看護師がやってきて、葡萄糖の注射をした。明治四十(一九〇七)年に岡山市に生まれた難波は、昭和九年に岡山大学医学部を卒業すると、昭和十一年から長島愛生園に勤務していた。

涌井は、次の一首も残している。


命きはまるその日なりしに昼さめてラジオの音楽聴きとめてゐし　（「追悼歌」）


昼ごろは、ラジオの音楽を聴いている。調子が良かったようだ。午後一時ごろ、短歌会から見舞いが届く。松井小波が、林檎とトマトを持って来てくれたのだ。

二時ごろ、海人の咽喉がゴロゴロ鳴り出したので、気になった涌井は、看護師に注射をしてもらった。涌井は、午後も看護にやってきた高見孝平と心配し合っている。

ほどなく、内田守人がやってきた。内田の目には、臨終が迫っているとは思えなかった。彼の官舎は島の外にあり、翌日は出張なので、内田が生前の海人に会ったのは、これが最後となった。ほどなく、婦長の桑野ゆきもやってきた。

夕食後、秋山姉、高見孝平、防部姉がやってくる。夜の介護は、八時から高見みゆきと木本姉だ。涌井がいろいろと勧めるが、海人は何もいらないと言う。ただ、静けさの中に浸っていたいようであった。

涌井が帰る時刻になっても、今日は帰ってもいいとは言わない。看護に来てくれている人の名を涌井に聞き返す。口には出さなかったが、大野悦子の到着を待ちかねているようだった。そんな海人を置いて、涌井は帰ることができなかった。まもなく、大野悦子がやってきた。

「大野先生ですよ！」

涌井が囁くと、海人の顔は和んだ。

「野田さん、野田さん！」

と大野が枕元によって海人に話しかけると、

「先生……、いろいろお世話になりました」

と、呼吸管の奥から答えた。

「何かほしいものはありませんか？」

と大野が聞くと、海人は、

「みずを、みずを……」

と言った。大野が海人の身体を抱き起こし、コップに入っている水を飲ませると、海人はうまそうに二口、三口飲んだ。海人の容態が急変したのは、この直後のことであった。すぐに難波医官が駆け付けてくれた。

急変を知った仲間たちも、海人の周りに続々と集合し始めた。

海人危篤の報は、島の外の官舎の内田守人にも告げられた。

危篤を島外なる内田医官に告げて
電話口に言途切れつつ親のごと案じます師のみ顔見ゆがに　（当直の夜　角田歌津緒「追悼歌」）

海人の閉じられた両目からは、薄い水脂が流れ続けている。呼吸管からは、不規則な呼吸が絶えに続いている。松村や山口たちが飲ます水も、胃まで届かず呼吸管から流れ出てしまう。

「野田さん、野田さん！」

大野悦子の呼びかけにも、もう何の反応もしなくなってしまった。看護師が何回かカンフル注射を打つが、効かないようだ。眠っているような海人の顔が、ガクッと動いた。命が燃え尽きた瞬間であった。海人は静かに、父や弟やわが子・和子のいる世界へと旅立っていった。聴診器をあてていた難波医官が、

「ただ今、御臨終です。お気の毒でした」

と低く言った。山口義郎が時計を見ると、九時四十五分をさしていた。その文字が急に滲んだ。山口は立ち上がり、そっと涙を拭いた。

大野悦子が、海人の手を組み合わせて胸の上に置いた。誰が持ってきたのか、マーガレットや白百合の手向け花が飾られている。十時までに亡くなった時には、園の規則でその日のうちに解剖室に運ばなければならないが、誰もそのことには触れない。

「今夜は、野田さんのことを語り明かしましょう」

大野悦子が言った。

葬式（「病友明石海人を看取りて」より）

夜明けとともに、親しい人たちの手で湯灌が始まった。中心になって働いているのは、大野悦子

だ。クレゾールで顔から足の先まできれいに拭かれていった。

それと同時に、海人の訃報を知らせる、ピュルルルル……、ピュルルルル……、というもの悲しい笛の音が、あちらの道からこちらの海辺へと流れていった。吹いているのは、松葉杖の松村好之である。この笛は、まだ愛生園に放送設備がなかったころ、静岡の飯野十造牧師から贈られた角笛で、広い園内のあちこちに点在する教会員に集合の合図をするためのものであった。やがて、光ヶ丘の頂から、明け六つを知らせる恵の鐘が鳴りだした。海人の遺体は、担架に乗せられ、解剖室に移されていった。山口も一翼を担った。身体が大きいので彼の足は、担架からはみ出していた。そんな彼の身体はずっしりと重かった。

解剖室は、赤い甍に網戸をめぐらせた十坪余りの建物である。島の中央にある医局や病室の地続きにあった。このころ患者たちは、ハンセン病の解明に寄与するため、死後に解剖されることを当然のこととして受け止めていた。

解剖室に着くと、遺体は木製の台の上に移された。牧師役の教会委員の司会の下に、故人が生前愛唱していた三百六十番の讃美歌によって式は始められた。

主よみもとに近づかん　昇る道は十字架にありともなど悲しむべき、主よみもとに近づかん

松村の哀切を極めた祈禱の言葉を聞きながら、山口の心に、ふとその思いとは反対の思いが湧いてきた。

果たして彼は、善良なキリスト教者であったろうか。聖書もこの一、二年繙《ひもと》くこともなかった。祈りという形式的なことも一切好まず、教会にも殆ど出席していなかった。そんな君は果たして天国に行けるだろうか。

そんな思いを打ち消すように、もう一人の自分の声が聞こえた。いや、そうではない。神が創り、神が営み給う森羅万象を、飽くことなく見極め、その不可思議さを、その美しさを悲痛のどん底から、命を縮めてまで讃嘆した彼ではなかったか。〈涙と共に種を播くものは喜びの歌と共に刈りとらん〉と聖書にも記されているではないか。

明石海人の霊は必ず救われる。山口は安堵して、讃美歌を力強く歌い続けていた。

「NABK、こちらは事務分館であります。臨時ニュースを申し上げます。ただ今から明石海人さんの葬式が出ますから、縁故の方並びに曙教会員の方々は、多数お見送り下さい」

園内のラジオがそう告げた時、すぐに仕事を片付けた山口は、急ぎ足で解剖室に向かった。近づくと、初夏の日差しをさけて松の木の下や白楊の葉蔭に待機している大勢の人たちが目に入った。解剖室の中から棺に釘を打つ音が聞こえる。

間もなく、棺が霊柩車に移された。山口も思わず駆け寄った。霊柩車は、軋んだ音をたてながら、山道を粛々と火葬場へと進んでいく。山口が振り返ると、光田園長を初めとする白衣の集団の後に、大勢の病者たちが続いている。山口は、こんなに大勢の病友に見送られて海人は幸せ者だな、と思った。何度も振り返りながら山口は坂道を登った。やがて大きなカーブを曲がり坂を下ると、霊柩車は火葬場に着いた。昨年移転改築されたばかりの海辺の火葬場は、まだ新しい。

霊柩車が正面に置かれた。その前に、色とりどりの切り花と、短歌会が贈った十字架の花輪が置かれた。その花輪には、〈哀悼　明石海人兄〉と書かれている。

まず初めに、海人の友人であり、長島短歌会の常人幹事の一人でもある山口が前に出て、ポケットから一枚の紙を取り出した。その紙には、歌集『白描』に収録された海人の長歌「父なる我は」が書かれていて、山口はそれを朗読する役になっていた。この「父なる我は」は、「短歌研究」（昭和十三年七月号）に掲載された「疫を生く」を改題改稿したものである。山口は大きな声で読み始めた。

　父なる我は
子も妻も家に置きすて　天刑の疫《えやみ》に暮るる　幾とせを　くづれゆく身体髪膚に　声あげて笑ふ日
もなく　いつはなき熱のみだれに　疼きては眼をもぬき棄て　穿てども喉のただれの　募りては
呼吸《いき》も絶えつつ　死しはあへぬ業苦《ごふく》の明暮　幾人はありて狂へり　誰れ彼は縊れもはてぬ　なが
らへて人ともあらず　死に失せて惜まるるなき　うつそみの果にしあれど　あが父の今か帰ると
そが母も共に待つらむ　吾家なる子等をおもへば　壊《く》えし眼の闇もものかは　世にありて人の
測らぬ　歎きをもなげかむ　惧れをも敢ておそれむ　天国はげに高くとも　地獄こそまのあたり
なれ　次ぐ夜の涯は知らねど　副ふ魂《たま》のかぎりは往かむ父なる我は

その長歌を読み上げる山口の喉を、何度も熱い塊が襲った。辛うじて読み終わった時、背中から大きな拍手が起こった。

次に、曙教会の会員らによる讃美歌が松村の指揮で始まった。その中には、懸命に介護をした涌井の顔も見える。五百二番の讃美歌は、くり返し歌われている。

みつかひよ　つばさをのべ永遠の故郷へのせゆきてよ　永遠の故郷へのせゆきてよ

その歌声に合わせて、献花が始まった。まず初めに、親族代表で大野悦子が前に出た。婦人席の方から嗚咽が漏れ始めた。

山口は、海人の作品の中に、彼女に捧げた詩があることを思い出していた。

貧しい讃頌
――われらの母大町先生へ――

――それは寂しいまでに澄む星の眼ざし
天降《あまくだ》つて地表にゆきわたる夕靄のうるほひ
よるべなき落葉たちを、憩はせ和られげ
眠りにつかせる大地の子守うた――

太陽を見あげることができなくなつた
かずかずのわくら葉おち葉は
梢を追はれてさまよふうち
いつしかその胸に吸ひよせられてゐた

かれらはそこで失はれた魂をさづけられ
省察に謙虚に懺悔によみがへつて
思ひおもひに久遠《くおん》の鍵盤を鳴らしはじめた
星に語る言葉、風にこたへるうた
せせらぎにあはせる踊りなどが
つぎつぎにかれらの生活を富ませていつた

落葉たちはもう宿命を悲しまなかつた
あるがままに生き与へられたものに額《ぬか》づく
つつましい歓の深さを知つたのだ
霙も氷もいまはけはしさを失ひ、却つて
来らんとする春への希みをふかめる

冥想のしらべとさへなつた

かれらは古い仲間がしだいに土に還り
あたらしい仲間が降りつもるのを
しづかな共感をもつて見つめてゐた
去りゆくものと来るものとは
同じ波長のもとに交響した

かれらはもうふしあわせな落葉ではなく
大能《たいのう》の手に統《す》べられる歴史の一頁であつた
いつのまにかあたりに群れてゐる
青い小鳥たちをかれらは見知つた
あるにかひなく梢を離れて来た落葉たちは
ここに至るまでの道すぢをかへりみて
言ひ難い想ひに深くもうたれるのであつた

来るべきものはつひに来た
否《いな》、あるべきものは巳に供へられてあつた

一つの叡智はいみじくもそれを識つてゐた
まことに、そこにあまねくゆきわたり
凡てをつらぬき、みちびいてゐるのは
かの、光なきに視、こゑ無きに聴く
世にあつて稀に、聡明な愛の
絶えまのない忍苦の像《すがた》であつた

（虫明邦夫「宿命の歌人明石海人の一生」の中で紹介）

大野悦子の苗字が大町になっているのは、当時ハンセン病への差別偏見は、ハンセン病療養所で働く者にも及んでおり、それを防ぐための配慮である。

大野悦子の献花が終わった。次は光田園長だ。光田健輔が、祭壇に向かってゆっくりと歩き始めた。リューマチを病んでいる光田は、片足を引きずるような歩き方だ。六十三歳になった彼の頭髪は、もう真っ白だ。その後に、各職員、宗教代表者、友人、短歌会代表と続いた。山口も、一本のカーネーションを捧げた。

ゆるやかに時間が流れていった。式が終わり、人々は帰り始めた。山口もその流れの中にいた。

誰かに呼ばれたような気がして山口が振り返ると、高い煙突の先から、うすい煙がまっすぐに空に向かって上っていくのが見えた。ああ、やっぱり海人さんは天国に召されていくのだな、と山口は思った。

「海人さん、短歌会は、私たちが協力してやって行きますから、安心して下さい」

山口は低く呟いた。その時、さわやかな風が山口の左頰を撫ぜた。振り向くと、紺碧の瀬戸内海が、キラキラと光り輝いていた。

逝きませし君の白描は永久に悩める病友をみちびきたまふ　西幡富子（「追悼歌」）

海人が大き努力を学ばなと歌詠み初めし我は思ふかも　吾妻武夫

自分からが暗に燃えつつ海人は我れ等癩者の道開きけり　木下實男

現身は崩れ行くともいやたかく君の魂《こころ》は輝きにけり　紀井沓

現世の人等厭へる癩者にも名をなす人のあるぞ嬉しき　與志多稔

骨上げ式は、翌朝、厳粛に行われた。わずかの灰といささかの骨片となった海人の姿が、山口の目に入った。小さな骨壺二つに、それらは納められた。一つは、納骨堂に、もう一つは故郷の肉親のもとに送り届けるために。

火葬場今朝ひそまりて歌詠みの君が遺骨の我が眼にしるき　沖島紅南（「追悼歌」）

土岐善麿「『白描』の著者を悼む」

海人の死を知った内田守人は、改造社に海人の死を知らせる電報を打った。すると、〈ゴエイミンヲイタム。イコウトドメオカレタシ〉の弔電と共に、香料三十円が送られてきた。

弔電が届いたのは、改造社ばかりではなかったようだ。松村好之は、〈また思いがけず改造社を始め投稿していた雑誌社や、前川佐美雄主宰から弔電が送られて来た事は、身に余る光栄であったと言わなければならない。〉（『慟哭の歌人』）と書いている。

海人の文通相手であった春野雪彦も、松村好之から海人の死と十六日の午後六時から追悼会があることを知らされ、十五日に〈サヨナラ、アカシヨ、ケレド、アナタハ、エイキウニ、ワタシノタマシイニイキル、ハルノ〉の電文を今日打ってほしいと刑務所に出願している。

プロローグで紹介したが、同月十三日の「東京朝日新聞」と「大阪朝日新聞」は、海人の訃報を載せた。

このころ、故郷で療養中の小川正子から、愛生園に海人を悼む手紙が届いた。内田守人は、〈前掲の朝日新聞の記事（荒波註：海人の訃報）を見て、そのころすでに甲府の自宅に胸部疾患静養のために帰住していた『小島の春』の著者小川正子姉から、海人の長逝を悼みながらも、ハンゼン氏病患者の死亡の記事が、大臣並に堂々と新聞の三面記事に出るようになったことを、心より喜んだ手紙が届いた。〉（『日の本の癩者に生れて』）と書いている。

同月十五日の「短歌新聞」は、「明石海人氏逝く／印税で海人賞設定」の見出しで詳細を伝え、「明石海人作品抄」十六首を掲載している。

また同月十八日には改造社の大橋松平が来園し、海人の遺稿の殆どを持ち帰り、同社の五大雑誌の八月号に掲載することを約束している。

「愛生」（七月号）は、海人追悼号となった。「白描以後（遺詠）」二十四首（内容は「改造」の「越冬」と「短歌研究」の「絶詠四首」を合わせたもの）、遺稿詩「夢」一編。「愛生詩人の巨木性」福田正夫、「悼詩」葛井和雄、「盛夏詩風韻」吉川則比古、「送葬歌」岸上哲夫、「悼詩　明石海人氏の霊に捧ぐ」秋山志津夫、「巨火」青木勝、「詩人明石海人さんのこと」山田青路、「追悼歌」光田長濤（健輔）一首、脇須美五首、内田守人四首、田尻ひろし五首、長島短歌会三十一名六十七首、「明石海人君を哭す」内田守人、「故明石海人兄を思ふ」長野節雄。

先に触れたが、「婦女界」（七月号）では、長島正男のルポ「癩者一千人と共に　宿命の孤島に暮す記―小川正子の『小島の春』国立癩療養所愛生園を訪ねて―」が掲載された。

この時の読者の反響は大きかったようだ。というのは、翌八月号の「おたより」欄で、二人の読者が触れているからだ。〈「夾竹桃の花」／東京　藤浪ゆかり／（前略）そして一番先に拝見したのは「愛生園を訪ねて」の御記事でしたの。／宿命に哭く人々の上を思ひ、満足な肉体を持つ仕合せな私達は、決して不平不満は云へないと、しみじみ考へたことでした。／明石海人氏もついに亡くなられましたのね。（後略）〉

この投稿文に対する編集部の返信でも触れていた。〈愛生園のことを想へば、癩病こそ私達人類から撲滅しなければならない病気と思はれます。（後略）正子〉

次に、もう一人の読者のものを紹介する。〈「文学的な高さ」／呉市　大畑晴子／（前略）長島愛生園の記も、非常にうれしく読ませて頂きました。／丁度明石海人氏の、白猫《ママ》を最近愛読して、その敬虔な心境、非凡な作に、胸を打たれてをりました矢先きにて、殊更にうれしく思ひました。

〈後略〉〉

この「おたより」欄の下段に「編輯日記」があるが、ここでも海人を見舞った長島記者が触れていた。〈六月二十三日／明石海人氏が亡くなった。本誌前号の記事「宿命の孤島訪問記」で長島愛生園を訪れた時は、氏のあまりに衰へ果てた姿に、思はず眼をそむけ、お見舞の言葉すら満足に口に出なかつたが、いま考へればあの時は既に氏の魂が苦しみの現世を離れる、僅か数日前のことであつたのだ。氏は介護の病友和久井氏に助けられて病床の上に半身を起こされ、何か物を云はうとされる毎に喉の呼吸管が微かに鳴るばかりであつた。光田園長、内田博士の御好意により明石氏の遺稿を得、その悲劇の生涯を審かにするを得て深く胸うたれた〈長島〉〉

「改造」（七月号）には、「癩文芸を語る【座談会】」が掲載された。出席者は、阿部知二、内田守、太田正雄、小林秀雄、下村宏、本田一杉、高野六郎の面々である。この席上、内田が、〈療養所に居る者としまして、今晩のお集りを大変喜ぶ一人であります。又患者がこの会合のことを聞きまして非常に喜んで居りますから、患者に代つてお礼を申上げます。……この秋に当りまして昨年御承知の通り改造社から「新萬葉集」といふものが出されまして、これに患者が多数投稿されたのでありますす。さうして五十六人といふ多数の患者が入選しまして、今まで個々別々の雑誌に於ても癩患者といふものが注意されて居つたのでありますが「新萬葉集」に於て初めてヂャーナリズムの波に乗つたといふか、内容が社会的になつたといふか、一般に知られて来たのであります。愛生園に居る明石海人君がその第一巻に沢山入選して居りますが、現代萬葉調の随一だと高評を得まして、今回「白描」といふ歌集を改造社から出して戴いたのであります。〉と発言している。

「短歌研究」（七月号）には、『新萬葉集』の審査員の一人でもあった土岐善麿の「『白描』の著者を悼む」が掲載された。

「白描」の著者を悼む

明石海人君が死んだ、という通知を得た。遂に死んだか、まだ四十歳にはならなかったが、おそらくはこの病気に罹つたものの医学的には必然の過程を辿つて、その短い生涯を終つたものと思はれる。気の毒といつても、世間普通の哀悼の意で尽せるわけのものでない。癩といふ病気と、それの人種に及ぼす運命を考へて、今更のごとく慄然たるものを感じると同時に、これに対する施設の整備を促進せしめることが、短歌作品の上からいつても特異のものとなつた「白描」の著者への社会的責務であり、その文学的寄与に酬ひる所以でなければならないと信ずる。

海人が、『白描』の最後の「作者の言葉」に書いた、〈この一巻が救癩運動の上に、また我々癩者の生活の上に何等かの意義を持ち得るなら〉の思いを、真正面から受け止めてくれた人がいた。土岐のこの評に、歌壇という狭い世界にとらわれることのない、視界の広さを強く感じる。

海人の思いを真正面から受け止めた人は、他にも大勢いたと思われる。松村好之が、「愛生」に連載した「回心の記」に、〈『白描』は再版に再版を重ね、斯界のベストセラーとなったのである。／それより前の昭和十三年の十一月十六日には小川女医の「小島の春」が多くの人の紅涙を絞らせ、長島の騒擾《じょう》事件で光田園長の名がますます高まった後だけに、長島は一躍衆目を集めるに至り、光が丘の中腹に建てられた明石海人歌碑や、戦後になって恩賜道場横につつましく建っている小川女医の歌碑を見、その偉業を偲ぶため、多くの参観者がぞくぞく訪れるようになった。〉と書いているからである。

ちなみにここに出てきた歌碑は、昭和十七（一九四二）年五月に光ヶ丘の西北の、頂上の少し手前の楓の森の道の脇にできたもので、台座として積まれた石垣の上の洗濯板みたいな焦げ茶色の細長い石の磨かれた中央に〈美《ママ》めぐみは言はまくかしこ日の本の癩者に生れて我悔ゆるなし〉が刻まれている。筆跡は、当時厚生省予防局長で歌人の高野六郎である。ついでに書くと、長島にはもう一つ平成十五（二〇〇三）年にできた海人の歌碑がある。これは、目白舎跡地に建てられたもので、高さ六十センチほどのおむすび型の石に、〈監房に罵りわらふもの狂ひ夜深く醒めてその声を聴く〉が刻まれている。

さて、少し寄り道をしてしまった。再び土岐善麿の話に戻る。土岐は、『新萬葉集』の審査で、海人の歌に出会った時の衝撃にも触れている。

「新萬葉集」の審査の事に当つて、幾十万の出詠の中に、端なくもこの作者のものを読む機会をもつまでは、僕はその存在を知らなかつた。「明石海人」といふ名も、後に至つて初めて知つたわけである。いまでもはつきりと追想されることは、累積し重畳しつつ机上におかれたあの紫いろのタイプ刷の中から、癩患者の生活記録を発見したとき、僕は思はず深夜の四辺を見まはしたのである。何か僕は、その肉体に直面し、その呼吸を嗅いだやうに感じた。僕は、かなり多くその作品を採つたとおぼえてゐる。「新萬葉集」には十数首登載されたやうであるが、これを契機として、明石海人の作品が、世間に周知されるやうになつたことは、決して偶然でない。果して一巻の「白描」を成すに至つたのであるが、しかもその原稿整理編纂は、もはや重病患者として気管切開の前後であり、みづからこれを為し得なかつたことは、健康なものの想像も及ばないところであつたに相違ない。

海人の作品に出会った時、土岐は、強い衝撃を受け、〈僕は思はず深夜の四辺を見まはしたのである。〉と書いている。

土岐は、かつて「短歌研究」(昭和十二年十一月号)に寄せた「審査の間・審査の後」に、〈病臥の数年或は十数年にわたる「心の記録」として一種驚異をさへ感ぜしめるものもあつた。〉と書いていたが、その最右翼に海人の歌があったことは間違いがないであろう。三十一文字の短歌の威力をまざまざと見せつけられた思いがする。土岐の文章は、『白描』の評価にも及んでいる。

「白描」は第一部と第二部とに別れてゐる。そしてその第一部を主として癩患生活者の現実的な記録とすれば、第二部は、更にこれを内面的に、自己の「本然の相」をつかみ出し、えぐり出さうとする努力の作品である。彼はこゝにみづから「刹那をむすぶ永遠、仮象をつらぬく真実を覓めて、直観によつて現実を透視し、主観によつて再構成し、これを短歌形式に表現する」ことを意図したのであるが、いかにもそれは、肉を通して霊を捉へんとする新しい探求であり、まざ

〳〵と苦闘のすがたを見ると同時に、既に大自然への融化ともいふべきものを感ぜしめる。次いで来たるものが死であり、肉体の消亡であった不遇な人生の最後を思ふとき「白描」一巻によって遺された「明石海人」の蒼白き運命は、そのまゝこの一千余首の作品の中に、芸術の「不滅なるもの」を示してゐる。第二部の「翳」のうちに、一層冷徹な、静思的な感激が、超現実的なものとなつてあらはれてゐることは、これを読みたどるものにとつても、のつぴきならぬものと共に、一種平安の情を与へることを否み難い。衷心より、その冥福を祈るのである。（昭和十四年六月）

これを読むと、土岐が、この時代、海人を丸ごと理解できた数少ない表現者の一人であったことがよく分かる。ただ、プロローグでも触れたが、海人の『白描』の第二部「翳」が正当に評価されるには、歌人塚本邦雄の登場を待たなければならなかった。

この土岐の追悼文は、『新萬葉集』の審査員を代表してのものであったような気がする。

この号の「編輯余録」でも、海人の死に触れている。

〈本社の「新萬葉集」によつて一躍歌人としての天稟を認められ、今春歌集「白描」を上梓するや、たちまち全文壇の驚異の的となつた明石海人氏は闘病も遂に空しく、六月九日夜その異才を惜まれつつ、長島愛生園で永眠せられた。謹んで哀悼の意を表す。〉

海人を世に出した『新萬葉集』の審査員の一人であった土岐善麿と、海人を育てた「短歌研究」編集部の哀悼の意は、旅立って行く海人への最大のはなむけとなったことであろう。

この「編輯余録」の右ページの「出版だより」では、『新萬葉集』の補巻が出たことを伝えている。明石海人というスター歌人を生み出した『新萬葉集』の企画は、まるでその死に殉ずるかのように、静かに幕を降ろしたのである。

この時誕生した新萬葉歌人は、荻野恭茂著『新萬葉集の成立に関する研究』によると、〈延べ『七四七一人』であり、実質歌人数は、『七四〇三人か、それ以下』〉（〈実質歌人数は、『七四〇三人かそれ以下』〉と歯切れが悪いが、本文自体の誤りや重複しているものもあり、正確には分からないようだ）、歌数は、三万四百二十三首。内田守人の『日の本の癩者に生れて』によると、この中でハンセン病歌人の入選者数は五十七名。総歌数は百八十三首である。詳細は、次の通りである。

第一巻　明石海人＝十一首（長島愛生園、三十八歳、失明、日本歌人同人）、伊藤繁＝二首（全生病院、昭和六年二十三歳にて死亡、国民文学社友）、伊藤保＝七首（九州療養所、二十六歳、アララギ会員）、石川孝＝二首（九州療養所、昭和五年二十五歳にて死亡、失明、アララギ会員）、市里武雄＝三首（回春病院、昭和十二年二十九歳にて死亡、失明、アララギ会員）、泉美佐緒＝一首（聖バルナバ医院、二十四歳失明、竹柏会員）、飯崎吐詩郎＝三首（光明園、三十一歳、いぶき同人）、牛田義久＝二首（深敬病院、十九歳、作歌経歴なし）、内田加津枝＝三首（全生病院、昭和十一年二十九歳にて死亡、あしかび社友）

第二巻　大橋克己＝二首（大島療養所、二十五歳、専ら院内誌に拠る）、大竹島緒＝二首（長島愛生園、二十五歳、あしかび社友）、大津哲緒＝二首（全生病院、二十八歳、あしかび社友）、金森契月＝四首（全生病院、昭和六年二十六歳にて死亡、あしかび社友）、合田とくを＝一首（大島療養所、三十二歳、専ら院

内誌に拠る）、上村正雄＝四首（九州療養所、昭和九年三十一歳にて死亡、水甕社友）

第三巻　北千鶴雄＝一首（長島愛生園、三十四歳、勁草社友）、久保田明聖＝一首（全生病院、二十四歳、専ら院内誌に拠る）、小池秋水＝五首（全生病院、三十四歳、失明、日本短歌投稿）、小見山和夫＝二首（大島療養所、二十七歳、水甕社友）、小林功＝一首（聖バルナバ医院、二十七歳、専ら院内誌に拠る）

第四巻　桜井丈司＝一首（聖バルナバ医院、三十一歳、失明、アララギ会員）、笹井浩＝一首（光明園、二十五歳、専ら院内誌に拠る）、島田尺草＝九首（九州療養所、昭和十三年三十五歳にて死亡、失明、水甕同人）、城山達郎＝三首（九州療養所、二十四歳、アララギ会員）、白川照雄＝一首（回春病院、三十一歳、失明、アララギ会員）、白沢敏江＝三首（全生病院、二十九歳、勁草社友）、鈴木数吉＝四首（全生病院、三十八歳、失明、国民文学社友）、鈴木庫治＝七首（全生病院、三十歳、一路社友）、鈴木楽光＝八首（全生病院、三十五歳、国民文学社友）、隅青鳥＝八首（回春病院、昭和十一年四十三歳にて死亡、失明、アララギ会員）

第五巻　田中光雄＝三首（回春病院、二十六歳、アララギ会員）、田中秋穂＝一首（光明園、四十二歳、失明、いぶき社友）、高野房美＝二首（全生病院、二十三歳、一路社友）、高原邦吉＝六首（聖バルナバ医院、三十二歳、アララギ会員）、橘もと子＝三首（聖バルナバ医院、二十六歳、失明、竹柏会員）、竹内慎之助＝三首（聖バルナバ医院、三十一歳、野菊会員）、秩父明水＝九首（聖バルナバ医院、三十一歳、失明、アララギ会員）

第六巻　長野勝広＝三首（長島愛生園、三十二歳、失明、水甕社友）、永井静夫＝一首（光明園、三十三歳、いぶき社友）、西広みどり＝二首（光明園、四十一歳、いぶき社友）、野添美登志＝二首（九州療養

所、三十四歳、アララギ会員)

第七巻　平鍋狂濤＝一首(全生病院、昭和六年死亡、専ら院内誌に拠る)、広坂美津夫＝一首(聖バルナバ医院、三十三歳、竹柏会員)、藤本とし子＝一首(光明園、三十八歳、いぶき社友)、冬城哲彦＝一首(九州療養所、二十三歳、アララギ会員)、古谷弘＝五首(聖バルナバ医院、三十六歳、失明、アララギ会員)、伯々上葭人＝一首(光明園、四十八歳、失明、いぶき社友)、槙佐貴雄＝二首(全生病院、二十三歳、勁草社友)

第八巻　水原隆＝七首(九州療養所、昭和九年三十六歳にて死亡、失明、アララギ会員)、村上多一郎＝四首(九州療養所、三十一歳、アララギ会員)、光岡良二＝二首(全生病院、二十八歳、勁草社友)、森光丸＝三首(九州療養所、昭和十三年一月三十二歳にて死亡、アララギ会員)、柳沢勲＝一首(全生病院、二十九歳、勁草社友)、山口頂風＝二首(全生病院、昭和七年三十七歳にて死亡、専ら院内誌に拠る)

第九巻　吉田友明＝三首(九州療養所、三十六歳、アララギ会員)、吉岡恭之＝一首(全生病院、二十六歳、失明、国民文学社友)、小川一男＝九首(長島愛生園、二十八歳、失明、短歌研究投稿)(以上、内田守人編著『三つの門―ハンセン氏病短歌の世紀　全国ハンセン氏病者合同歌集―』より)

海人フィーバー

長島愛生園にやってきた大橋松平が約束したように、改造社の八月号の五大雑誌には総て海人の作品が掲載された。

「短歌研究」には、海人の「病中日記」及び「絶詠四首」、詩「入江」他三編。「癩患者と歌悦」下村海南、「明石海人の印象」光田健輔、「海人の巨匠的おもかげ」内田守人、「海人追悼の歌」長島短歌会有志、「明石海人を悼む」十一首・内田守人、が掲載された。
下村海南は、〈白描一冊は歌集であるが又同時に一つの経典である。〉と書いていた。ここでは、先に内田守人の「明石海人を悼む」十一首を紹介する。

看護夫《みとりふ》を呼ばむと君が振る鈴のあやふき手つきは吾が眼とらへし
おぼつかなく雙手にはさみ振る鈴はドアーの内にたやすく消えぬ
あやふくも振る鈴の音は高からず外に聞えよとドアー開けやる
盲ひし眼にたまりし眼脂《やに》を拭ひやるこの看護夫を吾は賞《よみ》せり
食道に入れたる筈の牛乳が隣の気管孔ゆ流れ出るてふ
ひときれのカステラに六回の下痢ありきひたすらにこそ食を怖るる
白描の印税のこと語りつつ母と歌友《とも》とをまづ口にせし
肉親のみとり願はずもてあませし命すがしく君は果てたり
死水すらやられざりしを母と妻が抱き合ひつつ泣きしと告げ来し
後のこと語り置かむと置き直るある日の君を笑ひとどめし
白描の名声いかに高くとも子に語られぬ嘆《なげき》つげ来し

次は、海人の「絶詠四首」である。

夏はよし暑からぬほどの夏はよし呼吸管など忘れて眠らむ
起き出でて寝汗を拭ふとひとしきり水鶏の声は近まさりつつ
梅さくら躑躅いちはつ矢車草枕頭の花に年闌けむとす
起き出でて探る溲瓶《しびん》の前後《まへうしろ》かかるしぐさに年を重ねし

「改造」には、小説「双生樹」。「文藝」には、小説「高圧線」、「明石海人」内田守人。「大陸」には、随筆「粉河寺」。「俳句研究」には、「手記二章」及び俳句「南島句抄」十六句、「明石海人と俳句」田尻ひろし。

続いて改造社からは、八月十九日に『海人遺稿』が刊行された。海人の随筆、短歌、詩、散文詩、病中日記、「跋その一」光田健輔、「跋その二」内田守人から成っている。

「婦女界」(八月号)には「宿命の孤島に妻子を恋ひつつ逝く　盲目の歌人明石海人の悲劇の生涯」の総題で海人の随筆「出郷」と「故郷の愛児に与ふ」と、「宿命の歌人明石海人の一生」虫明邦夫(内田守人)、が掲載された。

この時の読者の反響も大きかったようだ。というのは、同誌翌九月号の「おたより」欄に、三人の感想が掲載されているからである。

〈「宿命の歌人明石海人」／東京　水澤のぶゑ／八月号はどの頁よりも明石海人氏の記事に胸打た

れました。ひとりでに頁をくりかへして、二度そして三度読んでしまひました。心からはるか海人氏の亡き魂に黙禱を捧げます。〈後略〉〉

この投稿文に対する編集部の返信でも海人に触れている。〈それから盲目の歌人明石海人氏のお話を、宿命の孤島に看つた病友よりの涙にあふれる記事が本社独占で本号にも発表されました。御愛読下さいましね。〈後略〉（敏子）〉

〈「お手軽野菜料理集」／静岡　稲葉美知子／〈前略〉薄倖の歌人明石海人氏の悲痛な御歌には終始涙を禁じ得ませんでした。〈後略〉〉

〈「病床から」／横浜　広瀬珠子／お暑さの折から、御社の皆様おかはりもございませんか。すばらしい八月号。唯病床で長く読むことを止められて居りますので、今日迄に未だ半分も読めませんの。明石海人の遺稿は余り熱心にひと息に読んだので後で少し熱が出て困りました。〈後略〉〉

また「主婦之友」（八月号）には、「歌集『白描』を残して／癩に逝きし宿命の歌人／明石海人の妻の手記」が掲載された。

「日本歌人」（八月号）は、海人追悼号であった。「明石海人の『日本歌人』的背景」内田守人、「明石海人」中田忠夫、「精神の領分」齋藤史、「明石海人論」古川政記、「傷痕に触れる」冨田敦夫、「明石海人氏について」相川弥重子、「明石海人追悼をきつかけに」土屋忠司、「岐路」安達元信、「海人を憶ふ」吉本茂樹、「短歌詩人明石海人を悼む」山本保、「常寂光」吉村長夫、「再、明石海人小評」矢倉年、「明石海人氏の目」岡田青、「明石海人氏を悼む」田島とう子、「明石海人素描」六条篤、「明石海人の評価について」田中愛花、「『白描』の第二部を推す」村上新太郎、「明石海人と

『日本歌人』」前川佐美雄。

「愛生」（八月号）には、「明石海人氏追悼句会」難波いさむ、が掲載された。

翌九月になると、「日本詩壇」は、「明石海人追悼録」と銘打って、海人の随筆「断想」、詩「真昼」と「授洗の父」。吉川則比古の「明石海人を憶ふ」を掲載した。

「改造」（九月号）には、海人の詩三編「癩」、「おもひで」、「父母」。ここでは、「癩」を紹介する。

癩

拾年前
隣人は私の生存を悪んだ
五年前には同胞《きょうだい》が
今は私自身が

のこるは一人の母親だが
涙ながらに生きてよと言ふ

「婦女界」（九月号）には、山口義郎の「病友明石海人を看護りて」。

「日本読書新聞」（九月十五日）は、「癩文学の聖火　海人遺稿」の見出しを掲げ、『海人遺稿』の刊行を紹介している。併せて短歌一首、詩一編も掲載している。

十月になると、「短歌研究」には、海人の「明石病院時代の日記」。先に触れた谷馨の「年刊歌集を読みて」もここに掲載されている。「婦女界」（十月号）には、海人の「妻と呼び得る最後の日に」。

この「婦女界」の「妻と呼び得る最後の日に」も反響が大きかったようだ。同誌翌十一月号の「おたより」欄に、次の投書が載っているからである。

〈「愛情作法読本」／東京　秋路れいこ／（前略）婦女界十月号で、一番心うたれたのは故明石海人氏のお手紙でございました。「妻よ、さよなら」何といふ切ない、七文字……思はず私も泣いてしまひました。／こんなに良人から慕はれ愛された妻はどんな方なのでせう。／「どんな美貌よりも才気よりも男の胸を打つものは女性の純な愛だ」こんな言葉が、何故か忘れられません。（後略）〉

この投書の最後の編集部の返信でも、〈▽明石海人氏が亡くなられた、悲しみの長島愛生園の方々の手によつて、「瀬戸の曙」と題して、海人氏夫人の手記など、故人追悼の単行本が本社から発行されます。それから同園内の婦人ばかりの歌集「萩の島里」も同時に発売される予定です。悲しみの歌を御一読下さい。（出版部）〉と触れている。

また、これら書籍を待望する投書もあった。〈「婦女界社の文芸出版」／京都　長岡葉子／（前略）尚、宿命の業病に哭く人々の手記集や歌集等も相次いで出版される由、何れも発売の日をお待ちしてゐます。（後略）〉。これに対する編集部からの返信にも、〈尚宿命の病者の手記集「瀬戸の曙」及び歌集「萩の島里」も出版されました。どうぞ御愛読下さいませ。（敏子）〉とある。

「明日香」（十月号）には、先に触れたが宇野浩二の「一途の道」。

同月二十五日には、婦女界社より先に触れた海人追悼記集『瀬戸の曙』刊行。虫明邦夫、山口義郎、明石春子（古郡浅子）等が執筆している。

十二月には、「改造」に、海人の「明石病院時代の手記」及び内田守人の「海人の遺骨を送りて」十首が掲載された。

同月の「短歌研究」に掲載された歌人で編集者の柳田新太郎の「昭和十四年の歌集歌書解──一月より六月まで──」でも『白描』が紹介されている。

〈○歌集　白描　明石海人著　改造社刊／これは紹介を要しないほど知られてしまつた。昭和十二年─同十三年の作約一千百首を収録したもので、第一部と第二部に分け、第一部にリアルな作を、第二部に『日本歌人』風の作を収めてゐる。著者自身は数としては百五十首に過ぎない第三《ママ》部の作を高く評価してゐるが、世間でこの書が持て囃されたのは、勿論第一部のリアルな癩短歌の故だ。第二の作は既に短歌本来の性格を捨てたもので、短歌の形式を籍りた詩に過ぎない。／・子をもりて終らむといふ妻が言身にはしみつつ慰まなくに〉

同じく同月の「婦女界」には、内田守人が、「暗黒の運命から愛児を護つて下さい！／癩は幼少年期にかうして伝染する」を書いている。冒頭に、「明石海人の場合」から書いているので、海人が話題になったことは間違いない。

翌昭和十五（一九四〇）年一月号の「愛生」に、「明石海人賞制定に就て」内田守人が掲載された。

同年四月号の宗教誌「真理」が、「救癩特集号」と銘打っているが、これも海人の死に触発されたものであろう。内田守人が、「癩文学」の中で海人を論じている。

同年七月三十一日には、豊田四郎監督、夏川静江主演で映画化された小川正子の『小島の春』が、東京の有楽町日本劇場で封切られ大ヒットしている。この映画は、文部、厚生、内務の三省の推薦となり、文部大臣賞、日本映画雑誌協会賞昭和十五年度第一位、キネマ旬報ベストテン昭和十五年度第一位等、高い評価を得た。また、海人の歌六首が効果的に使われていた。

この年の十二月には、徳安堂書房から内田守人編『療養秀歌三千集』が出ているが、海人の短歌五十首も収録されている。また同月、白十字会より内田守人著『療養短歌読本』が刊行されているが、こちらにも海人の短歌四十首が収録されている。

昭和十六年一月には、改造社から『明石海人全集』上巻が刊行された。「白描、翳(一)、翳(二)」「日記」「『翳』篇編輯覚書」前川佐美雄、「海人の定型歌に就いて」内田守人。

続いて三月には、『明石海人全集』下巻が刊行された。詩・散文詩・随筆・書簡・小説・歌論・年譜、「天啓に生きし者」光田健輔、「明石海人とその詩」吉川則比古、「全集出版を祝し海人を追想す」内田守人。

この年（昭和十六年）の十二月には、文芸評論家の小田切秀雄のはじめての本『萬葉の伝統』（光書房）が刊行されたが、この中に収録した「現代短歌小論」で、小田切は十一ページにわたって『白描』を論じている。

生命とは――生きてゐるといふことは、こんなにも尊いものなのだ、とこころから感ずること無しに一生を送る者が意外に多いのではあるまいか。「白描」の扉裏にはなほ「天刑は天啓であった」とも書かれてゐるが、明石海人自身にしてからが、はじめは生命の尊さなどまでは考へても見もしなかつたのだ。ところが、ほかならぬ癩を患ふ身となつてかへつて、はじめて生命の意義を痛感するやうになつたのである。

かくて「白描」は、私達にとつて、一つの「生命の書」とも呼ばるべきものである。「白描」が近来の短歌作品中では稀な高評を以て迎へられ、更に歌壇以外にも多くの読者を持ち得た理由の根本は、恐らく如上の点にあると思はれる。

また、敗戦後、『堕落論』で多くの若者の支持を得た作家の坂口安吾は、「文学界」の昭和十七年十一月号と翌十二月号に「青春論」を発表しているが、この中に次の箇所がある。

〈「白描」の歌人を菱山修三は激しすぎるから、厭だ、と言つた。まつたくこの歌は激しいのだから、厭だといふ菱山の言もうなづけるが、僕はこの激しさに惹かれざるを得ぬ。〉

彼らが激しさを感じた海人の歌は、『白描』の第二部「翳」のものだと思われる。

これらたくさんの記事が相乗効果を生み、『白描』は二万五千部、『海人遺稿』は一万五千部、『明石海人全集』は上下巻二冊で一万部の合計五万部が読者の手に渡っていった。

これらを見ていると、隔離された国立らい療養所・長島愛生園に住む一人の歌人の死を、この時代が見送ったと言っても過言ではないような気がする。

海人の文通相手であった春野雪彦が書いたものも、二つ掲載された。

一つは、海人追悼記集『瀬戸の曙』（婦女界社・昭和十四年）に「聖純なる友情」として海人宛書箇が三通が掲載されたのと、もう一つは、昭和十五年四月号の「真理」（救癩特集号）に掲載された、三段組み六ページの「海人追想」である。末尾に〈牢獄の子に代りて文を輯す。父〉とあるので、春野雪彦は、このころもまだ刑務所で、父親が駆けつけ、まとめたものであることが分かる。文中、次の箇所が燦然と輝いている。

人々よ、その心に救癩の聖火を熾んにして彼等癩者の光明を希願すると共に、日本民族浄化の犠牲となつて社会の隔絶の苦痛に忍従する病者の上に、深甚なる友愛を献げられることこそ、真理に生きる者の義務である。

この「海人追想」の最後近くに、春野の絶叫のような〈希くば明日、癩根絶の薬理学公表されよ。／希くば明日、癩予防の注射薬完成されよ。〉の箇所があるが、ハンセン病の特効薬となったプロミンの治療効果がアメリカのファジェット博士によって発表されたのは、昭和十八年のことであり、戦時中なのでこの情報を中立国を通じて知った東大教授の石館守三が独力でプロミンの合成に成功したのは、昭和二十一年四月のことであった。わが国のハンセン病者にようやく夜明けが訪れたのであった。

この後の春野の消息は不明であるが、おそらく海人を生涯の心の友として、逞しく生き抜いていったはずである。

第九章　家族の絆

海人の遺骨故郷に帰る

さて、海人の遺族の話に移ろう。海人死後の浅子の消息を、海人の手紙を代読、代筆した松村好之は、次のように書いていた。

「白描」発刊以後、遺稿集、全集と相ついで刊行されたので、多額の印税が続々と送金されて来たが、妻の浅子は葬儀は勿論、一年後にもたれた記念会にも顔を見せなかった。恩を受けた光田園長、内田博士、大野悦子らにさえ一度も挨拶に来なかったが、これは海人の日記にもあったように、浅子の側に深い事情があったのである。

浅子は海人が発病して幾年かの後、実家から「海人と離別して再婚をするよう」強硬にすすめられていた。それを、口実を作っては一年、二年と引延ばしていたが、周囲の状勢はそれを許さず、次第に再婚へと追い込まれて行ったものと思われる。肉身《ママ》との文通の代筆はほとんど私が行っていた。昭和十一、二年頃には、浅子から切羽つまった書面が届いていたし、海人もまた再婚をすすめる返事を送ったこともあった。（『慟哭の歌人』）

浅子の背後には、親戚の人たちの目が光っている。遺骨を取りに来たくとも、来られなかったのではないか、と松村は推測しているが、これは少し的を外しているようだ。

というのは、海人の死の直後の浅子の大野悦子宛ての手紙が、『瀬戸の曙』に掲載され、後、内田守人の『日の本の癩者に生れて』に転載されているが、これを読むと、彼女たちの状況が見えてくる。なお、何か所か伏字があったが、分かるものは補っている。

昨日東京で母からの知らせを受けました。普通の人達でしたらどんな他人様にでも、この悲しみを訴へて愚痴の一つも云へませうに……命をすりへらすやうなやり場のない悲しみに、ひしがれてゐられるでありませう御老母のもとへまゐりました。丁度御老母は貴方様へあててお手紙をしたためて居られました。泣きぬれて。

瑞穂は学校へ行つてゐますし、母と二人きり抱き合つてさん〴〵泣きました。どうせおそかれ早かれかうした日の来ます事は、世の常の人以上に早くから覚悟は出来てゐた筈で御座居ますのに、妻としてせめて最後の看護りも出来ずにしまつた、余りにも薄い縁の糸が悲しまれます。

而し私達になりかはつてこま〴〵と御世話下さいました貴女様を始め、皆々様の御恩を思ひます時、只々感謝でいっぱいで御座居ます。本当ならばお一人様毎にお礼状差上ぐべきですが、御存知の通りのつたない筆、どうぞ貴女様より、園長先生初め諸先生方、それに故人がお世話になりました方々に宜敷くお伝へ下さいませ。立派にお葬式も済ませて頂きました由、離れて居ました身にどんなに嬉しくこたへましたことでせう。ありがたく御礼申上げます。たとへ肉身が一人もまゐれませんでも、それ迄に皆様に御親切にして頂きました事を、さぞ故人も地下でよろこんで居る事と存じます。

大野様！　長い間、本当に長い間、お世話になりました。明石時代から特別に厄介のかかる病人のために、親身も及ばぬ御配慮に預りました事を、何と御礼申上げてよろしいやら、只貴女様の様な方にお引き合せ下さいました神様に、感謝の祈を捧げて居ります。母はいつも大野様は神様だ〳〵と申しまして、一度でいいから御目にかかつて、今迄の御礼を申上げたいと口ぐせのやうに申して居りますが、老人のこととて而も乗物に弱いものですから、思ふに任せないで居ります。

皆様に色々と御援助賜はりました『白描』が何よりの形見となりました。でもまだ瑞穂は何も父のさうした病気であつた事を存じません。他の病気で亡くなつた事にして御座居ます。伸びるさかりの子供の芽に、よけいな悲しみをさせたくありませんから。もつと世間を知つてどんな事にも驚かない心の用意が出来ました時（何年後になるか分りませんが）、明石海人の正体を知らせる積りで居ります。どんな立派な『白描』でもその時でなくては見せられない気がします。でもさうした取越苦労をせずに、何事も話す事の出来る様な頼もしい心の子に、早くなつてもらひたく思つて居ります。

お骨はすぐにでも頂きに行き度く存じますが、色々の都合が御座ゐますので、秋頃になつてよいチャンスを見て、私が頂きに行く事に母に相談致しました。まことに恐入りますが、それ迄お邪魔でもそちらに居候させて下さいませ。貴女様のおつしやる通り、花のたくさんあります季節で、あの人も幸せで御座居ます。好きな花をと思ひますが、遠くて思ふようにまゐりません。何事も貴女様にお任かせ致しますから、どうぞ今後ともよろしくお願ひ致します。

色々とお忙しいお体に、厄介なお願ひのみで相済みませんが、おすがり致しますのは貴女様のみですからどうぞ御願ひ致します。別に御老母が御書きになつた様ですが、故人の所持して居りました品物はお世話下さいました方達や、御近しくして頂いて居ました方々に、お分けになつて下さいませ。写真ブックは御送り下さいませんでも、私が伺ひました時に頂いて帰りますから、どうぞその折までお預り下さいませ。

只今小包が着きました。お菓子と金〇〇円（『白描』印税）たしかに落手致しました。色々とお手数をおかけ致しまして済みませんでした。お金を手にして又涙が新でございます。これは御老母のお心で瑞穂に形見として後々までも残るものを買つてやる事にしました。

とりとめもなく書きました。御判読下さいませ。

暗い重々しいお天気で御座ゐます。お伺ひしたい事や、お話したい事が沢山御座居ますが、お目にかゝれる日をたのしみに筆を置かせて頂きます。

自分達のみが味ふ悲しみでない事を思つて、強く確りと生きて行きます。そして子供を人並みの人間にする事が、せめてもの故人へ対しての務めであり、御恩になつた皆様への御恩報じと存じまして努力致します。

御自愛遊ばして下さいませ。さようなら

昭和十四年六月十二日　　　　　　　　　　　　　沼津にて　浅子

大野様

二伸

同封の写真は今年の一月瑞穂が来宅した時のものです。素人写真ですし、それに私が暮から正月へかけて非常につかれて居りましたので、御らんの通り余計ベツピンにとれました。お笑ひ草までに。

父親がせめて片目でも見えて居たら、すぐ送つたのですが、見てもらふ望もないのでそのまゝになつて居りました。母が大野様のおかげでこんなに大きくなつたのだから、見て頂くのだと云つて入れたらしいのです。他人様がごらんになりましたら、父親の昔の面影に似たところがありますかしら。

この手紙を読むと、浅子が、とても聡明な女性であることがよく分かる。浅子は、秋ごろになって都合のいい時、自分が行くつもりだといってきた。そこで内田が夏に上京する予定があるから、そのついでに持って行ってもいいと伝えると、渡りに船で、お願いしますという話になって、自分が届けた、と書いている。また浅子は、松村が書いているように医師たちへの恩を忘れたわけではない。このことは後で触れる。

内田守人が、海人の遺骨を持って、当時母たちが住む家を訪ねたことは、彼の著書『日の本の癩者に生れて』に書き残している。なお、地名や人名が伏字になっているが、分かるものは補っている。

海人の遺骨の供をするならば、大阪地方には生前の知友先輩が多数おられるので、通過の時間を知らせてあげることにした。

『日本歌人』の前川佐美雄主幹と幹部同人数名、また『日本詩壇』の吉川則比古主幹と同人数名が出迎えておられた。しかし、生前に海人と面識のあったのは吉川氏ぐらいであって、ほかは大部分が未知の友であった。

私のその時の作に、次のような歌があるが、『改造』に発表した。

八月四日学会にて東上の途次海人の遺骨を其の郷里に送る

眼に立たぬ荷物の如く装ひし君が遺骨をかき抱きにけり
肉骨の人に護られ還るべく頼みつらむを骨に声なし
此の駅にみ骨の君を迎へくれし人大方は君を知らずも　（大阪駅）
小夜更の駅にひそかに迎へくれし母妻兄の名乗りを聞くも
言もなくおのづから伸びし妻が手に君が遺骨は受けられにけり
吾が前にかしこまりつつ家人の口ごもりたる礼言《いやこと》あはれ
盲夫《めしいづま》に送る手紙は他人《よそびと》に読まるる故に怠りしてふ
病み夫への手紙怠りしをひた悔ゆと嘆きにゆがむ顔は見がたし

　仏壇に祀る遺骨に印税の袋そなへてぬかづきながし
　鼻の上に眼鏡下りし長面の母のおもかげ君はうけ居し

沼津駅に着いたのは、夜の十一時頃であった。母と妻と兄と三人が出迎えてくれた。私の手にかかえていた海人の遺骨は無言のまま、細君の手がのびて、するするとその手に渡されたのである。海人の家はあまり大きくはなかったが、小じ《ママ》んまりしていた。座敷には、東京の某画会に入選した絵だという自画像が掲げてあった。壁には遺児瑞穂が手すさびに描いたという、浮世絵の模写が沢山張られてあった。私はその一枚を貰ってトランクに納めた。瑞穂は長身で、しかも立派な体格であった。

細君は東京で美容院を経営し、奮闘していたので、なかなか二三日でも店を空けることは困難であり、老母は乗物に弱く遺骨を受取りに行く目算が立たなかったので、私の奉仕は望外に喜んで貰えた。

遺骨は、当分の間、自宅の仏壇に安置しておいてしばらくしてから、累代の墓に納骨したいということであった。私は海人が永久に眠る祖先の塋域を見たかつたので、翌朝細君と子供に連れられて墓参に出かけた。瑞穂の手には海人が好んだ木槿の花が手折られていた。

墓地は大きな磯馴松の立ち並ぶ海岸近くにあって、町の方を振返ると遠く富士の霊峰が見える。海人がこの海岸で潮浴びしながら育ったかと思うと、彼のささやきが私の耳もとに聞えるような気がした。野田家累代の墓は、玉垣を巡らして堂々たるものであった。

細君もその日東京の職場に帰えらねばならぬというので、私と一緒の汽車に乗った。車中での話に『海人遺稿』の広告が新聞に出ると、彼女は普通の本屋にはまだ出ていないので、改造社へわざわざ買いにいったといっていた。それまではよかったが、この遺稿集をうっかり自分の居間に出しっぱなしにしておいたので、遊びに来た同業の友人が、その本にはっと眼をとめて、「わたし皆知ってるわ、つらいでしょうね、私は決して人にしゃべらないから心配しないでもいいのよ」といわれた時には、さすがに胸のつまる思いがしたと苦笑しながら語った。

子供のことに話が移ると真剣であった。将来はなるべく医科か薬科に進ませて、自分の運命に対して科学的判断力を養うとともに、なるべく結婚の時期がおくれるようにしたいといっていたが、それはよい考えだ、と私は答えた。大体ハンゼン氏病菌の潜伏期は五年から十年ぐらいといわれているので、もう父と別れてそろそろ十年になるし、また父が軽症の時に別れているので、その病菌をうけている心配はまず無いといっていい。しかし母としては心配で仕方がないので、一度健康診断をしてくれないかとの希望であったから、いつかまた上京の途次に立寄ってあげてもよいと約束したのであった。

さいわいに、二三カ月後に、ふたたび東上の機会があったので、彼女の家に立寄って詳しく検査をしたが、何らの異常を認めなかった。結核のツベルクリンのような、菌の侵襲を証明する適確な診断法はないが、将来発病するような人は肘部や耳の後方の神経が肥厚したりしているものであるが、海人の子供には何らの兆候も発見出来なかった。

このころ、海人の母せいと瑞穂が住んでいたのは、先に母が海人に出した手紙の差出人住所〈城内字西条町一〇五〉から〈現・西条町一五六〉であることが分かる。

沼津駅南口に立つと、前方五十メートルを外堀通りが東西に延びている。この沼津駅のほぼ右前方に沼津駅南口の信号があるが、ここよりさらに西に三百メートルほど先の添地の信号を渡って左折する。ここより百五十メートルほど先の右手に「はなや花序」があるが、彼女たちが住んでいた家は、この裏側になる。この場所には、赤煉瓦でお洒落でスマートな後藤ビルが建っていた。駅から歩いて、七分ほどである。

また先ほどの歌に、〈仏壇に祀る遺骨に印税の袋そなへてぬかづきながし〉の一首があったが、この時の印税の袋には、七百十二円十五銭が入っていたはずである。というのは、海人文庫にこの時の領収書が残されていた。受取人の名は、海人の母せいの偽名〈野田とよ〉になっていたが、筆跡は、次兄の義雄ではないかと思われる。海人は、先の初版の印税と合わせて、海人賞の三百円を差し引いても瑞穂の女学校に必要な学費千円は軽く稼ぎ出している。

また内田は、〈光田園長の心づかいで、金があれば使いたくなるものだし、せっかく海人の力によってえた金だからというので、子供の将来のために郵便貯金の奨学年金に預け入れることにした。〉（『日の本の癩者に生れて』）と書いているので、瑞穂の学費は、そんなふうにして準備されたはずである。海人の思いが、彼らに通じていたのである。

さて、この時を境に、内田と遺族との連絡は途絶えてしまったようだ。

その後、私は昭和十六年七月にこの島を去って、青森市外の同種の国立病院松丘保養園に職場を転じたが、海人一家の消息は大野先生を通じてつねに連絡があった。海人の遺児が東京の某専門学校を無事に卒業したことも聞いた。終戦前、空襲の激しかった頃、海人の妻は体の具合を悪くして臥せていたということであるが、その後杳として消息が絶えてしまったという。(『日本の癩者に生れて』)

ちなみに国立療養所松丘保養園の医務課長となった内田は、昭和十八(一九四三)年の春に重症の結核に罹り、昭和二十年三月に郷里(熊本県菊池郡泗水村)に帰っている(正式退官は、昭和二十一年三月)。郷里に帰った内田は、開業医の傍ら公民館長をしていたが、昭和二十五年四月には、熊本短期大学の教授に就任し、社会福祉教育者としての歩みも始める。この道が、彼の後半の人生の中心となっていく。

その後、昭和二十七年に熊本市大江町渡鹿七六八(現・熊本市中央区渡鹿五丁目五―三九)に転出して同地に医院を開業した。そして昭和二十九年二月からは近くの熊本刑務所の篤志面接委員となり、毎月一回通っては受刑者へ短歌指導を行っている。以後二十五年にわたって受刑者への短歌指導を行い、合同歌集『壁をたたく者』(熊本刑務所文化教育後援会刊)を五冊出している。それらが評価され、昭和三十九年六月には、刑務所篤志面接委員功労者として法務大臣から表彰を受けている。

また昭和四十年二月には、熊本短大の学生を指導して「水俣病の子供を励ます会」を結成し、機関誌「この子等を負いて」を四年にわたって発行している。

昭和四十七年三月、熊本短期大学を定年退職すると、同年九月からは同校の特任教授に就いている。

昭和四十八年八月には、ノルウェー・ベルゲンで開催された第十回国際らい学会に出席した。帰国した彼を待っていたのは、佐賀の西九州大学教授への招聘であった。同大学は翌四十九年四月に社会福祉学科を増設予定で、同学科長として請われたのであった。九州に四年制の社会福祉系の学部・学科が誕生するのが希望だった彼は、了承し、九月から熊本の自宅から通い、昭和五十三年三月に退職するまで勤めている。

それらの活動の傍ら、彼はさまざまな要職にも就いている。また、『熊本県社会事業史稿』（熊本社会福祉研究所・昭和四十年）、『九州社会福祉事業史』（日本生命済生会社会事業局・昭和四十四年）、『医療社会事業の実際』（内田守・野村茂編著・光生館・昭和四十七年）等の社会福祉関係の著書と共に、『日の本の癩者に生れて』（第二書房・昭和三十一年）、『光田健輔伝』（吉川弘文館・昭和四十六年）、『生れざりせば——ハンセン氏病歌人群像——』（春秋社・昭和五十一年）、『明石海人全歌集』（短歌新聞社・昭和五十三年）等、たくさんのハンセン病関係の著書も世に送り出している。

それらの功績が認められ、昭和四十六年十一月三日、厚生行政、教育功労によって勲四等瑞宝章を受章している。また昭和五十五年九月には、熊本県芸術功労者に選ばれ、翌年の六月には、学術・文化に多大な貢献をしたとして第十三回熊日賞が贈られている。そして、昭和五十七年一月十七日に前立腺がんのために亡くなった。享年八十一。

内田守人は今、昭和六十年四月二十六日に他界された千代夫人と共に、彼の故郷泗水町永の小高い丘の墓地で永遠の眠りについている。

内田は生前、知人の木村武夫に、「正岡子規や石川啄木等が短歌により結核の解放をやった様に、文学は疾病の差別を排除する力が強いと信じた。」（『内田守先生の人間像』）と語っているが、亡くなる時、この自分の思いが間違っていなかったことを確信したに違いない。

海人が、歌人でプロデューサー的才能豊かな医官の内田守人と出会ったことは、とても幸せなことであった。

海人の遺児・瑞穂との出会い

さて、たくさんの資料を読んでいると、海人の遺族を直接、間接に知っている人は何人かいた。私はその人たちの総てに問い合わせたが、連絡先は全員に拒否されてしまった。

ただ、この人たちが意地が悪いわけではなく、遺族の身辺を騒がせたくないためで、当時私が反対の立場なら、おそらく同じような対応をしたものと思う。平成十三（二〇〇一）年の春、昭和三十五（一九六〇）年以降の国の隔離政策は違法という熊本地裁の判決が出てから、元ハンセン病者たちがマスコミに登場するようになり、世の中の雰囲気がガラッと変わったが、その前は、まだ差別偏見が色濃く残っていたように思う。

ただ一人、次のような話をしてくれた人がいた。浅子は好きな人ができて再婚されたこと。まだ健在なこと。平成四年に沼津で「明石海人文学展」が開催された時、海人の歌碑建立の話が出て盛り上がったが、瑞穂の賛同を得ることができず頓挫してしまったこと。その人は、それらを話しながら、海人の評伝を書くのは時期尚早だと諭してくれているような気がした。

それを聞いた私は、すぐに反論した。浅子が彼女の親戚から離婚の話を持ち出されて離婚したのは、当時の風潮から仕方のないことであった。しかし、彼女は以後も海人の妻であることを心の支えに生きてきた。彼女は、離婚後に海人が同病者の泉陽子と同棲しているのを見ても、許していた。離婚後は上京して職業を持ち、経済的に自立していた。そして、彼女は子どもの養育費として毎月少なからぬお金を海人の母に送っていたと内田守人が『生れざりせば』に書いていた。

もう野田家はあてにできない。大都会の東京で、女一人で生きていくことは容易ではない。そんな浅子が、自分の好きな人が現れて再婚したことは、非難されることでも、恥ずべきことでもない。野田家の戸籍に入れてくれなかった者に対する、女の意地もあったのではないか。海人は、もうこの世の人ではないのである。むしろ、逞しく自分の未来を開拓された浅子に、拍手すら送らなければならないのではないか。海人もそのことを望んでいた。何だか、浅子が亡くなるのをじっと待っているようでおかしい。

私の作品は、「生きるとは何か」というテーマで海人を追っている。遺族に触れる箇所は最初だけで、ほんの僅かだ。海人を顕彰する作品を遺族が反対するだろうか。もし今でも差別があるのなら、差別することの愚かさを分かってもらう責務がわれわれにはあるのではないか。文学には力がある。私は文学の力を信じている。それらのことを私は夢中で話した。私の話をじっと聞いていたその人は、「その通りだ」と低く言った。その人は、それ以降も何かと協力してくれた。

海人は、浅子に再婚を勧めてもいた。彼の浅子に対する眼差しは、夫から父親のそれへと変わっていた。

すこやけき男の子の許に往きねよと言はるるもまた寂しからまし　（『楓蔭集』）

この一首を読んだ時には、私は胸を衝かれる思いがした。

浅子は、終戦前に大野悦子や内田守人らと連絡を絶ってしまう。彼女は、このころ再婚したに違いない、と私は推測した。

遺族の連絡先が分かったのは、平成十一年一月のことであった。

実は、私は平成十年八月五日の「静岡新聞」の投稿欄「ひろば」に、「ハンセン病の患者に尽くす」を発表した。これは、長島愛生園で海人の眼科医であった林富美子が御殿場市大坂でご健在なことが分かり、取材させていただいたものであったが、この日の朝、これを読んだ沼津市下香貫にお住まいの金子安夫から電話をいただいた。

彼はのち独立して金子工務店を起こしたが、当時住宅のリフォーム会社に勤務していた。海人の出身校の一つ沼津商業高校の後輩で、沼津牧水会に所属していること等を話された後、私が海人の評伝に取り組んでいることを大変に喜んでくれ、全面的な協力を申し出てくれた。この時、沼津に向かって大きな橋が架かったような気がした。

その金子がある時、

「川口先生が、明石海人の資料は沼津市立図書館にたくさんあると言っていましたよ」と言った。川口先生とは、平成四年に沼津の若山牧水記念館で「明石海人文学展」が開催された時、中心になった歌人で眼科医の川口和子である。

この時の金子の言伝がヒントになり、私は沼津市立図書館で海人の遺族につながる資料を発見することができたのだった。そして、その資料を管轄する機関に問い合わせたところ、私の熱意が通じたのか、教えてくれたのである。その後、個人情報保護法が成立して難しくなったが、これはその前の話である。

ようやく遺族のアドレスが分かったのだ。私は何だか夢を見ているようであった。

さっそく私は、私の著書『火だるま槐多』と『青嵐の関根正二』と共に手紙を差し上げた。三年前の春に顔面麻痺に襲われ、顔の半分が歪んでしまい、生きる意味を見失った私が、明石海人の生涯を辿る旅をして、生きる意味を教えられたこと、作品がほぼ完成したので、出版が決まったら了承してほしいことなどを夢中で書いた。

多分、すぐに連絡いただけるものと思っていたが、なかなか返事はこなかった。一週間が経ち、十日が過ぎると、私の心は次第に萎んでいった。きっと作品を発表することには反対なのだ。

二週間ほど経ったある日、外出から帰ると、私の留守に若い男性から電話が入り、自分の母親宛に本を送ってきたが、家では買うつもりはないのですぐに取りに来てほしい旨の言伝があったと母が告げた。

瑞穂と同じ苗字なので、きっと彼女の子息なのであろう。名刺代わりに送ったつもりが、何だか誤解されているようだ。私は、再び瑞穂宛に手紙を書いた。翌朝、その手紙を郵便局に出しに行って帰ってきた時、昨日の若者から電話が入った。

若者は、高飛車な態度で、勝手に本を送ってきたが、家では買うつもりがないのですぐに取りに来てほしい旨を告げたが、私が、お母さんの知っている人の評伝を書いていて、教えてほしいことがあるので、名刺代わりに送ったものだと告げると、態度を少し軟化させた。ご迷惑でしたら、そのまま屑籠に捨てて下さって結構です、と言った後、思い切って、

「明石海人って、聞いたことありますか?」

と聞くと、若者は、

「聞いたことはありません。医師会の方ですか?」

と言った。

瑞穂は、子息に明石海人のことは話していないのだな、と察知した。

「すみませんが、明石海人の名前は忘れて下さい」

と話すと、若者は、

「はい」

と素直に答えた。その時、この若者の育ちの良さを強く感じた。と同時に、私は今、明石海人の孫と話をしたのだ、という深い感慨があった。

瑞穂からお電話をいただいたのは、その日の午後のことであった。

彼女は、いいとこのお嬢さんが、そのまま大人になってしまったような、天真爛漫な方のように

思われた。暗い陰のようなものは、微塵も感じられなかった。

彼女は、まず非礼を詫びられた。本が届いた時、開けてしまえば買わなければならないと思い、下の息子に相談すると、ぼくが電話をかけてやると言って抗議の電話をしてくれたのだという。こういう時は、優しい兄よりも、男っぽい弟の方が頼りになるとも言われた。

彼女は、父の評伝を書いてくれて嬉しいこと。父が、大勢の医師たちにお世話になったので、ぜひお礼をしなければと思っていたが、戦争になってしまい、時期を逸してしまったこと。父がお世話になった医師の中で、内田守人のことは微かに覚えていること。医師の専門学校（現・大学）に通ったが、自分を好きな人が現れたこと。その人に自分は明石海人の娘だと告げると、彼は構わないと、大きな愛情で受け止めてくれたこと。夫の一族は医師が多いこと。結婚は遅い方がいいと言われていたので、遅かったこと。病院を開業してからも、夫と二人でやっているので、友人たちに「君たちは怠け者だ。一人ずつでやれば、もっと儲かるのに」と言われ続けたこと。いい息子たちに恵まれたこと。母と夫が続けて亡くなって、もう明石海人の名前を出しても誰にも気を遣うことはなくなったこと。それらを一気に話してくれた。

受話器を置いた時、もし若者が私の小包を屑籠に捨ててしまっていたら、彼女と話すことはなかったはずだ。海人の孫が、彼女とのご縁を結んでくれたことを強く感じた。

この時、先に聞いた平成四年に出た地元沼津に海人の歌碑建立の話を彼女が断ったというのは、母や夫への配慮であったことが推察できた。それだけ彼女は周囲に気を遣って生きてこられたのだ。

長い間の念願であった瑞穂と接触ができ、しかも作品を喜んでいただいて、本当にうれしかった。しかし、時間が経過すると、いつかは息子たちに話さなければならないが、父のことはまだ話していないという彼女の発言が気になり始めていた。また、瑞穂の名前は、初めのころ、何か所か出てくるが、本名を記して後でトラブルは起きないだろうか。

新潮社から本の出版が正式に決まった平成十一年九月のある土曜日、私はこれらを確認するため、上京した。

どこをどう行ったのか、もう覚えてはいない。いくつかの地下鉄に乗ったような気がする。瑞穂の病院は、中位のビルの何階かにあった。ご子息も別の科の診療所を同じ階の隣で開業していた。午前中にお邪魔すると、今は仕事中なので、午後出直して来てほしい旨の言伝を看護師から聞いた。

近くのデパートで時間をつぶし、午後一時ごろにお邪魔すると、白衣姿の瑞穂は、玄関で待っていて下さった。テレビでよく見かける登山家の田部井淳子によく似ていると思った。彼女は、この時七十四歳であった。

部屋に通され、来意を告げると、彼女は初め、あまり騒がれたくないと躊躇されていたが、野田瑞穂までなら構わないと、最後はきっぱりと本名を出すことを決断して下さった（しかし、その後、まだ自分の父親が明石海人だということは夫の親戚には話していない。迷惑をかけたくないので、ひらがなの「みづほ」にしてほしいという電話があり、印刷直前であったが何とか訂正できた。また、自分が女医になったことは書いてくれてもいいと言われたが、私は書かなかった。やはり身辺を騒がせてはいけないとの判断からであった）。

子息が、カーテンで仕切った隣の部屋にいるので、大丈夫かな、と思ったが、彼女の態度に動揺の色は全く見えなかった。（後で分かったことであるが、長男は祖母の浅子から小包を預かっていた。祖母の死後開けると明石海人の遺品が入っていて、祖父が明石海人であることは知っていたという。）

彼女は体調が優れず、主治医の許可を得て、毎日二、三時間ほど仕事をしていることを話してくれた。

信頼されている病院のようで、私と話している間にも二、三本電話が入り、そのたびに、瑞穂は明日もう一度電話してほしい旨を繰り返していた。

彼女はとても可愛らしく、チャーミングな女性であった。背筋がシャンと伸びている人でもあった。彼女と話していて強く感じたのは、やはり彼女は医者なので、物事を客観的に見る訓練ができているように思われた。ただ、ハンセン病については、自分には差別する気持ちは全くないが、世間がどう思うか心配だ、という意味のことは口にした。

『新萬葉集』第一巻をめくっていて、偶然、明石海人の歌を読んだ時、暗い、深い闇の底から、美しい花火のような光が、キラキラッと立ち上がって来るのを感じたことを話した時と、明石海人の生涯を辿って生きる意味を教えていただき、救われたことを話した時には、彼女は、

「ありがとうございます」

と深く頷かれ、涙を流して喜んでくれた。その後、手短に私が旅した明石海人の生涯を聞いていただいた。

海人が、離婚の話し合いのために最後の帰郷をした後、寂しさから同病者の愛人と暮らし始めた

こと、また、国立療養所の長島愛生園に入る時には、精神のバランスを崩してしまっていることを話す時は切なかったが、瑞穂の態度に動揺の色は少しも見えなかった。

「荒波さん、私、父のことで覚えていることは何もないのですよ。ええっ、私が父に会いに和歌山県に行ったのですか？」

また、

「ええっ、父の歌碑が長島にあるのですか？」

と言った時には、海人のことについて何も知らないのだな、と驚いてしまった。さらに、

「父は、『萬葉集』が大好きだったと母から聞いています」

と言われた時には、海人の原点に触れたような気がした。

「母は大変厳しい人でした。私は小さいころ、教会に通わされました。多分、洗礼を受けるものと思っておりましたが、洗礼は受けさせませんでした」

浅子は、瑞穂にキリスト教が持つ博愛の精神を身に着けてほしかったのであろう。海人も、長島愛生園に入って正常な精神になってから受洗しているが、キリスト教の神を理解するのには苦しんだ。浅子は、そのことを知っていたのかもしれない。

瑞穂から、海人がお世話になった大野悦子のお墓参りにはぜひ行きたいので、もし分かったら教えてほしいと頼まれたが、結局は分からなかった。

また、祖母のせいの〈ラジオで世界情勢や株式市況を聞く話〉に及んだ時には、

「それは祖父浅次郎が株をやっていたので、その影響を受けたのではないか」

との返事であったが、一瞬、嬉しそうな、恥ずかしそうな、困ったような、そんな大したものではありませんよ、という表情をされたのが印象的であった。

何の話の時だったか、

「私にとって父はたった一人ですから」

と毅然として言われたことが、強く心に残っている。

それから本が出るまでに、彼女から二度お電話をいただいた。

一度目は翌年の三月三十日の朝、先に触れた、おぼえていることが一つあるという電話で、この時はもう文章を訂正することはできなかった。その翌朝にいただいた「瑞穂」をひらがなの「みづほ」にする件は、何とか訂正できた。

彼女は、医師の専門学校に学び、産婦人科の医師となり、生命の最前線に立ち、その生涯を捧げられた。彼女は一度も口にしなかったが、父への恩をそんな形で返したのだと思う。その生涯を使って、感謝の思いを示されたのだ。

瑞穂の生涯は、愛する人と結ばれ、手を携えて生き、良い子どもたちにも恵まれた至福の生涯であった。とても美しい生涯だと思う。

天上の海人が、どんなに喜んだことであろうか。そう推察できた時、私の目に、再び海人親子の美しい絆が見えてきたのだった。

そんな彼女は、平成二十八年三月十二日の日付が変わった直後の〇時五十分に天寿を全うした。享年九十一。

十五日の通夜と翌十六日の告別式に出席した沼津の明石海人顕彰会の会長・石井喜彦によると、通夜の席で出席者に『白描』（復刻版）が配られ、瑞穂の子息は、「お渡し致しました歌集は、母の父親である明石海人の著書です。母の父はハンセン病で岡山の国立療養所で満三十七歳で逝去しました。母は四歳の時、父と別れ再び見《まみ》えることは叶いませんでした。どうかこの歌集をお読みいただき、母と父親とを偲んでいただければ幸甚です」と挨拶したという。

私は当日、瑞穂の訃報を石井から電話で知らされたが、その瞬間、強い衝撃を受けた。というのは、その一週間程前から彼女のことが急に気になるようになり、沼津市立図書館に行きたくなり、前日に赴いたところ、彼女に関する貴重な資料と出会うことができ、私が勘違いしていた箇所が二か所あることが分かり、至急書き直さなければと思っていた矢先の出来事であったからである。あれは、彼女の導きであったのかもしれない。

私は、子息が一段落したころ、わが町の名菓・三浦製菓の茶羊羹を仏前に供えてほしいという添え書きをして少しお送りした。すると、子息からすぐに礼状が届き、御霊前に供えて下さったという。また、私の本を楽しみにしていて下さるという。私の感謝の気持ちは、瑞穂に伝わったに違いない。合掌。

妻・浅子の晩年

さて、ここで浅子の上京後について触れる。

先に述べたが、瑞穂の子息によると、上京した浅子は、美容師の専門学校に通って資格を取ると、京橋区新富町（現・中央区）の、のちに宝塚歌劇団のトップスターとして、また女優としても活躍された久慈あさみの実家の半分を間借りして、美容院を開院したという。また同じころ、地方からやってきた海軍の軍人たちの下宿屋のようなこともしていたらしい。

そして終戦前に大野悦子や内田守人と連絡を絶ってしまった浅子であったが、戦後の昭和二十五年一月十四日に、彼女は朝日新聞本社の講堂に明石海人の妻として姿を現している。

この日、この場所で「朝日賞」の贈呈式があり、国立療養所長島愛生園の園長の光田健輔が朝日社会奉仕賞を受賞することになっていて、彼女は彼に会いにやってきたのだった。

この日のことは、当日会場に同道した医官の犀川一夫が、書き残していた。

大正七（一九一八）年に東京に生まれた犀川は、昭和十九年に東京慈恵会医科大学を卒業すると、同年六月に長島愛生園に就職していた。

　後年、光田園長が朝日文化賞を受けられ、老先生のお伴で私は上京した。授賞式も終わり、会場を出ようとすると、一人の品のよい和服姿の婦人が、そっと光田先生に近寄ってきた。密かに今日の祝意と感謝を表しに来たのは海人が社会で別れた未亡人であった。

「娘さんは？」と真っ先に問う園長に、「お蔭様で女医になりました」との返事。光田先生はよかったよかった、と繰り返しながら、彼女を抱えるようにして、ポロポロと涙を流し泣いておられた。（『門は開かれて―らい医の悲願――四十年の道―』みすず書房・昭和六十四年）

光田健輔は、海人の『白描』出版を喜び、彼の病室を表敬訪問していた。彼の活躍によって、ハンセン病療養所に目を向ける人が多くなった。また患者たちも海人に続けと、文芸に生甲斐を見出すようになった。そればかりでなく、彼の稼ぎ出したお金で彼の子どもが医者になったという。この日、光田健輔は、ハンセン病療養所と社会の懸け橋になった明石海人に、改めて敬意を表したことであろう。

この日は、浅子にとっても一世一代の晴れ舞台であったはずである。やはり浅子は、医師たちへの恩を忘れてはいなかったのである。

先の文章を読んで感激した私は、このころ沖縄におられた犀川に電話を入れると、犀川は、私が明石海人の評伝に取り組んでいることを大変喜んでくれ、この場面を、まるで昨日のことのように話してくれた。その時、私もその場に立ち会っているような錯覚に陥った。浅子の着物が紫色だったこと、光田健輔が、浅子を抱きしめながら、「おおっ、おおっ」と発した声は、今も私の耳の奥に残っている。

この時、浅子は、四十七歳。瑞穂は、二十四歳であった。

それから五年後の昭和三十年、ある病院に勤務していた瑞穂が、結婚を機に独立することになると、美容院があった場所は娘に譲って、自分は新橋の駅前に「アリス」という全面ガラス張りのモダンな美容院を出したという。

内田守人が、海人の評伝『日の本の癩者に生れて』を発表したのは、昭和三十一年である。これ以降、時期は不明であるが、内田のもとに瑞穂の女学校と専門学校が同窓の女医から瑞穂の近況を知らせる連絡があったことを内田は昭和五十一年に刊行された『生れざりせば』に書いている。これにも浅子が関わっていると、私は見ている。

海人の長女は四十五歳ぐらいと思われるが、東京の薬科大を卒業してさらに医科に転科し、○○科を開業し、同業の男性と結ばれた由である。「結婚する時は必ず父の病気のことを本人には勿論対手にもよく了解して貰うことが必要だ」と、その母に筆者が固くいい置いたことが守られた由で、母が保存していた父の著書が全部娘の結婚荷の中に納められた由である。このことは彼女と女学校も同窓で、東京の医科の同窓である某市の女医さんから筆者に連絡があった。海人の娘さんの住所を知らせようかと思ったが、彼女の母から遂に許しが出なかった由である。（『生れざりせば』）

これは、おそらく浅子が彼女に依頼したものだと思われる。というのは、昭和三十一年に出版された『日の本の癩者に生れて』の「あとがき」に、内田は〈海人を瞼に描けば、これに重複してクローズアップするものは、彼の妻と遺子の俤であるが、本書がはたして、二人の眼に触れ得るかどうか。〉と書いていた。この本を読んだ浅子が、この内田の思いに応えたものであろう。

ちなみに、内田守人に瑞穂の近況を連絡した瑞穂と女学校も専門学校も同窓の女医とは誰だろうか。おそらく、平成四年に沼津市の若山牧水記念館で「明石海人文学展」が開催された時、中心になった歌人で女医の川口和子であろう。彼女は、冊子「『沼津生れの歌人』明石海人メモランダム」

に、自分は海人の長女と女学校も専門学校も同級だと書かれていた。彼女は、これらを公表することなく、平成二十四年十二月十一日に他界した。享年八十八。

浅子が、海人死後、独身を貫き通し、海人の愛に殉じていることを私に教えてくれたのは、瑞穂の子息であった。実は、本書の発表の了承を得るため、十数年ぶりに瑞穂の子息に連絡を取り、この評伝の原型になるエッセイの遺族に触れた箇所を読んでいただいたところ、快く発表することは了承して下さったが、一か所、浅子が再婚されたことは間違いだと指摘された。びっくりした私は、何度も聞き返してしまった。

美容師時代の浅子
（遺族提供）

かつて私に、浅子は好きな人ができて再婚されたと教えてくれた人がいた。その人は、嘘を言うような人ではなかった。おそらく地元では、そのように信じられていたのであろう。大都会の東京で、女一人で生きていくことなど考えられない時代だったからである。

その時、私の脳裏に浮かんで来たのは、『白描』の次の一首であった。

子をもりて終らむといふ妻が言身にはしみつつ慰まなくに

浅子は、海人に告げたこの思いを貫かれたのだ。海人は一時見失ってしまったこともあったが、二人は、強い絆でしっかりと結ばれていたのである。

彼女が、大野悦子や内田守人と連絡を絶ったのは、私は再婚を知られたくないためだと思っていたが、そうではなく、当時色濃く残っていたハンセン病の差別偏見からわが子を護るためであったのだ。

子息と電話で話したその夜、私は感動で精神が昂ぶり一睡もできなかった。

その夜、私の耳に瑞穂の声が甦ってきた。

「荒波さん、私、父と最後に会った時、旅館のような所でしたが、父と母がダンスをしていたのを覚えているのです」

そして二人が静岡市の旅館の一室で、軽やかにダンスを踊る姿が消えることはなかった。

さて、浅子の美容師生活は、必ずしも順風満帆なものではなかった。新橋駅前が再開発されることになり、立ち退くかどうするか地権者と話をしなければならなくなったが、この地権者というのがヤクザの親分で、代理人と話しても話が進まず、結局自分が出ていかざるを得なかった。ところが、ヤクザの親分に、浅子の度胸のよさが気に入られてしまい、その後の話し合いはスムーズに進んだという。

このころなのか、あるいは新しい場所に移ってからなのか不明であるが、当時はお弟子さんも何人かいて多忙だったので、とうとう彼女は体調を崩してしまった。

すぐに病院に行って検査をしてもらうと肝硬変という診断が下り、緊急手術になった。ところが、執刀医が開腹した途端、もう手遅れで肝臓はカチカチで摘出する意味もないので、そのまま何もせず閉じてしまった。

そこで彼女は仕事をきっぱりと辞めて、伊東にある父親の別荘で養生をした。すると、次第に快復したという。このころ彼女は、より海人の気持ちに近づくことができたのではなかろうか。

その後は美容師に戻ることもなく、穏やかな晩年を過ごされたという。わが子瑞穂が産婦人科の医師として働く姿が誇りであったに違いない。そして、海人の俤を宿した二人の孫が健やかに育つ姿が、彼女のささやかな生甲斐であったはずである。また夫・明石海人の作品が忘れ去られること なく繰り返し刊行されることや、海人に関する文章が次々に発表されることは、彼女の誇りであり、そのたびに、明石海人の妻であった喜びを感じていたはずである。

そんな浅子は、平成十年五月三十日に亡くなった。享年九十六。

先に触れたが、彼女は亡くなる前、海人の遺品を瑞穂の子息に託した。また、海人とお揃いで作った象牙の箸を棺に入れてほしいと頼まれたという。

浅子は、海人と結婚する時に結んだ二人の絆を、生涯離すことなくしっかりと胸に抱いて旅立ったのである。勁く気高く美しい生涯であった。天に召される時、かつて海人の厚い胸に抱かれた時のように、大きな安らぎに包まれていたはずである。合掌。

『よみがえる〝万葉歌人〟明石海人』出版と生誕百年の歌碑建立

私の『よみがえる〝万葉歌人〟明石海人』が新潮社から刊行されたのは、平成十二（二〇〇〇）年の春のことであった。文芸部門で権威ある出版社から刊行される意味は大きかった。時を越えて、明石海人に再び大きなスポットライトが当たったのである。

五月七日の「朝日新聞」の「新潮社の本」の広告欄に私の本も大きく紹介された。〈ハンセン病という過酷な運命に苦悩し、〝昭和の万葉歌人〟として燦然と輝いた海人の魂の追跡。〉のコピーが付いていた。北杜夫の『消え去りゆく物語』の隣だった。新潮社のこの欄には、話題の本の表紙が印刷されているが、この回は私の本が大きく掲載されていた。

子どものころ、明石海人の名前を聞いた世代が、一斉に読んでくれた。〈書いてくれてありがとう〉と書かれた手紙が、全国から続々と私のもとに届いた。

新潮社から本が届くと、私は瑞穂に何冊かお送りした。すると彼女からすぐにお礼の電話が入った。

「読んでいただけましたか？」

と聞くと、

「初めの方を少し」

と答えられた。彼女の声が少し弾んでいるように思われた。

「友達にもあげる」

と嬉しそうにも言われた。

瑞穂から再び電話をいただいたのは、本が出てまもなくの、五月の連休の直前のことであった。

連休に長島へ行ってみたいが、どう行ったらいいのかという問い合わせであった。時間に余裕があれば、私が同行したいと思ったが、本が出たばかりで、全く身動きが取れなかった。

「長島愛生園の人たちを紹介しますよ」

と言うと、瑞穂は、

「自分の気持ちが、まだそこまでいっていないので」

と言った。長い間封印してきたものに立ち向かおうとした時、すでに厚い壁ができていることを自覚したに違いない。その壁は、自分で壊すしかないのだ。そう言えば、愛生園の眼科医であった林富美子が健在だということを何度か伝えたが、会いたいという言葉が返ってこなかったことも思い出した。

瑞穂が、果たして長島へ行ったのかどうか、私は知らない。彼女の最後の電話は、平成十三年の春のことであった。

用件は、この年は明石海人の生誕百年の年で、海人の出身校の沼津商業のOBたちが主になって歌碑建立の計画が進んでいて、近くこの関係者に会うが、立ち会ってほしいというものであった。

久しぶりの電話で、もう関係者に会うことを決めている彼女の気持ちを察知した私は、私の出る幕ではないことを話し、辞退した。私に声がかかったのは、おそらく本の著者に敬意を払ったのだと思う。ただ、瑞穂に会いに来る人たちは、代表者であって、その後ろには同じ気持ちの多くの人たちが続いていることを忘れてほしくない旨は力説した。彼女は、快く了承して下さった。

私が、海人の歌碑建立と同時に沼津市民文化センターで七月一日から五日まで開催された「明石海人生誕百年記念文学展」を知ったのは、七月二日の「静岡新聞」であったが、詳細は、翌平成十四年の夏、明石海人顕彰会から送られてきた「明石海人顕彰と歌碑建立報告」であった。少し寄付をしたので、送って下さったのだと思われる。

それによると、瑞穂と子息が来沼され、会場を訪れ、また千本浜公園と沼津商業高校の校庭の歌碑を見学されたという。

この時、二人を案内した石井喜彦は、瑞穂の、「このことがもう少し早く実現していたら母がどれほど喜んだことか……」という呟きを聞いている。

ちなみにこれらの歌碑は、長島の石で作られた。千本浜公園の中央の二メートルほどの石には、〈さくら花かつ散る今日の夕ぐれを幾世の底より鐘のなり《ママ》くる〉が、そして正面左側に小さな歌碑が二基立ち、〈ゆくりなく映画にみればふるさとの海に十年のうつろひはなし〉と、〈シルレア紀の地層は杳きそのかみを海の蠍の我も棲みけむ〉が刻まれた。また沼津商業高校の校庭の石には、〈わが指の頂にきて金花虫《たまむし》のけはひはやがて羽根ひらきたり〉が彫られた。

私には、満面の笑みを浮かべて、胸を張って歩く瑞穂の姿が見えるような気がした。この時、瑞穂は、目の前に立ち塞がる大きな壁を、自らの意志で壊されたのだな、と思った。私は、大きな拍手を贈った。

また五日の歌碑建立については、翌六日の「静岡新聞」が触れていた。除幕のロープは、明石海人顕彰会の大井一郎代表と斎藤衛沼津市長と石川嘉延県知事、それに海人の親族らが引き、大井会長が協力者に感謝した後、歌碑に向かって「おかえりなさい」と優しく話しかけると、参列した二百人から大きな拍手が湧き起こったことを伝えていた。また、瑞穂の子息が出席し、〈顕彰会をはじめ皆さんの歌碑建立への情熱に、ただただ感謝している。祖母（海人の妻・故人）にも見せたかった〉のコメントを残していた。この時にも私は、大きな感動に包まれた。

歌碑建立から二年後の平成十五年の春、私は「藤枝文学舎を育てる会」の依頼で、藤枝市で講演をしたが、講演が終わった時、富士市にお住いの婦人が近づいてきて、明石海人の話になった。この婦人から、瑞穂の子息がテレビ出演をされ、自分は明石海人の孫だと名乗ったという話を聞いた。「とても爽やかな方でしたよ」とも言った。この時私は、海人の精神が彼の中に生きていることを感じた。

実は、私は平成十一年九月に上京した時、子息にもお会いしている。海人の若い時に似て、男前であった。その時、この若者も、いつかは跳ばなければならない日がやってくるが大丈夫かな、と思ったことを覚えている。その思いが全くの杞憂であったことを私は実感した。彼は、見事な跳躍を見せてくれたのだ。その時、大きな感慨があった（ちなみに子息は、私の本を読んで祖父・明石海人の全貌を知られたのだと後から教えられた。この時にも、深い感慨があった）。もう遺族を遮るものは何もなくなったのだ。その時、私の脳裏に海人の嬉しそうな顔が甦ってきた。

エピローグ　長島の光ヶ丘

私が長島愛生園に向かったのは、昨年（二〇一五年）の十月二十六日のことである。海人文庫に、数枚の子どもの絵らしきものがあったのを思い出したら無性に見たくなった。あれは、瑞穂の絵だったのである。

二年ぶりの長島訪問であった。通算五回目である。初めて訪れた平成九（一九九七）年十二月当時、長島愛生園行のバスは、赤穂線の邑久駅から朝、昼、晩と三本出ていたが、二年前に訪れた時には、昼の便がなくなっていた。そのためタクシーで行ったが、今回もタクシーだった。「今朝は、この秋一番の寒さでした」。人の好さそうな白髪の運転手はそう言った。繁華街を過ぎると、田園地帯が続いていく。刈取り前の稲穂が黄金色に輝いている。長島まで、時間にして三十分。長島愛生園に着いても、前回と同じように人影は殆ど見られなかった。おそらく、近い将来、ハンセン病療養所としての歴史に終止符が打たれることを確信した。

愛生誌編集部を訪れると、かつて何人かいた編集部は、前回と同じように島の外から通う女性事務員一人になっていた。双見美智子は、平成十九年五月七日に亡くなっていた。壁に、双見の二枚の写真が飾られていた。

「荒波さん、いらっしゃい」

そんな双見の元気のいい声が聞こえる。

「お久しぶりです。今度の旅も、今日、ようやくゴールに入ることができました。清々しい気分ですよ」

私は、心の中でそう答える。

海人文庫は、かつて神谷書庫の中にあったが、愛生誌編集部の中に移されていた。資料を探すと、薄い紙に、クレヨンや色鉛筆で描かれた四枚の絵が出てきた。汽車の絵が二枚、鳥の絵が二枚である。瑞穂の就学前か、小学校低学年のころの絵だと思われる。

鳥の絵の一枚は、クレヨンで描かれたもので、大きな鳥が二羽、小さな鳥が一羽である。おそらく、両親と自分とを思い描いたものであろう。中央の大きな鳥が丁寧に描かれているが、父親をイメージして描いたものであろう。もう一枚は、黒の鉛筆で二十羽ほどの鳥が描かれたものである。その時、私は、海人にも鳥の絵がたくさんあったことを思い出していた。そして、その筆跡がとてもよく似ていることにも気づいていた。海人が鳥の絵を描く時、きっとこれらを思い出しながら描いたことであろう。その時、幸せな気持ちになったに違いない。

その後、私は、海人が悟りの境地を開いた光ヶ丘に登った。光ヶ丘は、愛生誌編集部のちょうど裏側になる。頂上には、昭和十年十一月にできた「恵の鐘」が聳えている。その鐘を背にして立つと、前方が一望できる。ライトブルーの瀬戸内海は、キラキラと光り輝いている。中央に見える小豆島は、手を伸ばせば届きそうだ。その左手は、播磨灘だ。

昭和八年十月二十日。八十二年前の晩秋のこの日、自殺を決意した海人は、死に場所を求めてここにやってきた。そしてこの地にあった巨岩に跨り、前方の景色を眺めた時、彼の心境は大きく変わっていた。彼は初めて神の息吹を間近に感じ、自分が神によって生かされていることを悟ったのである。

晩年、口述筆記者の春日秀郎に話す、しわがれた海人の声が甦る。

「光ヶ丘の岩の上に跨って、見はるかす播磨灘の海、風景を見るともなく目を閉じるともなく見ていたら、顔の前がキラキラし、顔の前に暖かい感じがしたんだ。その時私は、この地球上、この宇宙には人間業では、五感ではとらえにくい、何か神秘的というか、大いなる力が働いていることを感じたんだ。

生も死も老も、なるようになるというか、自分には自分に備わった運命みたいなものがあって、己の意志、己の努力、己の分別だけで、自由になったり、生き延びたりするというようなことは到底できるものではない。自分の努力、分別、医者の出す薬、こういうようなものだけで生き延びたり、あるいは治療が失敗だったから早く死ぬ、とかいった簡単なものじゃない。人間の生き死にに関しても、この生命を扱い、この生命に決定的なところから関与している、大いなる力、大いなる者が存在しているに違いない。これ、春日君、神とでも言うかなあ、あるいは仏教で言う仏だとかいうことになるんだろうかなあ。……となると、絶対なる、その絶対者にすべてをゆだねるしかないなあ。……生きることも死ぬことも、病気することも。私はもうあんまりあがかないよ」

またある時は、春日にこんなことも言っている。

「飯を食って、排泄して、呼吸して、それだけでは生きたとはいえないと思うよ。生きるとは、己の全人格、全エネルギーを注ぎ込んで、己が生きるに値する何かに打ち込み、その達成感の喜びをかみしめるということじゃあないのかね」

海人が至った境地だ。その境地が燦然と輝いている。彼は、身体はボロボロになりながらも、それらを心の拠り所にして逞しく生き抜いたのだ。

私の思いは、やがて浅子とその遺児・瑞穂の上に移っていく。浅子は、海人と別れた後も海人の妻であったことを誇りに凛々しく生き抜いた。瑞穂は、海人の残した印税で医学を学んで産婦人科の医師となり、その生涯を捧げた。最後の夜の、父と母がダンスを踊る姿を心の拠り所として。

その時、私の耳に、平成十一年の九月に上京して瑞穂にお会いした時の、彼女が毅然として言った、「私にとって父はたった一人ですから」の声が、懐かしく甦ってきた。

苛酷な運命に翻弄された三人は、離れて暮らしても、強い絆で結ばれた家族であった。

その時、私は、私の頭上から、三羽の鳥が、小豆島に向かって飛び立つのを見た。二羽の大きな鳥は海人と浅子だ。小さな鳥は瑞穂だ。三羽の鳥は、上になり、下になり、楽しそうにピリチュリと囀りながら、やがて私の視界から消えていった。

あとがき

最後までお読みいただきまして、誠にありがとうございました。

この作品は、前作を発表してから十数年を経て、新しく一から明石海人の生涯を辿り直そうと、再び海人縁《ゆかり》の土地を旅し、書き記したものです。

今度の取材の旅に出る少し前、何年かぶりで健康診断を受けたところ、山のような所見があり、果たして無事終わるのかという心配がありましたが、おかげ様でようやく原稿を完成させることができ、感謝の気持ちでいっぱいです。


私が、明石海人の作品と出会ったのは、今から四十年も前の二十代半ばのころのことです。

そのころ、私は、ひょんなことから茨城県にお住まいの歌人・植田多喜子さん（明治二十九年生）と出会い文通を始めていました。植田さんはその何年か前に、結核に侵され死にゆく婚約者との純愛を描いた自伝的な作品『うずみ火』がベストセラーになり脚光を浴びていました。

そんな彼女の作品が『新萬葉集』に掲載されていることを知った私は、彼女の歌が掲載されているその第一巻をめくっている時、偶然開いたページの、明石海人という風変わりな名前の十一首を目にし、突然、深い闇の底から美しい花火のような光がキラキラッと立ち上ってくるような強い衝撃を受けたのでした。

彼は、ハンセン病の歌人でした。今もそうですが、当時、ハンセン病に対する差別偏見は色濃く、私は、彼について詳しくは知ることはできない、彼の身辺を騒がせることは、親族を差別に晒すことだと思い込んでいました。

四十代半ばの平成八年に、彼と私を一挙に近づける出来事が二度ありました。一つは、公的な出来事であり、もう一つは極めて私的な出来事でした。

公的な出来事とは、その年の三月末、らい予防法が廃止されたことです。テレビニュースは連日、この病気の特集を組むようになりました。らい予防法というのは、ハンセン病になった患者を隔離するものであったという。初めて聞く法律でした。このニュースが流れるたびに、私は明石海人のことを思い出すのでした。

もう一つの私的な出来事とは、私はこの年の夏、大正時代を代表する詩人画家・村山槐多の生涯を追った『火だるま槐多』（春秋社）で物書きとしてデビューしましたが、その直前に顔面麻痺になり、顔の右半分が歪んでしまいました。右目は吊り上がり、獲物を狙う鷹の目のようにランランと輝いているのです。開いたままで、瞬きができない、口は歪んで、上下が重ならない、右頬の感覚がなくなってしまいました。医師の処方する薬を呑み続けましたが、一か月経っても、二か月が過ぎても目立った効果は現れませんでした。こんな顔では生きていけない……。

私の父は、信州出身ですが、家が貧しくて学校に行かせてもらえなかったため、字が書けませんでした。肩身を狭くして生きた父の無念を晴らすためにも作家になろうと努力を重ねてきましたが、その思いが叶う直前で天国から地獄に突き落とされてしまったのです。この世には神も仏もいないのだ。

もうこれで私の人生は終わった。地獄の淵に突き落とされ、生きる意味を見失い、自殺が脳裏をよぎるようになった私の前に現れてきたのが、明石海人でした。

そういえば、彼はどんな生涯を送ったのだろうか。図書館で彼の歌集『白描』の巻頭文を目にした時、私の心に電流のようなものが走ったのです。

冒頭に、〈癩は天刑である。〉とありました。当時ハンセン病は癩病と呼ばれ、また天刑病とも呼ばれていました。それなのに、最後は〈癩はまた天啓でもあつた。〉と結ばれていました。なぜ天刑病が天啓なのか。その経緯が分かったら、顔が半分歪んでしまった私が生きて行く意味が分かるのではないか……。

そんな思いを抱いて私はリュックを背負って彼の縁の土地を訪ね歩き、彼の精神の軌跡を追いました。やがて瀬戸内海に浮かぶ長島の、彼が悟りの境地を開いた光ヶ丘に立ち、目の前の霧に霞む小豆島や播磨灘を眺めた時、私は彼が〈癩はまた天啓でもあつた。〉と書いた心境がよく理解できたと思ったのでした。私は、明石海人によって、生きる意味を教えられたのでした。この世には神も仏も確かにいる。この時から明石海人は、私の命の恩人になったのでした。

この時の作品『よみがえる〝万葉歌人〟明石海人』は、平成十二年四月に新潮社から刊行され、大きな反響がありました。

翌年の一月、私は静岡市の「しずぎんギャラリー四季」で「明石海人生誕百年記念展」を開催しました。これで私は明石海人に一つの区切りを付け、その後啄木を書き、生田長江を書きました。

しかし、明石海人について「生きるとは何か」というテーマの作品は書けましたが、家族の絆は書くことができませんでした。海人の遺児の瑞穂さんが話してくれた多くは、書くことができなかったのです。

平成十三（二〇〇一）年の春に、昭和三十五（一九六〇）年以後の国の隔離政策は違法という熊本地裁の判決が出てから、元ハンセン病者たちがマスコミに登場するようになり、世の中の雰囲気がガラリと変わり、ハンセン病者に対する差別偏見は表面上は少なくなりました。もう家族の絆を織り込んだ作品を書いてもいいのではないか。十数年ぶりに東京のご遺族と連絡を取り、その旨を打診すると、快く了解していただくことができました。

昔の私のように生きる意味を見失った人たちのために、新たな作品を書かなければならない。そんな思いで取り組んだのが、この作品でした。

私が再びこの作品を書けたのは、多くの先人たちが海人について書いた資料を残して下さったからです。前回の時はご存命であり、大変お世話になった林富美子さん、高藤昇さん、齋藤史さん、犀川一夫さん、大島渚監督。皆さん、他界されました。まことに感慨深いものがあります。

また、瑞穂さんも亡くなられましたが、彼女の言伝がなかったら、私は再び海人について書くことはなかったと思います。一度お電話で、「荒波さんは誠実な人だ」と言われたことがあります。自分の思いを託せるのは、私だと判断して下さったのかもしれません。併せて、ご遺族の温かいご配慮に感謝致します。

私が今回の取材で出会った海人の故郷沼津の人で、海人を知っている人は、ほとんどおりませんでしたが、沼津の人の総てが知らないわけではありません。沼津市立図書館二階の、郷土縁の文人を紹介するコーナーでは、海人も紹介されておりますし、千本浜公園近くの「千本プラザ」の一角には、海人を紹介するミニ常設展も設けられております。また、平成十七年七月には明石海人顕彰会も発足し、平成二十五年五月からは年二回会報「白描」の発行も続けております。ちなみに、瑞穂さんのご子息も、顕彰会の顧問に名を列ね、何回か会報に執筆されております。

今回は、明石海人顕彰会会長の石井喜彦氏に、大変お世話になりました。また、今回も、前回に引き続き、大勢の皆様のご協力をいただきました。ありがとうございました。

最後になりましたが、前作『知の巨人　評伝生田長江』と、この作品が私の代表作になると思いますが、この二冊を編集して下さいました和気元さんにも感謝致します。

それでは読者の皆さん、またお会いしましょう。

平成二十八年　秋

荒波　力

小見出し一覧

明石海人（野田勝太郎）年譜

明治三十四（一九〇一）年

七月五日、静岡県駿東郡片浜村西間門九六番地（現・沼津市西間門九六―一～六番地）に、野田家の三男（父浅次郎・元治元年十一月十日生、昭和八年十二月十一日没、母せい・明治三年五月九日生、昭和三十二年二月二十日没）として生まれた。父は渡辺藤八とみつの四男として片浜村松長に生まれるが、野田西尾都とよしの養子となり野田家を継いだ。大正二、三年ごろまで農業の傍ら保線工事に従事し、その後、富士製紙会社に転職した。身体が大きく厳格なところもあったが、浪花節が好きで庶民的な人であった。また頭脳明晰で、株等にその才を発揮した。母は古根村彦八とのぶの長女として生まれた。明治二十三年六月三十日に浅次郎に嫁ぐ。教育熱心で、夫の影響を受け、ラジオで世界情勢や株式市況を聞くような一面があった。長兄（敬太郎・明治二十四年一月十九日生、昭和十九年三月一日没）は沼津町立商業学校を卒業後、王子製紙に勤務し、中国の天津や漢口などに赴任。勝太郎が入院のころは横浜に住む。療養中の経済的援助は敬太郎の恩恵による所が大きい。次兄（義雄）はのち神奈川県戸塚の福壽家の養子となり、病気で会社を退社して快復後、開拓民として北海道に入植して不運にも病死。他に富士に嫁いだ妹政子と年少で他界した弟がいる。

明治四十（一九〇七）年　六歳

六月一日、片浜村立片浜尋常小学校（現・沼津市立片浜小学校）入学。体格は中位で健康。千本浜で潮遊びに興じ、章魚を獲ったり遠泳をしたりして天真爛漫な日々を過ごした。〈空気銃の照準なども確で、腕白時代には、雀撃ちで私の右に出る者はなかった〉（「歌日記」）と記すほど、運動神経が発達した少年であった。

大正二（一九一三）年　十二歳
三月二十五日、片浜尋常小学校卒業。最終学年の身長、体重、胸囲は中位。病気による欠席は、在校中わずか数日のみ。学業成績は、入学当初は目だって優秀というわけではなかった。しかし、以後学年を追うごとに著しく向上している。卒業時の成績は極めて優秀。なかでも、「国語」「日本歴史」「手工」は抜群。
四月、沼津町立沼津商業学校（現・静岡県立沼津商業高等学校）予科に入学。
大正三（一九一四）年　十三歳
三月二十五日、予科第一学年修了。学年試験は百十九名のなかで席次三十三番、珠算ほかは平均してよい成績で特に理科の得点がよい。一学年生徒数約六十名。二クラス編成。
四月、予科第二学年開始。父が富士製紙に転職して会社の社宅に入ったため、祖父母の住む母方の叔父古根村石蔵宅に、次兄義雄と寄宿して通学する。このころ、よく龍の絵を描いた。
大正四（一九一五）年　十四歳
三月二十四日、予科第二学年修了。学年試験は九十八名のなかで席次二十九番。珠算のほか平均してよい成績で前年同様理科の得点がよい。快活さを欠くが努力家である、という担任の評価と、長身の他は印象に残っていないという同級生・平出利郎の証言がある。
四月、沼津町立沼津商業学校本科一学年。
大正五（一九一六）年　十五歳
三月二十四日、本科第一学年修了。学年試験は席次二十二番（職員数校長以下二十二名、学級数は十、本科三学年の各二学級ずつで四学級、生徒は本科二十三名、予科二百二十六名の計四百二十九名）。
四月、本科第二学年。
大正六（一九一七）年　十六歳
三月二十四日、本科第二学年修了。学年試験の席次十八番。
四月、本科第三学年。

大正七（一九一八）年　十七歳

三月二十日、沼津町立沼津商業学校本科第三学年修了・同校卒業。学年試験の席次十一番。学年ごとに成績が伸びている。

四月、静岡師範学校本科第二部入学（現・静岡大学教育学部。明治四十二年男子の第二部ができ、全寮制であったので、勝太郎も寮生活をしたと思われる）。

大正九（一九二〇）年　十九歳

三月二十五日、静岡師範学校本科第二部卒業。小学校本科正教員免許状を下付される。三月三十一日、静岡県駿東郡原尋常高等小学校（現・沼津市立原小学校）に訓導として勤務。月俸金二十六円。

夏、中国の天津に赴任した長兄・敬太郎を訪ねて旅行。滞在数十日。

大正十（一九二一）年　二十歳

三月三十一日、月俸金四十八円支給。

六月四日、静岡師範学校講習会に於て、図画科手工科講習会を受講。

八月五日、駿東郡教育会主催心理学講習会受講。

九月六日、静岡県富士郡伝法尋常小学校（現・富士市立伝法小学校）に転勤。月俸金四十八円支給される。

二十日、富士郡村立伝法農業補習学校助教諭を兼任。手当金一か月五円（農業補習学校は小学校を教場として、小学校教員が指導にあたった夜学である）。

大正十二（一九二三）年　二十二歳

六月三十日、富士郡須津尋常高等小学校（現・富士市立須津小学校）に転勤する。月俸金五十三円支給される。この学校で教師古郡浅子（明治三十五年三月二十五日生。大正十一年三月三十一日付須津尋常高等小学校に勤務）を知る。富士郡加島村本市場三〇〇番地に住む。この学校で同僚となった先輩の清水慎一（大正六年静岡師範学校第二部卒業、「水甕」同人、雅号清水塊音）から、短歌指導を受ける。清水は「林煙」を発行。清水によれば、勝太郎もこれに投稿。

大正十三（一九二四）年　二十三歳
第六学年男子、尋常科（六十八名）を担当。七月ごろ、古郡浅子と結婚（推定。浅子は六月二十七日、須津尋常高等小学校を退職）。
大正十四（一九二五）年　二十四歳
第六学年男子、尋常科（六十三名）を担当。
二月四日、長女・瑞穂誕生。
五月十八日、富士郡村立須津農業補習学校助教諭を兼任。手当金一か月六円支給される。
八月三十一日、富士郡第一富士根尋常高等小学校（現・富士宮市立富士根南小学校）に転勤する。第五学年男子（六十五名）を担当し、月俸金五十八円支給される。富士郡須津村中里一〇五九番地に妻子と〈トマトを作ったり、柿をむいて干したり、馬に乗りまはしたり〉、テニスなどもして平穏な家庭生活を送る。このころ、赤いオートバイに乗っていたという近親者の証言があり、後の「自宅療養時代の日記」にもこれを裏付ける記述がある。
大正十五年＝昭和元（一九二六）年　二十五歳
「自宅療養時代の日記」（一月十七日〜四月九日まで）東京の治療院に通院。
二月六日、須津村中里から、父の勤める富士製紙会社の社宅に引っ越して父母と同居。
三月末（または四月初め）東京帝国大学医学部附属病院でハンセン病の診断を受ける。
四月三十日、〈小学校令施行規則第百二十六条第二号后段ニ依リ〉富士根尋常高等小学校退職を命ぜられる。
年末、次女和子誕生。
昭和二（一九二七）年　二十六歳
六月六日、明石叢生病院に入院。「明石病院時代の手記」（六日〜二十六日迄）
初夏、紀州打田の佐野病院（和歌山県那賀郡田中村打田。現・紀の川市打田）近くの桂原家の一軒家を借り、隔日に通院。打田には店がなかったので粉河に買い出しに行き、「きぬや書店」の山田鷹之助さんや、「力竹果物店」の力谷竹次郎さん、「天嘉肉店」の天野タキさんらと知り合いになる。
十月下旬、妻が次女の和子を連れ打田に二、三日逗留。三十一日、大阪駅で妻子を見送る。

昭和三（一九二八）年　二十七歳

四月九日、次女和子、腸炎にて死去。享年一歳。次女の死は、葬式の済んだ後、妻より手紙で知らされる。ノート「感想及紀州の頃のものも／忘れ得ぬ俤を偲びて／日記」に、次女を悼む短歌二百余首を書く。
夏、妻が長女の瑞穂を連れて一夏を打田で過ごす。よく家族で粉河の粉河寺に遊びに行く。粉河寺横の見晴台で、妻浅子の美容師としての自立の決意を聞く。

昭和四（一九二九）年　二十八歳

初夏、妻の親戚から持ち出された離婚の話し合いのために帰郷（離婚が正式に決まり、瑞穂は野田家で養育することで決着。浅子は上京して美容師の専門学校に通う）。勝太郎は、最後の夜を浅子、瑞穂と静岡の町で過ごし、紺屋町の杉本写真館で家族三人の写真を撮り、静岡の旅館に泊まる。この夜、浅子と別れのダンスをする。翌朝、静岡駅で妻子に別れを告げて再び明石叢生病院へと入院する。この年の夏に、明石叢生病院に入院した山口義郎は、長身の勝太郎に出会っている。秋の暴風雨の夜、淋しさから同じ病院に入院中の泉陽子（仮名）と関係。

昭和五（一九三〇）年　二十九歳

トマトの花の盛りのころ（五月ごろか）再び明石叢生病院を出て、加古川に愛の巣を構えて泉陽子と同棲。映画館「旭倶楽部」の看板描きの仕事に従事。

昭和六（一九三一）年　三十歳

六月三十日、泉との同棲が訪ねてきた浅子の知るところとなり、泉陽子は出奔、以後行方不明。加古川生活中、病状は急速に悪化。直後、三度目の明石叢生病院入院。「明石病院時代の日記」（七月二十二日〜九月二十五日まで）。明石叢生病院の閉鎖が表面化し不安が募る。周囲の人たちがキリスト教を信じて心穏やかな日々を送っているのに、自分だけ信じられないことで孤立感を深める。

昭和七（一九三二）年　三十一歳

ノート「稿／その一／青明」（八月より十月二十三日まで）に六十余首歌作。このころ、眼疾の進行に備え、先人の歌集を大きく墨書する。

十一月十日前後から、追いつめられた勝太郎は、精神不安定になり発熱。二十日ごろ発狂。十一月二十四日、明石叢生病院閉鎖にともない人事不省のまま、担架に乗せられて国立癩療養所・長島愛生園に移動。幻視幻聴追跡妄想にかられる。精神異常者は「謹慎室」に入らなければならなかったが、病友の松村好之と高見孝平の、自分たちが勝太郎の介護をするという申し出を園が許可し、夫婦舎として建てられた難波寮に入る。

昭和八（一九三三）年　三十二歳

三月中旬、浅子が面会に来るが、勝太郎に反応なし。

四月、島の山の中で自殺未遂。松村の迅速な判断で救出される。このころ、音楽を聴くとダンスをするようになり、病状は次第に快復。七月ごろの歌が、ノート「稿／その一／青明」に記されている。

八月上旬、それまで住んでいた難波寮から目白舎に移る。

十月一日から十三日の間に百九十句余り作句。愛生園に来てからも大きく筆写した歌集や句集のノートが十四冊残されているが、このころ、「左千夫歌集」や「歌集巻一」を筆写。二十日、自殺しようと登った光ヶ丘で、眼前の風景を眺めた時、自然界の美しさに心奪われ、自分がこの宇宙を司る神によって生かされていることを悟り自殺を止める。

十二月、「短歌春秋」投稿・入選三首（野田青明）。二十一日、兄からの手紙で父浅次郎（十二月十一日）の逝去を知る。二十三日、礼拝堂でアメリカ人、B・C・オールズ宣教師により受洗。発熱が起こる。

昭和九（一九三四）年　三十三歳

一月、「短歌春秋」投稿、入選三首（野田青明）。「短歌研究」投稿、佳作甲一首（北原白秋選・青明）。四日、林文雄医官帰朝大歓迎会。

二月、「短歌春秋」投稿、入選三首（野田青明）。

三月、「短歌春秋」投稿、入選四首（野田青明）。「短歌研究」投稿、佳作丙一首（吉井勇選・野田青明）。長島愛生園機関誌「愛生」に野田青明の名で「追悼歌」二首、他一首。

四月、「短歌春秋」投稿、入選二首（野田青明）。

五月、「短歌研究」投稿、佳作二・一首（尾上柴舟選・野田青明）。

六月、熱が和らいだのでまた日記をつけ始める。明石大三（雅号無明）に改名。二十二日に届いた浅子の手紙で、彼女が京橋区新富町（現・中央区）に美容院を開いたことを知る。「愛生」に野田青明の名で林医官の帰国歓迎歌一首。（風雅会歓迎祝賀文芸で秀逸）俳句一句。

七月、「短歌春秋」投稿・懸賞短歌、秀逸一首、入選三首（野田青明）。「短歌研究」投稿、佳作丙一首（吉井勇選・野田青明）。中旬、次兄が面会に来る。「愛生」に三首（明石無明）。二十一日、「アララギ」の歌人・杉鮫太郎来園。講話。

八月、「短歌春秋」投稿、入選二首（野田青明）。「愛生」短歌十四首、俳句一句（明石海人）。

九月、「短歌春秋」投稿・懸賞短歌、佳作一首、入選三首（明石青明）。十六日、杉鮫太郎来園、短歌会を開く。二十一日、午前六時より一時間半、猛烈な台風に見舞われ、被害甚大。この日から二十五日まで停電。通信交通機関断絶し無援孤立の観を呈す。この台風で大阪の外島保養院が壊滅的な被害を被った。二十五日、外島保養院の罹災者四十九名到着。

十月一日、外島保養院の罹災者第二次十一名到着。九日第三次十八名到着。十八日、朝日新聞社トーキーニュース班来園慰問。「愛生」に「新宮氏の舞踏」六首、「病友荒井氏逝く」九首、「盆踊り」二首（明石青明）、「虫」二首（野田青明）

十一月、「短歌研究」投稿、秀逸一首（太田水穂選・明石海人）。七日、石井獏舞踏団一行来園。夜、石井獏講演。八日、「石井獏新作舞踊発表会」。「愛生」に「外島療養所遭難者追悼会」十四首、他八首（明石海人）。

十二月、「短歌研究」投稿、佳作丙一首（斎藤茂吉選・明石海人）。九日、杉鮫太郎来園。短歌会を小春日和の海岸にて開く。「愛生」の杉鮫太郎「採玉無寸抄」で、海人の歌一首が取り上げられる。

昭和十（一九三五）年　三十四歳

一月、「水甕」に十四首（詠草欄：特選・明石海人）。十日、長島短歌会で、「水甕」特選祝賀会。二十日、官公立癩療養所所長会議に上京中の光田健輔が十八日皇太后に謁見した記念式。「愛生」に「度重なる御仁慈に感激して島人の歌へる」三首、「嘆くピエロ」九首、「忘年短歌会」四首。

二月、「短歌研究」投稿、推薦一首（釈迢空選・明石海人）、推薦四首（窪田空穂選・目白四郎）。長島短歌会が推薦祝賀会を開催。「愛生」に「よろこびのまゝ島人の歌へる」六首、「東大附属病院にて癩診断を受く」十九首、他一首。随筆「墓口」一編。

三月、「短歌研究」投稿、佳作一・一首（太田水穂選・明石海人）。「水甕」十一首。「愛生」に「慰問者歓迎して島人の歌へる」五首、「大朝社トーキーニュース」二十一首、他一首、「火」二首。詩「早春幻想」一編。

三十一日、杉鮫太郎来園。長島短歌会のために短歌会開催。

四月、「短歌研究」投稿、佳作一・一首（佐佐木信綱選・明石海人）。「水甕」十一首。「日本詩壇」に詩「冬の納骨堂」（明石海人）。「愛生」に「ＡＫよりのベートーヴェン合唱交響曲の放送をきく」二十三首。詩「松ぼくり」一編。

五月、「短歌研究」投稿、佳作乙一首（北原白秋選・明石海人）。「水甕」十一首。「愛生」に「大蘇鉄寄贈さる」一首、「慰廃園大塚かね子夫人を御迎へして」七首、他二首、「東本願寺御裏方御手植の椿花咲くをつゝしみて詠める」十一首。詩「コーレイ兄追悼　無限の鏡面」一編。

六月、「短歌研究」投稿、佳作甲一首（釈迢空選・明石海人）。「水甕」九首。「日本歌人」に「妻」九首。「講談倶楽部」投稿・一句（銅メダル）。六日、昭和十年の「当用日記」に、「故郷の愛児に与ふ」を書く。「愛生」に「医局の初夏」九首、他二首。詩「白日幻想」一編。このころ、長島短歌会の常任幹事に推薦される（眼疾の進行にともない、半年後辞任）。

七月、「水甕」八首。「日本歌人」に「療養所」五首。「日本詩壇」に「亡失の極地へ」（明石海人）一編。「愛生」に「大森政務次官を歓迎して島人の歌へる」二首、「病室」十一首、「盆をどり」四首。

八月、「水甕」十三首。「日本歌人」に「協奏曲など」六首。「愛生」に「あかし生」の名で詩「凍った海」一編。故郷の野田家から除籍、岡山市花畑に分家。

九月、「水甕」十一首。「日本歌人」に「解剖室」九首。「日本詩壇」に「メンデルスゾーン作、ホ短調ヴァイオリン協奏曲」（明石大二）一編。「愛生」に明石大二の名で「死にゆく友」十四首、「火葬の日」一首。詩「廃墟を築く」「傾く地軸」（明石大二）二編。

十月、「日本歌人」に「白い猫」九首。歌論「短歌に於ける美の拡大」を発表。翌年三月まで五回にわたり掲載される。「日本詩壇」に「黄金虫と電球」（明石大二）一編。十一日、愛生園から新設の星塚敬愛園に赴任する林文雄医官他九名の「開拓者壮行会」。「愛生」に短歌四首（入江皇太后宮大夫歓迎）。随筆「思ひ出す歌一首」、詩「丘の上の子供の家」（明石大二）。

十一月、「短歌研究」投稿、佳作一・一首（太田水穂選・明石海人）。「日本歌人」に「海鳥」十二首。「愛生」に評論「歌と詩」、短歌四首、「恵みの日奉讃短歌」八首、他一首、「林先生を送る」十三首。詩「帰命」、民謡「恵の鐘」。二十五日、『蕗の芽句集』（長島愛生園慰安会）に九句収録される。

十二月、「日本歌人」に「隕石」九首。七日、礼拝堂において海人の「日本歌人準同人推薦祝賀会」。十五日、杉鮫太郎来園、短歌会開催。「愛生」に「傷心抄」（明海音）七首。

昭和十一（一九三六）年　三十五歳

一月、「日本歌人」「木霊」十一首。「日本詩壇」に詩「歴史物語」一編。日本詩壇の同人に推される。激しい眼神経痛に襲われる。十二日、光田園長還暦祝賀会。十三日、医官内田守人（長島短歌会指導者、「水甕」同人、雅号。本名・守）着任。「愛生」に「祝歌」二首、「春閑」（明海音）十首、他一首。詩「白花の賦」「秋の日」「小曲　母」三編。「明石海人氏日本歌人準同人推薦祝賀会」。「武蔵野短歌」（長島愛生園　明海音）。随筆「長島の年末年始」一編。

二月、「日本歌人」に「夜」七首、他三首。「日本詩壇」に詩「帰命」一編。十一日、三浦環来園。礼拝堂で慰問独唱会開催。礼拝堂にて内田守人先生歓迎歌会開催。「愛生」に「如月」（明海音）九首。詩「歴史物語」一編。青木勝「明石海人氏日本詩壇同人推薦祝賀会後記」。

三月、「短歌研究」投稿、佳作乙一首（佐佐木信綱選・目白四郎）。「日本歌人」に「夜」六首、他五首。「日本詩壇」に詩「断章」一編。「愛生」に「三浦環先生を迎へて」六首、「内田守人先生歓迎歌会」一首、詩「鳶」一編。二十七日、吉川則比古、藤本浩一、池永治雄ら「日本詩壇」同人来園。夕刻より礼拝堂にて「詩の講座」を開く。その前に目白舎を訪れ、海人と写真を撮る。

四月、「日本歌人」「春冷」十首。「進出する人々」の中で将来を嘱望される。「日本詩壇」に「天刑」一編。「愛生」に「園葬弔歌」二首、「眼を疾む」五首、他二首、「北里重夫先生歓迎歌会」一首（この号は全て明海音）。

五月、「日本歌人」に「病閑」八首、随筆「萍」一編。二十六日、下村海南来園。

六月、「日本歌人」に「音楽」七首。「日本詩壇」に詩「解剖室」一編。二十五日、『長島詩謡』刊行。詩「歴史物語・解剖室・秋の日・母・白花之賦・ヴェロニカの手巾」六編。

七月、「日本歌人」に「新緑」九首。十六日、「日本詩壇」同人・吉川、藤本、福田正夫を迎え、「長島詩謡出版記念講演会」開催。「愛生」に「奥山作田両看護婦を憶ひて」（明海音）九首。

八月、「日本歌人」に「水無月」十首、評論「真実の具現」一編。「日本詩壇」「鴉」一編。十三日、長島事件起こる。各種の新聞で報道され、全国の注目を浴びる。「愛生」に「追悼歌」（病友羽柴新吾）二首。

九月、「日本歌人」に「七月」十三首（うち「二・二六事件」二首）。「作品合評論欄」に合同歌選出者の一人として登場。以後、作品批評に活躍する。この号、海人の「二・二六事件」を掲載したことで、発禁処分になる。「日本詩壇」に「海景」一編。「愛生」に「鈴木蜻蛉を悼む」（明海音）二首。

十月、「日本歌人」「秋涼」十首。秋、完全失明。

十一月、「日本歌人」に「秋日記」九首。「日本詩壇」に「秋日」一編。「愛生」（十・十一月合併号）に詩「故郷を遁れる」一編。

十二月、「日本歌人」に九首。

昭和十二（一九三七）年　三十六歳

一月、「日本歌人」に「光陰」十四首。七〜九日まで、第一回短歌祭。七日、海人講演「作歌体験を語る」。八日、海人「朗詠」。八、九日、杉鮫太郎講演。「愛生」に詩「天文」一編。

二月、「日本歌人」に「裏街」十首。

三月、「日本歌人」に「天秤」十一首。「愛生」に「エルマン氏の放送を聴く」九首。二十九日、水甕社主幹松田常憲来園。歌会開催。

四月、「日本歌人」「軌跡」十四首。「愛生」に短歌三首。詩「おもひで」一編。「長島短歌前月合評記」参加。

五月、「日本歌人」に「春泥」九首。随筆「粉河寺」。「日本詩壇」に「凍雨」一編。「愛生」に「俤」十四首。「松田常憲先生を迎へて」（明石大二）四首。「叙情詩篇『天刑』未定稿より」として詩七編。「前月号合評」参加。

六月、「日本歌人」に「春の三角標」十三首。〈本誌で最も注目すべき作家〉と評価される。「愛生」に長歌「恩賜寮落成を祝して」一首。「恩賜寮の落成を祝しまつりて」一首。「紫雲英野（其の一）」十四首。

七月、「日本歌人」に「若き木魂」十首。「愛生」に「紫雲英野（其の二）」十一首。

八月、「日本歌人」に「化石」十首。他二首。「愛生」に「隣室の友（其の一）」十一首。

九月、「日本歌人」に「盛夏」九首。「愛生」に「隣室の友（其の二）」十一首。内田守人「全国癩歌人の中央誌進出状況」の中で海人の歌一首を紹介。随筆「叙情的集篇『天刑』第二章の内」として「粉河寺」一編。

十月、「日本歌人」に「颱風」十一首。「愛生」に「春から夏へ」十一首。詩「─『天刑』第二章の雨の内─」として「鉦」一編。

十一月、「日本歌人」に「錆」十一首。「日本詩壇」に「夏至」一編。

十二月、「日本歌人」に「錆」九首。十三日、『楓蔭集』（長島短歌会合同歌集・長崎書店刊）の巻頭に長歌「恩賜寮」一首。短歌八十二首。「愛生」（十一・十二月合併号）に「受染」七首。三行詩「一つの終焉」（「基督教曙教会　明石海人」として）、詩「夏至」の二編。

昭和十三（一九三八）年　三十七歳

一月、「日本歌人」に「青果」十一首。九日、杉鮫太郎、「多磨」の歌人・脇須美を迎え『楓蔭集』出版記念短歌講演会開催。二十日、改造社刊『新萬葉集』巻一に十一首が入選し、大きな注目を浴びる。「愛生」に「夏日」九首。内田守人「ヘレンケラーと癩歌人」で海人の歌一首を紹介（「日本医事新報」元旦号転載）。

二月、「日本歌人」に「白描」十六首。「愛生」に「夏の日」十五首。

三月、「短歌研究」・尾山篤二郎「建国祭行進　独歩・龍之介・新萬葉集」で、『新萬葉集』に掲載された海人の歌を〈大正昭和の萬葉調中の代表的作品〉と絶賛。吉井勇「新萬葉集第一巻の抒情歌」では海人の三首を紹介し、〈殊に明石海人氏の歌には胸に迫って来るものがあるのを感じた〉と書いている。以後、「現代萬葉調」随一との世評高まる。「文藝」に「天刑」十七首。「日本歌人」に「譚」十四首。四日、一年近く海人の介護と口述筆記を受け持っていた山田信吉死去。

四月、「短歌研究」に「癩」五十首。太田正雄が「新万葉集のうちの癩者の歌」で海人の五首を紹介している。「日本歌人」に「夜」十四首。「愛生」に「鳥取寮落成祝賀歌」一首。「楓蔭集出版祝賀短歌会」八首。詩「階」一編。

五月、「日本歌人」に「現」十六首。初旬、内田守人の下村海南を通じての働きかけが効を奏し、改造社より歌集出版依頼。「愛生」に「追悼歌」十七首。詩「追悼詩　故山田信吉兄の霊に捧ぐ」「因果」「宮川量先生を送る」三編。光田健輔「竹田宮大妃殿下の御下問に答え奉りし事」の中で、海人の歌一首が紹介されている。

六月、「改造」に「鬼歯朶」七首。「日本歌人」に「奈落」十一首。「愛生」に「山田信吉君」十二首。

七月、「短歌研究」に「杖」六首、長歌「疫を生く」一首。「日本歌人」に「年輪」十三首。齋藤史「明石海人氏」。このころ、医官・馬場省二の仲介で小菅刑務所に服役中の春野雪彦と文通を始める。この文通は、海人が亡くなるまで続いている。「愛生」に「小岸氏の壮途を送つて」二首、詩「夢」一編。

八月初旬、海人の介護と口述筆記者の涌井昌作が栄養失調で倒れたため、不自由者の慈岡寮に入る。

十月、「改造」に随筆と歌で構成された「歌日記」。中旬、海人の親代わりになっていた松村好之の要請に応えて、最後の口述筆記者・春日秀郎、東京の私立の癩園・慰廃園からやってくる。このころ届いた母の手紙から、次兄の義雄が五月に病気で会社を辞め養生をしていることを知る。

十一月、「短歌研究」に「明暮」二十首、長歌「跫音」一首。十二日、呼吸困難のため、内田守人によって喉切開、発声困難となる。「愛生」に六首。

十二月二十四日の朝、『白描』の原稿完成。内田が改造社に送る。

昭和十四（一九三九）年　三十八歳

一月、長島短歌会の顧問に就任。「文藝」に随筆「余命」一編。「日本歌人」に「白き餌」十首。「愛生」に「勅題　朝陽映島」一首、「救癩四十年光田園長を祝す」二首。

二月二十三日、歌集『白描』改造社より刊行される。二年間で二万五千部のベストセラーとなる。

三月、十八日発行の「医事公論」が「癩及癩と文学」の特集を組み「白描抄」四十七首掲載。歌人の氏家信が、「癩文学としての短歌」の中で海人の『白描』に触れ、六首を紹介。厚生省予防課書記・多田貞久が、「思ひ出る人達（文芸に精進する癩者達）」で、「明石海人君」を執筆。「文藝」から「白描」（自伝）の小説化の依頼。母からの書留の手紙（三月二日付）で、十五円が届く。県立の女学校の受験を控えた瑞穂が一生懸命勉強していることを知る（ほどなく、合格の吉報が届いたはずである）。「愛生」に歌集「白猫（描）より」五首。

四月、「短歌研究」に随筆「ある日ある夜」一編。内田守人「明石海人君の喉頭を切開して」。「新女苑」に「白描抄」五首。三好達治「燈下言（詩歌時評）」で海人の歌を絶賛（「新日本」）。十五日、「短歌新聞」が、『白描』銓衡に洩る」の見出しで、『白描』が大日本歌人協会の第二回協会賞の選考に洩れたことを伝えている。下痢が激しくなり、精密検査の結果、腸結核と判明。

五月一日、「東京朝日新聞」の「新刊愛書メモ」欄に三好達治の「歌集『白描』」が出る。「新女苑」・河上徹太郎が「読書のページ―岡本かの子と明石海人―」で海人の歌を絶賛。「文藝春秋」・三好達治「歌人明石海人」で『白描』を絶賛。「武蔵野短歌」・光岡良二「歌集『白描』を読む」。改造社から『白描』の印税が届く。十四日、「婦女界」記者・長島正男他一名視察のため来園。

六月、「改造」に「越冬」二十首。尾山篤二郎「癩文学の魅力　歌集『白描』を読む」で『白描』を絶賛。宇野浩二「『白描』讃」で『白描』を絶賛（「短歌研究」）。三好達治、小林秀雄他の座談会「詩歌について」の冒頭で『白描』が話題（「文藝」）。九日、午後九時四十五分、腸結核のため、園内「水星病舎」（重病室）二階一号室にて、三十七年十一か月の生涯を閉じる。十日、葬儀。十一日、骨上げ式。十三日、「東京朝日新聞」と「大阪朝日新聞」に訃報が掲載される。十五日、「短歌新聞」に「明石海人氏逝く　印税で海人賞設定」及び「明石海人作品抄」十六首。十八日、遺稿出版のため、改造社の大橋松平が来園。二十日、『昭和一四年度版年刊歌集』（大日本歌人協会出版部刊）に「癩」十三首。愛生園で、「海人追悼歌会」「海人追悼句会」開催される。

七月、「短歌研究」に土岐善麿「『白描』の著者を悼む」。「愛生」に「白描以後（遺詠）」二十四首、遺稿詩「夢」一編。福田正夫「愛生詩人の巨木性―明石海人の霊に―」、葛井和雄「悼詩」、吉川則比古「盛夏詩風韻」、岸上哲夫「送葬歌―明石海人氏の霊に―」、秋山志津夫「悼詩　明石海人氏の霊に捧ぐ」、青木勝「巨火―明石海人君の霊に―」、山田青路「詩人明石海人さんのこと」、内田守人「明石海人君を哭す」、長野節雄「故明石海人兄を思ふ」、「追悼歌」光田長濤（健輔）一首、脇須美五首、内田守人四首、田尻ひろし五首、長島短歌会会員三十一名六十七首。

八月、「短歌研究」に「病中日記」及び「絶詠四首」、詩「入江」他三編。追悼記・下村海南「癩患者と歌悦」、光田健輔「明石海人の印象」、内田守人「海人の巨匠的おもかげ」、長島短歌会有志「海人追悼の歌」。内田守人「明石海人を悼む」十一首。「改造」に小説「双生樹」。「文藝」に小説「高圧線」、内田守人「明石海人」。「大陸」に随筆「粉河寺」一編。「俳句研究」に「手記二章」及び「南島句抄」十六句。田尻ひろし「明石海人と俳句」。「主婦之友」に「歌集『白描』を残して／癩に逝きし宿命の歌人／明石海人の妻の手記」。「婦女界」に随筆「出郷」及び「故郷の愛児に与ふ」。虫明邦夫（内田守人）「宿命の歌人明石海人の一生」

（海人が大野悦子を讃えた詩「貧しい讃頌」を収録）。「日本歌人」明石海人追悼号・内田守人「明石海人の『日本歌人』的背景」、中田忠夫「明石海人」、齋藤史「精神の領分」、古川政記「明石海人論」、冨田敦夫「傷痕に触れる」、相川弥重子「明石海人氏について」、土屋忠司「明石海人追悼をきっかけに」、安達元信「岐路」、吉本茂樹「海人を憶ふ」、山本保「短歌詩人明石海人を悼む」、吉村長夫「常寂光」、矢倉年「再、明石海人小評」、岡田青「明石海人氏の目」、田島とう子「明石海人氏を悼む」、六条篤「明石海人素描」、田中愛花「明石海人の評価について」、村上新太郎「『白描』の第二部を推す」、前川佐美雄「明石海人と『日本歌人』」。四日、内田守人が東京での学会出席の途上、海人の遺骨を沼津に届ける。大阪駅にて「日本歌人」の前川佐美雄ほか幹部同人数名、「日本詩壇」の吉川則比古ほか幹部同人数名が遺影を見送る。後、沼津の西間門共同墓地の野田家の墓に埋葬される。戒名「光阿勝道信士」。十九日、『海人遺稿』改造社より刊行（随筆、短歌、詩、散文詩、病中日記、光田健輔「跋其の一」・内田守人「跋其の二」）。「愛生」に難波いさむ「明石海人氏追悼句会」。

九月、「改造」に詩「癩」「おもひで」「父母」三編。「婦女界」に山口義郎「病友明石海人を看護りて」。「日本詩壇」に詩「真昼」「授洗の父」二編、随筆「断想」、吉川則比古「明石海人を憶ふ」。十五日、「日本読書新聞」に「癩文学の聖歌　海人遺稿」、短歌一首、詩一編。

十月、「短歌研究」に「明石病院時代の日記」、谷馨「年刊歌集を読みて」（『白描』を絶賛）。「婦女界」に「妻と呼び得る最後の日に」。「明日香」に宇野浩二「一途の道」（『白描』を論じたもの）。「文藝春秋」・坪野哲久「短歌」欄で海人の『白描』の第二部「翳」に触れる。二十五日、婦女界社より海人追悼記集『瀬戸の曙』出版。虫明邦夫（内田守人）、山口義郎、春野雪彦、明石春子（古郡浅子）執筆。

十二月、「改造」に「明石病院時代の手記」。内田守人「海人の遺骨を送りて」十首。「短歌研究」に柳田新太郎「昭和十四年の歌集歌書解」（『白描』を取り上げている）。「婦女界」・内田守「暗黒の運命から愛児を護って下さい！／癩は幼少年期にかうして伝染する」（冒頭で「明石海人の場合」を書いている）。二十日、海人の遺族から寄贈された三百円の利息で明石海人賞を設定。第一回受賞者の発表（短歌・長野節雄、俳句・赤木半歩、詩・新谷孝照）。この賞は、五回ほど続いている。

昭和十五（一九四〇）年

一月、「愛生」に内田守人「明石海人賞制定に就て」。

四月、宗教誌「真理」が救癩特集を組む。春野雪彦「海人追想」、内田守人が「癩文学」の中で海人を論じる。

七月、下村海南『持久戦時代』（第一書房）に「歌人明石海人と看護婦和久井さん」収録。

十二月、『療養短歌読本』（内田守人著・白十字会刊）短歌四十首。『療養秀歌三千集』（内田守人編・徳安堂書房刊）短歌五十首。

昭和十六（一九四一）年

一月、『明石海人全集』上巻（白描、翳一、翳二、日記、前川佐美雄「『翳』篇編輯覚書」、内田守人「海人の定型歌に就いて」　改造社）

三月、『明石海人全集』下巻（詩、散文詩、随筆、書簡、小説、歌論、年譜、光田健輔「天啓に生きし者」、吉川則比古「明石海人とその詩」、内田守人「全集出版を祝し海人を追想す」　改造社）

六月、「愛生」に海人の歌一首、杉鮫太郎「明石君の歌一首」。

昭和十七（一九四二）年

五月、長島の楓の森に海人の歌碑建立。〈美《ママ》めぐみは言はまくかしこ日の本の癩者に生れて我悔ゆるなし〉。筆跡は、厚生省予防局長で歌人の高野六郎。「愛生」に山口義郎「海人碑竣工落成に就いて」。

昭和二十（一九四五）年

十二月、吉井勇選『現代名歌選』（養徳社）に海人の歌を一首収録して解説。

昭和二十五（一九五〇）年

一月十四日、朝日新聞本社の講堂で「朝日賞」の授与が行われたが、朝日社会奉仕賞を授与された光田健輔のもとを浅子が訪ね、海人がお世話になったお礼と、瑞穂が医者になったことを告げる。

九月、『短歌名作読本』（窪田空穂・土岐善麿監修、志摩書房）に十二首が収録される。

この年譜は、『海人全集別巻』収録の岡野久代編年譜を主に、今まで発表されている内田守人、松村好之、栗原輝雄の年譜を参考にし、著者独自の調査を加えて完成したものである。

参考文献

〔海人の作品集及び作品収録集〕

『白描』（明石海人　改造社　一九三九年）
『海人遺稿』（明石海人　改造社　一九三九年）
『明石海人全集』（上・下　改造社　一九四一年）
『新萬葉集』（宮廷篇・巻一〜巻九・補巻　改造社　一九三七〜三九年）
『明石海人全歌集』（内田守人編　短歌新聞社　一九七八年）
『海人全集』（上・下・別巻　皓星社編集部〈能登恵美子〉他編集　皓星社　一九九三年）
『昭和萬葉集』（巻一〜巻二十、別巻　講談社　一九七九〜八〇年）
『明石海人歌集』（村井紀編　岩波文庫　二〇一二年）

〔海人の伝記・及びその生涯に触れたもの〕

内田守人『日の本の癩者に生れて―白描の歌人明石海人―』（第二書房　一九五六年）
内田守人『生れざりせば―ハンセン氏病歌人群像―』（春秋社　一九七六年）
松村好之『慟哭の歌人―明石海人とその周辺―』（小峯書店　一九八〇年）
栗原輝雄『生くる日の限り―明石海人の人と生涯―』（皓星社　一九八七年）
荒波力『よみがえる〝万葉歌人〟明石海人』（新潮社　二〇〇〇年）
内田守人編『瀬戸の曙』（婦女界社　一九三九年）

山口義郎「病友明石海人を看護りて」(「婦女界」一九三九年九月号　婦女界社)
太田静一「明石海人と北条民雄」(「文芸山口」第九十号　山口県文芸懇話会　一九七〇年八月)
市原正恵「歴史探訪　明石海人」(「文芸山口」第九十三号　山口県文芸懇話会　一九七五年四月)
川口和子「『沼津生れの歌人』明石海人」(「静岡の文化」第十五号　静岡県文化財団　一九八八年)
岡野久代「明石海人―文学の原風景」(「沼津史談」第六十四号　沼津史談会　二〇一三年三月)
明石海人顕彰会「会報　白描」創刊号〜第七号(二〇一三年五月二十日〜二〇一六年六月十一日)

〔海人を論じたもの〕

尾山篤二郎「建国祭行進　独歩・龍之介・新萬葉集」(「短歌研究」一九三八年三月号　改造社)
尾山篤二郎「癩文学の魅力　歌集『白描』を読む」(「改造」一九三九年六月号　改造社)
三好達治「燈下言(詩歌時評)」(「新日本」一九三九年四月号　新日本文化の会)
三好達治「歌人明石海人」(「文藝春秋」一九三九年五月号　文藝春秋社)
三好達治「歌集『白描』」(「東京朝日新聞」一九三九年五月一日)
三好達治、小林秀雄、堀辰雄「詩歌について(座談会)」(「文藝」一九三九年六月号　改造社)
三好達治『諷詠十二月』(新潮社　一九四二年)
河上徹太郎「読書のページ―岡本かの子と明石海人―」(「新女苑」一九三九年五月号　実業之日本社)
宇野浩二「『白描』讃」(「短歌研究」一九三九年六月号　改造社)
宇野浩二「一途の道」(「明日香」一九三九年十月号　古今書院)
土岐善麿「『白描』の著者を悼む」(「短歌研究」一九三九年七月号　改造社)
小田切秀雄「現代短歌小論」(『萬葉の伝統』光書房　一九四一年)
坂口安吾「青春論」(『坂口安吾全集』三　筑摩書房　一九九九年)

塚本邦雄「短歌考幻学」(「短歌」一九六四年四月号　角川書店)
塚本邦雄「明石海人　地獄のサンボリズム」(『昭和萬葉集　別巻』講談社　一九八〇年)
塚本邦雄「怖るべき歌①蠍のわれ」(「読売新聞」一九九〇年七月三日)
塚本邦雄「明石海人」(『残花遺珠　知られざる名作』邑書林　一九九五年)
佐佐木幸綱・篠弘・島田修二・岡野弘彦・岡井隆「〈特別座談会〉明石海人と渡辺直己『昭和』短歌を読みなおす⑩」(「短歌」一九九四年三月号　角川書店)

[海人の周辺の人たちを知るために参考にしたもの]

壱岐耕『壱岐耕歌集　黒薔薇』(長島短歌会　一九五七年)
松村好之『逆境に耳ひらき』(小峯書店　一九八一年)
兵庫県社会福祉協議会「大野悦子」(『福祉の灯　兵庫県社会事業先覚者伝』一九七一年)
芝野慶子「光と影のはざまで　救癩事業・大野悦子」(島京子編『黎明の女たち』神戸新聞出版センター一九八六年)
熊見尚三「ハンセン病患者と共に歩んだ大野悦子」(『人権の確立に尽くした兵庫の先覚者たち』財団法人兵庫県人権啓発協会　二〇〇四年)
おかのゆきお『林文雄の生涯　救癩使徒行伝』(新教出版社　一九七四年)
土谷勉編『天の墓標　林文雄句文集』(新教出版社　一九七八年)
小野村林蔵「闇を照らす炬火　林文雄博士・奉仕の生涯」(「ニューエイジ」一九五〇年十月　毎日新聞社)
菊池恵楓園患者援護会『田尻敢博士遺稿集』(一九六九年)
林富美子『野に咲くベロニカ』(聖山社　一九八六年)
塚本諄「内田守先生の人と業績」(『熊本県近代文化功労者Ⅲ』熊本県教育委員会　一九九八年)
馬場純二「医官、内田守と文芸活動」(歴史科学協議会編「歴史評論」六五六号　二〇〇四年十二月号　校

倉書房）
木村武夫「内田守先生の人間像」（内田守博士喜寿記念論文刊行会『医療福祉の研究』ミネルヴァ書房　一九八〇年）
森幹郎『足跡は消えても―人物日本ライ小史―』（日本生命済生会　一九六三年）
小川正子『小島の春』（長崎書店　一九三八年）
坂入美智子『潮鳴りが聞える―私の小川正子―』（不識書院　二〇〇一年）
小高根二郎『歌の鬼・前川佐美雄』（沖積舎　一九八七年）
三枝昂之『前川佐美雄』（五柳書院　一九九三年）
『前川佐美雄全集』（第一～三巻　小澤書店・砂子屋書房　一九九六～二〇〇八年）
『吉川則比古詩集』（木犀書房　一九七〇年）
「追悼　杉鮫太郎先生（その一）」（「おかやま同郷」おかやま同郷社　一九九五年二月号）
「追悼　杉鮫太郎先生（その二）」（「おかやま同郷」おかやま同郷社　一九九五年三月号）
竹原省三「杉鮫太郎先生―岡山人物記―」（「樹林」第四号　野上洋子　二〇一二年七月）
湯浅志郎「父　杉鮫太郎について」（「朝日文学」一六号　岡山県立岡山朝日高等学校文学部　一九六〇年一月）
脇須美『花季すぎて―脇須美歌集―』（短歌新聞社　一九七四年）
脇須美『散りてまた咲く』（不識書院　一九八四年）
四賀光子「新万葉集と大橋松平さん」（『行く心帰る心―随筆―』春秋社　一九六六年）
大悟法利雄「癩者明石海人の歌」（「短歌」一九五四年九月号　角川書店）

[詩歌関係]

窪田空穂『萬葉集選』（日月社　一九一五年）

『窪田空穂全集　第二十五巻』（角川書店　一九六六年）
澤瀉久孝『萬葉集注釈』（一〜二十　本文篇・索引篇　中央公論社　一九五七〜七七年）
大江満雄編『日本詩人全集（十）』（創元社　一九五二年）
中島国彦編『白秋全集　10―歌集5―』（岩波書店　一九八六年）
紅野俊郎編『白秋全集　36―小篇2―』（岩波書店　一九八七年）
折口信夫全集刊行会編『折口信夫全集　29』（中央公論社　一九九七年）
『斎藤茂吉全集　第八巻』（岩波書店　一九七三年）
『斎藤茂吉全集　第三十巻』（岩波書店　一九七四年）
荻野恭茂『新萬葉集の成立に関する研究』（中部日本教育文化会　一九七一年）
荻野恭茂『新万葉愛歌鑑賞』（中部日本教育文化会　一九七八年）
『現代短歌史』（加藤克巳〈一九九三年〉、木俣修〈一九六四年〉明治書院）
木俣修『近代短歌の鑑賞と批評』（明治書院　一九六四年）
小池光他編『現代短歌ハンドブック』（雄山閣出版　一九九九年）

同時代人たちの証言及びハンセン病を知るために

光田健輔『回春病室―救ライ五十年の記録―』（朝日新聞社　一九五〇年）
『光田健輔と日本のらい予防事業―らい予防法五十周年記念―』（藤楓協会　一九五八年）
桜井方策編『救癩の父　光田健輔の思い出』（ルガール社　一九七四年）
厚生省20年史編集委員会編『厚生省20年史』（厚生問題研究会　一九六〇年）
厚生省五十年史編集委員会編『厚生省五十年史（記述篇）』（厚生問題研究会　一九八八年）
光田健輔『愛生園日記―ライとたたかった六十年の記録―』（毎日新聞社　一九五八年）
山本実彦『小閑集』（改造社　一九三四年）

山本実彦『人と自然』（改造社　一九三七年）
「改造社　山本実彦」（『出版人の遺文』栗田書店　一九六八年）
木村毅編『明治文学全集92―明治人物論集―』（著者代表・鳥谷部春汀　筑摩書房　一九七〇年）
松原一枝『改造社と山本実彦』（南方新社　二〇〇〇年）
小尾俊人『出版と社会』（幻戯書房　二〇〇七年）
菊池寛「『改造』と僕」（「改造」一九三八年十二月号　改造社）
長島愛生園入園者自治会編『隔絶の里程―長島愛生園入園者五十年史―』（日本文教出版　一九八二年）
長島愛生園入園者自治会編『曙の潮風―長島愛生園入園者自治会史―』（日本文教出版　一九九八年）
『新萬葉集と癩者の歌』（財団法人癩予防協会　一九三九年）
内田守人編著『三つの門―ハンセン氏病短歌の世紀　全国ハンセン氏病者合同歌集―』（人間的社　一九七〇年）
全国ハンセン氏病患者協議会編『全患協運動史―ハンセン氏病患者のたたかいの記録―』（一光社　一九七七年）
犀川一夫『ハンセン病医療ひとすじ』（岩波書店　一九九六年）
犀川一夫『門は開かれて―らい医の悲願　四十年の道―』（みすず書房　一九八九年）
蝦名賢造『石館守三伝―勇ましい高尚なる生涯―』（新評論　一九九七年）
山本俊一『日本らい史』（東京大学出版会　一九九三年）
川端康成・川端香男里編『定本北條民雄全集　上・下巻』（東京創元社　一九八〇年）

［当時の時代を知るために参考にしたもの］

大内力『日本の歴史　24　ファシズムへの道』（中公文庫　一九九七年）
林茂『日本の歴史　25　太平洋戦争』（中公文庫　一九九四年）

小田切秀雄・福岡井吉編『昭和書籍雑誌新聞発禁年表　上・中・下㈠・下㈡』（明治文献　一九六五～六七年）
岩崎爾郎『物価の世相100年』（読売新聞社　一九八二年）
大蔵省主計局調査課編『財政統計　平成10年度』（大蔵省印刷局　一九九八年）
坂入長太郎『日本財政史研究　4　昭和前期財政史』（酒井書店　一九八八年）

〔その他参考資料〕

「懸賞文芸発表号」（「講談倶楽部」一九三四年七月号　大日本雄弁会講談社）
山本実彦「新萬葉集の発刊に際して─『新萬葉の夕』の開会の辞」（「短歌研究」一九三八年二月号　改造社）
「新萬葉集巻一の特集」（「短歌研究」一九三八年三月号　改造社）
長島正男「癩者一千人と共に宿命の孤島に暮す記」（「婦女界」一九三九年七月号　婦女界社）
「救癩献身の聖者に訊く」（「婦人公論」一九三九年七月号　中央公論社）
「瀬戸内海の長島愛生園に救癩の聖者光田園長を訪ねて」（「婦人倶楽部」一九三九年七月号　大日本雄弁会講談社）
日本近代文学館編『日本近代文学大事典』（一～五巻　講談社　一九七七年）

〔聖書・経典〕

『聖書　現代訳』（尾山令仁訳　現代訳聖書刊行会　一九八八年）
『法華経』（上・中・下　坂本幸男・岩本裕訳注　岩波文庫　一九六二・六四・六七年）

〔新聞・雑誌・定期刊行物〕

「朝日新聞」、「読売新聞」、「愛生」、「日本詩壇」、「日本歌人」、「短歌春秋」、「短歌研究」。

「愛生　開園50周年記念号」（本誌掲載作者別一覧　長島愛生園慰安会　一九八〇年五月）

〔ビデオ〕

「小島の春」（東宝　一九四〇年）

「明石海人　深海に生きる魚族のやうに」（ビデオアースケーツー　一九九二年）

謝辞

本書の執筆にあたり、以下の方々にお世話になりました。記して御礼申し上げます。
浅田哲司　石井喜彦　桂原貞雄　倉澤眞美　駒林明代　佐藤賢二　鈴木啓介　高岡美子
島田市立川根図書館　島田市立島田図書館　沼津市立図書館　静岡県立中央図書館　大阪樟蔭女子大学図書館
兵庫県立図書館　大阪府立中之島図書館　岡山県立図書館　和歌山県立図書館　香川県立図書館　山口県立山口図書館　熊本県立図書館　鹿児島県立図書館　日本大学芸術学部図書館　長島愛生園・愛生誌編集部　国立ハンセン病資料館　国会図書館　日本近代文学館　沼津市立片浜小学校　福井県立藤島高等学校同窓会・一般社団法人明新会事務局　沼津市役所　富士市役所

本書の引用部分には、現在では好ましくないとされている表現が含まれていますが、歴史的・資料的価値を尊重し、そのまま掲載しました。

著者略歴
一九五一年静岡県生まれ。

静岡工業高校（現・科学技術高校）土木科卒。

作家・評論家。

主要著書『火だるま槐多』（春秋社）、『青嵐の関根正二』（同）、『よみがえる〝万葉歌人〟明石海人』（新潮社）、『知の巨人　評伝生田長江』（白水社）等。

幾世《いくよ》の底《そこ》より　評伝《ひょうでん》・明石海人《あかしかいじん》

二〇一六年一一月二五日　印刷
二〇一六年一二月一〇日　発行

著　者 © 荒《あら》波《なみ》　力《ちから》
発行者　及　川　直　志
印刷所　株式会社　理　想　社
発行所　株式会社　白　水　社

東京都千代田区神田小川町三の二四
電話　営業部〇三（三二九一）七八一一
　　　編集部〇三（三二九一）七八二一
振替　〇〇一九〇―五―三三二二八
郵便番号一〇一―〇〇五二
http://www.hakusuisha.co.jp
乱丁・落丁本は、送料小社負担にてお取り替えいたします。

株式会社松岳社

ISBN 978-4-560-09522-5

Printed in Japan

知の巨人

評伝生田長江

荒波　力

わが国で初めてニーチェの翻訳に取り組むなど、明治後半から昭和初期にかけて華々しく活躍しながらハンセン病に侵され、差別の中で忘れ去られた天才知識人の生涯を執念の調査で描く。